蔡孟珍著

近代曲學二家研究

——吳梅、王季烈

臺灣學生書局印行

曾序

已經整整敎了二十一年書，每年接近暑假，都比平常要操勞得多。所謂「操勞」自然是「操心」和「勞力」。因爲所指導的研究生要畢業了，論文接二連三的來，看得我近視眼去年就突破千度大關，則其俯首案前之勞可想；而碩士畢業生，要爲他們是出國留學，還是更上層樓考博士班着想；而博士畢業生，更要爲他們的「前途」謀得一枝之棲，每每賣盡「老臉皮」，則其心緒之煩可想。但是，我竟歲歲年年樂此「操勞」而不疲。這又是什麼緣故呢？只因爲我喜歡學生「站在我的肩膀上前進」，所以只要學生寫一篇好文章，做一件好事情，是我所不及的，我就會很高興。而每年我都有這樣的喜悅。今年我名下有三位博士五位碩士畢業，就中蔡孟珍也給我許多愉快。

孟珍雖然就讀師大，但十五六年前就到臺大旁聽我的課，她比正式選修的同學還用功，幾乎沒有缺席過。只是後來她身邊多了一位「伴讀」，「伴讀」終於把她攜進結婚禮堂，他就是楊振良。直到今天我對他們兩口子還說：「你們選的戀愛場所眞好，居然在我的課堂上。」

我雖然講授戲曲課程，但不會唱更不會演。而孟珍就不然，在校園裏她一直是平劇、崑劇的「名角」，她的嗓音甜美圓潤，作工細膩傳神，尤其能使聲情詞情相得益彰，更見她的才華。不止如此，她還會彈琵琶唱南詞，將吳儂軟語撥弄於十指繁絃之間。她所錄製的一卷「喫糠」，已風行國內，爲中學國文老師上課時生色不少。

就因爲孟珍有這樣的戲曲底子，所以她研究戲曲就不會像我「終隔一層」，她能就戲曲文學和戲曲藝術雙軌並進，深入各種層面。我之所以要她研究吳梅和王季烈，乃因爲他們是近代曲學二大家，其論著影響甚大；弄清楚他們的曲學觀點，就可以增長自己在曲學方面的功力。而孟珍不止將二家的理論觀點納爲體系，而且詳爲剖析，論其得失，將她多年的「修爲」發揮得淋漓盡致；爲此使我欣喜不已，認爲是難得的一本碩士論文。而這本論文，學生書局很快就要爲她出版，也是一件值得高興的事。

孟珍師大國文系畢業後，在中學教書，爲振良生兒養女。可喜的是進修不輟，因而能在振良取得博士學位之後，考上師大國研所碩士班。在學成績優異，被聘爲助教；今年畢了業，又順利考上博士班。雖然是「雲程始軔」，但已自不凡，我忝爲指導教授，焉能不爲此感到欣欣然？可是學海無涯，學問的脚步不能一日停止。我一直希望我能養就一個厚實的肩膀，我也相信孟珍能踩上我的肩膀前進，那麼在學問的路途上，就會看得更高更遠，就會爲自己開拓更廣大的境界。我以此期勉孟珍，孟珍當知之！

民國八十一年九月七日　曾永義　序於臺大長興街宿舍

自序

對於傳統文學的研究與評論，我們是很需要開闢新路的。尤其是研究戲曲這門學問，傳統曲學中的核心問題——律呂、板式、四聲腔格、唱念技巧……，由於乏人問津，晚清以降正急遽從戲曲精髓中流失。研究戲曲者率抵僅作時代背景、故事型態、修辭結構、理論批評諸方面分析，或動輒摭拾西方戲劇理論架構傳統曲學。

我認爲：這不但是近代以來傳統曲學的隱憂，更是這一代戲曲研究者所應正視的問題。由縱而言，清中葉以來無論劇本創作或戲曲理論皆難踵繼元明之大觀，故近代曲學大家吳梅於《中國戲曲概論卷下・清人傳奇》中嘗慨嘆：「乾隆以上，有戲有曲，嘉道之際，有曲無戲，咸同以後，實無曲無戲矣。」；由橫論之，近世外人治漢學蒐羅之力如斯坦因、伯希和、青木正兒等駸駸邁越國人，是吳梅於《瞿安日記》卷一洞燭日人對我文化懷有叵測之心，語云：「去今兩年，如長澤規矩也，吉川幸次郎曾向余請益，看吾藏弆各書，可知其心之叵測！」並指出研治詞曲之重心在聲律之學，而這也正是國人治曲足以凌駕外人之所在。

由於吳梅對傳統曲學命脈如此深切之體認與關注，使我在古雅的戲曲天地裡尋到了努力的方向。於是，一九八九年我踏上了故國神州，開始一連串的尋訪，在姑蘇近代曲學大師吳瞿安的故居沈思，在江蘇崑劇院拜師，又在金陵藁巷的一幢舊樓裡，和《集成曲譜》編者王季烈的哲嗣王守泰老先生暢談中國崑曲，我不斷筆記他口述的每一段王季烈與吳梅的往事，終於瞭解：中國戲曲之所以燈燈相續，繼往開來，主要因爲無論何時總會出現一批有心人士不斷投入與奉獻，乃使傳統曲學得以薪傳不墜。

「明月清風不費一文錢買，陽春白雪唯有數十人歌」，誠如已故王守泰先生家中一幅王季烈墨寶所言，做專門學問，本來就是曲高和寡。自來研究吳梅者雖不乏其人，然對其論曲精華——聲樂之學的闡發，則鮮有系統論述；而王季烈曲學若干創獲，雖嘗爲治曲者所稱引，然因其生前曾仕僞滿，即如哲嗣王守泰先生亦極少提及其父生平，於是我只好從浩繁的近代中國史料裡，逐條檢索，終於完成海峽兩岸首篇王季烈傳記，塡補了近代曲學的一段空白，呈現於此，就教於學界的前輩先進。

披覽歷代論曲專著，我們不難發現前賢凡言曲理，皆因其本身具備極爲豐富之唱曲能力與聆曲經驗，釐述辨析，莫不有其來歷，故能深中肯綮，爲曲海之南針。近代曲學大家吳梅與王季烈踵繼前賢，其於古典戲曲，著、度、演、藏，靡不兼擅，故能昌大秘學，導後來之先路。因此我不揣譾陋，嘗試以過去十餘年習曲唱曲之心得，參照前代曲論，對吳、王二家的曲學成就作一番釐述與考評，希望能使傳統曲學之研究展現新的契機。在寫作過程中，我深深感受學術研究本該「蘊乎內，著乎外」，論學要有英雄氣象，「人不敢道，我則道之，人不肯爲，我則爲之」，其根源必要穩厚，不能僅是層樓疊閣，方能呈雄渾奔濤、長空片雲、鯨波蜃氣、點化陳腐爲新奇，乃成一家言。至如王季烈拍曲海隅，以俟河清，而在逝世之後，爲崑曲史上永不磨滅人物，更在在點明一代曲家，絕對是胸襟開朗如滿月，著作等身，不僅爲奔走曲社的事務勞形而已！

戲曲不是一門單純的學問，它的教學方式自然不能僅限於紙上談兵，而當披諸管弦，播諸脣齒，方足以呈現戲曲之本色。以吳梅而言，他深知「欲明曲理，須先唱曲」，因此他的教學，不但課前準備豐贍的講義，上課也絕不照本宣科，在擫笛拍唱之際，希望學生都能達到能譜、善唱、會演的境界，以體悟戲曲這門高度綜合的藝術之美，就戲曲之學的傳衍昌大言之，吳梅的教學方式值得這一代所有的戲曲工作者深思再三。

這本書能夠順利出版，外子振良十餘年來於戲曲資料藏弆之富，給予我安定的研究環境；朝夕討論，也激發我許多寫作靈感，至於曾師永義對我學術研究的啓導與勉勵，以及北京王衞民、上海葉長海、南京吳新雷等教授之不吝慨贈資料，都使我衷心感激，在此一併致謝。學然後知不足，今後誠願以十百倍之努力研治吾國戲曲，庶幾爲傳統曲學之傳衍略盡棉薄之力。

一九九二年八月於新店度曲樓

近代曲學二家研究
——吳梅、王季烈

目錄

第二章　近代曲學大家之一——吳梅……七三

第三章 近代曲學大家之二——王季烈

第四章 吳、王二家曲學平議

第一章　曲學重心與曲運隆衰

古典中國戲曲的特色在於以「曲」演「戲」，質言之，無曲則不足以成戲。正因爲「戲曲」一詞，最能說明「音樂」在傳統戲劇中的靈魂地位，最能體現中國戲劇藝術的高度綜合性特徵，因而目前被廣泛用作傳統戲劇文化體系的總稱，泛指中國傳統的戲劇文學及舞臺表演藝術。

「戲曲」名義之淵源與衍化，經胡忌發現與洛地辨析，指出宋元之際劉埙《水雲村稿・詞人吳用章傳》一文首見「戲曲」一詞，且指舞臺之表演藝術，較陶宗儀《輟耕錄》所載約早六十年❶。據葉長海研究，此後二百多年曲論專著中，無人特意提出「戲曲」這一名稱，明末凌濛初《譚曲雜劄》才再度使用❷，而凌氏所指的「戲曲」，不涉表演藝術，略同於今之所謂「戲曲劇本」。迨夫清末姚燮撰《今樂考證》，才又將「戲曲」作爲演出藝術的概念❸。近人王國維體悟「歌唱」在戲劇中的重要地位，遂合王驥德「劇戲」與李漁「詞曲」二名詞之含義，準確運用「戲曲」之概念，以經史考據的科學方法，首開近代戲曲史研究的門徑與風尚。（見《中國戲劇學史稿・緒論》）。綜觀「戲曲」一詞用作傳統戲劇表演藝術的概念，其普遍使用歷史雖不甚久，但因它能體現中國古典戲劇以音樂爲主的特質，是迄今仍沿用不衰。

王國維曾爲中國古典戲劇下一明確定義，即合言語、動作、歌唱，以代言體演一故事❹。

在簡要的定義中，不難看出「歌唱」在傳統戲曲中，永遠佔有重要的地位。曾師永義以「長江納百川」之喻，為已然發展成熟的「中國古典戲劇」下一完整定義：

> 中國古典戲劇是在搬演故事，以詩歌為本質，密切融合音樂和舞蹈，加上雜技，而以講唱文學的敘述方式，通過俳優妝扮，運用代言體，在狹隘的劇場上所表現出來的綜合文學和藝術。（見〈中國古典戲劇的形式〉）

在故事、詩歌、音樂、舞蹈、雜技、講唱文學、俳優妝扮、代言體、狹隘的劇場等九個構成因素中，屬於音樂性質的，就有詩歌、音樂與講唱文學三項。就中國古典戲曲的形成而言，「南劇」、「北劇」的主體——南北曲[5]，本是我國韻文中將音樂旋律與語言旋律結合最爲密切的文學體製，而構成曲的必要條件即是「合樂」。雖說詩三百，孔子皆絃歌之，楚騷九歌，本多祭祀樂曲，漢樂府之設，率爲采聲，唐詩宋詞，更無一不可被諸管絃，而唯有「曲」獨得樂曲之名，足見其與音樂之關係，較諸風騷、樂府、詩詞，尤爲密不可分。故詩詞縱不合於樂，亦不失爲詩詞，曲若不能歌，則將何以爲曲？況中國古典戲曲，由「小戲」系統（如西漢角觝戲「東海黃公」，唐戲弄之「踏謠娘」與宋金雜劇院本」）進展爲「大戲」系統（「南戲」、「北劇」）[6]，關鍵就在於「講唱文學」的滋養，而講唱文學的特色，正如葉德均所言「更不能離開音樂和歌唱而獨立存在」。（見〈宋元明講唱文學〉）

其次就中國古典戲曲的功能與表演方式而言，除了教忠教孝的教化功能外，娛樂的目的更是重要，也因此我國古典戲曲的美學基礎往往建築在詩歌、音樂、舞蹈三者之上，藉著歌、樂、舞的融合無間，使觀衆在「有聲皆歌，無動不舞」的舞臺藝術中，涵泳於一幕幕的美感經驗。同時在演員象徵、誇張與疏離三種特有的表演方式下❼，觀衆欣賞戲劇的表演，焦點往往凝聚在「歌舞」上，其中「聆歌」的成份又比「賞舞」還高，這可從舊時「聽戲」一詞之普遍使用得知。

傳統中國的戲曲既然離不開演唱，一部戲劇文化發展史，不僅包含戲曲音樂的發展過程，而且一向以戲曲音樂的遞嬗作爲整個戲劇文化發展的重要推動力。（見余秋雨《中國戲劇文化史述》頁四〇一）綜觀我國古典戲曲藝術確以抒情寫意的樂舞爲特徵，西方傳統話劇藝術則以摹仿寫實的科白爲特徵，兩者涇渭分明，形成世界上最重要的兩種戲劇體系。葉長海君在《中國戲劇學史稿・緒論》中，對中西戲劇的根本差異，釐述頗爲精當，茲摘錄如次：

> 如果說，西方傳統戲劇論是由以劇詩為中心的詩論發展而成，中國的戲劇論則是由以音樂為本位的樂論展開的。這也就是何以西方古代戲劇學長期間以劇詩論或劇本論壓倒一切，而中國古代戲劇學却以演唱聲律論貫穿始終的原因。

此段論述彰顯出中國古典戲曲以音樂爲本位的特質，也指出從事中國古典戲劇的研究，當以音樂爲依歸，不涉曲學，則無法探觸戲劇核心，亦終非正途❽。而曲學的研究是多方面的，曲史的探研，可以溯源流、明正變，揭曲學之歸趣；曲論的釐述，可以辨學術、考得失，發曲學之奧蘊；曲律曲評的鑽研，可以樹歌場之典範，示文苑以楷則；至於曲情曲意之騰宣與鑑賞，則唯有播諸口齒，按諸管絃，方能盡其至妙。

在曲史、曲論、曲韻、曲話、曲目、曲選、曲譜等門類紛繁的研究中，吳瞿安先生洞悉音樂在我國傳統戲曲中的靈魂地位，乃獨揭曲學研究之大纛，力言「欲明曲理，須先唱曲」，王季烈先生亦著書立說，昌大「度曲之學」，拈出主腔理論，使戲曲音樂的旋律與形象更爲鮮明。吳、王二人除承繼傳統曲話、劇目的理論體系，對戲曲作家作品作一番考述、疏證與批評的功夫之外，更充分掌握傳統曲學的重心，潛心瘁力於律曲（選韻塡詞、擇宮聯套）、製曲（安排結構、斟酌詞采）、度曲（依腔訂譜、循聲習唱）之研究，爲近代已呈衰弊的曲學下一針砭，闡明曲學的研究必須與音樂緊密結合，任何曲籍的考據與分析，一離開音樂，都只是外圍的研究，唯有掌握「聲音之道」，從實踐上——唱曲——下功夫，使理論與實際兩相結合，才是曲學研究的重心所在。

吳、王二人認清曲學研究的「路頭」，對近代曲學實有振衰起弊之功。本章爲振葉尋根，觀瀾索源，嘗試就元、明、清與近代曲論典籍，抽繹其中直探曲學重心而立論卓犖者，鰲述如次，而前賢論曲之大較中，今昔曲運隆衰之端倪，亦隱然可見焉。

註釋

❶「戲曲」一詞，向以元末明初陶宗儀《南村輟耕錄》爲首見，其卷廿五〈院本名目〉云：「唐有傳奇，宋有戲曲、唱諢、詞說，金有院本、雜劇、諸宮調。」一九八九年，胡忌發現劉塤《水雲村稿．詞人吳用章傳》已有

「戲曲」一詞，蓋指南宋戲文，其文云：「至咸淳，永嘉戲曲出」，較《輟耕錄》所載約早六十年。詳見洛地所擬〈一條極珍貴資料發現——「戲曲」和「永嘉戲曲」的首見〉一文。

❷ 凌氏論曲力崇元人本色，《譚曲雜劄》言「戲曲」者有二，其一曰「曲始於胡元，大略貴當行不貴藻麗。其當行者曰『本色』……國朝如湯菊莊、馮海浮、陳秋碧輩，直闖其藩，雖無嵩本戲曲，而製作亦富，元派不絕也。」；其二曰「戲曲搭架，亦是要事，不妥則全傳可憎矣。」

❸ 題爲明、朱權所撰之《太和正音譜》（曾師永義疑此書係出涵虛子門客之手，詳見〈太和正音譜的作者問題〉一文）於「雜劇十二科」末云：「良家之子，有通於音律者，又生當太平之盛，樂雍熙之治，欲返古感今，以飾太平。所扮者，隋謂之『康衢戲』，唐謂之『梨園樂』，宋謂之『華林戲』，元謂之『昇平樂』。」只言「所扮者」，並未標出「戲曲」二字。姚爕《今樂考證．緣起》第一條「戲之始」徵引其說曰「涵虛子云：『戲曲之隋始盛。在隋謂之『唐衢戲』，唐謂之『梨園樂』，宋謂之『華林戲』，元謂之『昇平樂』」。明顯地將「戲曲」二字與戲劇的敷演相結合，由案頭的劇本轉爲舞臺的表演藝術。

❹ 靜安先生《宋元戲曲考》第四章〈宋之樂曲〉有云：「後代之戲劇，必合言語、動作、歌唱以演一故事，而後戲劇之意義始全。故眞戲劇必與戲曲相表裏。」又云：「現存大曲皆爲敘事體，而非代言體；即有故事，要亦爲歌舞戲之一種，未足以當戲曲之名也。」除揭示言語、動作、歌唱爲構成戲曲之基本條件外，更標出「代言體」爲戲曲異於大曲等歌舞戲之重要因素。在第七章〈古劇之結構〉與第八章〈元雜劇之淵源〉中，他更以代言體之出現，明定中國戲曲始於元雜劇。「代言體」確爲元劇躍登戲劇層次的轉捩點無疑，然以中國戲劇始於元劇，此說則有待商榷，詳見曾師永義〈靜安先生曲學述評〉一文。

❺ 北曲大抵以金元北地的歌謠爲基礎，吸收傳統的詞調和當時流行的北諸宮調、唱賺、纏令以及胡樂而形成；南曲則以南宋的南方歌謠爲基礎，吸收傳統的詞調和當時流行的南諸宮調、唱賺、纏令而形成。參曾師永義〈曲學淺說〉。

❻ 曾師永義〈中國地方戲曲形成與發展的徑路〉一文，對小戲、大戲曾有明晰界定：「所謂『小戲』就是演員少

至三兩個，情節極爲簡單，藝術形式尚未脫離鄉土歌舞的戲劇之總稱；反之則稱爲『大戲』，也就是演員足以扮飾各色人物，情節複雜曲折，藝術形式已屬完整的戲劇之總稱。大抵說來，小戲是戲劇的雛型，大戲是戲劇藝術完成的形式。」

❼我國古典戲劇無論在角色、化妝、服飾、砌末（道具）、音樂、賓白，科汎（動作）等方面，都在在表現著超現實的意味；各種腳色的扮飾、舉止和聲口，也充滿誇張性；而戲劇的「插科打諢」則往往使觀衆的思想情感被疏離於戲劇之外，因而對於舞臺上所表現的種種象徵藝術，自然有餘裕加以品會和欣賞。參見曾師永義〈曲學淺說〉一文。

❽《南京大學學報》一九八八年第四期，周維培〈新曲學的崛起與舊曲學的終結——王國維與吳梅戲曲研究之比較〉一文曾對「曲學」下一定義與說明：「所謂曲學，指的是在戲曲創作和演出的實踐過程中昇華提煉出來的理論型態。由於我國古代的戲曲藝術形式上的特殊性和傳統文人受詩學、詞學、文論的影響在戲曲批評上表現出來的美學個性，我國古代戲曲理論從發展之初就形成了以曲詞寫作和演唱爲重心的實踐技術理論體系。」筆者以爲古典戲曲不論就創作或演出而言，皆以音樂爲重心，如曲牌聯套與唱腔唱法之研究，允爲曲學心髓。

第一節　元代論曲，依聲合樂

中國古典戲曲以音樂爲本位，而古代探討戲曲音樂的典籍，多爲零星記載，缺乏系統、獨立的專門論著，基本上只是作者敘事之餘的附屬物而已❶。唐人崔令欽《教坊記》記開元、天寶時，俳優雜技歌舞等俗樂，大抵滙聚教坊中若干佚聞、瑣事。另有段安節《樂府雜錄》條述唐中葉以後音樂歌舞與俳優雜戲，率抵偏向源流之考證，兼及若干著名演奏者之姓氏與軼事。二書分論「戲劇」（雜戲）與「音樂」，並未將兩者緊密結合，主要因爲當時的戲劇並未發展成熟，僅屬小戲階段，戲中的音樂成份不足，自然無法出現戲與曲結合的理論專著。及至宋代，陳暘撰《樂書》，曾略涉樂律理論，王灼作《碧雞漫志》，所論大抵爲唐代樂曲；至於沈括《夢溪筆談》、《補筆談》，張炎《詞源》、李清照《詞論》、姜夔《白石道人歌曲》雖間或探討唱法、咬字、拍子、曲式等歌唱理論及宮調理論，但皆專就宋詞而論；而陳元靚《事林廣記》所錄亦僅屬唱賺樂譜與伴奏音樂，仍未將戲與曲結合。至於高承《事物紀原》、孟元老《東京夢華錄》、耐得翁《都城紀勝》、吳自牧《夢粱錄》、西湖老人《繁勝錄》、周密《武林舊事》等書，則多爲宋代雜戲與各種曲藝之表演實錄，有關戲曲音樂之理論，亦僅一鱗半爪，缺乏系統論述。

綜觀唐宋戲曲典籍，多半只考慮曲應「合樂」的特質而已，並未眞正探討曲該如何創作乃合於樂，或曲於披諸管絃，播諸口齒後，如何才能與戲深相契合，達到美聽的舞臺效果。迨夫有元一代，曲的體製發展成熟，格律亦漸趨完備❷。雜劇藝術以滄海納百川的氣派容納各種戲樂之長而雄視劇壇，「曲」豪辣灝爛、疏朗自然的風格，正與之深相契合，成爲元雜劇的音樂主體，戲曲作家也以「振鬣長鳴，萬馬皆瘖」的風姿領一代文壇風騷❸。藝術研究者的眼光也就理所當然地爲這光彩紛呈的舞臺藝術所吸引，而有關戲曲的批評和理論，或就案頭或就場上，皆於此應運而生。

胡祇遹（一二二七～一二九三）最先就戲曲的表演藝術提出批評與理論，他在《紫山大全集・黃氏詩卷序》一文中，揭櫫「九美說」，作爲演員表演時的九項要求：

一、姿質濃粹，光彩動人；二、舉止閑雅，無塵俗態；三、心思聰慧，洞達事物之情狀；四、語言辨利，字真句明；五、歌喉清和，圓轉纍纍然如貫珠；六、分付顧盼使人人解悟；七、一唱一說，輕重疾徐中節合度，雖記誦閑熟，非如老僧之誦經；八、發明古人喜怒哀樂、憂悲愉佚、言行功業，使觀聽者如在目前，諦聽忘倦，惟恐不得聞；九、温故知新、關鍵詞藻時出新奇，使人不能測度為之限量。九美既具，當獨步同流。

前叁美是就表演者外在素質（容貌、形體、姿態、舉止）和內在素質（聰明、靈慧、敏捷、練達）而言；第四美至七美是就表演藝術而言（舞臺語言、歌唱、身段、神情）；後二美是就表演者二度創造藝術而言（發明與創新）（詳見葉濤〈表演藝術九美說新解〉）由此可見胡氏欣賞與批評的眼光相當敏銳而犀利，他能從外在的舞臺表演中，洞察表演者內在的天賦材質與後天的努力功夫。在「九美」的表演藝術中，屬於歌唱音樂的要求就有四、五、七等三種美，足見聲樂在戲曲中所佔的份量。但胡氏雖提及聲音應講求字正腔圓、中節合度，而如何達到？歌唱的方法與技巧如何？胡氏並未仔細推求，他只勾勒出應達到的境界，對過程則略而不提，這與曲學研究畢竟還有一段距離。

元雜劇以唱爲主，所謂旦本末本，即以正旦或正末一人獨唱到底，主要演員的演唱技巧與水準，對整個舞臺演出效果具有決定性的作用。然而，因爲劇本的撰作，已然形成一種文學體製，戲曲研究者乃多就元劇之文學與格律立說，鮮少留心唱演等舞臺藝術。燕南芝庵〈唱論〉首先對戲曲聲樂作深入而有系統的研究，是元代第一部著名的曲論專著，更是歷代「演唱方法論」之開端[4]。全書篇幅甚短，僅二十七節[5]，內容除簡略列舉古代著名的音樂家、歌唱家及古典戲曲的主要體製外，大部份論述古典戲曲的聲樂理論和歌唱方法。惜其文句過於簡約，幷多雜宋元方言與專門語彙，自今觀之，年湮代遠，意義不免顯得晦澀難解，茲撮其大要釐述如次：[6]

一、論節奏合拍、旋律有致：演唱者應與伴奏相配合，使歌聲的旋律能高低有致，節奏能合拍中節。如「歌之格調」談音律規格與聲歌曲調應有「抑揚頓挫，頂疊垛換，縈紆牽結，敦拖嗚咽，推題丸轉，捶欠遏透」的標準與韻致；「歌之節奏」所言「停聲，待拍，偷吹，拽棒」，係指歌唱者如何與文武場伴奏相配合且不為器樂所掩，能充分展現歌藝的種種技巧。另有歌曲旋律產生變化，文學體式也隨之有所變化的「歌之變件」，如「慢、滾、序、引、三臺、破子，遍子，攧落，實催」等，與宮調不同，旋律因而有別的各種尾聲，如「賺煞、隨煞、隔煞、羯煞、本調煞、拐子煞、三煞、七煞」等。由此益可見音樂旋律每每影響戲曲的文學體製，演唱者必須清楚掌握這既是文學，又屬音樂的特殊體製，明其體式之正變，才能正確地運用歌唱技巧，表現該樂曲所應有的聲情。

二、論字正腔圓：演唱者應把握腔隨字轉的原則，要求咬字清楚，聲腔圓滿，如〈唱論〉所言「字眞，句篤，依腔，貼調」、「凡歌一句，聲韻有一聲平，一聲背，一聲圓。聲要圓熟，腔要徹滿」。

三、論行腔關鍵：中國文字雖是一字一音，但演唱時往往將聲腔加以裝飾、延長，以達到美聽的效果。〈唱論〉所云「凡歌一聲，聲有四節：起末，過度，搵簪，攧落」，與後代崑腔水磨調所講究的字頭、字腹、字尾、收聲等行腔吐字之技巧，頗有相似之處。

四、論曲宜表情達意：每支歌曲各有不同的聲情，〈唱論〉云：「凡一曲中，各有其聲：變聲、敦聲、杌聲，啀聲，困聲，三過聲。」演唱者的歌聲必須契合曲情曲意，方足以動人心旌，引發共鳴。

五、論調氣有度：歌唱時的調氣之道，前人早有論及❼，〈唱論〉據此再作深入分析，將丹田之氣的運用細分為「有偷氣，取氣，換氣，歇氣，就氣，愛者有一口氣」種種換氣技巧。

六、論宮調聲情：宮調有無聲情，學者說法不一（詳見第三章第二節）。〈唱論〉首先主張宮調具有聲情之說，將六宮十一調各以四字形容其聲情，如「仙呂調唱，清新綿邈；南呂宮唱，感嘆傷悲；中呂宮唱，高下閃賺；……越調唱，陶寫冷笑。」此說廣為同時代及後代曲籍所徵引，影響甚鉅❽。

七、論曲牌之風格與特色：按曲牌聯套關係之密切程度，而有所謂「子母調」與「姑舅兄弟」之分。單支曲牌之風格與特色亦各自不同，或字多聲少，或聲多字少，如仙呂〈點絳脣〉與大石〈青杏兒〉因調短拍促，唱者難以發揮，而被喚作殺唱的劊子；另有一曲入數調者，如〈啄木兒〉、〈女冠子〉、〈抛毬樂〉等，皆是一支曲牌兼入兩種以上之宮調。至於「唱曲有地所」，係指每一地區各因其民情風俗，而有不同流行之歌曲，如東平唱〈木蘭花慢〉，大名唱〈摸魚子〉，南京唱〈生查子〉，彰德唱〈木斛沙〉，陝西唱〈陽關三疊〉、〈黑漆弩〉，并各有其致。

〈唱論〉最後論演唱者材質良窳不齊，歌藝水準不一，各有所長、所忌與所病❾，而以當時歌壇通行熟語「詞山曲海，千生萬熟。三千小令，四十大曲」勉勵歌者作結。其他論唱之門戶（歌唱之門類，各有專司）、題目（歌唱之題材、內容）及歌之所（適合歌唱的環境與演唱者的品類），因與戲曲聲樂理論無直接關係，故略而不談。

綜觀〈唱論〉一文，針對傳統戲曲聲樂，闡論簡要而有系統，頗足供後人參考，故每爲後代曲籍所徵引，如元末陶宗儀《輟耕錄》、明臧懋循《元曲選》卷首皆曾附刊；明朱權《太和正音譜》中〈詞林須知〉一章，亦摘錄〈唱論〉部分原文；其若干論點，如歌唱時之格調、節奏、行腔、用氣等技巧之論列，亦屢爲後代曲論家所師法與承繼。

第二部曲學論著夏庭芝《青樓集》，記錄元代百餘位戲劇與曲藝演員的生活軼事及藝術成就，多出以品賞口吻，缺乏專門而具體的批評理論。與《青樓集》並稱元代戲曲史雙璧的《錄鬼簿》[10]，其知人論世、以曲論曲的批評手法則顯得專門、獨立而有系統，鍾氏將詞章、音律作爲批評的標準（明初賈仲明增補本則再拈出「關目」一項[11]），他雖格外重視音律，但因評語過於簡略，並未具體道出音律該如何與戲曲契合，即戲曲的創作與表演在音律上該注意哪些技巧，該符合哪些準則。其後鄧子（之）晉在《太平樂府序》中強調「曲」的特色在於「調聲按律，務合音節，蓋猶有歌詩之遺意」，主張作曲必須「按四聲，字字不苟，辭壯而麗，不淫不傷」才是「樂府（即「曲」）之所本」，但仍缺乏有關戲曲聲樂之專門論述，直到元代後期戲曲作家輕忽音律，與舞臺演唱日漸疏遠，誠如虞集、楊維禎所言[12]，戲曲的生命活力因機體的殘缺——聲樂之道式微——而面臨衰亡的危機，這才出現一部愼審音韻、嚴守曲律的曲學專著——《中原音韻》。

周德清《中原音韻》是部專爲唱曲或作曲者審音辨字而設的參考書（見董同龢《漢語音韻學》），前部分歸納北曲前輩權威作家「關、鄭、白、馬」諸作而得韻譜，不但對研究元代聲韻學者具有重大貢獻，更對後代度曲之學影響甚深；後部分是〈正語作詞起例〉，包括字音辨別、用字之法、宮調和曲牌等等，其中最重要的「作詞十法」：一、知韻，二、造語，三、用事，四、用字，五、入聲作平聲，六、陰陽，七、務頭，八、對耦，九、末句，十、定格，詳細釐述審音守律、遣字立意等作曲之奧妙，多爲前人所未發，包含周氏的創作論與批評論，故《中原音韻》被任中敏譽爲「一書而兼有曲韻、曲論、曲譜、曲選四種作用」（《作詞十法疏證・序》）。

而「十法」中談音律之道者就有六項（知韻、入聲作平聲、陰陽、務頭、末句、定格），由此可窺知周氏強調作曲須與演唱密合的理念，這與他「工樂府，善音律」（虞集《中原音韻序》）的曲學素養有關，在「作詞十法」之前，他更揭櫫音律對戲曲創作的重要性：

> （古人）又云：「作樂府，切忌有傷於聲律。」且如女真風流體等文章，皆以女真人音樂歌之。雖字有舛訛，不傷於音律者，不為害也。大抵先要明腔，後要識譜，審其音而作之，庶無劣調之失。

在「十法」的「定格」一項中，周氏列舉當時最常用的七個宮調四十支曲牌，逐一標出範例並加以品評、分析，其批評角度雖多，仍以是否協律爲主，對後代律曲、製曲與度曲等曲學之研究貢獻良多。

註釋

❶ 齊森華認爲唐宋兩代是我國戲曲理論的孕育萌生期。其《曲論探勝・前言》云：「這一時期（唐宋）的曲論著述，都還不是獨立的、專門的戲曲論著，而是一種敍事的附屬物。所論亦無非詞、曲、歌、舞，雖與後世成熟形態的戲劇有著血緣上的聯繫，但畢竟不是眞正純粹的戲劇形式；而內容則又以史料的記載居多，較少理論性的闡述。所以從嚴格意義上來說，還不是眞正的戲曲理論，只能看成爲是我國古代曲論的一種濫觴。」

❷ 曲有廣狹二義，廣義之曲，指凡可入樂而歌者，如風、騷、樂府、唐詩、宋詞、法曲、大曲，乃至民間歌謠小調皆是；狹義之曲，則專指音樂和體製源於宋詞的曲，它吸收宋金北方蕃曲（少數民族樂曲）與南方村坊小曲，並受唐宋以來大曲、鼓子詞、傳踏、諸宮調、賺詞等影響，自元明以降成爲古典戲曲音樂主體之南北曲。本文所論，係指狹義之曲。

❸ 元曲撰作盛況空前，就散曲而言，由元人楊朝英先後編選之《樂府新編陽春白雪》十卷及《朝野新聲太平樂府》九卷，可知其數量之豐，近人隋樹森編《全元散曲》，計收元人小令三千八百五十三首，套數四百五十七套（殘曲在外），有署名作者共二百十二人；劇曲方面，鍾嗣成《錄鬼簿》著錄元雜劇作家一百五十二人，賈仲明《錄鬼簿續編》續錄元明之際雜劇作家七十一人，兩書合計二百二十三人，與《太和正音譜》所錄相近，傅惜華《元代雜劇全目》著錄元代姓名可考之劇作計五百種，無名氏之劇作五十種，元明之際無名氏劇作一百八十七種，合此三項，共計雜劇作品七百三十七種。現存元人雜劇約一百六十種。

❹ 〈唱論〉一書是對前人歌唱經驗與當時戲曲演唱藝術的理論總結。如「絲不如竹，竹不如肉」這種人聲較器樂自然的觀念，晉代即有（見《晉書・孟嘉傳》）。唐段安節《樂府雜錄》亦曾引錄，南朝劉勰《文心雕龍・聲

律篇》嘗有類似說法：「器寫人聲，聲非學器者也」，〈唱論〉則對前人之說加以總結。作者燕南芝庵，其眞實姓名與生平事蹟俱不可考。此書最初附刊於元人楊朝英《樂府新編陽春白雪》卷首，據此考定當作於元至正（一三四一～一三六一）以前。

❺〈唱論〉全書不分卷節，亦不標目，《中國古典戲曲論著集成．唱論提要》作「三十一節」，周貽白《戲曲演唱論著輯釋．唱論注釋》作「二十七節」，茲依周氏之說。

❻下文對〈唱論〉詞句的詮釋，大抵依周貽白《戲曲演唱論著輯釋．唱論注釋》之說，筆者歸納整理，並按傳統戲曲音樂之特質而略作發揮。

❼唐段安節《樂府雜錄》論「歌」曰：「歌者，樂之聲也，……必先調其氣，氤氳自臍間出，至喉乃噫其詞，即分抗墜之音。既得其術，即可致遏雲響谷之妙也。」宋陳暘《樂書》承其說曰：「古之善歌者，必先調其氣，其氣自臍間，至喉乃噫其詞，而抗墜之意可得而分矣。大而不至於抗越，細而不至於幽散，未有不氣盛而化神者矣。」皆指歌唱時應運用丹田之氣，方能使歌聲化神而有遏雲之妙。

❽〈唱論〉十七宮調聲情之說，見錄於同時代《中原音韻》、《陽春白雪》、《輟耕錄》等書，明代曲籍《太和正音譜》、《元曲選》與王驥德《曲律》亦嘗徵引。

❾〈唱論〉第十八節云：「有愛唱的，有學唱的，有能唱的，有會唱的。有高不揭，低不咽。……醉補兒。」論演唱者之程度不一；第廿一節「凡歌之所忌：子弟不唱作家歌，浪子不唱及時曲」談歌者所忌有別；第廿二節「凡人聲不等，各有所長：有川嗓，有堂聲……」言唱者各有所擅與所短；第廿三節「凡歌節病：有唱得困的，灰的，涎的……」、第廿四節「有唱聲病：散散、焦焦、乾乾……」與第廿五節「凡添字病：則他、兀那……」分別指出演唱者在節奏、聲調、形相與襯字使用諸方面，所出現的種種疵病。

❿鍾嗣成《錄鬼簿》載錄元代書會才人與「名公士夫」之戲曲、散曲作家凡一百五十二人，作品名目計四百餘種。初稿完成於至順元年（一三三〇），尋又於元統、至正時訂正兩次，明初賈仲明重爲增補，內容較原著豐富，詳見明天一閣藍格鈔本。

⑪ 賈氏增補《錄鬼簿》，其批評標準繼承鍾氏以詞章、音律為主，而略重音律，詳見《中國古典戲曲論著集成・錄鬼簿》注文五三〇、五三四、五四四、五六〇、五六七、五八四、六〇五、九七〇；並特別拈出「關目」一項，批評鄭廷玉「關目冷」、武漢臣「關目眞」、王仲文「關目嘉」、費唐臣「關目輝光」、姚守中「布關串目高唫吟」、王伯成「關目風騷」，陳寧甫「關目奇」，詳見上述注文二二四、三六〇、三七一、四六六、四七四、五一七、五八四。

⑫ 虞集在《葉宋英自度曲譜序》中慨嘆：「近世士大夫號稱能樂府者，皆依約舊譜，仿其平仄，綴緝（輯）成章，徒諧里耳則可；乃若文章之高者，又皆率意為之，不可協諸律不顧也；太常樂工知以管定譜，而撰詞實腔，又皆鄙俚，亦無足取。」在《中原音韻序》中曾言：「嘗恨世之儒者，薄其事而不究心，俗工執其藝而不知理」，即對文人不諳「樂律之事」表示痛心。楊維禎在《周月湖今樂府序》提到「士大夫以今樂成鳴者」，如關漢卿、馮海粟、貫酸齋等前期作家，「其體裁各異，而宮商相宣，皆可被於弦竹者也。繼起者不可枚舉，往往泥文采者失音節，諧音節者虧文采，兼之者實難也。」說明後期作家不如前期之重音律。

第二節 明清論曲 聲樂之學粲然大備

承繼元代曲論對戲曲聲樂之學的開拓，明清兩代，南戲、雜劇、傳奇在古典戲曲的舞臺中傳衍遞嬗，各擅勝場，勢興蝟起，千姿百態的舞臺藝術，吸引大批戲曲研究者投身在這股無可抗拒的洪流中，或撰作劇本，或粉墨登場，或著書立說，一時聲樂之學粲然大備，堪稱傳統曲學之黃金時代。其間論曲者甚夥，曲論專著卷帙浩繁，茲就其中立論卓犖，且於傳統聲樂之學特有創獲者，條述於后。

明初太祖爲鞏固皇權，南戲北劇曾遭禁演（洪武二十二年三月廿五日榜文，詳見王曉傳輯錄《元明清三代禁毁小說戲曲史料》與顧起元《客座贅語卷十・國初榜文》），而演神仙、義夫節婦、孝子順孫、勸人爲善及歡樂太平等具有教化功能者，則獨受鼓勵，如太祖謂《琵琶記》如山珍海錯，富貴家不可無。戲劇內容與思想受限，因而一般文士唯恐動輒得咎，便斂手不再撰作戲曲，曲壇瀰漫一股道學風與時文氣（見葉長海《中國戲劇學史稿》第三章），劇本創作與舞臺演出驟減，曲論曲評等活動也跟著顯得一片沈寂，當時曲論專著論及戲曲聲樂而流傳可考者，唯題明・朱權所撰之《太和正音譜》一書而已❶。

《太和正音譜》內容，依其目次有：樂府體式、古今英賢樂府格勢、雜劇十二科、群英所編雜劇、善歌之士、音律宮調、詞林須知、樂府等八項。可以大別爲有關古典戲曲（包括散曲）的理論、史料與北曲曲譜兩個部分。其中保存戲曲豐富史料，於元曲風格與雜劇內容之分類，雖首建系統，然未臻細密精當（詳見曾師永義〈太和正音譜的曲論〉）。全書重心仍放在戲曲聲樂之討論，如上述八項之後四項皆是。書中強調音律的重要性，引周德清《中原音韻》之言曰：「大槩作樂府切忌有傷於音律，乃作者之大病也……大抵先要明腔，後要識譜，審其音而作之，庶不有忝於先輩焉。」作者從審音的目的出發，因此「善歌之士」、「音律宮調」、「詞林須知」等三項的大部分言論，皆詳細論述戲曲聲樂，歌唱方法、宮調性質、歌曲源流，並扼要記載歷代歌唱家的片斷掌故，其中雖然大部分割裂燕南芝庵的〈唱論〉，小部分沿襲《中原音韻》的成說，但仍有作者本身的獨到見解，如「善歌之士」一項，在〈唱論〉論述歌唱格調、節奏、聲氣、門戶等基礎上，特別提出：

凡唱最要穩當，不可做作，如：咂唇、搖頭、彈指、頓足之態；高低、輕重、添減太過之音，皆是市井狂悖之徒，輕薄淫蕩之聲，聞者能亂人之耳目，切忌不可。唱若遊雲之飛太空，上下無礙，悠悠揚揚，出其自然，使人聽之，可以頓釋煩悶，和悅性情，通暢血氣，此皆天生正音，是以能合人之性情，故曰：「一聲唱到融神處，毛骨蕭然六月寒。」

主張歌唱應自然融神並合人之性情，切忌做作輕薄而亂人耳目，而舉盧綱、李良辰、蔣康之、李通等知音善歌者爲例，說明歌聲動人的最高境界。

書中最具價值處爲「樂府」一項，是現存唯一最古老的北曲曲譜，按北曲黃鍾、正宮、大石調、小石調、仙呂、中呂、南呂、雙調、越調、商調、商角調、般涉調等十二宮調的分類，將每一宮調的每一支曲牌，詳細注明四聲平仄，分別標清正字襯字；每支曲牌並選錄元代或明初之雜劇、散曲作品爲例，共收三百三十五支曲牌，作爲塡製北曲的規範。如此詳備的句格譜式，俾後代律曲、製曲與度曲者有規矩可循，如明末范文若《博山堂曲譜》、清初李玉《北詞廣正譜》、王奕清等合編《欽定曲譜》、周祥鈺等合編《九宮大成南北詞宮譜》之北詞部分，並皆取材於此，《太和正音譜》一書亦因之不朽。

成祖永樂以降，政治漸趨安定，嘉靖至萬曆年間，經濟蔚然成長，晚明王陽明致良知學說與李卓吾追求自我的精神，爲思想界注入新血，各地聲腔也在此粲然登場❷，李卓吾、袁宏道等人更一反傳統，對戲曲小說予以肯定❸。時代大環境的改變，使古典戲曲結束長達一百多年的沈寂局面，蓬勃展開出一個新的契機。文人創作方面，徐渭的《四聲猿》取得明雜劇的新成就，三大傳奇——李開先的《寶劍記》、王世貞的《鳴鳳記》與梁辰魚的《浣紗記》，一洗明初道學、時文等歪風，爲曲壇注入一股清剛之氣，是中國戲劇豐收期——十六世紀末至十七世紀初——的先聲。（見余秋雨《中國戲劇文化史述》頁三五九～四〇三）

在戲曲理論批評方面，更是極一時之盛，論者除戲曲音樂家外，俗文學家李開先、詩文大家王世貞、博學家何良俊、思想家李卓吾等亦紛紛投入其中，且成就可觀。而當時戲曲界最引人矚目的是崑山腔的崛起與改革成功，這流麗悠遠，聽之最足蕩人，而令北詞幾廢的南曲正聲，自此雄踞曲壇幾達三百年之久（嘉靖初至乾隆末）。而崑山水磨調改革運動的中堅人物——魏良輔❹，更以切身創腔度曲的體悟，撰作一部卓然千古的聲樂理論專著——《曲律》。

《曲律》版本多而名稱不一，其中以六〇年代新發現的嘉靖寫本「婁江尚泉魏良輔《南詞引正》」最接近魏氏原作之本來面目❺，故下文分析主要據此。《南詞引正》除第五、第八條略論各地聲腔、崑腔歷史與南北曲相異處❻之外，全篇專就崑腔唱曲之方與度曲之道詳加闡發，茲略述如下：

一、就演唱境界而言：魏氏認爲「唱曲俱要唱出各樣曲名理趣」（第十一條），如〔玉芙蓉〕等曲俱要馳騁，〔針線箱〕等曲要規矩，〔二郎神〕等曲要悠揚，〔撲燈蛾〕等曲「雖疾而無腔有板，板要下得匀淨，方好」。後世論曲牌之聲情，率緣此而發。（其他刻本如《吳歈萃雅》、《崑腔原始》與《度曲須知》等，曾提及清唱宜達到「閑雅整肅，清俊溫潤」的境界，又說「惟腔與板兩工者，乃爲上乘」）

二、就演唱方法與技巧而言：欲達到上述的演唱境界，演唱者須注意下列諸多習曲方法與唱曲技巧。

1.學習態度與方法方面：「初學不可混雜多記……如混唱別調，則亂規格」（第一條）、「生詞要細玩，虛心味之，未到處再精思。不可自做主張，終爲後累。」（第四條）、「將《伯喈》（按：即《琵琶記》）與《秋碧樂府》（按：指陳鐸所作散曲），從頭至尾熟玩，一字不可放過」（第十四條）；等到具備一定的程度之後，「南曲要唱〔二郎神〕、〔香遍滿〕、與〔本序〕、〔集賢賓〕熟，北曲唱得〔呆骨朵〕、〔村裏迓鼓〕、〔胡十八〕精，如打破兩重關也。」（第十六條）

2.行腔方面：要注意節奏的變化和分寸感，如「迎頭板隨字而下，轍板隨腔而下，句下板——即絕板，腔盡而下」（第二條）、「雙疊字上兩字接上腔，下兩字稍離下腔」（第六條）、「單疊字要抑揚」（第七條）、「北曲要頓挫」（第八條）、「長腔貴圓活，不可太長；短腔要遒勁，不可就短」（第十二條）、「過腔接字，乃關瑣之地，最要得體。有遲速不同，要穩重嚴肅，如見大賓之狀，不可扭捏弄巧」。

3.咬字方面：「唱北曲宗中州調者佳」（第八條）、「五音以四聲爲主，但四聲不得其宜，五音廢矣。平、上、去、入務要端正，有上聲字扭入平聲，去聲唱作入聲，皆做腔之故，宜速改之。中州韻詞意高古，音韻精絕，諸詞之綱領。切不可取便苟簡，字字句句須要唱理透徹」（第十條）；至於蘇、松等方言土音，宜漸漸改去（見第十七條），如此吐字才合乎博雅大方。

至於第十八至二十條[7]，魏氏特別標出曲有「三絕」——字清，腔純，板正；「五不可」——不可高，不可低，不可重，不可輕，不可自主張；「五難」開口難，過腔難，出字難，低難，轉收入鼻音難（按：各刻本皆作此，較《南詞引正》作「高不難」合乎「五難」之說）；「兩不辨」——不知音者，不可與之辨；不好者，不可與之辨；「兩不雜」——南曲不可雜北腔，北曲不可雜南字，乃總括就態度、行腔與咬字等方面，提示演唱者應注意哪些習曲唱曲的素養、方法與技巧。

此外，魏氏更細心地注意到聆曲賞曲者應有的素養，如第十五條云：「聽曲尤難，要肅然不可喧譁。聽其唾字、板眼、過腔得宜，方妙，不可因其喉音清亮，就可言好。」俗云外行看熱鬧，內行看門道，聽曲者應仔細品賞，不可盲目喝采，才能顯出有深度的藝術品味，也才能給不單靠天賦而能實地下功夫唱曲的人眞正的鼓勵。至於文人雅士的唱曲，魏氏以爲批評標準宜從寬：「士大夫唱不比慣家，要恕：聽字到腔不到也罷；板眼正腔不滿也罷。意而已，不可求全」從魏氏溫柔敦厚的批評態度中，我們隱約可以覺察到：崑曲發展到後來之所以不同於衆聲競美的「花部」，唯獨享有「雅部」的美譽，多少與開頭這股濃郁的書卷氣有關——咬字穩正，行腔規矩，而不悖四聲、逞怪腔以譁衆取寵。

由於崑腔水磨調至今仍活躍於戲曲舞臺之中，因此魏良輔《曲律》所論，遠比芝庵〈唱論〉來得具體切實，更別有一番親切之感。〈唱論〉內容雖較宏富（包括演唱歷史、效果、題材、環境、方法、技巧……），但偏於蕪雜；魏氏《曲律》內容雖嫌單薄，但所論精要而集中（參見葉長海《中國戲劇學史稿》第四章），故數百年後仍不失爲崑曲唱曲度曲之南針。

與魏氏《曲律》同時代的何良俊《四友齋曲說》❽，雖借家中老曲師頓仁之口，說明唱曲咬字應分四聲、陰陽與開閉，並論南北曲定調入律之異❾，但終是曲話性質，所論如蜻蜓點水而不深入。王世貞《曲藻》（一五五八）❿作於南北曲爭勝競美之時，王氏基於時代風尚，總結前人之說⓫，對南北曲的不同風格，從演唱上進行多方面的比較分析，立論簡明扼要：

> 大抵北主勁切雄麗，南主清峭柔遠。……
>
> 凡曲：北字多而調促，促處見筋；南字少而調緩，緩處見眼。北則辭情多而聲情少，南則辭情少而聲情多。北力在絃，南力在板。北宜和歌，南宜獨奏。北氣易粗，南氣易弱。此吾論曲三昧語。（按：王氏此段論曲文字，《吳歈萃雅》、《詞林逸響》、《吳騷合編》與《度曲須知》皆羼入魏良輔《南詞引正》（《曲律》）中，且文字互有改易，詳見錢南揚〈魏良輔《南詞引正》校註〉一文。）

然其間所論，僅就各零星之「點」加以排列，且南北曲彼此涇渭分明，無一絲通融之處，反不若青木正兒《中國近世戲曲史》來得圓融而全面⓬。徐渭《南詞敍錄》繼魏氏《曲律》漸去土音之說，提出「凡唱，最忌鄉音」的唱曲原則⓭，並對南北曲聲情之異，賦予鮮明之形象（見註⓫）。但徐氏對宮調所持的觀念卻極爲偏頗，不但曲解高則誠「也不尋宮數調」的原意⓮，甚至認爲所謂宮調問題，「大家胡說可也」。不過徐氏對南曲宮調的見解，下文略有轉圜，倒有可取之處，他說：

> 南曲固無宮調，然曲之次第，須用聲相鄰以為一套，其間亦自有類輩，不可亂也，如〔黃鶯兒〕則繼之以〔簇御林〕，〔畫眉序〕則繼之以〔滴溜子〕，自有一定之序，作者觀於舊曲而遵之可也。

可惜他對南北曲聯套的理念，並未作進一步研究與發明，可說是知其然而不知其所以然，必等到近代曲學大家吳梅對這問題的重視，接著王季烈提出主腔觀念，曲牌聯套的研究才出現一道曙光。

萬曆年間的戲劇學燦如繁花綴錦，此時研究家多、著作多、理論性強、氣派大，曲論大家一時湧現（參葉長海《中國戲劇學史稿》第五章），其中沈璟、潘之恆、呂天成、王驥德等人並對戲曲聲樂之道多所關注，茲分述如次。

沈璟是曲壇「格律派」的重臣，在二十餘年的辭官生涯裏，他潛心研究南曲格律，著述頗多，惜亡佚過半。其中最具代表性的一篇曲學專論是附刻於《博笑記》卷首的〔二郎神〕套曲，在以曲論曲的特殊形式中，可以明顯看出他以「合律依腔」爲曲學宗旨，所謂「縱使詞出綉腸，歌稱繞梁，倘不諧音律，也難褒獎」正是他的名言（與湯顯祖之重才情及文采壁壘分明）。他曾慨嘆：「嗟嗟！唱曲者既未必曉文義，而作曲者又未必能審音」（《南九宮譜》〔南呂過曲·金蓮子〕尾注）的弊病，因而提出「詞人當行，歌客守腔，大家細把音律講」的主張，將戲曲創作與演唱兩者密切結合，對後來吳梅的曲學主張產生若干影響⑮。

由於孫鑛聲韻學方面的啓導（見孫鑛《與沈伯英論韻學書》），沈璟對四聲腔格提出重要性的見解：

〔二郎神．前腔換頭〕……倘平音窘處，須巧將入韻埋藏。這是詞隱先生獨秘方，與自古詞人不爽。若遇調飛揚，把去聲兒，填他幾字相當。

〔囀林鶯〕詞中上聲還細講，比平聲更覺微茫。去聲正與分天壤，休混把仄聲字填腔。析陰辨陽，却只有那平聲分黨。細商量，陰與陽還須趁調低昂。

這兩支曲牌提到入聲字的妙用、上去不可混用、愼用上聲與明辨陰陽等觀念，對後代度曲譜曲之學頗具影響力。此外，由於當時文人普遍諳熟詩律而不明曲律，沈璟特別在〔囀林鶯．前腔〕強調「用律詩句法須審詳，不可厮混詞場」，並舉〔步步嬌〕、〔懶畫眉〕首句爲例，提醒作者詩律與曲律究竟不同，最好能細閱具有嚴整曲律的《琵琶記》。

除了理論的闡發之外，沈璟將畢生精力花在曲律的考訂上，他繼承《中原音韻》與《太和正音譜》重音律的精神，審愼編訂《古今詞林辨體》、《唱曲當知》[16]、《南九宮譜》、《南詞韻選》、《考訂琵琶記》等具有教科書性質的曲學專著，並舉出曲詞實例予作曲者有一詳備之範本可循，書中不厭其煩地逐句注明「某某去上聲妙」等語，藉以提醒作曲者注意，以免誤用。其中最受矚目的是《南九宮譜》，又名《新定九宮詞譜》、《南曲全譜》、《南九宮十三調曲譜》等，當時南曲的第一本曲譜是蔣孝所編的《南九宮譜》、《十三調譜》（北曲有《太和正音譜》）每調各錄舊詞爲式，但缺點頗多，又很快失傳。沈璟乃增補而校定之：辨體製，釐宮調，詳核正犯，考定四聲，指摘誤韻，校勘同異，可謂句梳字櫛，至嚴至密，又添補新詞，加收又體，允爲南曲最完善之曲譜。其特色在於釐正句讀，分別正襯與附點板式，最符合王季烈所謂之「曲譜」特點。其後程明善編《嘯餘譜》，清王奕清等編《欽定曲譜》，南曲全仍沈譜（詳見王古魯〈蔣孝舊編南九宮譜與沈璟南九宮十三調曲譜〉），足證沈璟對戲曲格律考訂之精詳，超邁前人實不可以道里計，故數百年後近代曲家王季烈等同組「景璟社」（參見王季烈〈景璟社記〉，錄於《螾廬未定稿》），以拍唱水磨古調，洵取景仰詞隱之意也。

潘之恆的《鸞嘯小品》是他在蘇州、金陵、揚州等地編校劇本、主持曲宴與觀摹戲曲演出之餘，爲優秀的表演者所作的傳記與品題，兼含他對表演藝術的心得與體悟。他對崑曲表演，見解精闢而獨到，被當時曲壇視爲「賞音」，譽爲「獨鑒」。由於對崑腔濡染甚深，他在〈曲派〉、〈敍曲〉二文中，對崑腔的興起、發展與流派闡述頗爲精要。潘氏豪俠任情，率以品賞筆調論表演藝術，通篇雖乏整飭之曲論，但對唱曲方面的分析，仍有可取之處。

他主張戲曲表演的關鍵在於唱曲，〈原近〉一文引劇師王渭臺之語，說明「技之不進，以曲之未精，曲精而百技隨之」。〈曲餘〉篇也提到「爲劇必自調音」，至於如何調音？他說：

> 音也者，聲與樂之管也。聲之微為音；音之宣為樂。故曰：知聲而不知音，不能識曲；知音而不知樂，不能宣情。音既微矣，悲喜之情已具曲中。一顰一笑，自有餘韻，故曰「曲餘」。今之為劇者不能審音，而欲劇之工，是愈求工而愈遠矣！

要達到「曲餘」的境界，必須從「識曲」與「宣情」兩方面來掌握。而「識曲」最基礎的工作是「正字」。潘氏在〈正字〉一文以善歌者李玉華、李紉之爲例，具體地提出咬字與音色之是否準確、圓美，直接影響曲意之表達與曲情之騰宣：「夫曲先正字，而後取音。字訛則意不眞，音澀則態不極。……吐字如貫珠，於意義自會；寫音如霏屑，於態度愈工。……奏曲而無音，非病音也，態不浹也；同音而無字，非病字也，意不融也。故欲尙意態之微，必先字音之辨。」〈黛玉軒記〉贊賞「能使字中有聲，而聲中又能無字」的演唱效果，即吐字應講求美化，輕圓而有韻致，行腔宛而清，轉換處須無磊塊。至於「宣情」，是指融情於聲的表現技巧，即今所謂歌聲含帶感情的藝術魅力，能充分掌握咬字與唱法等律度，字、音、意、態皆備，自然可「令聽者淒然感泣訴之情，慢然見離合之景，咸於曲中呈露」。

由於崑腔正粲然活躍於當時的戲曲舞臺，潘氏結識的優秀演員不下百人，從各地唱演的觀摩之中，他對崑腔的演唱水準要求頗高，《鸞嘯小品·前言》云：「余尙吳歈，以其亮而潤、宛而清」，〈敍曲〉一篇，更將崑腔的字聲、節奏、曲情等美感要求發揮到極致，對崑腔美學之研究深具歷史意義與價值，茲摘錄於下：

> 《亘史》[17]曰：甚矣！吳音之微而婉，易以移情而動魄也。音尙清而忌重，尙亮而忌澀，尙潤而忌纇，尙簡捷而忌慢衍，尙節奏而忌平鋪。有新腔而無定板，有緣聲而無轉字，有飛度而無稽留。魏良輔其曲之正宗乎！……大都輕清寥亮，曲之本也。調不欲緩，緩令人怠；不欲急，急令人躁；不欲有餘，有餘則煩；不欲軟，軟則氣弱。

到了萬曆後期，由於劇作家漸漸漠視聲腔格律，當時稱霸劇壇的崑劇開始產生危機，誠如祁彪佳所說的「音調不明」、「目中不識九宮十三調爲何物」⑱等劣作充斥曲壇，幾使崑劇毀於一旦。回顧崑腔崛起之初，所以能戰勝諸腔取得盟主地位，實與其聲腔之動聽、格律之嚴整息息相關。萬曆初，弋陽青陽腔深入南北各地，甚至改調歌演崑劇傳奇，當時尙不能取崑劇而代之者，以當時劇作家皆曉崑劇格律故也。欲挽救崑劇頹勢，唯有重視聲樂之學，樹立崑曲格律一途而已，因此強調劇本應兼顧文學性與舞臺性的呂天成，他的「雙美說」一提出，普遍獲得晚明曲壇的熱烈響應⑲。仔細推求呂天成之論曲，其中音律實略重於文采，他品評傳奇即依其舅祖孫鑛的南戲「十要」，把「按宮調，協音律」放在第四要，而把「詞采好」置於第六要，祁彪佳《遠山堂曲品序》也稱呂天成的《曲品》是「後詞華而先音律」。

當時曲家幾乎無人不重聲律之學，如臧懋循將「音律諧叶之難」列爲作曲三難之一（其他二難爲情詞穩稱之難與關目緊湊之難）。又凌濛初的《南音三籟》雖以「古質自然，行家本色」者爲「天籟」，但依然肯定聲律的重要，其敍云：「學者不得不從宮調文字入，所謂師曠之聰，不廢六律，與匠者之規矩埒也。」張琦主張曲以傳情，《衡曲麈談・曲譜辨》中，他雖反對「執古以泥今」、「專在平仄間究心」的陋學，但仍肯定曲譜存在的價值。至於馮夢龍更將聲律置於詞采之上，其《太霞新奏發凡》云：「詞學三法，曰調，曰韻，曰詞。不協調則歌必捩嗓，雖爛然詞藻無爲矣。……是選以調協韻嚴爲主……。」而馮夢龍在爲王驥德《曲律》作序時，最能表現晚明曲學家珍惜崑劇藝術亟設崑曲格律的苦心：

> 律設，而天下始知度曲之難；天下知度曲之難，而後之蕪詞可以勿製，前之哇奏可以勿傳。懸完譜以俟當代之真才，庶有興者！……濫於曲而譜概之，濫於借口譜之曲而律概之，其揆一也。

王驥德《曲律》在中國古典戲曲理論發展中，具有承先啓後的關鍵性作用。在〈論腔調〉中，王驥德標舉崑腔為「南曲正聲」，對「世之腔調，每三十年一變」的必然趨勢難以釋懷。眼見曾經風雲一時的元雜劇，到了明代變成束之高閣的案頭文學，倘若崑劇再不自救，豈不被「淫哇妖靡、不分調名、亦無板眼」的「兩頭蠻」⑳所取代，而重蹈元劇之覆轍？為此，王驥德憂心忡忡，〈雜論五十一〉云：「今日之南曲，他日其法之傳否，又不知作何底止也？為慨，且懼！」在《曲律自序》中他表明了撰作《曲律》的動機，主要是因為當時南曲律譜久廢不設，「上無犴狴之懸，下鮮棘木之聽」，劇作家們「解弢而往，脫銜以快」，以致曲壇充斥沾脣拗嗓、宮調亂用（見〈曲禁〉）等音律不諧之作，於是他秉持「修補世界闕陷」之心（見〈雜論〉一二二），作《曲律》樹南曲之格律以矯時弊。《曲律》一書四卷，凡四十章，內容詳備，其中關乎聲樂格律者有：（編號表篇目次序）

(三)論調名　(四)論宮調　(五)論平仄　(六)論陰陽　(七)論韻　(八)論閉口字

(九)論務頭　(十)論腔調　(十一)論板眼　(十二)論須識字　(十五)論聲調　(廿二)論過搭

(廿三)論曲禁　(卅)論劇戲㉑

王驥德《曲律》所論雖非全是不刊之論㉒，但由於他總結前人曲學成果，論述全面，組織嚴密而又自成體系，因此在當時曲壇所引起的影響既廣且深，任中敏因而給他最高的評價：「無王驤德，則譜律之精微，品藻之宏達皆無以見，即謂今日無曲學可也。」（《新曲苑・曲諧》卷一）

此後考訂戲曲格律成爲一時風尙，曲學研究也一直盛行到清乾嘉之前。曲學家們孤心苦詣地訂譜斠律，昌大度曲之學，促使崑劇的創作與演出，有明確的規範可循，從混亂中漸趨統一與進步。當時曲壇論聲樂之學者頗多，其中最引人注目的是沈寵綏的《絃索辨訛》與《度曲須知》，因爲當時度曲家眞正懂得聲律意義的並不多，就如同今日研究戲曲者，對聲韻學未必會感興趣，遑論深入研究；然而戲曲歌唱的美學基礎在於「字正腔圓」，要評賞是否達到「字正」的標準，就非得藉助聲韻學的研究不可。而沈寵綏正是極少數對聲韻學特有研究的度曲家，顏俊彥爲《度曲須知》作序時，曾提到沈氏對聲韻學確有異稟：「嘗見其稽韻考譜，津津不置。遇聲場勝會，必精神寂寞，領略入微，某音戾，某腔乖，某字呼吸協律，即此中名宿，靡不心媿首肯。」

《絃索辨訛》一書，沈氏列舉王實甫全本《西廂記》與時曲、明傳奇等十餘套北曲，用不同記號逐字注音，爲歌唱者標出詳細的字音與口法。主要是因爲當時南曲正盛，坊譜甚多，而「北調之被絃索者，無譜可稽，惟師牙後餘慧」，且戲曲創作與演唱中，「以吳儂之方言，代中州之雅韻，字理乖張，音義逕庭」的情形很多。於是他本著魏良輔《曲律》「南曲不可雜北腔，北曲不可雜南字」的原則，「取《中原韻》爲楷，凡絃索諸曲，詳加釐考，細辨音切，字必求其正聲，聲必求其本義，庶不失勝國元音而止。」（《絃索辨訛序》）至於《中原音韻》

字音有不合適者，他必取諸曲學名家本子，多方參訂，「不敢逞臆音切」，態度嚴謹而通達。其中所選李開先《寶劍記‧投泊》，即至今仍活躍於舞臺之崑曲戲「夜奔」，數百年後批覽沈氏所注之音讀、口法，仍不失爲北曲燈燈相續之正音南針。

《度曲須知》二卷三十六章，繼《絃索辨訛》之後而作，一本《辨訛》之精神，求「一字有一字之安全，一聲有一聲之美好」（《須知序》），而較《辨訛》更具科學性與系統性。書中除前有兩章〈曲運隆衰〉、〈絃律存亡〉略論南北戲曲聲腔源流及南北曲存亡問題，與末兩章節引魏良輔《曲律》及王驥德《曲律‧論曲亨屯》外，其餘全是作者藉著豐富的歌唱經驗，精密地解說南北戲曲歌唱中出字、收音、歸韻等種種技巧與方法，允爲後代度曲之正鵠。

值得一提的是，沈寵綏在〈曲運隆衰〉中，對「精華已鑠，顧雄勁悲壯之氣猶令人毛骨蕭然」的勝國元音——北曲，依然企慕不已，頗有繩繼遺音之意。他雖斤斤考索律殘聲冷的北調，但並非卑視清峭柔遠的水磨崑腔[23]，而是打從心底擔憂明代中葉以降，崑曲一派繁花似錦，南音瀰漫整個曲壇，所謂勁切雄麗的北曲遺音，由於乏人問津，焉能不日漸消亡？因此站在學術研究立場，沈氏的執著精神，非但不守舊，反而更顯得可貴可敬！

沈寵綏之外，晚明曲論家談聲樂者，雖不及沈氏整飭，然亦間有精采之論。如張元長《梅花草堂曲談》提及諸宮調《董西廂》唱時「一人援絃，數十人合坐，分諸色目而遞歌之，謂之磨唱」與金元唱法不同[24]，至於論魏良輔事迹、崑山流派、梁辰魚曲藝之盛並與顧清甫教人度曲情形，皆具戲曲史價值，其中兩段論度曲之妙，略有創新之語：

△喉中轉氣，管中轉聲，其用在喉管之間，而妙出聲氣之表，故曰微若絲，發若括，真有得之心應之手與口，出之手與口而心不知其所以者。

△王怡菴教人度曲，閑字不須作腔，則賓主混而曲不清，又言諧聲發調，雖復餘韻悠揚，必歸本字，此宇宙間不易之程，非獨家事也。

顧起元《客座贅語．戲劇》記明萬曆以前，南京公侯縉紳與富家凡有讌集，皆演院本而唱北曲；萬曆後則一變而盡用南唱，演南戲，聲腔由弋陽（用鄉音）、海鹽（用官話）、四平，最後變爲全尚崑腔。顧氏記當時崑腔所向披靡的盛況，每爲後來學者所引用，茲錄之如下：

> 今又有崑山，校海鹽又為清柔而婉折，一字之長，延至數息。士大夫稟心房之精，靡然從好，見海鹽等腔已白日欲睡，至院本北曲，不啻吹篪擊缶，甚且厭而唾之矣。

顧氏這段紀錄說明原本「體局靜好」（湯顯祖〈宜黃縣戲神清源師廟記〉），而被用以款待嘉賓的海鹽腔，與金鼓喧闐、盛極一時的弋陽腔，在崑山水磨調的輝煌氣勢下，竟然令人「白日欲睡」，逐漸變得「平直無意致」（《寄暢園聞歌記》）了。同時代的沈德符《顧曲雜言》[25]曾記述民間俗曲〔鬧五更〕、〔寄生草〕、〔羅江怨〕、〔哭皇天〕、〔粉紅蓮〕、〔桐城歌〕、〔銀絞絲〕等曲調流傳情形，並考證崑曲工尺譜之源流，於傳統戲曲聲樂之研究，頗有助益。

東山釣史與鴛湖逸者同輯《九宮譜定》凡十二卷，卷首附〈九宮譜定總論〉一卷專論戲曲聲律，計有〈套數論〉、〈務頭論〉、〈引子論〉、〈過曲論〉、〈換頭論〉、〈犯論〉、〈賺論〉、〈尾聲論〉、〈板論〉、〈平仄論〉、〈韻論〉、〈字論〉、〈腔論〉、〈各宮互犯論〉、〈程曲論〉、〈用曲合情論〉等十六篇，每篇百餘字，立論簡扼清晰，然多數見解已見於王驥德《曲律》，其中較出色的是〈用曲合情論〉一篇，文云：

> 凡聲情既以宮分，而一宮又有悲歡、文武、緩急等，各異其致，如燕飲陳訴、道路車馬、酸淒調笑，往往有專曲，約略分記第一過曲之下，然通徹曲義，勿以為拘也。

繼承〈唱論〉肯定宮調具有聲情的說法，再進一步認爲一宮之中又有悲歡、文武、緩急等不同的聲情，較諸〈唱論〉僅以四字形容詞概括更具彈性。其中最重要的觀點是將「曲義」置於「聲情」之先，即由曲義來決定宮調，若能通徹曲義，則不必受拘於宮調。這種通達的觀念，自然也爲近代曲家吳梅、王季烈所吸取[26]。

由於聲律之學的興盛，明清兩代曲譜特多，且在水準之上，據錢南揚考證，光是失傳的南曲譜就有瞿佑《餘清曲譜》、姚弘誼《樂府統宗》、《楊升庵譜》、《譚儒卿譜》、沈謙《南曲譜》、馮夢龍《墨憨齋詞譜》、吳尚質《九宮譜》、陳繼儒《清明譜》、徐君見《南曲譜》、汪宗沂《金元十五調南北曲譜》、胡介祉《隨園曲譜》、無名氏《詞曲譜》等十餘種之多，而目前依然流傳的至少在八種以上（詳見錢氏〈論明清南曲譜的流派〉一文），其中影響較大的有：一、沈璟《南九宮譜》，詳見上文。二、沈自晉《廣釋詞隱先生南九宮十三調詞譜》，簡稱《南詞新譜》，遵循沈璟的成果，再「嚴律韻」而「采新聲」（見該譜《凡例》），使曲譜能「通其變而廣其教」，較沈璟略有開展。三、《滙纂元譜南曲九宮正始》，簡稱《九宮正始》，由明末徐子室、清初鈕少雅完成，前後編撰二十二年，易稿九次，卷首《臆論》說明其編撰原則在於「精選」：以合律爲主，寧質毋文；「嚴別」：嚴格區分元代與明代南戲，不容羼混；「定排名歸宿」：準金元之舊，且以套數爲準來決定曲子所屬之宮調；「正字句的當」：樹立每一曲牌之定式，每一字句皆不容妄意增減。由於編撰態度審愼，頗能糾正蔣孝與沈璟曲譜中疏誤之處，並因其致力考正曲源，故保留許多古代戲曲資料（如《骷髏格》等早期曲譜），足資後人稱引與研究。四、清初張大復《寒山堂新定九宮十三調南曲譜》，其《凡例》十則論及宮調之正俗名、九宮與十三調之不可強分、引子過曲與慢詞近詞等名稱問題，皆頗有新見。五、《九宮大成南北詞宮譜》，由周祥鈺等奉勅編纂，乾隆十一年成書。全書八十二卷，包括南北曲凡二〇九四支曲牌，加上變體共四四六六個曲調，另有北套一八五套，南北合套三十六套，卷帙浩繁，堪稱集南北曲大成之曲譜。該譜詳列曲牌體式，別正襯，注工尺，既可依其譜塡詞，又可按其譜演唱，兼具曲譜與宮譜之功能；並廣收元明清散曲、劇曲及唐宋詩詞、諸宮調等曲調，洵爲傳統戲曲音樂之鉅著。

晚明以迄清乾嘉之前，聲樂之學大盛，相對地提高戲劇的舞臺藝術，尤其崑劇的演出更是精益求精。據陸萼庭《崑劇演出史稿》與胡忌《崑劇發展史》記載，當時家樂與民間職業戲班紛紛成立，宮廷演劇亦以崑劇爲主，是崑劇史上最燦爛輝煌的一頁。當時劇作如林，尤以清初李玉的《千鍾祿》、康乾之間洪昇的《長生殿》與孔尚任的《桃花扇》爲膾炙人口，締造了

「家家收拾起，戶戶不隄防」的空前盛況㉗。

戲劇的黃金時代往往會孕育出優秀的戲曲理論家，而被吳梅譽爲有清一代第一人的李漁（一六一一～一六七九或八〇），更是此中翹楚。他不僅創作豐富，而且與舞臺藝術深相契合，對戲曲教學，如演員培訓、舞臺管理等一切導演學問，都有開創性的研究與見解。他特別重視劇本的可演性，而劇本能否奏之場上的重要因素，即在於音樂，因此雖然他對「聲音之道，未嘗盡解」（《演習部·授曲第三》），但仍極力肯定戲曲音樂的研究價值，《閒情偶寄》一書中《詞曲部·音律第三》共計九款㉘探討聲樂之學，足見其用心所在。他說：

> 至於塡詞之道，則句之長短，字之多寡，聲之平上去入，韻之清濁陰陽，皆有一定不移之格。長者短一線不能，少者增一字不得，……能於此種艱難文字，顯出奇能，字字在聲音律法之中，言言無資格拘攣之苦，如蓮花生在火上，仙叟奕於橘中，始為盤根錯節之才，八面玲瓏之筆……。

由於他對聲律之道無法有全然透徹之悟，因此立論往往失之過嚴，守成有餘而知變不足㉙。拘守聲律雖令他「煩苦欲絕」，但爲了劇本能達到敷演的目的，他認爲這種代價還是值得的。〈凜遵曲譜〉即有一段啓人深省之語：

> 束縛文人，而使有才不得自展者，曲譜是也；私厚詞人，而使有才得以獨展者，亦曲譜

是也。……只求文字好，音律正，即牌名舊殺，終覺新奇可喜。如以極新極美之名，而填以庸腐乖張之曲，誰其好之？善惡在實，不在名也。

又乾隆年間，崑曲正值鼎盛之期，徐大椿的《樂府傳聲》正是此時最爲傑出的戲曲聲樂理論。徐大椿（靈胎）本家學淵源（祖父徐虹亭著《鞠花詞》，父徐釚著《詞苑叢談》），而於音律夙有神解，鑒於古樂之曲折節奏雖亡，而聲樂之道「猶存一線於唱曲之中」，恐其日漸消亡，於是撰作《樂府傳聲》，強調宮調、字音與口法爲唱曲者所不可不知，尤其對口法的研究用力最深。全書共三十五篇，除〈源流〉、〈元曲家門〉等總論外，其餘皆專就字音口法與運腔之道而論。在字音口法方面，他直接繼承沈寵綏《度曲須知》的研究成果，而論述又較沈氏簡扼明晰。如沈書所附〈四聲經緯圖〉中已標出唇舌牙齒喉與開齊合撮相配之總表，論述詳盡而略嫌繁瑣，一般曲家缺乏聲韻學基礎，仍難入門，如乾隆年間黃圖珌的《看山閣集閒筆》對五音、四呼的觀念，依然混雜而欠系統[30]；《樂府傳聲》則明標「五音」、「四呼」、「喉有中旁上下」、「鼻音閉口音」、「四聲各有陰陽」、「北字」，而每篇以數百字加以闡釋，使演唱者對於咬字能達到「識眞念準」的要求。

至於運腔之道，他除了分析四聲唱法、收聲歸韻、起調頓挫、輕重徐疾等重點外，還提出「交代」一項，希望演唱者在咬字時能更重視每一個字的頭、腹、尾，以達到「字字清徹」的境界。他如「陰調陽調」（指假嗓眞嗓之運用）、「斷腔」、「重音疊字」、「高腔輕過」、「低腔重煞」、「定板」與「底板唱法」各項，均較沈氏《度曲須知》更多創發，對於近代度曲大家如吳梅、王季烈等影響甚深，誠如胡彥穎《樂府傳聲序》所言：「此書不但爲時伶下鍼砭，爲元曲留面目，並古今樂部之節奏曲折可由此而推測其萬一，其功豈淺鮮哉！」

徐大椿適逢崑劇鼎盛期，在精益求精的時潮下，當時曲壇歌唱藝術較諸明代已有所進展，徐氏以他精邃的度曲特長作《樂府傳聲》，確實是繼元代芝庵〈唱論〉、明代魏良輔《曲律》及沈寵綏《度曲須知》之後，爲傳統戲曲聲樂理論之學，樹立了一個新的里程碑。

註釋

❶《太和正音譜》一書，曾師永義疑出朱權門客之手（見〈太和正音譜的作者問題〉一文），按書首序文云：「余因清讌之餘，採摭當代群英詞章，及元之老儒所作，依聲定調，按名分譜，集爲二卷，目之曰《太和正音譜》；審音定律，輯爲一卷，目之曰《瓊林雅韻》；蒐獵群語，輯爲四卷，目之曰《務頭集韻》；以壽諸梓，爲樂府楷式，庶幾便於好事，以助學者萬一耳。」三書探討戲曲聲樂，並爲樂府楷式，於後世律曲、製曲、度曲之學裨益匪淺，惜後二書今已佚失不傳。

❷除了葉德均〈明代南戲五大腔調及其支流〉一文所提到的溫州、海鹽、餘姚、弋陽、崑山五大聲腔爭妍競麗、各擅勝場外，沈寵綏《度曲須知．曲運隆衰》另載有義烏、青陽、四平、樂平、太平等聲腔。

❸參見李卓吾〈童心說〉、〈雜說〉、〈忠義水滸傳序〉，袁宏道〈敍小修詩〉、〈與江進之書〉、〈觴政〉等文。

❹有人誤將魏良輔視爲崑山腔的創始者，其實據葉德均〈明代南戲五大腔調及其支流〉一文考證，崑山腔早在明正德年間（魏氏生前）即已開始流行，且在魏氏之前，吳中早有過雲適、袁髯、尤駝等唱曲前輩，與魏氏同時

的吳中善歌者更不下二十人，（詳見明張大復《梅花草堂筆談十二》、清張潮《虞初新志四．余懷寄暢園聞歌記》），魏氏不過是後起之秀罷了，而其婿張野塘的聲樂造詣，更予魏氏帶來莫大助力（見清葉夢珠《閱世編卷十．紀聞》），因此崑山腔的改革成功，有其歷史條件，雖不能全歸功於魏氏一人，但他仍不失爲改革運動之中堅人物。

❺ 目前流傳所謂《魏良輔曲律》，最早見於明周之標萬曆四十四年（一六一六）刻的《吳歈萃雅》卷首，題作《魏良輔曲律》，凡十八條；其後許宇天啓三年（一六二三）刻的《詞林逸響》卷首，題作《崑腔原始》，凡十七條；張琦崇禎十年（一六三七）刻的《吳騷合編》卷首，題作《魏良輔曲律》，凡十七條；沈寵綏崇禎十二年（一六三九）刻的《度曲須知》卷下，題作《律曲前言》（凡十四條，其中四條非《曲律》之文。筆者按：錢南揚誤作《曲律前言》）。六〇年代新發現路工所藏、毘陵吳崑麓較正、曹含齋作敍（嘉靖二十六年）、文徵明手寫的「婁江尙泉魏良輔《南詞引正》」一篇，凡二十條，因其年代最早（成於嘉靖），最接近魏氏原作，且提供戲曲史上許多罕見資料，引起學術界注意，詳見錢南揚〈魏良輔南詞引正校註〉一文。

❻ 《南詞引正》第五條言崑山腔「乃唐玄宗時黃旛綽所傳」，缺乏歷史根據；第八條認爲磨調、弦索調「乃東坡所仿（昉）」，亦無確證，又云「伎人將南曲配弦索，直爲方底圓蓋也」，案諸事實，也不盡然。詳見周貽白《戲曲演唱論著輯釋．曲律注釋》與錢南揚《漢上宧文存．魏良輔南詞引正校註》二文。

❼ 曹含齋於篇末敍云：「右《南詞引正》凡二十條」，而事實上僅十八條，後六段不分條目，不知何故？錢南揚以爲「倘然把『三絕』、『五音』、『四實』爲一條，『五不可』、『五難』爲一條，『兩不辨』、『兩不雜』爲一條，則恰爲二十條。」茲依錢說。

❽ 民國元年上海國粹學報社印行鄧實所編的《古學彙刊》，其中第二集摘錄何良俊《四友齋叢說》卷三十七與徐復祚《三家村老委談》中論曲各段，合題爲《何元朗徐陽初曲論》。《中國古典戲曲論著集成四輯》將何、徐二人所著分成兩卷，皆題曰《曲論》；任中敏編《新曲苑》亦將何作部分提出，更名爲《四友齋曲說》。

❾ 《四友齋曲說》云：「老頓於《中原音韻》、《瓊林雅韻》終年不去手，故開口、閉口與四聲陰陽字，八九分

皆是」又云：「余令老頓教《伯喈》一二曲，渠云：『……絃索九宮之曲，或用滾絃、花和、大和釤絃，皆有定則，故新曲要度入亦易。若南九宮原不入調，間有之，只是小令，苟大套數，旣無定則可依……』」

⑩ 王世貞《弇州山人四部稿》凡一百七十四卷，計分賦部、詩部、文部、說部。在說部中有《藝苑卮言》八卷（明刊本有嘉靖戊午——卽一五五八年——王氏自序），又附錄二卷，專門論曲者集中於附錄一，或將之單刻行世，另題作《曲藻》。

⑪ 成化、弘治間康海《沜東樂府序》嘗云：「南詞主激越，其變也爲流麗；北曲主慷慨，其變也樸實。惟樸實故聲有矩度而難借，惟流麗故唱得宛轉而易調。」嘉靖間李開先《喬龍溪詞序》云：『北之音調舒放雄雅，南則淒惋優柔，均出於風土之自然，不可強而齊也。」幾乎同時的徐渭《南詞敘錄》（一五五九）也說：「聽北曲使人神氣鷹揚，毛髮洒淅，足以作人勇往之志，信胡人之善於鼓怒也。……南曲則紆徐綿眇，流麗婉轉，使人飄飄然喪其所守而不自覺，信南方之柔媚也。」

⑫ 青木正兒云：「北人鼓怒之氣質，發之樂曲而成慷慨，成勁切，其變也爲朴實，然其中猶不失雄麗之雅致。南人柔媚之氣質，發之樂曲而成柔遠，其變也爲流麗，然其中猶存激越，清峭之銳氣。約言之，北曲剛中有麗，南曲柔中有銳，此其曲情之差也。」（《中國近世戲曲史》頁五〇一）所論較能體現中國戲曲高度融合的特徵。

⑬ 《南詞敘錄》云：「凡唱，最忌鄉音。吳人不辨清、親、侵三韻，松江支、朱、知，金陵街、該，生、僧，揚州百、卜，常州卓、作，中、宗，皆先正之而後唱可也。」

⑭ 高明《琵琶記》〔水調歌頭〕提到「也不尋宮數宮數調」，原意是叫人不要專著眼於檢核宮調等格律形式，應該首先注重內容，並不是說戲文無宮可尋，無調可數。徐渭據此想證明南曲戲文之無九宮可循，實在是怪論。詳見錢南揚《戲文概論》內容第四「第三章琵琶記」。

⑮ 吳梅對清末「歌者不知律，文人不知音，作家不知譜」（《詞餘講義自敍》）的戲曲頹勢感到惋惜，他認爲一齣好劇是由「文人作詞，名工製譜，伶家度聲」共同完成的，「苟失其一，卽難奏弄」，「自文人不善謳歌，

而詞之合律者漸少；俗工不諳譜法，而曲之見棄者遂多。」

⑯ 此二書已佚，唯《古今詞林辨體》尚可於沈自晉編《南詞新譜》之批注中得見一鱗半爪。詳見葉氏《中國戲劇學史稿》頁一五五。

⑰ 《亘史》亦爲潘之恆著作，全書凡十二部，共九十三卷。據顧起元《亘史序》言其內容甚豐，分內紀、內篇，外紀、外篇、雜記、雜篇，其中與戲曲有關者爲：外紀之「艷部」與雜篇之「文部」，內容記嘉、隆、萬三朝各地名姬小傳，有如夏庭芝《青樓集》，又論崑腔淵源流派與觀戲心得。全書內容與《鸞嘯小品》略有異同，詳見汪效倚《潘之恆曲話‧前言》。

⑱ 祁彪佳《遠山堂曲品‧具品》列不合音律之作甚多，茲略舉其批語如下：「其村兒未窺音藩者耶？」、「曲不能守韻」、「詞壇之解音律者，必非俗筆，是以審律諧聲，吾無望於此輩矣」、「音調不明，至有以引子作過曲者」、「安頓無法，蓋繇作者尚未夢見音律，漫然握管耳」、「內多自撰曲名，且以北曲犯入南曲，大堪噴飯」、「韻律全疏」、「目中不識九宮十三調爲何物，語竟不可讀，而況歌之乎？」……

⑲ 呂天成針對湯、沈之爭，主張文采與格律並重，《曲品》云：「倘能守詞隱先生之矩矱，而運以清遠道人之才情，豈非合之雙美者乎？」「雙美說」影響當時曲壇頗大，吳梅《詞餘講義‧家數》提及梅鼎祚、陸天池、吳炳、孟稱舜等人是「以臨川之筆，協吳江之律」，卜世臣、呂天成則是「以寧庵之律，學若士之詞」。當時曲論家肯定「雙美說」的不乏其人，如王驥德《曲律》云：「必法與詞兩擅其極」，張琦《衡曲麈譚》云：「辭、調兩到，詎非盛事與？」其後祁彪佳《遠山堂曲品》亦主張「閑於法而工於辭」，凌濛初《譚曲雜劄》亦以呂說爲是。

⑳ 「兩頭蠻」是明清間俗語，曲論中用來指語音不純、用韻錯雜或腔調混雜等現象，《李笠翁曲話‧字分南北》、《太霞新奏》卷十二墨憨齋評語、沈寵綏《度曲須知‧宗韻商疑》皆有此語。

㉑ 陳多、葉長海注釋《王驥德曲律》於〈前言〉中，將《曲律》內容予以分類，筆者以爲其分類略未盡謹嚴，如〈論聲調〉即談曲調美聽之原則，與潘之恆〈敍曲〉篇相類；〈論過搭〉談宮調與曲牌聯套之關係；〈論曲

禁〉除曲詞作法外，亦兼論沾脣拗嗓等唱曲之病及宮調亂用之宜禁止；〈論劇戲〉部分論宮調聲情，此四章皆與聲律有關，而陳、葉二君之注《曲律》，却未將之納於聲律一類，對於兼跨兩類者（如〈論曲禁〉、〈論劇戲〉），亦未予以說明。

㉒ 王驥德《曲律》貢獻雖大，然所論仍有可議之處，如〈論宮調〉章提到十三調與十七調無關，且十三調無宮聲等觀念，今人王守泰先生秉家學淵源（其父王季烈）撰《崑曲格律》，以科學方法析論宮調，證明《曲律》之說有誤。〈論板眼〉章遵沈璟之譜以存古法，亦有可取之處，至於批評弋陽、太平腔之用袞唱，採「流水板」，是拍板之一大厄」，則顯得不夠通達，況且流水板節奏明快，表現力強，由時調「思凡」一齣迄今仍盛演於崑劇舞臺上可知。他如〈論識字〉談咬字問題，陳多、葉長海君亦以爲仍有可商榷者。

㉓ 沈寵綏雖埋怨「良輔者流，固時調功魁，亦叛古戎首矣」，但他特別在〈絃律存亡〉章末尾加上按語：「……況生今不能反古，夫亦氣運使然乎？覽者謂予卑磨腔（指崑腔時調）而賞優調（指北曲古律），則失之矣！」並由「南之謳理，比北較深」（《度曲須知凡例》）的體認，而稱魏良輔「排腔配搭，権字釐音，皆屬上乘」，可以瞭解沈氏基本上仍是肯定崑腔水磨調的。

㉔ 王灼《碧雞漫志》載諸宮調爲北宋孔三傳所創，其演唱方式據《水滸全傳》（一百二十回本）第五十一回描述，白秀英一人演唱「豫章城雙漸蘇卿」時，自擊鑼鼓和拍板打拍，旁有琵琶或箏伴奏。又《古今雜劇三十種》石君寶「諸宮調風月紫雲庭」首折〔混江龍〕有「我唱的是三國志先饒十大曲，俺娘便五代史續添八陽經」之語，可見諸宮調是一人獨唱，而此處張元長所記只是明人偶然現象與變貌，並非金元本來如此。

㉕ 《顧曲雜言》係由沈德符的史料筆記《萬曆野獲編》中摘錄而成的一部曲話，共二十三則，內容主要對南北曲及歌舞、民間俗曲、樂器等作論述與考證，並記載當時著名的曲師、歌唱家、劇作家的戲曲活動。

㉖ 吳梅《詞餘講義・作法下》「曲牌之套數宜酌也」下云：「先將戲中情節悲歡喜怒之異，辨析清楚，然後擇定用某宮某套」，王季烈《螾廬曲談》卷二「論作曲」將宜於歡樂、游覽、悲哀、幽怨、行動、訴情、普通、武劇、過場短劇、文靜短劇等不同類型之宮調、聯套列出，以備作劇者之用。

㉗「收拾起」是《千鍾祿．慘覩》（俗稱〈八陽〉）一折第一支曲牌〈傾杯玉芙蓉〉的首句：「收拾起大地山河一擔裝」；「不提防」則是《長生殿．彈詞》一齣第一支曲牌〈一枝花〉的首句：「不隄防餘年值亂離」。這兩句話說明《千鍾祿》、《長生殿》兩劇傳唱不衰的盛況。反觀《桃花扇》，「文詞之妙……固是一時傑構」（見《藤花亭曲話》），其關目排場亦佳（吳梅《中國戲曲概論稱它「通體佈局，無懈可擊」），但因「有佳詞而無佳調」（吳梅語），音樂部分的薄弱，促使它迄今不得不逐漸退踞案頭，而讓《長生殿》等專盛於場上。

㉘《閒情偶寄》探討聲樂之學部分爲(1)恪守詞韻，(2)凜遵曲譜，(3)魚模當分，(4)廉監宜避，(5)拗句難好，(6)合韻易重，(7)愼用上聲，(8)少塡入韻，(9)別解務頭。

㉙李漁曾言：「聲音之道，幽渺難知。予作一生柳七，交無數周郎，……然究竟於聲音之道，未嘗盡解。」（〈恪守詞韻〉）云：「一齣用一韻到底，半字不容出入，此爲定格」，「旣有《中原音韻》一書，則猶略域畫定，寸步不容越矣」，〈凜遵曲譜〉又云：「曲譜者，塡詞之粉本，……拙者不可稍減，巧者亦不能略增。」他如〈魚模當分〉、〈廉監宜避〉皆有過嚴之論，不足爲法。詳見葉長海《中國戲劇學史稿》頁三八八。

㉚《看山閣集閒筆．曲調宜高》云：「如字有五音：爲唇，爲舌，爲齒，爲鼻，爲喉，又爲撮口，爲滿口，爲開口，爲閉口，爲穿牙、縮舌，爲半滿、半撮是也。」五音中缺牙音而多鼻音，且未標出「四呼」，將發音部位與發音方法二者牽混，顯得不夠科學。

第三節　清末聲樂之學式微

清末劇壇，崑曲盛況不再。乾嘉以降，以秦腔和皮黃腔爲主的花部❶崛起，挾以「其詞直質，雖婦孺亦能解；其音慷慨，血氣爲之動蕩」（焦循《花部農譚》）的特長，如疾風勁雨之勢，襲入京師，風靡劇壇，直奪崑劇之正席❷。而一般崑劇演員爲求謀生，或棄所業、或兼學亂彈而成「兩頭蠻」（參本章第二節註⓴）者，不乏其人（詳見吳長元《燕南小譜》）。乾隆後期原是崑劇重鎮的北京，純粹崑班已爲數不多；嘉慶初，連崑劇的根據地蘇州、南京、揚州一帶，也因花部中二黃、秦腔的風行南北而衰跡畢露。據梁紹壬《兩般秋雨盦隨筆·京師梨園》記載，道光初年在京專唱崑曲的僅有「集芳」一部，其中四大名班中的「四喜班」（其他三班爲三慶、春臺、和春）本以唱崑曲爲主，然據張際亮的《金臺殘淚記》云道光中葉，「四喜部」亦盡變崑曲而習秦、弋諸腔。此時民間戲班競習亂彈，縱偶演崑曲，亦乏佳構，而京都劇場雖花雅並奏，「然唱崑曲時，觀者輒出外小遺，故當時有以車前子（按：乃利尿之藥材）譏崑劇者」（見徐珂《曲稗·崑曲戲》）。接下來長達十八年的太平天國之亂，使得咸同年間崑劇再度受創，到了光緒時，南北崑劇欲振乏力，不得不步上沒落之途❸。

劇本創作方面，乾嘉以降文人劇作與舞臺日益疏遠，南洪北孔的水準已難再現，誠如鄭振鐸《清人雜劇初集·序》所言：

> 嘗觀清代三百年間之劇本，無不力求超脫凡蹊，屏絕俚鄙。故失之雅，失之弱，容或有之；若失之俗，則可免譏矣。

此話道出當時文人創作之得失，而過份趨雅避俗，不諳聲律、不顧舞臺演出的結果，終於失去了大批的觀衆。當時劇作家作長劇者，如董榕《芝龕記》多至六十齣，「隸引太繁，更不可度曲」（見楊恩壽《詞餘叢話》），吳梅也指出此劇板法與句法常有不合之處❹，如此不懂音律，劇作根本無法上演。作短劇者，雖摹擬徐渭《四聲猿》，但多不顧演出效果，往往藉劇作以澆胸中塊壘，故每無徐渭之豪邁，而失之於靡弱，如張韜與桂馥的《續四聲猿》，曹錫黼的《四色石》，文辭雖佳，但與戲劇的關係甚爲薄弱。其中較爲出色的楊潮觀《吟風閣雜劇》三十二種，則近詩詞而遠戲劇。當時能付諸場上敷演一番的劇本實在有限，無怪乎略懂音律排場的沈起鳳，能使「優伶登門求之者，踵相接」了。其後徐爔的《寫心雜劇》成了描繪生活的小品文，舒位的《修簫譜》、黃燮清的《倚晴樓七種曲》、陳烺的《燕子樓》皆文才有餘而劇才不足，不免淪爲案頭曲，而日形隆盛的花部戲曲又多粗野無文，因此吳梅不禁感嘆：

乾隆以上有戲有曲，嘉道之際，有曲無戲，咸同以後，實無曲無戲矣。（《中國戲曲概論卷下・清人傳奇》）

關於此點，胡忌以爲「有曲無戲」的階段應提前五十年，即在乾隆後期（見《崑劇發展史》第五章第四節），此看法頗能符合當時劇壇的實際情況。

至於王季烈對清末劇作家不諳音律，以致音乖字別難以奏之場上的情形，在《螾廬曲談卷三・論譜曲》中曾有明確的分析：

古時崑曲盛行，士大夫多明音律，而梨園中人亦能通曉文義，與文人相接近，其於製譜一事，士人正其音義，樂工協其宮商，二者交資，初不視為難事，是以新詞甫就，祇須

> 點明板式，卽可被之管絃，幾不必有宮譜。自崑曲衰微，作傳奇者不能自歌，遂多不合律之套數，而梨園子弟識字者日少，其於四聲陰陽之別，更無從知，於是非有宮譜不能歌唱矣。其武斷從事者，往往張冠李戴，以致音乖字別，如陳厚甫《紅樓夢傳奇·凡例》云「此本皆用四夢聲調，有納書楹可查對，引子以下大約相倣」云云，幾似曲牌相同，卽可用同種之宮譜；又同治末年，俞曲園先生自撰新曲，規仿彈詞，令伶人阿掌強以彈詞之宮譜歌之；光緒壬寅六月　萬壽聖節，張文襄在鄂宴外賓，戲張古樂，有彈琴崑曲等項，其崑曲曲詞，文襄自撰，亦令度曲者強以舊譜之工尺唱之。凡此皆文人不諳音律，好為武斷，歌者不明聲律之原，無從糾正，以致貽此笑柄。

說明陳厚甫、俞曲園、張文襄（之洞）等雅好戲曲，却又昧於音律，硬將他劇之工尺譜套上同曲牌之已作，不究四聲腔格，不明主腔觀念，率爾操觚，致貽笑柄，足見當時眞正懂得度曲之學的，已寥寥無幾了。

在戲曲理論方面，由於劇壇上著重身段、行頭、排場等表演藝術的花部崛起，文人創作又多不重聲律，因而曲論中論及聲樂者寥若晨星，間或有之，亦每掇拾成說而鮮見新猷。如乾隆後期李調元的《劇話》大抵考證戲劇、傳奇之名義，戲文之祖、脚色、賓白、砌末等戲劇術語及若干劇本與史實之藩籬，其中雖對弋、秦、吹、二簧、女兒等新興聲腔作簡要介紹，但對曲學聲律之研究則付闕如；《雨村曲話》則針對元曲、南戲及明清傳奇作一番考評，其中多從文學欣賞角度加以評點，或涉音律處亦僅寥寥數語而已。乾嘉之際李斗《揚州畫舫錄》中有關戲劇部分，皆重在描繪花雅兩部演員傳神的表演藝術與行頭、場面等記述。

嘉慶年間考據學大家焦循撰《花部農譚》，對花部的表演藝術推崇備至；《劇說》探討戲劇舞臺藝術，如脚色、臉譜、武功、賓白、砌末、打連廂、唱合生等之起源，皆繁徵博引，持之有故，並以主題學的方式追索戲劇題材，舉證甚爲完備；《易餘籥錄》所論宮調四聲雖有創見，但由於作者本身偏向考證，並未與曲牌聲腔相結合，整個研究方向與傳統曲學仍有相當的距離。

成書於道光年間的《梨園原》❺主要內容有〈藝病十種〉、〈曲白六要〉、〈身段八要〉、〈寶山集六則〉等篇章，重在探討演員表演、訓練等理論。而王繼善所訂定的《審音鑑古錄》是一部詳備的演出臺本選集，共收九本傳奇六十五齣戲，據琴隱翁之序，可知此書兼有玩花主人的選編《綴白裘》、葉堂的編曲譜及李漁的作曲論等「三長」，對於記拍、正宮、辨訛、證謬皆審愼精覈，對舞臺上的科白、神情等表演藝術，也都能細言評注，只是談聲律的部分並不多。

至於道咸之際王德暉、徐沅澂合著的《顧誤錄》，全書四十章，所論宮調律呂多摭拾舊說，有關度曲之學亦大略採自〈唱論〉、《度曲須知》、《閒情偶寄·演習部》和《樂府傳聲》，全無新義；唯其中「度曲八法」指「審題、叫板、出字、做腔、收韻、換板、散板、擻聲」等八項，所論口法與行腔之技巧，則較《樂府傳聲》更簡要而有新見，也更接近現在的演唱實況，而「度曲十病」與「學曲六戒」對目前習唱者仍具有警醒作用。他如梁廷枏《藤花亭曲話》對清代名家戲曲作品作廣泛而公允的評論，然所論曲律，多掇拾前賢之說而無發明。陳棟《北涇草堂外集》與楊掌生《京塵劇錄》則未談及聲樂之理論，而劉熙載《藝概・詞曲概》雖嘗論及聲樂之學，然亦概述或轉錄前賢舊說而無多創見。

光緒時，楊恩壽《詞餘叢話》及其續編均分為〈原律〉、〈原文〉、〈原事〉三卷，〈原律〉所論宮調、聲韻等，多採舊說而鮮有創發。平步青《霞外攟屑》叢書卷九〈小棲霞說稗〉大抵考溯小說、戲曲之源流，間或辨證傳聞之誤，至於依聲合律之學則全然無涉。連號稱曲學資料集大成之作的《今樂考證》，姚燮在長達十卷❻的篇幅中，除〈緣起〉一卷考述戲劇專有名詞如部色、班、樂、舞、砌末、行頭等之外，內容多偏向劇目之著錄與曲評之滙整，而鮮少觸及唱曲等聲樂理論。至於姚華《曲海一勺》、《菉猗室曲話》與徐珂《曲稗》，論述層面雖廣，卻很少留心傳統音律之學。

綜觀元明清三代曲論中聲樂理論之消長，莫不與戲曲舞臺演出之盛衰息息相關，而我國古典戲曲自明代中葉以降，即以崑曲為主角，所有曲論、曲話、曲譜、曲選……之編撰，亦大抵圍繞崑曲而發，可以說明嘉靖至清嘉慶初二百餘年，傳統曲學之研究，率以崑曲為重心，崑劇鼎盛，曲學隨之煥然多彩而時出新猷；乾嘉以後，崑劇沒落，曲學亦因而漸趨黯淡，聲樂之道竟至乏人問津。

近代曲學大家吳瞿安先生有鑒於此，對崑曲之末路與傳統曲學之式微，衷心沈痛地表示：

光宣之季，黃岡俗謳，風靡天下，內廷法曲（按：指雅部崑曲），棄若土苴。民間聲歌，亦尚亂彈，上下成風，如飲狂藥。才士按詞，幾成絕響，風會所趨，安論正始？（《中他悼念崑曲，並非出於一己之私對崑曲的偏愛，亦非基於崇雅詆俗的士大夫觀念，更非昧於時潮，而是對整個傳統曲學即將面臨滅亡的厄運感到憂心。於是他苦心孤詣地著書立說，不厭其煩地訂譜斠律，庶幾曲學能有振興之一日。然而葉德均卻苛刻地批評他「迷戀崑曲的殘骸」，並武斷地表示崑曲的命運已無可挽救❼，完全抹煞瞿安先生對傳統曲學一片興廢繼絕的苦心。事實證明，瞿安先生確有卓識，時至今日，崑曲依然燈燈相續地活躍於舞臺上，且被尊為國寶，而傳統曲學之研究，經近代多位曲家之提倡與發皇，迄今依然不絕如縷於學術殿堂中。

註釋

❶乾嘉之際李斗《揚州畫舫錄》卷五云：「兩淮鹽務例蓄花雅兩部以備大戲。雅部即崑山腔，花部為京腔、秦腔、弋陽腔、梆子腔、羅羅腔、二簧調，統謂之亂彈。」是知「雅部」指文辭、音樂皆合於雅正之崑劇；「花部」則指鬥艷競芳之諸多聲腔劇種。由胡忌《崑劇發展史》第六章「崑劇的消衰」可知花部尚不只李斗書中所載數種而已，且其發展亦非皆晚於崑腔。

❷青木正兒《中國近世戲曲史》歸納崑劇衰頹之因有三：一、厭舊欲新之趨勢；二、看客趣味之低落；三、因北京人不喜崑曲；孟瑤《中國戲曲史》仔細列出六項原因並加以說明，其中除青木氏所言外，另指出崑曲劇本篇幅過長，不易演全，關目排場又單調而不足以吸引觀衆，且崑曲除文辭、樂曲外，其他成就易為其他劇種所吸收，終而退居案頭等，皆是中肯之論。至於太平天國之亂，江南受創最烈，崑劇亦遭波及之情形，可詳見胡忌

❸《崑劇發展史》第六章第四節。光緒年間北京的崑劇蕭條境況如梅蘭芳《舞臺生活四十年》所言：「梨園子弟學戲的步驟，在這幾十年當中，變化是相當大的。大概在咸豐年間，他們先要學會崑曲，然後再動皮黃。同光年間已經是崑亂並學，到了光緒庚子以後，大家就專學皮黃，即使也有學崑曲的，那都是出之個人的愛好，彷彿大學裏的選課似的了。」而當時南方政治、經濟、文化重心的上海，其崑劇情形，據陸萼庭《崑劇演出史稿》研究，「自同治末葉以迄清末民初，上海的崑劇活動顯然可以分爲前後兩個時期，即從同治末年起至光緒十六年止爲前期，以三雅園的活動爲主，其特點是崑班力量逐漸分化削弱；光緒十七年起直至民初爲後期，以張氏味蒓園的活動爲主，其特點是崑班力量至此全部瓦解。」

❹吳梅《中國戲曲概論卷下・清人傳奇》批評《芝龕記》云：「記中每曲點板，但往往有板法與句法不合者，如上四下三句法而點以上三下四板式，不知當日奏演時何若也（此病最壞，實則塡詞時未明句讀）。」

❺《梨園原》原名《明心鑒》，爲乾嘉間藝人黃旛綽所作，後經其友莊肇奎（胥園居士）增加若干考證資料，易名爲《梨園原》。道光時黃氏弟子俞維琛、龔瑞豐得原書殘稿，並各出心得託友人葉元清（秋泉居士）代爲補正，再度成書。此書一向僅有抄本流傳，至民國六年才由夢菊居士滙輯、校訂並初次鉛印出版。詳見《中國古典戲曲論著集成九・梨園原提要》。

❻《今樂考證》性質與後來王國維的《曲錄》大致相同，而內容較《曲錄》更爲詳盡。今稿本著錄一至十之前，有〈緣起〉及〈宋劇〉兩卷，故實際上有十二卷。

❼葉德均《戲曲小說叢考卷上・吳梅的霜厓曲跋》云：「現代人自有現代的歌曲戲劇可供歌唱、製譜、表演乃至製作，不必再去迷戀崑曲的殘骸。……假使還想藉著作曲、度曲，來延長崑曲的壽命，和幻想一個「曲學昌明」時代，事實終是不可能的。……現在還有許多追隨著吳氏的途徑前進的，那便是走入歧途了。這幾方面雖有吳氏大聲疾呼也難挽救崑曲的命運，因爲這在事實上已是行不通了。……」

第四節　近代曲學振興之途

晚清是中國歷史上空前未有的大變局。自鴉片戰爭以還，內憂外患紛至沓來，民族面臨存亡危機，政治上的革命氣息在有心之士的推動下，頓時瀰漫整個文壇❶。在「文學反映時代」的旗幟下，無論詩歌、散文或小說，均在內容與形式上有一番革新，而體製格律頗爲謹嚴的傳統戲曲，更肩負起政治宣傳的重責大任。但因猝逢時局遽變，劇作者一心只在感憤抒慨與警世醒衆等實用目的上，對於尋宮數調、按譜索拍等戲曲的基本格律，根本無暇顧及，且近代曲運衰頹，劇作家普遍欠缺度曲與譜曲能力，因此當時古典劇作雖多，卻幾乎全淪爲案頭曲，而鮮有奏之場上，呈現藝術之美者。

由於當時劇作家除吳梅等曲家外，大多疏於音律，因而賓白往往多於曲詞，以便宣傳思想、譏評時事；關目排場亦因不明套曲之聲情與性質而顯得粗陋不堪；雜劇、傳奇、皮黃各劇種中的脚色互相混用，妝扮科諢亦趨於西化或現代化；至於音樂方面，又多不諳字格、腔格與曲牌聯套關係，若以沈璟《南九宮譜》、周祥鈺等《九宮大成南北詞宮譜》、吳梅《南北詞簡譜》、鄭因百《北曲新譜》諸譜衡之，動輒出現乖宮訛調、腔亂韻雜等現象❷。

諸如此類爲數甚多的改良式劇本在當時的革命刊物如「河南」、「民報」、「二十世紀大舞臺」、「江蘇」、「中國白話報」上刊登（詳見阿英《晚清戲曲小說目》），對晚清委頓的人心確有一番摧陷廓清之功，終而締造民國新紀元，對後來新興的文明戲、話劇，更具啓導作用，但此類劇本漠視傳統戲曲格律，悍然截斷「戲」與「曲」原本血肉相連的關係，不能不說是傳統曲學的一大厄運。近代曲家有鑒於此，於是苦心孤詣地從考證、藏弆、敷演、訂譜等幾個重點方向發皇曲學，庶幾近代曲學研究能有振興之日，其救亡圖存之功實不可沒，茲分述如后：

壹、由考證以明戲曲源流

戲劇學中的考證之風肇自明嘉靖胡應麟的《莊岳委談》，其後踵其事者不絕如縷，有清一代之代表著作，初期爲李調元的「二話」——《劇話》與《雨村曲話》，中期爲焦循的《劇說》，晚期爲楊恩壽的《詞餘叢話》正續兩編。若論考證之精細，當首推乾嘉學派的樸學大師焦循，他考訂精審、窮極微芒的嚴謹治學態度，爲傳統的戲劇研究樹立起實事求是的典範，但也由於鑽研章句訓詁的一貫治學方法，使他對戲劇的考索常常出現考證煩瑣、材料淹沒觀點、寫作不顧邏輯條理的毛病。（參葉長海《中國戲劇學史稿》第十一章第四節）

我國傳統的戲曲理論大都爲劇作家、藝術家創作與鑒賞的經驗之談，因而帶有濃厚的直觀性與經驗性，這種即興隨感式的曲論，有如印象式批評，短小精悍，細緻而靈動，但在陳述概念時，往往流於模糊而多義，並缺乏嚴密的邏輯論證，因而少有系統謹嚴的理論體系。直到近代學術史上一顆燦爛彗星——王國維的出現，運用西方科學的治學方法，才廓清傳統曲論的弊端，並克服乾嘉考證戲曲的弱點❸，使傳統戲曲的研究正式邁入學術領域。

平心而論，要振興近代曲學，就必須先提高戲曲在一般人（包括文士）心目中的地位，而要提高地位，最重要的是把戲曲當作一門學術來看待，並潛心作深入的研究。否則僅僅強調戲曲具有懲創人心的教化功能，或將它比附爲詩詞之流亞，它依然只是小道末技，只是文人偶一爲之的遺興之具，而永遠進不了傳統文學之林。縱使有關漢卿、湯顯祖、南洪北孔等卓越的作家，有李卓吾、呂天成、金聖嘆等大聲疾呼，甚至有王驥德《曲律》與李漁《笠翁劇論》等結構謹嚴的論著出現，戲曲在清末民初依然被視爲託體卑近，「故兩朝史志與四庫集部均不著錄，後世儒碩皆鄙棄不復道」（《宋元戲曲考・自序》）。王國維有鑒於此，於是在而立之年（一九〇七）矢志研究戲曲，並作出了舉世矚目的貢獻，使傳統戲曲跨入學術研究的新紀元。

王國維的曲學重要論著計有十種[4]，曾先後發表於《國粹學報》與《國學叢刊》，茲簡述其梗概如下：

(一)《曲錄》二卷：初稿成於光緒三十四年（一九〇八），翌年再修訂爲六卷：(1)宋金雜劇院本部(2)雜劇部上(3)雜劇部下(4)傳奇部上(5)傳奇部下(6)雜劇傳奇總集部，全書輯錄自宋至清有關戲曲之作品，舉凡雜劇、傳奇、院本、散曲總集、別集、曲譜、曲韻、曲目等，靡不包括在內，據《自序》所言，他編《曲錄》的用意是「非徒爲考鏡之資，亦欲作搜討之助，補三朝之志所不敢言」，可見本書豐富的資料搜集，正是他研究戲曲的基礎，雖然同樣的工作早在清代姚燮的《今樂考證》已經做過，而且比他還詳盡，但因彼此參考資料多有不同，正可互補不足。

(二)《戲曲考源》一卷（一九〇九）：旨在考察戲曲之起源，並批駁中國戲曲來自異域之說，闡明戲曲雖崛起於金元之間，但就音樂、文學與表演形式而言，均早醞釀於有宋一代。

(三)《優語錄》二卷（一九〇九）：輯錄自唐至明間正史、筆記小說中優伶之滑稽戲語，希望能對元劇淵源之考證有所裨益。

(四)《唐宋大曲考》（一九〇九）：從諸史樂志及宋人詞集筆記中，考述唐宋大曲與金元北劇套數間的淵源傳承關係。

(五)《曲調源流表》一卷（一九〇九）：列表考證各宮調曲牌之源於樂府、詩餘。惜底稿早已佚失，可能與王氏中年後轉治經史之學，對早歲研究曲調之成果不甚珍惜有關。（見王德毅〈王觀堂先生年譜〉）

(六)《錄曲餘談》三十二則（一九〇九）：輯錄有關戲曲之掌故、傳說，率爲王氏研究戲曲之筆記心得。其中對「傳奇」一詞自唐至明意義的遷變，有明確的界定，間亦論及傀儡戲、院本與古劇脚色。至於元明清三代戲曲風格之比較，亦頗多創論，可爲後人鑑賞考評之資。

(七)王校《錄鬼簿》（一九〇九・一九一〇）：取《楝堂藏書十二種》本之《錄鬼簿》與明季精鈔本、清尤貞起鈔本兩種舊鈔本，加以校勘，並以《太和正音譜》、臧氏《元曲選》卷首之附錄覆校一遍，態度謹嚴，允爲近人校注之善本。

(八)《古劇脚色考》一卷（一九一一）：考辨傳統戲劇中各類脚色命名之意義、淵源與演變，〈餘說〉有四，談唐宋、元明、清劃分脚色之不同標準及面具考、塗面考與男女合演考。

(九)《戲曲散論》十三則（一九〇八～一九一三）：散見於〈庚辛之間讀書記〉、〈靜安文集續編〉、〈觀堂別集〉等篇章中，其中最出色的是考訂《董西廂》爲諸宮調說唱文學，並爲《元刊雜劇三十種》釐定作者及其時代。

(十)《宋元戲曲考》（一九一二～一九一三）：凡十六章，係薈萃上述九書之研究成果而成。此書《自序》強調一代有一代之文學，肯定戲曲之地位，對宋元兩代戲曲之發展，鈎稽史實，考訂眞僞，這種創榛闢莽的導先路世作，連他自己都相當滿意：「凡諸材料，皆余所蒐集；其所發明，亦大抵余之所創獲也。目之爲此學者自余始；其所貢於此學者，亦以此書爲多。」雖自許若是，亦不致令人感到浮誇，主要因爲他對戲曲發展史採取宏觀的研究，能「觀其會通，窺其奧窔」，使戲曲研究配合現代意識，而成爲學術性很強的專門學科，並因此而帶動國內外戲曲史研究的風氣與潮流❺。

雖然王國維的曲學於今觀之，仍有若干値得商榷與修訂之處（詳見曾師永義〈靜安先生曲學述評〉），但誠如梁啓超《清代學術概論》所言，「凡啓蒙時代之學者，其造詣不必極精深，但常常規定研究之範圍，創革研究之方法，而以新銳之精神貫注之」，靜安先生以學貫中西的學術長才釐清戲曲源流，對近代曲學確有振興之功，無怪乎郭沫若將其《宋元戲曲考》與魯迅的《中國小說史略》並稱爲「中國文藝史研究上的雙璧」（見《沫若文集》卷十二頁五三六）

綜觀王國維一生，尼采、叔本華的悲觀哲學一直左右著他的人生取向，縱有出類拔萃的學術研究，也掩不住他「人生過處惟存悔，知識增時只益疑」底悲嘆，而蔽於一曲、闇於大理的世界觀終於使他在攀登學術高峰之後，依然步上自沈的末路。當初他研究哲學，目的在於解決人生之問題，到了而立之年，哲學上的矛盾又使他再度陷入苦悶的深淵，於是他轉而「有志於戲曲」，主要還是「欲於其中求直接之慰藉」❻，因此他潛心研究戲曲的時間並不長，加上他不懂音律，又不愛看戲（見青木正兒《中國近世戲曲史．自序》），雖首開戲曲學術研究之風氣，但因未曾接觸傳統戲曲的核心——音樂部分，並缺乏創作經驗與舞臺實踐的功夫，來作爲他研究學術的動力，因此在短短的六年之後，他就對戲曲感到厭倦，轉而趨於金石古史之學，這毋寧不是近代曲學的一大遺憾。

貳、由藏弆以存戲曲舊目

研究古典戲曲，非但版本、作者之考訂，須借助豐富之庋藏，舉凡曲史、曲論之探研，曲韻、曲律之辨析，曲譜、曲選之斠勘，無一不仰賴曲籍豐贍之藏弆，而得以求其備，竟其功。此外，就戰曲創作與舞臺搬演而言，藏弆所得之戲曲舊目，可使劇作者、表演（設計）者有規矩可循，並從中汲取靈感，追求創新。藏弆對傳統曲學研究之重要性由是可知。

我國戲曲發展至元而大備，有元一代，作家作品之盛已如前述（見第一章第一節）。明初去元未遠，藏弆之富首推內府。李開先〈張小山小令後序〉稱「洪武初年，親王之國必以詞曲一千七百本賜之。」孫楷第以爲「斯言雖似誇張而實屬可信，以開先曾爲太常寺少卿，太常職掌禮樂，開先此言，宜必有據也。」（《也是園古今雜劇考·序》）至於私家藏曲，則以關中康海爲最著名。

明代中葉以降，傳統戲曲正值鼎盛，各類曲籍粲然畢具，藏弆之風隨之滋長。嘉靖中藏書甚豐者，有李開元、晁瑮與何良俊，開先爲「嘉靖八才子」之一，家中庋書富甚，素有「詞山曲海」之稱，瑮有《寶文堂書目》，良俊則自稱「所藏雜劇幾三百種」。萬曆年間，以藏曲著名者有湯顯祖、孫鑛、祁承㸁、劉承禧等。綜觀有明一代，私人藏書其多者至千數種，少亦數百種，當時藏曲之盛，自不待言。

及至晚清，傳統曲學式微，戲曲向被鄙爲小道末技，一般藏書大家鮮少眷顧，曲籍終因乏人珍藏而漸趨零落、散佚。如明萬曆趙琦美「脈望館」《古今雜劇》，其中單是趙氏手抄本就在二百五十餘種之上。後歸錢謙益「絳雲樓」藏，不幸遭回祿之災，而傳至錢曾「也是園」時，尚有三四一種。其後遞藏於清初季振宜、何煌「承筐書塾」，至嘉慶黃丕烈「士禮居」時，猶存二六八種。再經汪士鐘「藝芸精舍」、趙宗建「舊山樓」，到清末民初丁祖蔭「湘素樓」，更減爲二四二種❼。「脈望館」劇本如是之遭遇，還算是幸運，其他大批曲籍則往往在動盪的歲月與人們慣有的漠視中漸次凌夷而不知所終……

迨夫近代，董康、王國維、吳梅、王季烈等人開風氣之先，從考證、藏弆、授曲等各方面投注心力，才使日漸消亡的曲運開始呈現生機。董康在清末光宣時期，致力於曲籍之收藏，民國以後，更「以影印異書爲惟一職志」（見董氏所撰《書舶庸譚》卷一上），將其藏書刻印，以嘉惠士子。今台北中央圖書館善本藏書中，十部以上是董康「誦芬室」舊藏戲曲，如李卓吾批評《幽閨記》、《浣紗記》、《孔夫子周遊大成麒麟記》、《麗句亭評點花筵賺樂府》等，原是董康於民國二十年（一九三一）讓售北平圖書館，抗戰時隨大批善本古籍運藏美國，五十四年（一九六五）再運回臺灣，由央圖庋藏，無怪乎胡適讚嘆：「董先生是近幾十年來搜羅民間文學最有功的人！」（《書舶庸譚·序》）❽

上述脈望館《古今雜劇》傳至丁祖蔭手中，雖僅存六十四册、二四二種，但由於民初雜劇存目雖多至近千，而實際上存書卻不及兩百種，丁氏所藏不但已超過二百種，且含近代從未面世的劇本多達一四四種，其價值珍貴可知。然頗爲遺憾的是，丁氏雖有藏弆之功，卻將珍貴曲籍視爲私產，秘不示人。待其病歿（一九三〇），原本分藏常熟、吳縣兩地之藏書，部分爲童僕竊賣，其餘則輾轉流失。後經鄭振鐸居間奔走，教育部亦撥款收購全璧，交北平圖書館典藏，並由商務印書館（涵芬樓）印行，名曰《孤本元明雜劇》，由王季烈等校印，孫楷第亦撰《也是園古今雜劇考》，凡二十萬言，考訂甚詳，皆足使此書增色不少。其後鄭振鐸又全部影印，收於《古本戲曲叢刊》第四集。

近代藏曲大家中，最受矚目的要推吳梅。其書齋「百嘉室」❾與「奢摩他室」藏書數萬卷，其中曲籍不下六百種。由於先生素有「集《奢摩他室曲叢》以比《元曲選》與《六十種曲》」之宏願❿，且有感於明清以來之曲籍如唐氏《富春堂演劇百種》及毛晉《汲古閣六十種曲》「稀如星鳳，未易購求」，臧懋循《雕蟲館元曲選》「雖有復刊，而流傳未廣」，劉、董兩家刻印之《滙刻傳奇》「刊印頗精，而散曲不多，終嫌漏略」。因而除了宣統二年（一九一〇）曾刊刻清吳偉業《梅村樂府》二種（《臨春閣》與《通天臺》各一卷），加上自撰《煖香樓》雜劇一卷，合爲《奢摩他室曲叢第一集》之外；更於一九二六年前後將二十餘年蒐求所得，選出曲籍二六四種，凡三六二本，名曰《奢摩他室曲叢》，包括散曲別集十三種，散曲總集五種，雜劇一三四種，傳奇一一二種⓫。即將付梓時，又恐價昂不易流播，於是再精選一五二種最佳版本，詳細校訂並附跋文，交付上海商務印書館印行。單就數量而言，《曲叢》遠較同時代劉世珩「暖紅室」、董康「誦芬室」等家所刊戲曲爲多。一九三二年「一二八」松滬之役前，此一百五十二種《奢摩他室曲叢》之曲籍，僅印出初集與二集，共計三十五種，玆臚列如次：

第一集

揚州夢二卷　（清）抱犢山農（嵇永仁）撰

據葭秋堂本景印

雙報應二卷　（清）抱犢山農（嵇永仁）撰

據葭秋堂本景印

沈氏傳奇四種　（清）紅心詞客（沈起鳳）撰

報恩緣二卷　據古香林本景印

才人福二卷　據古香林本景印

文星榜二卷　據古香林本景印

伏虎韜二卷　據奢摩他室鈔本景印

第二集

誠齋樂府二十四種　（明）朱有燉撰

新編天香圃牡丹品一卷

新編十美人慶賞牡丹園一卷

新編蘭紅葉從良烟花夢一卷

新編瑤池會八仙慶壽一卷

惠禪師三度小桃紅一卷

新編擅搊判官喬斷鬼一卷

新編豹子和尚自還俗一卷

新編甄月娥春風慶朔堂一卷
新編美姻緣風月桃源景一卷
新編宜平巷劉金兒復落娼一卷
新編福祿壽仙官慶會一卷
新編神后山秋獮得騶虞一卷
新編黑旋風仗義疎財一卷
新編小天香半夜朝元一卷
新編張天師明斷辰鉤月一卷
新編李妙清花裏悟眞如一卷
新編洛陽風月牡丹仙一卷
新編李亞仙花酒曲江池一卷
新編清河縣繼母大賢一卷
新編趙貞姬身後團圓夢一卷
新編劉盼春守志香囊怨一卷
新編紫陽仙三度常椿壽一卷
羣仙慶壽蟠桃會一卷
新編孟浩然踏雪尋梅一卷
粲花別墅五種曲（明）粲花主人（吳炳）撰

綠牡丹傳奇二卷

畫中人傳奇二卷

療妬羹傳奇二卷

西園記傳奇二卷

情郵記傳奇二卷

「一二八」戰起，商務印書館「涵芬樓」遭日本敵機轟炸[12]，初集、二集、三集、四集之刻板全被焚燬，《奢摩他室曲叢》底本廿七種亦付之一炬，整個出版工作被迫中輟。吳梅傷感之餘，嗒然道出：「曲者不祥之物也！」[13]一九三六年，吳梅又與友人商榷，擬將《曲叢》三、四集出全，以償夙願。詎料「七七事變」接踵而至，先生在一片兵燹之中，抱病轉徙流離於武漢、湘潭、桂林、昆明等地，不幸於一九三九年病逝雲南大姚縣，賫志以歿，令人不勝唏噓。十餘年後，吳梅家屬將藏書全部捐獻，今大部分藏諸北京圖書館，然與先生手編之《瞿安書目》相對照，藏書流失不少，令人惋惜。

此外，近代藏曲有功而值得一提的是鄭振鐸（一八九八—一九五八），除於民國廿七（一九三八）年為公搶救《脈望館鈔校本古今雜劇》已如上述外，早在民國十年（一九二一）他所籌組的「文學研究會」成立後，就開始「整理中國舊文學」[14]，其「玄覽堂」所藏戲曲多達一千餘部，單是《西廂記》版本就有廿一種（明刊十一種、清刊十種），足見其藏弆之富且精。鄭氏又喜彙印曲籍以公諸同好，如《清人雜劇》、《彙刻傳奇》、《古本戲曲叢刊》等皆相繼問世，誠可媲美臧懋循《元曲選》及沈泰《盛明雜劇》。其後又從程硯秋「玉霜簃」與梅蘭芳「綴

玉軒」中發掘出十餘種罕見之曲本，並彙印以嘉惠曲學研究者。（詳見蘇精〈鄭振鐸玄覽堂〉一文）

近代藏書大家雖多，而願意爲傳統戲曲付出心力、庋藏校刻者實不多見⑮。上述諸家瘁心力於其間，俾治曲者得有豐碩之學術資源以研究傳統戲曲，於近代曲學振興之功，誠不可沒。

叁、由唱演以續戲曲薪傳

戲劇的生命在舞臺，沒有舞臺的敷演，縱有豐贍的戲曲存目、傑出的劇本創作與輝煌的學術研究，戲劇依然只能退踞案頭，顯現不出它眞正的本色。何況我國傳統戲曲向來重視口耳相傳，在一聲一口法，一步一眼神的反覆琢磨中，精緻的表演藝術於是乎燈燈相續地薪傳下來。因此我們可以說，離開舞臺表演的戲曲，並不是眞正的、完整的戲曲。

回顧晚清劇壇，不重戲曲格律的花部擅勝，曲壇先是乾嘉考證之風盛行，接著充滿革命思潮的改良新劇充斥，致使傳統曲學湮沒不彰。太平天國亂後，崑劇的根據地蘇州受創尤深，四大名班——大章、大雅、全福、鴻福——所維持的「雅部」風格，在花部的沖擊下，漸漸顯得曲高和寡而欲振乏力。光緒末葉，大章、大雅終於解散，而只賸「文全福」和「武鴻福」兩個戲班爲了生計，不得已相互搭班過著跑江湖的艱苦日子。（詳見張允和〈江湖上的奇妙船隊——憶崑曲「全福班」〉）而當時北京的北派崑劇雖有梅蘭芳等人的提倡，但同和社、福壽社與榮慶社一時的風光，也不過是「迴光返照」罷了（見胡忌《崑劇發展史》第七章第三節），對傳統曲學無甚裨益。

倒是業餘以清唱爲主的「清工」，純爲興趣而毋須慮及生計，故自明萬曆以迄民初，依然能不絕若線地綿延三百餘年。而清唱家與曲師們的口傳心授，也大抵能保持先輩唱曲的典型，如乾隆年間編《納書楹曲譜》的葉堂，即被後人尊爲正宗清唱曲學家，道咸間傳葉派唱法的韓華卿，是著名曲社「怡怡集」的成員，韓華卿傳俞宗海（粟廬），是近代葉堂正宗的代表人物。當時曲社林立，有道和、紫霞、寄閒、清飈、拍紅、咏和、揭青、鏘鳴、賡青、平聲等社，吳梅就曾主動辦過「振聲曲社」，而王季烈的「景璟社」也傳唱一時。

雖然「清工」講究字音唱法，分析曲情，著重在「曲」；「戲工」關注舞臺的整體表演藝術，著重在「戲」，兩者略有不同。而實際上，唱曲與與演戲本是密不可分，職業藝人與業餘曲友也往往是聲息相通的，如俞粟廬爲了唱得更傳神，曾向老藝人滕成芝與王鶴鳴求教過（見俞振飛〈我的青少年時期〉），而著名藝人梅蘭芳、韓世昌、白雲生爲了能唱出水磨正音，也曾接受吳梅的指點而劇藝大進；況且當時業餘曲社聘請崑劇人如邱炳之、殷溎琛、沈月泉、陳鳳鳴、高步雲⑮等拍曲說戲的情形屢見不鮮，因此民國初年，當職業的崑曲戲班岌岌可危時，自然影響原本各自爲政、缺乏組織的業餘曲社。爲使這古老而精緻的藝術命脈能夠維繫住，傳統的曲學研究得以薪火相傳，於是，崑劇的發祥地蘇州出現一批熱心人士，基於鄉土情懷，視振興曲運爲責無旁貸，積極聯絡上海同好而創辦了當時全國獨一無二的崑曲劇團──「崑劇傳習所」。

民國十年秋季，蘇州貝晉眉、張紫東、徐鏡清等曲界知名人士（其他發起創辦者凡十餘位，詳見胡忌《崑劇發展史》頁六七九）等辦「崑劇傳習所」之初，深感資金不足，即與上海企業界的棉紗大王穆藕初（湘玥）及著名曲家徐凌雲取得聯繫，而穆先生在吳梅與俞粟廬的影響下[17]，慨然斥資五萬元，於蘇州桃花塢五畝園創立「崑劇傳習所」，每月另負擔該所經費六百元。此一豪舉，無異給當時已趨沒落的崑曲有了起死回生的契機，因此後來穆氏雖因商場失敗，而將傳習所轉手他人經營，但傳習所師生對他當初創辦的這番雨露之情，仍無限感念。

「崑劇傳習所」成立後，先後招來十餘歲學生近百人，皆以「傳」字排列，乃取崑劇藝術薪傳不息之意，最末一字則按不同行檔取藝名：唱小生的玉字傍，取「玉樹臨風」之意，如周傳瑛、顧傳玠，唱旦的用草字頭，取「美人香草」之意，如朱傳茗、沈傳芷，唱老生、花面的用金字傍，取「黃鐘大呂」之意，如鄭傳鑑、倪傳鉞，唱副與丑的則用三點水，取「口若懸河」之意，如王傳淞、華傳浩。（見邵芑〈穆藕初與崑曲〉）學員都是貧苦出身，有少數還是全福班老藝人的子弟或親戚，教師主要是全福班的後期藝人，如沈月泉、沈斌泉、吳義生、尤彩雲、高步雲等，他們一輩子獻身藝術，爲崑劇亟覓接棒人的苦心可想而知，在休戚與共的歲月裡，崑劇底精粹藝術就此扎扎實實地薪傳下來。因而日後「崑劇傳習所」雖歷經「新樂府」（一九二七～一九三〇）與「仙霓社」（一九三一～一九三八）等改組階段，並飽受中日八年鏖戰的摧殘，然而以周傳瑛、王傳淞爲主的「國風蘇劇班」，憑著「半付崑班」的實力爲崑劇藝術苦撐到底，終於在一九五六年締造「滿城爭說《十五貫》」的盛況，這齣救活崑曲的戲，促使全國崑劇院與崑曲研習社一時如雨後春筍般地成立[18]，爲崑劇開創一片嶄新的氣象。而在一九三九至一九四九年的慘淡日子裡，傳字輩演員與傳習所部分教師也往來奔波南北各地曲社，爲崑劇同好拍曲、唱曲和說戲，使得魏良輔以來的「清工」系統得以緜延不絕，如王季烈於北京主持「正俗曲社」與「螾廬曲社」，就曾請高步雲等北上擔任拍曲教師，並與崑曲同好對音樂唱腔理論作深入探討。（其他各地曲社情形，可參見胡忌《崑劇發展史》第七章第五節）

傳字輩演員與業餘清唱曲家們恆久的努力，不僅對瀕死的崑劇起了救亡圖存的效用，更使得傳統曲學因為擁有具體而豐富的活文獻可供研究，而不致架空或出現斷層，對近代曲學之振興，功不可沒。

肆、由訂譜以樹戲曲格律

古典中國戲曲以音樂為本位的特色已如前述，而曲譜正是記載、保存傳統音樂宮調、板式等旋律節奏與唱法的重要資料。然而歷代記譜方式詳略有別，良窳不一，因此對品類紛繁的曲譜，唯有釐正其誤謬，辨析其格律，方能真正探觸到傳統曲學的核心。

傳統戲曲的記譜方式，按其功用之不同，可大別為曲譜與宮譜兩種，王季烈《螾廬曲談卷三·論譜曲》云：

> 釐正句讀，分別正襯，附點板式，示作曲家以準繩者，謂之曲譜；分別四聲陰陽、腔格高低，旁注工尺板眼，使度曲家奉為圭臬者，謂之宮譜。

又云曲譜之作由來已久，如《太和正音譜》、《骷髏格》⑲、《南音三籟》、《南曲譜》（按：沈璟所作）、《嘯餘譜》、《九宮譜定》、《北詞廣正譜》等取備曲牌格式，詳記詞句之多寡者皆是。而宮譜之刊行，則始於康乾之際，如《納書楹曲譜》及《吟香堂曲譜》，逐曲塡工尺，點板眼，使初學一覽之下，卽能依腔歌唱。至於《南詞定律》與《九宮大成南北詞宮譜》，則是曲譜而兼有宮譜性質。簡言之，曲譜標明句數、字數、各字四聲與用韻等定格，宮譜主要記錄唱腔，如傳統之工尺譜與現代之簡譜、五線譜[20]。今習俗相沿皆通稱曲譜，王氏既云以從俗爲宜，本文亦不遽加訂正。

在諸多爲製譜、度曲而編定的曲譜中，有的成書較早，所錄曲牌體式不甚完備，如周德清《中原音韻・作詞十法》雖附有小令定格，但僅四十首，牌調不全且無套式，而《太和正音譜》雖使北曲之作始有準繩可依，但於借宮之法與增句之體則付闕如；有的亡佚或經後人臆羼，如《南音三籟》與《骷髏格》；有的因襲守舊，無多創見，如程明善《嘯餘譜》、張孟奇《北雅》與范文若《博山堂北曲譜》互相因襲，少有獨見，到了清代李玉的《北詞廣正譜》，稍有可觀，但正襯之分仍多紊亂。南曲曲譜方面，明代初有蔣孝《南九宮譜》，後有沈璟《南九宮十三調曲譜》與清呂士雄《南詞定律》，但三者板式參差，莫衷一是，而清代鈕少雅的《九宮正始》與東山釣叟的《九宮譜定》，也只是集曲較爲詳備而已。（詳見盧前《南北詞簡譜・跋》）

此外，清代頗受重視的《欽定曲譜》，雖對四聲板式、正襯句讀與押韻皆一一註明，但內容大抵襲自《嘯餘譜》與沈璟《南九宮譜》，而「比較殊少，且多漏略」（見許之衡《曲律易知》頁一七）。至於卷帙浩繁，集前人之大成的《九宮大成南北詞宮譜》則或正襯失於考訂，或南北互誤、異宮混調，且增體羅列而徒亂體裁（見汪經昌〈吳梅〉一文），又偏重歌唱，忽視詞作，這些都是造成劇作者作曲時的不便。

因此近代可參閱的曲譜雖多，但一般文人「但知塡詞，不知訂譜，往往脫稿後，付優人樂師爲之點拍，而已反就樂師學歌」，吳梅認爲本是「自己新詞，轉向他人教授，不亦可笑之極乎？」（見《顧曲麈談・度曲》）能向樂師請教而後訂譜的還算是好，否則像清末陳厚甫、俞曲園、張文襄等誤以爲曲牌相同，則宮譜必相同，就鬧出音乖字別、格律舛誤的笑話（詳見本章第三節「清末聲樂之學式微」）。王季烈有鑑於此，認爲古代論曲之書對「製譜之法」絕無論及，「非古人之秘而不宣也，苟能將一種曲牌之曲數十支，唱之極熟，而又分出正襯，且逐字細別其四聲陰陽，則於此種曲牌製譜之法，已不待言而明。」猶如習書法者多臨古帖，自能領悟運筆之法而成善書之人。但他又覺得這種「待人多唱而自悟」的方法，究竟是「暗中摸索，未免多走迂途」，於是在《螾廬曲談卷三・論譜曲》中，他提出四個緊要之端：「一、點正板式；二、辨別四聲陰陽；三、認明主腔；四、聯絡工尺，針對製譜之法，從理論上作一番詳細而簡明的闡述。

吳梅的《南北詞簡譜》則舉出實際的譜例，來說明製譜應有的格律。他秉持「欲立一定則，爲學子導先路」的精神，自民國九年卅七歲時開始著手參訂諸多舊譜，北曲以《太和正音譜》、《北詞廣正譜》爲主，南曲以《九宮譜定》爲主，並參酌《南詞定律》，因爲這四本書「較爲可據」（見該書〈自序〉），他對每支曲牌精研毫釐，舉凡旋律特點、使用規則、字音叶韻、宮調管色等，皆有詳細的分析，其中比較歷代曲韻之異同，指出各譜之正誤及各宮調套數之格式，最具學術研究價值。此書歷十年而成，可說是吳梅嘔心瀝血之作，因而在他逝世前，曾致函弟子盧前：

《顧曲麈談》、《中國戲曲史》、《遼金元文學史》，則皆坊間出版，聽其自生自滅可也。惟《南北詞簡譜》為治曲者必需之書，此則必待付刻。

《南北詞簡譜》一書，據王衞民教授分析，具有下列優點：「每一曲牌只選代表性的一支曲詞作標準，簡明而扼要，不像舊譜中常列出許多不必要的「又一體」，或長達十餘種的譜例，令人無所適從。二、每支曲詞之後，都附上一篇說明性的文字（共九五七條），對該曲牌之體式與唱法悉予剖析，並辨明舊詞之疑難。三、合南北曲於一帙，並比較同名曲牌之異同。四、保留舊譜精華，又增選舞臺上傳唱之名曲，既豐富內容，又具時代性。總之，「從創作南北曲看，它為作者立下了標準模式；從研究和校點看，它是一部很好的工具書；從欣賞角度看，它又是一部較好的選本。」（見〈繼往開來，獨樹一枝——論吳梅先生在曲學研究上的貢獻〉一文）無怪乎其受業弟子盧前為此書作跋時，特別推崇道：「舊譜滯疑，悉為掃除，不獨樹歌場之規範，亦立示文苑以楷則，功邁遠於萬樹《詞律》，宜先生之自矜重其書如此！」然而殊為可惜的是，先生生前限於貲力，未能將此書鐫板。抗戰勝利後，門弟子等草率將原稿石印，竟將曲中先生所兢兢考訂之板式，悉予省略，誠屬近代曲學之一大損失。

至於有關戲曲演唱之宮譜，清乾隆年間有《九宮大成南北詞宮譜》（一七四六），馮起鳳《吟香堂曲譜》（一七八九）、葉堂《納書楹曲譜》（一七九二），三書並為文人曲家之核訂本，講究四聲腔格，考訂精嚴，但缺點在於不點小眼（即頭眼與末眼），原本一板三眼的節奏，為便刻印及予善唱者發揮餘地，經簡化而與原是一板一眼的記譜方式相同，在當時度曲者看來或許不成問題，但今日研究起來則頗爲不便。又三書不收賓白，不分正襯，間有所謂「死腔活板」等挪借板位之運用，令初學者較難習用。同治九年（一八七〇）之《遏雲閣曲譜》，由王錫純輯，蘇州曲師李秀雲拍正，共收八十七齣折子戲，工尺記譜較完備，增點小眼，使節奏較舊譜更爲準確，並附上賓白，是明清以來口傳「梨園故本」的滙集校正本，可說是戲班演唱而時俗流行曲譜系統的第一部刊本，即第一部演出臺本，末附天虛我生之〈學曲例言〉，簡述音律、四聲與口法。光緒二十二年（一八九六）之《崑曲粹存》，由嚴觀濤、嬾莽輯，殷溎琛訂譜，雖有六百餘折，但僅出版初集五十折，且坊間不易購得。民國十年（一九二一）之《春雪閣曲譜》，由張餘蓀編，殷溎琛傳譜，共二册，收《玉簪記》、《浣紗記》、《艷雲亭》三記宮譜；另有楊蔭瀏所編之《天韻社曲譜》，係油印本，集抄一百二十齣戲曲譜，此二譜亦不常見。

至於刊刻較爲流行的有：民國十一年的《六也曲譜》，係殷溎琛原稿，經張怡庵校訂而成，收一九八齣戲，並附一九〇八年吳梅之序。民國十四年之《崑曲大全》由張怡庵輯，殷溎琛訂譜，收崑曲折子戲二百齣。而其中蒐羅最富，又謹守格律的是民國十三年由王季烈與劉富樑（鳳叔）所輯的《集成曲譜》，全書分金、聲、玉、振四集，凡三十二册，共收八十八部傳奇中的四一六齣折子戲，該譜繼承《遏雲閣曲譜》通行且較古本完整的優點，並廣事搜求，剔除《遏》譜在曲詞與宮譜上的訛誤。所選的折子戲，不論詞與譜都經過仔細的考訂，即便於演出，又不失格律。其中容易讀錯的字，編者都用眉批特意標出音讀。該譜四集卷首分別請魏戫、俞粟廬、吳梅、嚴修等作序，魏序曰：

> 曲必有譜而始能歌，必通知宮調曲牌之體式、四聲陰陽之區別，而後可以言訂譜。今之習崑曲者雖多，而能訂譜者蓋少，卒就伶工笛師傳鈔宮譜奉為圭臬，謬誤百出，莫為訂正……王、劉二君之輯此譜，洵足以起衰振弊，示學者以指南，而不為庸俗伶工之所誤，則其有功於三百年盛世之音者，豈淺鮮哉！

兪序亦提出訂譜之難：「樂工習其音而昧於義，文人長於辭而闇於律，兼之爲難，則訂譜非易也」，並稱讚此譜「通行佳曲固已一律採入，較之坊間各曲譜，不惟選擇考覈之功不可以道里計，卽其卷帙之富，亦莫得而比焉」，故無愧乎「集成」之名。吳序與嚴序亦盛稱此譜考訂之精詳，實非一般通行本所能企及。可見王氏當初編此譜「冀以矯正伶工脚本之失」的目的，已圓滿達成。

民國二十九年，王季烈有鑑於《集成曲譜》因卷富價昂而不甚風行，於是刪繁就簡，再以精整雅正之楷筆，鈔錄校訂《與衆曲譜》，收崑劇八十九折，時劇六齣，散套三套，開場一齣，共一百齣，於賓白中以不同符號註明四聲，另輯《度曲要旨》一卷附各折末尾，與附於《集成曲譜》之四卷《螾廬曲談》，並爲度曲之南針。

近代曲學大家吳梅與王季烈分別將曲譜與宮譜作一番精密而審愼的考訂，使創作者、度曲者與演唱者面對卷帙浩繁的譜例，不再無從適從或誤入歧路，而有一南針可循。吳、王二人的訂譜功夫爲傳統戲曲樹立格律典範，可說是振興曲學的根本工作，因爲沒有正確精詳的曲譜與宮譜，不但度曲者失去拍唱的準繩，劇作者也僅能對舊劇亦步亦趨，而無力創作新劇，清唱家與舞臺演唱者更將出現乖宮訛調、荒腔走板等貽笑大方的窘況。如此，則傳統曲學之日漸消亡自不待言。綜上所述，吳、王二人對近代曲學之振興，除考證讓王國維專美於前外，舉凡藏弆、唱演與訂譜等皆貢獻良多，堪稱近代曲學之大功臣。

註釋

❶ 林明德〈梁啓超與晚淸小說運動〉一文云：「從中國文學的發展史上看，晚淸，可以說是一個轉捩點，一個由傳統文學到現代文學的過度時代。由政治、經濟、社會、文化與文學等因素所形成的歷史大動向，激起一場前所未有的晚淸文學運動，從而締造了多采多姿的文學現象。」

❷ 楊世驥《文苑談往．戲曲的更新》曾對晚淸古典戲劇之發展加以評述：「第一，這時候的作者知音解律的已經很少了，他們有意無意地使戲曲改變了傳統的體式，戲與曲的分家，在這兒也露出了顯明的端倪；第二……把戲曲當作一種政治宣傳的武器……戲曲的社會的意義，往往超過文學的或音樂的意義。第三，在這樣的情形之下，在這短期間的涵演之中，由於現實生活的繁複，新事新理的增進，誠有所謂『曲子縛不住』者。反之，曲的部分自然地成了一種贅瘤。」

❸ 王國維在資料搜集、考證、鑒別、辨僞等方面的深厚功力，的確受益於乾嘉學派的治學方法，但正如其胞弟王哲安所言：「先兄治學之方，雖有類於乾嘉諸老，而實非乾嘉諸老所能範圍。……此有得於西歐學術精湛綿密之助也。」（見《王靜安先生遺書序》）王國維自己也肯定：「異日發明光大我國之學術者，必在兼通世界學術之人，而不在一孔之陋儒」（見〈奏定經學科大學文學科大學章程書後〉一文）於是他融中學西學於一爐以研究傳統戲曲，自有超邁前賢之傑出貢獻。

❹ 王國維十種論著之內容分析，可參見曾師永義〈靜安先生曲學述評〉與黃師麗貞〈曲學功臣王國維〉二文。

❺《宋元戲曲考》一書無論在發掘資料或研究方法上，都爲戲曲的學術研究樹立良好的典範，也因而帶動戲曲史研究的熱潮，如當時踵接其後者有日人青木正兒的《中國近世戲曲史》、吳梅的《中國戲曲概論》，其後盧前《明清戲曲史》、周貽白《中國戲劇史》、許之衡《戲曲史》、董每勘《中國戲劇簡史》、任半塘《唐戲弄》、胡忌《宋金雜劇考》、孟瑤《中國戲曲史》、張庚、郭漢城《中國戲曲通史》等等亦相繼出版；日本學術界的狩野君山、久保天隨、鈴木豹軒、西村天囚與金井等人，也在王國維直接或間接影響下，興味濃厚地研究中國戲曲。（參見日人鹽谷溫《中國文學概論》第五章）

❻王國維於三十歲〈自序〉中曾提到自己：「體素羸弱，性復憂鬱。人生之問題，日往復於吾前，自是始決從事於哲學。……至二十九歲，更返而讀汗德（按：今譯作康德）之書，則非復前日之窒礙矣。」又說：「余疲於哲學有日矣。哲學上之說，大都可愛者不可信，而可信者不可愛。余知其理，而余又愛其謬誤。……知其可信而不能愛，覺其可愛而不能信，此近二三年中最大之煩悶也。而近日之嗜好，所以漸由哲學而移於文學，而欲於其中求直接之慰藉者也。」

❼有關脈望館《古今雜劇》輾轉易主與冊數佚失情形，詳見孫楷第《也是園古今雜劇考》與蘇精〈丁祖蔭湘素樓〉一文。

❽董康之生平、藏書、刻書與著述情形，詳見蘇精〈董康誦芬室〉一文。

❾明人刻書每不忠於原著，致有刻書而書亡之說，唯嘉靖刻本尙合法度。在宋元古本罕見難求之下，藏書家率以嘉靖本爲重，如近代陶湘「百嘉齋」獲兩百部以上，所藏除集部外，旁及美術工藝與叢書；鄧邦述「百靖齋」亦超過百部，所藏率爲詩詞；而吳梅之「百嘉堂」，限於個人財力，終未償夙願，據北京圖書館善本書目所載吳梅遺書，內嘉靖本或有佚失，竟僅七部而已。

❿吳梅平生三大願望：一集《奢摩他室曲叢》以比《元曲選》與《六十種曲》，二定曲韻以比《中原音韻》，三正音律以比《太和正音譜》。詳見陸維釗〈滿江紅〉一文，載於《戲曲》第三輯（一九四二年）頁八三。

⓫各種之版本、作者及《曲叢》全目，詳見王衛民〈吳梅《奢摩他室曲叢》及其全目〉一文，載於《文獻》第七期。

⑫ 除涵芬樓外，吳興周氏言言齋所藏之戲曲，亦多數燬於一二八戰火之中，詳見鄭振鐸《中國文學研究新編》第三卷頁六三三～六三七。

⑬ 見鄭振鐸〈記吳瞿安先生〉一文。

⑭ 民國九年（一九二〇）年底，鄭振鐸與友人籌組「文學研究會」，並起草簡章，以「研究介紹世界文學、整理中國舊文學、創造新文學」三項為宗旨。

⑮ 蘇精《近代藏書三十家》一書所列藏書大家多至三十，然庋藏戲曲者僅董康、丁祖蔭、吳梅、鄭振鐸四人而已。其中丁氏局閉曲籍之態度實不足取，董、鄭二人所藏種類繁多，不限戲曲，唯吳梅專力於藏曲，惜所藏又多燬於兵燹。

⑯ 高步雲先在「崑劇傳習所」教崑曲音樂，三年後即應王季烈之邀，赴京、津一帶業餘曲社擔任拍曲教師長達三十多年。

⑰ 穆藕初在奔忙企業之餘，認為唱崑曲是最好的消遣，於是結識崑曲票界領袖徐凌雲與曲家張紫東、俞粟廬，並向俞振飛學唱。一九二〇年五月，他應徐世昌之召入京時，專程拜訪素昧平生的北大教授吳梅，對吳氏的曲學造詣推崇備至，頗有相見恨晚之感。吳曾向穆提出請曲家錄音之事，穆回滬後即與百代唱片公司接洽，請俞粟廬錄了三張唱片，翌年「崑劇傳習所」成立。詳見邵芭〈穆藕初與崑曲〉及穆藕初《藕初文錄》下卷〈致吳瞿安〉一文。

⑱ 一九五六年八月成立「北京崑曲研習社」，十月蘇州成立「江蘇省蘇崑劇團」，一九五七年四月成立「上海崑曲研習社」，六月北京成立「北方崑曲劇院」，冬季，湖南舉辦「湘崑學員訓練班」，其他另有南京樂社的崑曲組等等。

⑲ 《骷髏格》實明無名氏所撰，而偽託漢唐之作。清鈕格《磨塵鑑傳奇》與胤祿《九宮大成序》皆曾提及，然作者與成書年代俱不可考。今《九宮正始》所徵引者，計有譜式三十二條、曲辭四條、考證牌名或句格三十八條，惟其考證率出臆測而多疏誤。「骷髏」之義，錢南揚引明楊慎《俗言》之說，謂「骷髏」係「庫露」之誤，曲

譜名曰「庫露格」者，乃自矜腔調之玲瓏空虛也。詳見錢氏〈曲譜考辨〉一文。

⑳ 鄭騫先生《北曲新譜·凡例》亦云：「曲之有譜，可分爲二類。標注工尺板眼，以供歌唱者，謂之音樂譜，又稱唱法譜。按調舉例，定其格式，不注工尺板眼或僅注板眼而無工尺，供誦讀之津梁，示撰寫之軌範者，謂之文字譜，又稱作法譜。」

第二章　近代曲學大家之一——吳梅

第一節　生平及重要著作

壹、生　平❶

一、童年孤苦　矢志向學

吳梅，字瞿安（瞿一作臞或癯，安一作菴或庵），一字靈鳷，晚號霜崖，江蘇長洲（今吳縣）人，生於清光緒十年（一八八四）九月十一日（陰曆七月二十二日）。先生出身詩書世家，高祖吳頤，嘉靖間進士，回里主講正誼書院；曾祖吳鍾駿，字吹聲，號崧甫，道光十二年（一八三二）壬辰科一甲一名進士，授翰林院修撰，後曾二典鄉試、三任侍郎、四督學政，著有《禹貢舉要》、《師漢齋經義雜識》等七種；祖父清彥，字小舫，官至刑部員外郎；嗣祖長祥，號吉雲；父國榛，字聲孫，雅好詩文，著有《璧勤齋詩集》等。父祖兩代事蹟不詳，但知先生年甫三歲，即遭父喪，自此家道中落，幾至室如懸磬，其母陸太夫人厲節撫孤，日恃針黹爲活，憂勞交瘁，盛年鬢白，猝於先生十歲時病逝。幼年失怙失恃，煢煢孑立之孤苦不難想見，唯可幸慰者，先生八歲，嗣祖吉雲公感其孤苦，愛其聰慧，請於大母以爲嗣孫，教之養之，以至於成。先生後曾爲詩〈北涇種樹行〉以誌此辛酸歲月：

> 三歲丁孤露，不知饑與寒。母娘勤撫育，四序無笑顏；故家已中落，百憂初發端；薄田未滿頃，安足供三餐。公獨請大母，此兒頗不頑；敢乞為我後，庶足娛老鰥。大母首屢頷，公亦心為歡。吾母厲清節，盛年兩鬢斑；茹苦垂十載，抱恨入一棺，時余纔十齡，積苦身益孱。……

先生年十二，始從潘少霞先生受書，雖天資穎慧，然科名至不順利，十五、十六兩應童子試均被斥，直至十八歲，方以第一名補爲縣學生員，翌年，食廩餼；然秋應江南鄉試，又被黜。自此雖不復留意於科名，然少年艱苦自學、勤奮惕勵之志，未嘗稍輟，自十六歲後卽萃心力於經史之學，暇則兼治詩詞古文，自言「文讀望溪，詩宗選學」；其後遊學四方，更學文於盛霞飛，學詩於散原老人，學詞於彊村老人（見先生〈遺囑〉），對漢魏以來詞章之學，「皆條辨其源流得失，而會通其旨趣……亦頗自負以爲能」（《奢摩他室曲話・自序》）。由於對古典文學的胎息淵厚，因此他雖弱冠始讀曲，又乏名師指導，而能一秉潛心治學之精神，鑽研度曲之理而獨步曲壇。故先生雖不得志於科目，而終能以學有所長聞名遐邇，致庠序間爭相禮聘，先生亦盡瘁教化之業而杏壇流芳矣。

二、心繫社稷 撰曲寫志

吳梅是「英雄肝膽，兒女心腸」❷的性情中人，有著激昂的民族思想與愛國情操。早在他十三歲粗識戲曲時，即感明末瞿式耜抗清殉國之事，作《風洞山》傳奇二十四折，以宣洩他濃烈的民族情感，其後又作《西臺慟哭記》寫宋末謝翺痛哭民族英雄文天祥之史事，以抒其「長歌當哭」之懷。戊戌政變失敗後，六君子駢戮都門，狀甚慘烈，先生年十六，悽然感之，作《血花飛》傳奇，二十歲時並悉心加以改定，然據先生自述：「時先大父尚在，深懼此書之賈禍，夜間密焚之，故此曲遂不傳」（見《蠡言》），雖然我們看不到這本與當時愛國藝人汪笑儂《黨人碑》並稱姊妹篇的傳奇，但黃慕韓（振元）的〈吳靈鳷《血花飛》樂府題詞〉明晰地點出這個劇本的主題思想：「俾此血此花，洗白民穢迹，染赤縣新圖，備墨聖之鎖鑰，供黃祖之苾芬。」此劇雖不傳，但六君子的慘事仍烙印在先生心底，二十二歲時，他作詩〈萇宏血傳十二章〉，即註明是「爲戊戌政變死事六君作」。

由於心繫民族存亡，並同情革命，先生廿四歲那年（一九〇七），徐錫麟、陳伯平、秋瑾等義士爲革命犧牲，殘暴的滿清官吏更讓秋瑾暴屍於古軒亭口，先生悲痛之餘，當下寫成《軒亭秋》雜劇，並發表於《小說林》上❸。當陳去病於上海欲爲秋瑾開追悼會，未果，因而成立「神交社」時，先生即與劉三（季平）、柳亞子、高天梅等十餘人慨然加入。一九〇九年神交社的中堅份子陳去病、柳亞子、高天梅等倡組「南社」，糾集慷慨豪邁之才士，傳播強烈的反清意識，一時各地響應，「流派雖別，大都以詩古文詞相砥礪，而統歸於復社」❹，當時革命黨重要人物如黃興、宋教仁、于右任、汪精衛等，皆隸籍南社，而充滿革命情懷的吳梅亦應邀入盟，其撫時感世之作，頗能引發共鳴，故「每一篇出，儕輩歛服」（見盧前〈吳瞿安先生事略〉）。

一九一一年，先生爲陳去病題徐寄塵（自華）女史〈西泠悲秋圖〉而作〔越調小桃紅〕套曲，因此圖係爲悲秋瑾而作，而該套曲中〔下山虎〕曲牌頗爲難作，故歷來曲家很少塡寫，先生則特地選這支曲牌，刻意求工，難中見巧，藉以表達他對秋瑾的崇敬與悼念。（見王衞民〈吳梅〉一文）❺

先生一生心繫社稷，重視民族氣節，《瞿安日記》中。常出現他憂勞國事的話語，對當時中日戰爭之和議、訂約與宣統復辟等，莫不表示高度關心，一九三一年「九一八事變」前後，日寇入侵，而執政者卻「無聲無臭，全無措置」（一九三三年四月廿九日日記）感到憂憤異常。一九三七年「七七事變」後，他流亡湘潭，見家人爲抗日戰士製衣，曾賦詩表示關懷。而對家鄉淪陷後，竟有人作漢奸「擫笛度曲，獻媚敵酋」，感到可恥可恨。兵燹不絕的日子裡，他積勞成疾，家人爲了治療方便，勸他不要離開蘇州，但是基於不願當亡國奴的愛國激情，他不顧個人安危，毅然離鄉，輾轉顚沛於武漢、湘潭、桂林、昆明等地，因而不幸於一九三九年三月十七日（陰曆正月廿七日）病逝於雲南大姚縣李旂屯，享年五十六歲。弟子唐圭璋所作〔虞美人〕以悼之，中有「兩年避地走天涯，白髮飄蕭，日日望京華」，最能道出先生的氣節與風骨。

三、執教上庠　杏壇流芳

吳梅一生以從事教育爲終身職志，而無意於仕途，如一九二一年，他執教北大時，徐樹錚官拜西北籌邊使節，曾禮聘他爲秘書長，他堅辭不就，〈思歸引〉序文中所云「陋巷茅茨，西風菰米，下士所樂，或非金谷所有」，頗能道出先生澹泊功名之志。由於性之所近與心之所向，先生年廿二（一九〇五），即應邑人馮自春、高梓仲之聘，往教於蠡墅小學。秋間，黃慕韓復介至東吳大學任教；年廿七（一九一〇），改任存古學堂檢察官。民國成立後，歷任南京第四師範、上海民立中學、北京大學、東南大學、中山大學、光華大學、中央大學、金陵大學教席，凡三十餘年，一秉學不厭、教不倦之精神，澤被學子無數。

由於戲曲在當時一般人心目中仍屬小道末技，文人也大都視之爲學問餘事，而鮮有究心其中者。要將它帶入高等學府，爲大學生所修習，簡直是奢望！然而吳梅做到了，一九一七年，他以深厚的戲曲學養，應北大校長蔡元培之聘，首度將曲學帶入大學殿堂，從此樹立了戲曲在高等教育中的地位。先生教學態度嚴肅而認眞，就教材之準備而言，他每授一課程，必先撰寫學術性強，並具有獨立見解的講義，如在北大時，他主講古樂曲，即編寫《詞餘講義》，他如《古今名劇選》、《曲選》、《中國戲曲概論》、《元劇研究ABC》、《南北曲律譜》（成書時改名爲《南北詞簡譜》）、《霜崖曲話》等書，都是他執教東南大學、中央大學、金陵大學時的講義[6]。

雖然有了詳備的講義，但他上課絕不照本宣科，他深切了解古典戲曲的研究離不開音樂，也由於體悟「欲明曲理，須先唱曲」的道理，他潛心度曲，並與近代葉派傳人兪粟廬有師友之誼，深得水磨正音，間或粉墨登場（擅演靑衣、老旦），實際體驗舞臺表演藝術，因此他除了領導「潛社」❼，嚴格要求學生作曲能力，並用硃筆正楷，一筆不苟地披改之外，還常於課堂上擫笛高歌，或請曲師教唱，目的是希望學生都能達到能譜、善唱、會演的境界，以體悟戲曲這門高度綜合的藝術之美。他所創立的這種眞正探觸戲曲核心的教學方式，爲學生們扎下深厚的曲學根基，因此在他南北執政三十餘年中，所訓練出來的學生，率爲當代知名學者，除南盧（前，冀野）北任（二北，中敏）外，另有俞平伯、錢南揚、趙景深、唐圭璋、王季思、浦江清等皆是。

此外，先生庋藏甚富，不論百嘉室或奢摩他室所藏善本書籍，先生皆一無隱匿地公開給學生參閱，南盧北任受其親炙尤多，鄭振鐸嘗謂先生這種不把「學問」當作私產的恢宏氣度，使得即將成爲「絕學」的「曲律」部分得以薪傳不墜。（見〈記吳瞿安先生〉一文）

貳、重要著作

吳梅治學多方，學養深厚，舉凡經史古文、詩詞歌賦靡不淹通，如古文有《霜崖文錄》❽，詩有《霜崖詩錄》四卷，詞有《霜崖詞錄》，至於《霜崖讀畫錄》一卷則兼收詩、詞、曲作，凡五十七首。而先生以曲學名世，於古典戲曲之創作與理論頗見新猷，對近代曲學有振興發皇之功，予後學啟迪頗多，故本文專就其關乎曲學研究之論著、創作、編選、斠勘、序跋、日記等方面，舉其犖犖大者，述之如次。

一、論　著

㈠《奢摩他室曲話》、《奢摩他室曲旨》❾

《奢摩他室曲話》二卷，作於光緒卅二年（一九〇六），翌年刊於《小說林》第二、三、四、六、八、九期，內容包括論雜劇傳奇、傳奇曲牌、論務頭及諸曲提要，與後來《顧曲麈談》部分內容大同小異。二書基本上沿用傳統治曲方法，無論內容與體例皆承襲前人雜論式的曲話性質而少有開創，因而寫到半截即擱筆中輟。

㈡《顧曲麈談》

民國元年（一九一二）之後，先生往來執教於上海、南京，吸收西方先進思想與治學方法，用以整理、分析傳統曲學，使曲學研究更具科學性與系統性。《顧曲麈談》即是先生最早的一部曲學專書，作於民國二年（一九一三），最初登載於《小說月報》上，民國五年由商務印書館印成專書，收入《文藝叢刊》甲集，後又編入《國學小叢書》內，流布甚廣。是書分爲四章：第一章原曲，包括論宮調、論音韻、論南曲作法、論北曲作法四節。第二章製曲，包括論作劇法，論作清曲法二節。第三章度曲，包括五音、四呼、四聲、出字、收聲、歸韻、曲情、別正襯、分陰陽九項，析論崑曲唱法，並節錄魏良輔《曲律》七則，以爲度曲之準則❿。第四章談曲，彙集元明以來曲家之遺事軼聞，並對作品略作評論。

此書內容雖多沿襲前人論曲之成說，但所論率能鉤元提要，深入淺出，使歷代卷帙浩繁，艱深殽亂的曲論，漸趨系統化與條理化，對近代曲學之研究確有「導先路」之功。

(三)《蠡言》

二卷，刊載於《小說月報》第四卷九、十、十一、十二號，因推測其寫作時間應在民國二年（一九一三）。

(四)《瞿安筆記》

作於民國三、四年，刊於《小說月報》第五卷一、二、五號及第六卷六、七、八、十一號。此作與《蠡言》同屬雜記，然其中若干曲學見解，頗可參考，如《曲海目疏證》即針對黃文暘《曲海目》一書，逐目加上按語，將元明清雜劇傳奇作家作品，按年代先後排列，校訂舛誤，並釐正撰人名氏，且增補曲目四〇六種，嘉道以後，則另成總目一種，以呈現戲曲「史」之風貌，頗有裨於戲曲存目之考證。

(五)《詞餘講義》

此書爲先生執教北大，主講古樂曲時手撰之講義，成於民國八年（一九一九），由北大出版部出版。書凡十二章，包括曲原、宮調、調名、平仄、陰陽、作法上下、論韻、正訛、務頭、十知、家數，其中「作法」兩章，取自《顧曲麈談》之「論作劇法」與「論南曲作法」兩節。先生撰作此書之宗旨，可於書首之《自叙》窺知：

> 丁巳（一九一七）之秋，余承乏國學，與諸生講習斯藝。深惜元明時作者輩出，而明示條例，成一家之言，為學子導先路者，卒不多見。又自遜清咸同以來，歌者不知律，文人不知音，作家不知譜，正始日遠，牙曠難期，亟欲薈萃衆說，別寫一書。因據王驥德曲律為本，旁采挺齋、丹邱、詞隱、伯明諸譜，及陶九成、王元美、臧晉叔、李笠翁、毛稚黃、朱竹垞、焦里堂各家之言，錄成此書。

此書雖「薈萃衆說」而成，但先生適度運用西方科學的治學方法，將中國戲曲的淵源、發展與演變，作系統性歸納與分析，並明示作曲之規範。在近代傳統曲學日漸式微之際，適時發皇前賢論曲精華，以振興曲學，因而被時人譽為「曲學之能辨章得失，明示條例，成一家言，導後來先路，實自霜崖先生始」[11]。民國廿一年（一九三二），商務印書館將此書印行，並易名為《曲學通論》。

(六)《霜崖曲話》

十六卷。此書為吳梅執教蘇州、上海、北京、南京時，陸續增補而成之研究成果。原稿卷一至卷十二分別用二或三個紙捻裝訂。卷六至卷十二之紙捻並依次註明「二月分、三月分、四月、九年五月、九年六月、七月分、八月」，是可確知此七卷屬稿年代皆在民國九年（一九二○）。卷一至卷五，觀其內容與《顧曲麈談》、《詞餘講義》頗多雷同，想是先生執教北大前後所作；至於卷十三至卷十六則分別以銅釘三枚訂成，內容部分為《中國戲曲概論》與《元劇研究ＡＢＣ》所徵引，當是先生執教東南大學（中大）時期所作。全書並爲授課中大與金大之講義，內容包括：考述劇作家生平、評賞劇作之曲辭與風格、辨析戲曲體製、內容與風格遞嬗之迹、審訂戲曲之聲律。該書爲毛筆手鈔本，金陵大學（今南京大學）與中央大學各有一部，先生執教中大時，即用他親筆手寫的原本，字跡風神妍潤而別有一番閒雅之致，此本今傳入臺灣，現存國立中央圖書館；而金大所藏則是四個抄手分工謄錄而成的副本，筆法草率而凌亂，見附錄一⑫。

(七)《中國戲曲概論》

此書作於民國十四年（一九二五），翌年由上海大東書局印行。共分三卷，卷上包括：(1)金元總論，(2)諸雜院本，(3)諸宮調，(4)元人雜劇，(5)元人散曲。卷中包括：(1)明總論，(2)明人雜劇，(3)明人傳奇，(4)明人散曲。卷下包括：(1)清總論，(2)清人雜劇，(3)清人傳奇，(4)清人散曲。此書爲一部戲曲史專著，其考證功夫雖比不上王國維《宋元戲曲史》之精覈，但王氏崇宋元而貶明清的戲曲史觀，不免失之偏頗⑬，反不若吳梅總覽全局的曲史研究來得客觀，其中稽考元明清三代戲曲遞嬗之因，並辨其瑕瑜，是先生之獨有創獲，誠如吳興王文濡序所言：

> 自金元至清代，溯流派，明正變，指瑕瑜，辨盛衰，舉平日所瀏覽，心所獨得者，原原本本，傾筐倒篋而出之，都五萬餘言，搜索之博，判別之確，評論之精，僕雖門外漢，亦覺昭然若發蒙矣。

(八)《元劇研究ABC》

此書民國十八年（一九二九）由世界書局出版。內容分上下兩卷，共計四章：第一章元劇的來歷，第二章元劇現存數目，第三、四章爲元劇作者考略。詳論元雜劇體製與宋大曲、董西廂諸宮調之因革，並略述元劇版本，而篇幅最多的是劇作家之考略。

(九)《南北詞簡譜》

此書草創於民國九年（一九二〇），歷時十年，至一九三一年乃完稿，凡十卷，是先生竭畢生之精力所成。考訂每支曲牌之體製、唱法與種種使用規則，爲近代曲學樹立精良的戲曲格律，不愧爲「治曲者必需之書」，其詳細內容與價值，可參閱本書第一章第四節「由訂譜以樹戲曲格律」。

(十)《遼金元文學史》

民國十九年（一九三〇），先生爲商務印書館萬有文庫作《遼金元文學略》。迨廿一年一二八松滬之役，燬於戰火，商務委請重撰，先生乃洽顧巍成代作，易名爲《遼金元文學史》，並親爲校閱，而仍出以己名，於廿三年再度印行。

二、創 作

吳梅精研古典戲曲，除著書立說發皇傳統戲曲理論之外，更難得的是從實際的創作中，體現戲曲格律，使傳統曲學的研究在理論與實踐的緊密結合下，呈現蓬勃的生機。而這點也正是近代戲曲改革派如梁啟超、柳亞子、陳去病等與曲學考證大家王國維所難望其項背的。茲將先生曲作分劇曲與散曲兩方面簡述如次：

㈠劇 曲

先生所撰劇作，較著名之雜劇有：《煖香樓》南曲一齣（作於一九〇六年，後易名《湘真閣》）、《軒亭秋》四折（作於一九〇七年）、《落茵記》一折（作於一九一二年）、《無價寶》南曲一齣（作於一九一六年）；而《香山老出放楊枝妓》一折、《陸務觀寄怨釵鳳詞》一折（皆作於一九一四年）、《湖州守乾作風月司》二折（疑作於一九二二年[14]）、《高子勉題情國香曲》一折（作於一九三〇年），四種皆爲北曲雜劇，合稱《惆悵爨》[15]。此外另有《西臺痛哭記》，其寫作時間不可考[16]。至於《白團扇》一劇，據《瞿安日記》卷十三丙子年（一九三六）正月十四日云：「早校袁東籬北劇白團扇」，考知當非先生之劇作。

傳奇有：《萇宏血》（作於一九〇三年，原名《血花飛》）[17]、《風洞山》廿四折（作於一九〇四年）[18]、《雙淚碑》四折（作於一九一一至一九一三年）。至於作於一九一三年的《綠窗怨記》四十折，係改編明孟稱舜《嬌紅記》而成，疑作於一九一五年的《東海記》二折，亦改編自清王曦《東海記》，故事情節大同小異，甚至劇名亦相同，故不宜視爲先生之創作⑲。

先生劇作刊行於世的，僅有《風洞山》傳奇與《湘眞閣》、《無價寶》、《惆悵爨》三種合刊的《霜崖三劇及歌譜》。

(二) 散曲

先生所作散曲，其弟子盧前曾輯《霜崖曲錄》二卷，計收小令四十九首，套數十六篇八十五首，凡一百三十四首。於民國十八年（一九二九）印行。其內容，先生雖謙稱「題贈酬應，殊無足觀」，然尚有讀劇、訪舊、遺懷之作，莫不直抒胸臆，追步風騷，令人想見先生之俠骨與柔情。尤其曲曲聲律諧婉，疏朗可誦，更可擫笛拍唱，最得曲中三昧。而先生曲作另有《曲錄》所未載者，如《瞿安日記》卷八即載有〔南呂羅江怨——與蕙娘話舊〕、〔錦纏道——信陽署中聞北信〕、〔二郎神——厲齋小桃，當春方花，風雪摧抑，淒然可憫〕、〔解三酲——石橋秋圖，爲李生一平題〕、〔南曲小石調〕〔罵玉郎——賦秦淮衰柳〕等五支曲子⑳。又先生去世前，校閱盧前《楚鳳烈》傳奇，曾題一支〔羽調四季花〕，不及編入《曲錄》，而收於《南北詞簡譜》卷首頁十三〈霜崖先生年譜〉。此曲文律俱美，頗能代表先生精湛超逸之戲曲造詣，茲錄之於下：

法曲繼長平。把賢藩事，嬌兒怨，又譜秋聲。淒清。前朝夢影空淚零，如今武昌多血腥。舊山川，新甲兵。亂離夫婦，誰知姓名，安能對此都寫生。苦雨春鶯，正是不堪重聽。

　　倒惹得茶醒酒醒，花醒月醒人醒。

自知病亟將不久於人世的吳梅，藉著鏗然有致的聲情，傳達著悽婉欲絕的亂離之感與飄零之思。曲中雙聲字、拗句與陰平押韻的靈活運用，充分體現南曲諧婉峭折的本色，無怪乎鄭騫先生歎賞此曲「音節非常鏗鏘諧婉，把曲子的音樂美發揮盡致，是他生平最後而又最好的一支曲。」[21]

三、編　選

(一)《古今名劇選》

民國十一年（一九二二）編定，由北京大學出版部印行。共收元雜劇十種：《東堂老》、《梧桐雨》、《范張雞黍》、《黃粱夢》、《王粲登樓》、《岳陽樓》、《貨郎旦》、《望江亭》、《蕭淑蘭》、《誤入桃源》與明朱有燉雜劇五種：《牡丹品》、《煙花夢》、《義勇辭金》、《曲江池》、《繼母大賢》。每種均附跋文。

(二)《曲選》

民國十三年（一九二四）編定，十九年由商務印書館出版。收錄明清傳奇三十二種，計有：《琵琶記》、《拜月亭》、《香囊記》、《荊釵記》、《金印記》、《浣紗記》、《玉合記》、《紅拂記》、《紅梨記》、《還魂記》、《紫釵記》、《邯鄲記》、《南柯記》、《紫簫記》、《明珠記》、《南西廂記》、《種玉記》、《紅梅記》、《曇花記》、《蕉帕記》、《玉簪記》、

《東郭記》、《燕子箋》、《綠牡丹》、《情郵記》、《桃花扇》、《長生殿》、《臨川夢》、《四絃秋》、《吟風閣》、《帝花女》、《桃溪雪》。每種選若干折曲文而不錄賓白，凡一百九十四折。以南曲爲主，而略收北曲，每種並附跋文，略記劇作家生平事蹟。

(三)《奢摩他室曲叢》

先生出身書香門第，在親友拍唱崑曲的薰習下，年近弱冠即能操翰倚聲，且爲之不厭，由作曲而益感讀書之重要，自此購書、讀曲成了他一生的嗜好。《霜崖三劇·自序》云：

> 居數年游梁，過金梁橋，緬想周憲王流風餘韻，往往低徊不能去。……歸吳後，節衣食以購圖書，力所能舉，皆置篋衍，詞曲諸籍，亦粲然粗具，於是益肆力於南北詞。春秋佳日，引吭長吟，世或以知音稱之，居士謙讓未遑也。

他在蘇州蒲林巷的書齋「百嘉室」與「奢摩他室」藏書數萬卷，戲曲方面，因蒐求二十餘年，故曲籍不下六百種，堪稱當時首屈一指的藏曲大家。先生於宣統二年（一九一〇）刊刻清吳偉業《梅村樂府》二種：《臨春閣》與《通天臺》各一卷，加上自撰《煖香樓》雜劇一卷，名曰《奢摩他室曲叢第一集》；民國十七年（一九二八），他又校訂所藏曲籍之最佳版本一百五十二種，計有：散曲十一種、雜劇六十五種、傳奇七十六種，編爲《奢摩他室曲叢》，交付上海商務印書館出版，但只印初、二兩集，共三十五種，即因一二八松滬戰起而告中輟，曲叢底本廿七種與三、四集刻版均被焚燬，此後因戰亂頻仍，藏書流失不少，殊可痛惜。今已印行的《奢摩他室曲叢》初集收傳奇六種，二集收明朱有燉《誠齋樂府》廿四種雜劇及明吳炳《粲花五種》傳奇。（詳細劇目見本書第一章第四節「由藏弆以存戲曲舊目」）這些珍貴曲籍在《曲叢》之前，尚難得一見，先生蒐求、藏弆、編選之功實不可沒。

四、斠勘

(一)《朝野新聲太平樂府校勘記》

《朝野新聲太平樂府》凡九卷，爲元楊朝英所編選。民國十三年（一九二四），吳梅據家藏《太平樂府》元刻殘本，取何夢華鈔本、《北宮詞紀》、《張小山小令》、《喬夢符小令》比勘滙校，撰成此文，刊於《華國月刊》第二、三期。唯元刻殘本僅有六卷，故先生自七卷以下即不再比勘。

(二)《長生殿傳奇斠律》

洪昇《長生殿》傳奇自〈傳概〉至〈重圓〉凡五十齣，先生考訂《南北詞簡譜》時，曾多所參酌。民國廿三年（一九三四），中央大學《文藝叢刊》向先生約稿，先生因選前七齣：〈傳概〉、〈定情〉、〈賄權〉、〈禊游〉、〈傍訝〉、〈倖恩〉（缺第四齣〈春睡〉），細論每支曲牌之平仄、句法與板式，以見昉思持律之嚴與守法之細，其序云：

余少讀此記，輒復按拍，第喜詞藻之工，歌譜之諧，未察其持律之嚴也。近歲檢討南北詞諸譜，粗有成書，意有閡滯，取此記證之，輒迎刃而解，始服昉思守法之細，非云亭山人所可及矣。因逐齣稽核，成此一編，研討南北詞者，據以操翰，庶無緬越。……

五、序跋

吳梅藏曲達六百餘種，率爲節衣食購求所得，故每得一本，皆認眞披閱，並將心得體悟寫於書前書後，或撰爲專文發表。其序跋內容頗爲廣泛，或考證版本、作者生平與故事淵源，或析論思想與藝術特色，或釐正訛誤以樹戲曲格律，於近代曲學之研究甚有裨益。弟子任中敏輯《新曲苑》時，曾收錄先生戲曲跋文九十四節，分成三卷，一九四〇年由中華書局印行，這些跋文分別輯自《奢摩他室曲叢》初集與二集、《曲選》、《中國戲曲概論》等書。其後徐益藩爲補任氏之遺，又輯《霜崖序跋》四部，收錄序跋五十四篇（發表於一九四二年《戲曲》三輯）。一九七九年任氏囑王衞民教授重新輯錄，先後得二百餘篇，王氏並將其中論雜劇傳奇之八十九篇與專門談論曲史、曲目、曲集之二十篇，分別命名《瞿安讀曲記》與《瞿安序跋》，收入其所編選之《吳梅戲曲論文集》（一九八三年中國戲劇出版社印行）。

先生爲近人撰作或輯刻之曲籍所寫的著名序跋有：⑴張怡庵《六也曲譜》敍（一九〇八），⑵許守白《曲律易知》序（一九二二），⑶王瑞生《南詞十二律崑腔譜》跋（一九一六），⑷新定《九宮大成南北詞宮譜》敍（一九二三），⑸王君九、劉鳳叔合纂《集成曲譜》（玉集）敍（一九二四），⑹童伯章《中樂尋源》敍（一九二五），⑺盧冀野《飲虹五種》敍（一九二七），(8)董綬經校訂《曲海》敍（一九二八），(9)任中敏輯《散曲叢刊》敍（一九二九），(10)蔡楨《詞源疏證》序（一九三〇），(11)蔡振華《元劇聯套述例》敍（一九三一），(12)王古魯譯《中國近世戲曲史》序（同上篇），(13)鄭西諦（振鐸）輯《清人雜劇》（二集）敍（同上篇），(14)王玉章《元詞斠律》序（一九三四），(15)盧冀野輯《元人雜劇全集》敍（一九三五），(16)盧冀野《飲虹簃所刻曲》序（一九三六）。

六、日記

吳梅執教北大時，嘗成日記四冊，一九二二年應東南大學聘，舉家南歸時，即不復載筆。一九三一年，因東北構兵，金陵或有移國瓦解之虞，遂將隨所聞見，疏記存之。今所見《瞿安日記》凡十六卷，所記日期以舊曆爲主，而旁註西曆，自辛未年（一九三一）舊曆九月朔（新曆十月十一日）至丁丑年（一九三七）舊曆五月廿九日（西曆七月七日）「七七事變」止，全出以秀逸楷書，幾達六年而未嘗一日間斷。《日記》內容除家居生活瑣事與憂勞國事之外，大抵爲上庠授課、師生談讌、親友拍唱、串演、觀劇（其妻鄒瑞華與二兒湜玉、四兒懷孟皆善度曲）之情景，頗見先生之性情與襟抱。而先生購書、藏弆之存目，亦常載於記中以備忘，至於賦詩、塡詞、作曲與訂譜等盛會更時有所見，所撰佳構也偶存記中。先生指導業餘曲社每每不遺餘力，而職業藝人如梅蘭芳、韓世昌、白雲生等，亦常往教於先生。《日記》中有關改定曲文、考訂曲譜等紀錄頗多，玆錄數則以見先生之曲學素養：

△卷十乙亥年（一九三五）二月二十日，先生取《白蛇傳·斷橋》一齣曲牌（金絡索），改定

若干文句，並註明：

《雷峯塔‧斷橋》一折，爲方仰松改定，而〔金絡索〕二首，膚淺庸俗，不稱佳調，戲改其一，付雪兒歌之，俊爽如哀家梨矣。

此段意思是說方成培《雷峯塔》傳奇〈斷橋〉〔金絡索〕曲牌原詞爲：

〔商調集曲金落索〕〔金梧桐〕（旦）我與你嗈嗈弋鴈鳴，永望鴛交頸。不記當時，曾結三生證，如今負此情，〔東甌令〕背前盟。（生）卑人怎敢？（旦）貝錦如簧說向卿，因何耳軟輕相信？（拭淚起唱介）〔針線箱〕催挫嬌花任雨零，〔解三酲〕真薄倖。〔懶畫眉〕你清夜捫心也自驚。（生）是卑人不是了。〔寄生子〕（旦）害得我飄泊零丁，幾喪殘生，怎不教人恨恨。

吳梅認爲文詞庸俗不佳，於是將它改爲：

曾調鸞鳳笙。指望安鄉井。不記得當時同探蘇州勝。如今負此情。反背前盟。你偏信讒言結異僧。夫妻久暫皆天定。不必旁人費力爭。你真薄倖。怎迢迢撇我走陪京。阿呀害得我幾喪殘生。進退無名。好約青兒證。

並譜上工尺，較方氏所作與坊間鈔本雅馴、本色而美聽㉒。

△卷十三丙子年（一九三六）三月十八日《日記》云：

取《紅樓夢·掃紅》折觀之，差誤至不可僂指，方知殷溎深原是俗工，不知譜法，妄配工尺而已，為正之如下……《紅樓夢·掃紅》舊傳為胡孟路筆，胡為咸同間制藝家，並非知音者，故正襯不能清，殷四更不知曲律，故襯字乃至下板，余因重訂之，原譜見《六也曲譜》，謬甚。

《紅樓夢·掃紅》一齣，先生所訂與《六也曲譜》所錄，二譜詳見附錄二、三。觀先生所訂之譜，非但講究四聲腔格，且正襯分明，嚴守襯字不下板等度曲之道；反觀《六也曲譜》，其襯字妄下板者有：第一支〔前腔〕「怎奈這春歸早」之「怎」、「奈」二字，第二支〔前腔〕「香塚深沈」之「塚」字與第三支〔前腔〕「試說與花魂」之「與」字，可見其持律不如先生謹嚴。

△卷十三丙子年閏三月初六日《日記》云：

公餘聯歡社為崑曲同期，盤桓竟日，陳斠玄來云俞振飛念我。以〈掃紅〉譜贈之，並贈（程）硯秋。又溥西園（紅豆館主溥侗）發起彩排，四兒任〈拾畫〉，恐未能勝也……

△卷十四丙子年五月初一日《日記》云：

王古魯、鍾麟來，言日人青木正兒將以元曲譯作和歌，恐有不明處，欲就我問益，余允之。青木曾作《中國戲曲史》，古魯譯成邦文，余曾為之序，遂有此請。

△卷十六丁丑年（一九三七）五月初四日《日記》云：

白雲生求譜《桃花扇·撫兵》折，桃燈作之。云亭詞按諸律度，終有齟齬，不知舊譜何若，意未必如余斟酌也。今就所知者計，《桃花扇》見《納書楹譜》者三折，〈訪翠〉、〈寄扇〉、〈題畫〉也。余作譜者，〈聽裨〉（筆者按：「裨」字應作「稗」）、〈撫兵〉、〈投轅〉，亦有三折。……

由上述數則可知先生度曲訂譜之造詣甚深，名聞遐邇，而在實際譜曲的創作中，傳統曲學於是有了汩汩不絕的生機。此外，在日人對我軍事侵略之時，先生已洞燭日人在文化上同樣懷有叵測之心，《日記》卷一記載了先生的隱憂與期勉：

辛未（一九三一）年十一月十九日……余亦相繼發言，略語日人以文化侵略中國、中國學術，研討皆精，嘗豪語於衆曰：「中人治中國學，他日須以日人為師！」今其言稍稍驗矣。獨此詞曲一道，日人治之不精，然而近日亦有孳勘者，去今兩年，如長澤規矩也，吉川幸次郎曾向余請益，看吾藏弆各書，可知其心之叵測矣。深望同人於度曲之餘，再從事聲律之學，勿令垂絕國粹，喪於吾手云云。……

這番話指出傳統戲曲的核心的確是在聲律之學，也唯有掌握曲學重心，才能眞正振興吾國戲曲，先生這番語重心長的話，足供國人，尤其是治曲者深思再三。

註釋

❶ 本節所述吳梅生平大抵依據盧前所編〈霜厓先生年譜〉（見《南北詞簡譜》卷首頁十三）、王衛民所編〈吳梅年譜〉與吳梅手撰之《瞿安日記》，並參酌錢基博《現代中國文學史》、汪經昌〈吳梅〉、盧元駿〈長洲吳梅與近代曲學之流衍〉、金慮〈記吳瞿安先生數事〉、徐益藩〈師門雜憶——紀念吳瞿安先生〉、鄭振鐸〈記吳瞿安先生〉、浦江清〈悼吳瞿安先生〉、王玉章〈霜厓先生在曲學上之創見〉、蘇精〈吳梅奢摩他室〉、楊振良〈吳梅與晚清曲學〉等資料而成。

❷ 王文濡爲吳梅《中國戲曲概論》作序時，曾回憶初識先生時之情景：「一少年手拍案，足蹋地，時而笑罵，時而痛哭，（茗）寮之人僉目爲狂。詢諸黃子（摩西），則吳其姓，瞿菴其字，枕葄經史外，癖嗜詞曲，英雄肝膽，兒女心腸，往往流露於文字間……」

❸ 一九〇七年第六期的《小說林》，有一則標題是「軒亭秋雜劇四折」，但不知何故，僅刊出一個楔子，寫秋瑾自日本歸國，朱玉虹、胡之芬送行之事，然據後面所附的〈酒蛩樓評〉，可知吳梅確實寫了四折，前三折內容爲「受明道之聘，罹黨錮之獄」，第四折寫朱、胡二女士哭奠秋瑾。詳見王衛民〈吳梅〉一文。

❹ 見寧太一《南社集·序》。

❺ 此套曲見《霜崖曲錄》卷二，其中〔下山虎〕曲文：「半林夕照，紅上峰腰，孤塚無人掃。柳絲幾條，記麥飯香醪，清

明會到，怎三尺荒塋也守不牢！此情那處告？墓中人恨爾曹，滿地紅心草，雜花亂飄，你敢也俠氣英風在這遭。」文采葩發，意境清峭悽婉。曲律方面，《南北詞簡譜》卷十曾云：「此曲拗折難填，作時須多讀數徧然後下筆，庶文氣順適，不外所困也。」先生撰此曲之用心，由此可知。另《顧曲塵談》第一章亦收錄此曲，唯曲文稍異。

⑥ 詳見南京大學吳新雷教授〈吳梅遺稿《霜崖曲話》的發現與探究〉一文。

⑦ 一九二六年，東南大學愛好詞曲的學生組成「潛社」，取共同潛心學習之意，公推先生為首，月集二次，或於秦淮河多麗舫，或於老萬全酒家輪流出題，當場填詞作曲，並評定名次。潛社斷斷續續地活動了十一年，先後參加者有七十餘人，多是吳梅中大、金大詞曲班的歷屆學生，作品收於《潛社滙刊》凡十二集，詞曲三〇六首，見王衛民〈吳梅〉一文。又高師仲華嘗於課間盛稱瞿安先生於秦淮河上，將諸生賞景之餘所作詞曲，擫笛拍唱，聲傳兩岸……

⑧ 吳梅中年以前所論經史之作，多燬於兵燹而未遑釐訂，〈遺囑〉云：「篋中所有，止記、序、碑、傳各稿，不足見平生肆力所至也。」故《霜崖文錄》二卷，迄今猶未謄成定本。

⑨ 「奢摩他」一語，係佛經梵語之音譯，乃寂靜不亂、專心致志之意，如《楞嚴經》佛告阿難曰：「汝雖強記，但益多聞，予奢摩他，微密觀照。」《宗密略疏》云：「奢摩他此翻云止，定之異名，寂靜義也，謂於染淨等境心不妄緣故。」又《奢摩他室曲旨》亦作於一九一二年前，屬傳統雜論性之曲話，見王衛民〈論吳梅先生在曲學研究上的貢獻〉一文。

⑩ 《霜崖曲話》卷一頁廿四云：「余舊作《顧曲塵談》曾擇要摘錄，終以未鈔全帙為憾。」按魏氏《曲律》（又名《南詞引正》）共二十條皆是習崑曲唱法之最佳法門，而吳梅只取明周之標《吳歈萃雅》卷首所引之前六條與第十條，而未全錄，故引以為憾。

⑪ 見段天炯〈吳霜崖先生在現代中國文學界〉一文，載於《時事新報》一九三九年四月十六日「學燈」第四十六期。

⑫ 《霜崖曲話》原本十六冊，每冊一卷，卷首有「瞿安」鈐印一枚，每頁書口均印有「蘇州吳氏奢摩他室手校」，

每半頁十一行，每行二十字，凡三百五十頁，每冊線裝寬一二公分，長一五·二公分。副本原藏金大，一九五二年與南京大學合併時，由南大接藏，觀其紙質，十六冊不盡相同，有朱絲欄和綠絲欄（也有無行款的白紙），其中一部分有南京三十年代「貢院西街慶章紙號印」之標記，每半頁十行，每行十八至三十字不等，凡三百一十四頁，每冊線裝寬一九·九公分，長二八·三公分。詳見註❻

⑬ 王國維《宋元戲曲考》云：「明以後傳奇無非喜劇」，「北劇南戲，皆至元而大成，其發達，亦至元代而止……余謂北劇南戲限於元代」，又青木正兒《中國近世戲曲史．序》曾提到王國維認爲「明以後無足取，元曲爲活文學，明清之曲，死文學也。」

⑭ 《惆悵爨．自序》云：「客京師五年，冬夏多暇，讀黃石牧《四才子》，陳浦雲《維揚夢》諸傳，心怦然動，遂有《湖州守》之作。」

⑮ 吳梅《惆悵爨．自序》言一九一四年曾作《香山老》與《釵鳳詞》就正於曹君直（元忠），曹以二折不成書，乃出示涪翁〈水仙花〉詩及高子勉〈國香曲〉，請先生補成之。一九二二年，先生作《湖州守》二折，其後「授徒南雍，鬱伊善感，追念君直，墓木已拱，而宿諾未償，用爲耿耿」，乃於一九三〇年「取山谷詩注，證以宋人說部，成《國香》一劇，總題曰《惆悵爨》。」劇名惆悵，蓋有悵念老友之意。至於「爨」字，《自序》云是據《武林舊事》所言「宋徽宗見爨國人來朝，衣冠鞵履，裹巾傅粉墨，因使優人效之以爲戲」，且「當時官本雜劇，以爨名者有四十餘種」，故取以爲書名。

⑯ 吳梅《霜崖三劇．自序》云：「又譜謝翶西臺痛哭唐玨冬青行事，曰《義士記》者，擬合成四劇，卒以排場近熟，未脫古人範圍，既存復刪之。」

⑰ 盧前《霜崖先生年譜》云：「光緒卅一年乙巳（一九〇五），先生廿二歲，作《萇宏血》傳奇。」今據《蠡言》所云：「余己亥（一八九九）之歲，曾感六君子之獄，譜一傳奇，曰《血花飛》。」及《奢摩他室曲話．自序》所云：「癸卯（一九〇三）作《血花飛》。」推測此劇係草創於一八九九年，至一九〇三年定稿，故不從《年譜》。

⑱盧氏《年譜》云：「光緒廿七年辛丑（一九〇一），先生十八歲，……是年作《風洞山》傳奇。」然據《瞿安筆記》云：「十三歲時（一八九六），曾譜瞿忠宣事，成《風洞山》曲廿四折。」其後數年，先生因排場近熟，乃費十二月之久，予以改定，《奢摩他室曲話．自序》云：「甲辰（一九〇四）作《風洞山》。」今據《筆記》與《曲話》以定其寫作時間，而不從《年譜》。

⑲見王衛民《吳梅評傳》第二章第四節。

⑳《瞿安日記》卷八甲戌年（一九三四）八月廿九日云：「早起檢四兒篋衍，有吾舊作各曲，如逢故友，皆《霜厓曲錄》中未載者也，錄此以免散失。」

㉑鄭騫先生《景午叢編．吳梅的羽調四季花》一文，曾引王鵬運論詞之句：「週旋於法度之中，而聲情識力常若有餘於法度之外，庶幾爲塡詞當行」，來評賞吳梅曲作的造詣，他說：

吳先生這一支「四季花」，以及他平生所作曲子的部份，都能適合於王氏所說的標準。審音極細，音律極嚴，而總是「美人細意熨貼平，裁縫滅盡針線跡。」恢恢然遊刃有餘，從容閒雅。詞藻高華，意境清眞，文字與音律並美。此其所以不同於不知而作的外行，又非被格律壓得不能動轉自如的曲匠。

㉒《白蛇傳》演爲戲曲，起自明萬曆陳六龍之撰《雷峰塔》傳奇（見明祁彪佳《遠山堂曲品》），惜其傳本已佚。至清代乾隆年間，黃圖珌、陳嘉言父女與方成培等續而撰作，梨園敷演之舞臺腳本亦轉相傳鈔，一時花雅競唱，盛演不輟。今可見之傳本甚多，詳參潘江東《白蛇故事研究》第三章第二節。吳梅所言方成培之〈斷橋〉一折，當時僅有詞而無譜，其後王季烈《集成曲譜》乃載有全譜。而中研院史語所收藏白蛇故事崑曲部份有十本，其中編號四九六．k2十八——三a之〈斷橋〉一齣（金絡索）曲牌，係清代鈔本，亦有詞而無譜：

「旦唱（金絡索）曾仝鸞鳳衾。只望交原況。不記得當時曾結三生性。只今付此情。反背前盟。啊你聽信纔言忒硬心。追思此事眞堪恨。不覺心兒氣滿吟。眞薄倖。啊原何屢屢起狼心。你害得我卽喪殘生。進退無門。怎不教人恨。」詞雖俚俗，且字乖韻舛，然今舞臺演出多據此而略加潤飾，如《六也曲譜》、《粟廬曲譜》等皆是。

第二節　曲學重要理論

中國古典戲曲爲高度綜合的文學與藝術，它幾乎囊括所有的文學體裁，如詩、詞、賦、駢文、散文、小說等無不被其吸收融化，以作爲展開戲劇衝突和塑造人物形象的手段。而在詩歌、音樂、舞蹈三者融合無間之同時，雕刻、繪畫、建築等造型美術也一併涵括於劇場所呈現的整體藝術之中。所以孔尚任《桃花扇·小引》說：

> 傳奇雖小道，凡詩、賦、詞、曲、四六、小說家，無體不備。至於摹寫鬚眉，點染景物，乃兼畫苑矣。

面對這項「無體不備」的藝術，學者若能具備淵厚的文學素養，嫻熟音樂技藝，又有粉墨登場的實踐功夫，研究起來自可得心應手，且能達他人之未達。而吳梅正是「近代著、度、演、藏各色俱全之曲學大師」[1]，他對古典文學具有豐厚的學養，不但嫻於作曲、度曲、譜曲，更有演曲經驗，此外，對藏曲、校曲也有相當的貢獻。歷代論曲著作甚豐，詞山曲海之巨帙鴻著常使初學有不辨瑕瑜、莫知所從之感，終致原本生氣盎然的曲學發生乏人問津的窘況。先生於是融鑄前人之說，鉤稽其論曲精華，而出以清晰條貫的闡述，深入淺出，言簡意賅，有獨出機杼之見解，在晚清以來「歌者不知律，文人不知音，作家不知譜」傳統曲學如此式微的時代，挺身力挽狂瀾，著書立說，從上庠授課、籌組曲社到爲藝人拍正曲譜，無一不在播撒傳統戲曲的種籽。縱其著作不無前人論曲之陳說，然於曲學缺乏完整系統，曲律知識未見普及的當時，確有「辨章得失，明示條例，成一家言，導後來先路」之功。茲因先生若干著作多有重複論述之情形，且略含傳統曲話式之雜論特質，因而令人無法盡窺其堂奧，故本文嘗試將其著作統合歸納，並分析其論曲觀點。今依先生曲學之理論架構，釐爲「度曲論」、「創作論」與「批評論」三大項，以探其曲學內蘊。

壹、度曲論❷

中國古典戲曲係以音樂爲本位，其特色在於以「曲」演「戲」，質言之，無曲則不足以成戲。故研究傳統戲曲當以音樂爲依歸，不涉曲樂，則無法眞正探觸戲曲之核心。（詳見本書第一章）而中國戲曲音樂的基礎在於宮調、曲牌、板眼與聲腔，這些基礎也正是作曲、度曲與論曲者必備的知識。但這類知識的獲得不比其他文學體製，它往往需要從實際的唱演之中觀察、體悟，誠如吳梅所言：「欲明曲理，須先唱曲，《隋書》所謂彈曲多則能造曲是也。」基於這份深切的體認，先生於是擫笛拍曲，潛心學習陰陽抗墜、輕重疾徐之法，而他的曲學理論與造詣，也正奠基於此「度曲」之道。

然則，如果僅會擫笛或唱曲，對曲學研究認知仍屬不足。趙景深《讀曲小記》引清乾隆年間曲家凌廷堪之〈論曲絕句〉❸：「工尺須從律呂求，纖兒學語亦能謳，區區竹肉尋常事，認取崑崙萬里流」一詩，說明任何一研究曲學之學者，若是——

單只能唱兩句崑曲，或是吹吹笛子，是不能算作知音的。一定要懂得音律，曉得源流，像曉得許多條河水是發源於崑崙山一樣，這才算是真的知音。

吳梅習曲雖不甚早，既無家學淵源，又苦無良師教導❹，而其後成就斐然，除了自我惕勵的治學精神之外，主要得力於俞粟廬度曲之學的薰染與啟發。俞氏是清曲的正宗傳人，自清代葉堂（懷庭）❺以下，講究字音唱法，分析曲情的清工系統，由瞿起元、鈕匪石與「集秀班」名旦金德輝延續家法，道咸間傳葉派唱口者爲韓華卿，華卿傳其弟子俞宗海（粟廬）❻。吳梅與之交誼深厚，並稱許俞氏度曲造詣：

氣納于丹穴，聲翔于雲表，當其舉首展喉，如太空晴絲，隨微風而上下；及察其出字吐腔，則字必分開合，腔必分陰陽，而又渾灝流轉，運之以自然。❼

俞氏編有《粟廬曲譜》，卷首附〈習曲要解〉一文，根據四聲腔格，將各種唱腔譜上工尺並標明唱法。吳梅在俞氏葉派唱口的影響下，深得水磨正音，因而能遙契明代魏良輔《曲律》精神，發皇元明清三代以來的聲樂之學，其度曲理論亦因參酌俞氏唱口，且親身實踐，故於宮調、曲牌、板眼與聲腔等知識，均有正確而充分之掌握，堪稱曲學眞正知音。玆將其度曲理論條述如次：

一、字音宜正確

古典戲曲的演唱講究字正腔圓，其必要因素爲唱腔與字音的密切配合，所謂「腔隨字轉」，即一切漢語戲曲共有的特徵。而唱腔與字音的配合規律，每種戲曲因體製與聲腔之不同而各有其特點，其中音樂淵源深厚❽、體製結構謹嚴的「崑曲」，其字音與唱念的結合尤爲密切，因此字音的正確與否，往往關係著塡詞、譜曲與唱曲的優劣。故歷代曲家莫不重視字音之研究，傳統曲律對此問題亦頗多探討。

然而近代傳統曲學式微，吳梅感慨當時學校音韻學廢而不講，附庸風雅者又視度曲爲游戲之具，益以曲師率多目不識丁，以致元音日以晦滅，好曲多爲俗工教壞。因而在《顧曲麈談・度曲》一章與《詞餘講義》之〈平仄〉、〈陰陽〉、〈論韻〉數章中，反覆闡釋字音準確之道。然因時代關係，吳梅文中有關聲韻用語，尚未擺脫古人駁雜含混之弊，故本文論述爲求清晰統一起見，概以今日聲韻學專門術語論述。

㈠ 五音、四呼

五音指脣、舌、牙、齒、喉五種發音部位所發出之音，吳梅參酌清徐大椿《樂府傳聲・聲各有形》之說，提出：

每字之聲必有一定之格，而字形又有大小闊狹長短尖鈍之分，故每字皆有口訣，不得口

> 訣，則大非大而小非小，出聲之際已偏，引長其音遂不知所歌何字，而五音紊亂矣。鍊準口訣，則字字皆有歸東，如東鍾韻，東字之聲長，鍾字之聲短，縱字之聲尖，翁字之聲鈍；又如江陽韻，江字之聲闊，臧字之聲狹，堂字之聲大，將字之聲小。……人之聽此字者，無不知其為何字，雖絲竹嘈嘈，仍復一絲不走也。

文中論字音有大小闊狹長短尖鈍之分，主要與聲之部位及韻之等呼不同有關，如「東」字德紅切，爲一等洪音，其聲長；「鍾」字職容切，爲三等細音，尾音一樣是-ŋ，可以延長，不應以「短」來形容；「縱」字卽容切，爲三等韻，聲母是精系字，故爲尖團之「尖」音字；「翁」字烏紅切，韻與「東」同，只是聲母屬喉塞音之影母字，用「鈍」形容，顯得抽象。「江」字古雙切，爲二等洪音，其聲「闊」；「臧」字則郎切，屬一等洪音，聲母屬精系，是尖音字，故以「狹」稱之；「堂」字徒郎切，爲一等洪音，聲母全濁，用「大」來形容雖無不可，但卻很難與被稱爲「闊」的「江」字作明確的析辨。至於「將」字卽良切，爲三等細音，又屬尖音字，故以「小」稱之，但與「縱」字之稱「尖」，「臧」字之稱「狹」比較起來，則顯得畛域不明。

四呼之定名，始於清初潘耒（次耕）《類音》一書。潘氏汰除前人說法之繁複，專以脣形之不同，分「開口」、「齊齒」、「合口」、「撮口」等四呼，其主要不同在於介音或主要元音，開口呼無介音，介音或主要元音爲i的，是齊齒呼，爲u的是合口呼，爲y的是撮口呼。而吳梅引徐大椿之說云：「開口謂之開，其用力在喉；齊齒謂之齊，其用力在齒；撮口謂之撮，其用力在脣；合口謂之合，其用力在滿口。」其分析雖不甚具體，但頗可領會。

故吳梅董理前賢之說，而强調「五音」、「四呼」等口法的重要，旨在提醒度曲者宜以念準字音視爲首務，不可「一任俗工之零落夾雜，而奉爲金科玉律」。雖然由於時代所限，論述不夠科學，然其深意誠足發人深省。

(二) 四聲、陰陽

中國語言的基本成分是：聲、韻、調。而平上去入四聲正爲區別字調的標準。四聲若再分陰陽[9]而成八調，諸多聲調除了具有辨義作用外，就音樂美學言，它更豐富了一切韻文學抑揚抗墜、迭宕有致的藝術性。在傳統戲曲音樂中，崑曲的工尺譜與曲詞的四聲有著嚴密的諧和性，此即所謂「腔格」。吳梅認爲四聲唱法各異，偶有不慎，往往會導致毫釐千里之誤，「聽曲者當在此注意，不可以喉音清亮而遂擊節歎賞」，頗與魏良輔《曲律》之說相呼應[10]。

至於四聲八調的唱法如何與腔格配合？吳梅吸收徐大椿「四聲唱法」的觀點，指出平聲最長，入聲最短，上去與入派三聲之入聲，皆可唱長。並根據多年的度曲經驗，留心清濁，標明各調唱法：

> 平聲之音自緩自舒、自周自正、自和自靜，若上聲必有挑起之象，去聲必有轉送之象，入聲之派入三聲者，各隨所派成音。……大抵陰平之腔必連續而清歌時，須一氣呵成；陽平之腔其工譜必有二音，其第一腔須略斷，切不可連下第二腔，若既至第二腔，則又

須一氣接下，直至腔格交代清楚為止。……唱上聲甚難，一吐卽挑，挑後不復落下，雖其聲長唱，微近平聲，而口氣總皆向上，不落平腔，乃為上聲之正法，此言陰上聲也，若陽上，則出聲宜稍重耳。

去聲唱法，總以有轉送為主。何謂轉送？蓋出聲時不卽向高，漸漸泛上而回轉本音如橢圓之式是也。以北曲論，則用凡字音者，大半皆在去聲；以南曲論，則凡屬去聲字，總皆收音處略高一字，俗謂之豁。凡豁之一法，必在去聲上用之，故北曲於去聲上有六五六凡工或五伬仩乙五者；南曲則用四尺上或上工尺上四者皆是也。……入聲唱法，以斷為宜。所謂斷者，於字之第一腔卽鑿斷勿連，所以別於三聲也。惟陰入宜輕，陽入宜重，此須辨別而已。但北曲無入聲，而以入聲諸字俱派入三聲。……南曲唱法以和順為主，出聲拖腔之後，皆近平聲，不必四聲鑿鑿，故可稍為假借；至北曲則平自平，去自去，字字清真，出聲、過聲、收聲，分毫不可假借。

所論各聲調之腔格與唱法，簡明而清晰，唯多屬原則性之說明而少彈性。在實際度曲時，常須考慮連音調值⑪與主腔等因素，因而工尺體現腔格之情形，自然顯得複雜而靈活。尤其上聲字之譜腔方式較多，故傳統曲論專著常有「愼用上聲」的說法⑫，吳梅此處所述，僅上聲之一部分腔格而已。又去聲俗稱「發調」，調形最富波動性，故多用豁腔、擻腔來體現它悅耳動聽的唱法，吳梅根據譜曲經驗，稱去聲有橢圓式唱法之現象，頗具創意。

至於入聲唱法，吳梅在《詞餘講義．平仄》一章中，完全承襲王驥德《曲律》之說，反對沈璟「入聲止許代平聲」之主張，認爲就北曲而言，「入無正音，故派在平上去之三聲，各有所屬，不得假借」；就南曲而言，則「入聲自有正音，又施於平上去之三聲，無所不可」。並引王驥德《曲律·論平仄》所謂「曲之有入聲，正如藥中甘草」，用以說明入聲字在南曲中的妙用。此外，字音之清濁，每每關係著聲調的高低，自然也影響譜曲時工尺之抑揚，吳梅《詞餘講義》第五章〈陰陽〉，亦完全沿用王驥德《曲律》成說，强調南北曲在譜腔與度曲上的不同。

由於四聲腔格與唱法各有準則，不可任意凌越，音乖律舛之曲，非但拗折難唱，而且容易造成曲義不明的現象，甚至破壞原本精緻謹嚴的傳統戲曲格律。因此吳梅對四聲陰陽詳加論述，雖有部分未見縝密，且多引前賢成說，但面對前代駁雜的曲學論著，他能根據自己的度曲經驗，鉤玄提要地作一番揀擇，並建立條理井然的論曲架構以嘉惠後學，誠屬不易。

㈢ 出字、收聲、歸韻

漢語字音由於反切關係，往往分作聲母與韻母兩個部分，而崑曲的發音，尤其是唱法，爲求美化，往往比日常口語還要講究，將字音劃分爲字頭、字腹、字尾三部分，使紆徐婉轉的唱腔不會一出口就因字音念完顯得粗糙，而能眞正體現水磨調一唱三歎的韻致。故吳梅歸納前賢之說，特意標示「出字」、「收聲」、「歸韻」三項，作爲唱曲咬字發音之準繩。

「出字」一項，吳梅參酌魏良輔《曲律》、沈寵綏《度曲須知》與徐大椿《樂府傳聲》等說法⑬，而以親身體驗寫來，自然貼切，玆錄之如下：

出字之法，分為頭、腹、尾三種，世間有一字，卽有一字之音。其音初出口時，謂之頭；音旣延長而不走其聲者，謂之腹；及後收整本音，歸入原韻之音，謂之尾。例如簫蕭二字，本音為蕭，然其出口之字頭與收音之字尾並不是蕭，若出口作蕭，收音作蕭，其中間一段正音並不是蕭，而反為別一字之音矣。且出口作蕭，其音一洩而盡，曲之緩者，如何接得下板。……字頭為何？西字是也；字尾為何？夭字是也；字腹為何，兮字是也。合西、兮、夭三字，而蕭字之音出矣。……

要知此等字頭字尾及腹音，乃天造地設，自然而然，非由扭揑而成者也。其實卽是反切之法而多一腹音而已。……切音為識字之用，非如歌曲之必延長其聲，故不必及此也。

語云：曲有誤，周郞顧。苟明此道，卽遇最刻之周郞，亦不能拂情而左顧焉。又頭腹尾三音皆須隱而不露，使聽者聞之，但有其音並無其字，方為上乘，若一有痕迹，反鉤輈格磔矣。

……

文中舉「蕭」字爲例，說明其字頭、字腹、字尾分別爲西、兮、夭，清楚道出崑曲「三部切音法」的唱法與特色，並指出運腔時應注意「有音無字」等自然而不露痕迹的原則。

至於「收聲」、「歸韻」二項，則全由徐大椿《樂府傳聲》之「收聲」、「交代」、「歸韻」剪裁而成。雖乏創見，但可由此窺知吳梅之所以收錄前賢成說，主要在希望習曲者過腔之時，對字音必須「守之有力」，一字之頭腹尾三音已盡，才能再出下一字，如此收聲，方可字字清楚。又收音之時，歸韻必須準確，這是「竹不如肉」（人聲優於簫管）的主因。唱者若知歸韻，則腔雖十轉百轉，而本音始終一線，自然能令聽者字字可辨。

二、宜唱出曲情

唱曲能「得其情」，方足以「感人動神」。此一論曲觀點，元代早已有之，如胡祇遹「九美說」之第八美「發明古人喜怒哀樂、憂悲愉快、言行功業，使觀聽者如在目前，諦聽忘倦，惟恐不得聞」；芝庵《唱論》第十節「敦聲、杌聲、啀聲、困聲」，指的是充滿感情的歌聲；明代潘之恆亦重視曲宜「宣情」，東山釣史與鴛湖逸者同輯的《九宮譜定》，提及「用曲合情論」，肯定宮調曲牌中所蘊含的聲情。吳梅基於豐富的度曲、演曲經驗，認爲唱曲者若能先明曲中之意義曲折，並設身處地摹倣劇中人之性情氣象，眞正達到「代言」的效果，自然能「使聽者心會神怡，若親對其人而忘其爲度曲矣。」因而《顧曲塵談．度曲》之「曲情」一項，全然迻錄徐大椿《樂府傳聲．曲情》之說，以闡明此義。

三、製譜宜配合度曲

度曲之大旨已如前述，唯「製譜」亦極重要，吳梅有云：「惟尚有一事爲度曲家所不知，及知之而未能盡通其癥結者，則製譜之法是矣」，先生慨嘆「近世度曲之家，計吳門海上，不下百人，而能訂譜者，實十不得一」，「自來文人但知塡詞，不知訂譜，往往脫稿後，付優人樂師，爲之點拍，而已反就樂師學歌，於是自己新詞，轉向他人教授，不亦可笑之極乎！」塡詞作曲，本爲樂事，但由於不諳「製譜之法」，新詞既成，卻無法奏歌，只好求助於優人樂師，不免是件憾事。也有不請教伶工即率爾操觚者，如俞蔭甫（曲園）年八十，曾仿《長生殿・彈詞》一齣作北曲一套，曲詞正襯多依洪昇之作。既成，令優人阿掌歌之，其歌譜全襲昉思之舊，而不易一工尺。吳梅感嘆俞氏學術爲一代泰斗，竟因不諳製譜之法貽笑大方。《顧曲塵談・度曲》一章中，曾針對這點加以說明：

> 每一曲牌，必有一定之腔格，而每曲所填詞曲，僅平仄相同，而四聲清濁陰陽又萬萬不能一律。故製譜者審其詞曲中每字之陰陽，而後酌定工尺，又必依本牌之腔格而斟酌之，此所以十曲十樣，而卒無一同焉者也。文人不知此理，輒以舊曲某齣作為藍本，卽用某齣之工尺以歌新詞，此真大謬不然也。……

《瞿安日記》卷三壬申（一九三二）十月廿九日也曾談到這問題，文中記載吳梅於是日作〔黃鍾集曲霓裳六序〕，並云：

> 是曲依稗畦原詞，四聲陰陽一字不動，故將洪譜按唱，聲聲妥協，然如此填詞，若處桎梏，其苦有不可勝言者。余嘗笑天虛我生陳蝶仙（栩）作曲，輒注依某套譜唱，而細按詞句，四聲且未協，遑及陰陽。必如余此曲，方可倚舊譜上口，然而難之至矣！

說明要用前人全套舊譜，以演唱自己新作的曲詞，就必須每一字的四聲清濁與舊作完全相同。而填詞作曲者到達這種地步，簡直「如幽桎梏，一步不可自由，則未免太苦矣！」吳梅有感於「與其詞去就譜，何如譜去就詞之爲愈也」，於是在《顧曲麈談・度曲》章中，又簡明揭示譜曲的兩大原則：

(一)別正贈

南曲的用板格式（簡稱「板式」，或稱「板頭」）較爲嚴格，因節奏不同而有正、贈之分。所謂正板，即每一曲牌中一定不易之板，分頭板、腰板與截板三種⑭。而贈板是指南曲中節奏最爲緩慢之慢曲，贈乃增加之意，即將原來一板三眼（4/4拍）之「正板」延長爲二板六眼（8/4拍）⑮，使曲子變得和緩美聽。贈板亦分三種，即頭贈板、腰贈板與浪板。唯浪板不常用，「須於曲情急促中加入之，以爲歌者換氣之地而已。」⑯

吳梅認爲曲牌板式之運用宜配合劇情，「大抵南曲一套中，其第一、第二、第三數支曲必用贈板，入後戲情愈緊，則贈板可以不用矣。例如〈樓會〉〔懶畫眉〕兩支，〔楚江情〕一支，皆用贈板者也，末後〔大迓鼓〕二支，乃不用贈板矣，餘齣齣皆然。」所論與徐氏《樂府傳聲》所言：「始唱少緩，後唱少促，此章法之徐疾也」深相契合，也頗符合崑曲聯套時「慢曲在前，急曲在後」的一般情況。⑰

(二)分陰陽

四聲清濁之腔格，不但唱曲時必須講究，製譜時更應留心，其間關係，吳梅闡釋如下：

四聲之中，讀時以上聲為最高，唱時以上聲為最低。陰上尤宜遏抑，而唱時又須向上一挑，故譜陰上聲字為尤難。去聲之陰聲宜斟酌，要上不類陽上，下不類陽去，方為得當。至若平入二聲最易辨晰，入聲宜斷，平聲宜和，此其大較也。

此段所論譜曲之原則，可與上述四聲陰陽之腔格與唱法相發明。其中所立譜曲之規則，率可參酌使用，唯陰去之腔格，沈寵綏《度曲須知》據音韻學之理論，將其譜成高唱之腔⑱，較吳梅所謂「上不類陽上，下不類陽去」來得明確，且符合語言音樂學之原理。

製譜之法，其細微曲折之處，非經口授，實難以全然領會。為彌補此一缺憾，吳梅特舉二支〔雙調鎖南枝〕為例，分四聲、別正襯，並註明陰陽，譜上工尺，希望讀者藉實際的譜曲範例中，細心比較、辨析，領悟製譜之法，進而親自訂譜，享受作曲、譜曲與唱曲之樂，眞可謂用心良苦。（其譜例見《顧曲麈談》頁一三八）

貳、創作論

吳梅又認爲戲曲的創作不同於一般文學體製，它需要文學家、音樂家與表演藝術家三者密切配合，才能圓滿完成，也才足以體現戲曲藝術的特色。〈新定《九宮大成南北詞宮譜》敍〉云：「余嘗謂歌曲之道有三要也：文人作詞，國工製譜，伶家度聲。」爲童伯章《中樂尋源》

作敘時，又稱：「聲歌之道，律學、音學、辭章而已。」有關「製譜」與「度聲」之道，本章前一小節「度曲論」已述其梗概，此處談吳梅之「創作論」，大抵就「文人作詞」部分詳加探討。而文人創作欲奏之場上，不致淪爲案頭，其曲文賓白、結構排場與音樂配搭等方面，必當審愼斟酌，自然也須留心度曲之學，方足以表現其所以爲戲曲之本色。

吳梅肯定戲曲爲一代之文，具有「雕繢物情，模擬人理，極宇宙之變態，爲文章之奇觀」的深刻內涵，主張戲曲創作應「足以鑒古今風俗之變，深入於國風小雅之旨」[19]，因此他提出「眞」、「趣」、「美」三者，作爲戲曲藝術表現的最高境界。

所謂「眞」，是指劇本題材本身之符實，或指劇作者所營造之意境合乎情理，因爲兩者都能收到移風化俗、感格人心的社會作用。《詞餘講義．作法上》云：

> 大抵劇之妙處在一真字，真也者，切實不浮、感人心脾之謂也。……戲劇作用，本在規正風俗……就人心之所向，而為無形之規導。……

所謂「趣」，是指談言微中、暗喻解紛的勸懲技巧與藝術：

> 其次須有風趣，近日人情畏聽莊論，太史公謂談言微中，亦可以解紛，此言於傳奇中最合。（《詞餘講義．作法上》）
>
> 余嘗謂司馬遷〈滑稽〉一傳，可以達民情之隱，而「談言微中亦足解紛」一言，更足徵

史家之卓識。唐宋以來流傳優語，如李義山、二聖鬟、史彌遠諸說，為一時士大夫所不敢言者，乃出諸戾家爨弄之口，按諸史公之言，若合符節，可不謂賢耶？（〈王古魯譯《中國近世戲曲史》序〉）

至於「美」，吳梅未多論及，但言「眞所以補風化，趣所以動觀聽，而其要旨，尤在美之一字。」所謂「美」，蓋指「眞」、「趣」兼備所呈現出來的諧和境界。主張戲曲應具有風教功能，且出以機趣手法者，代不乏其人⑳，吳梅所論，雖無多新意，但在傳統戲曲衰頹之時，先生之說，確有一番啟導之功。曲之創作，自來率分劇曲與散曲（即清曲）兩大類，茲就先生之「作劇法」與「作清曲法」釐述如後。

一、作劇法

被吳梅譽為有清一代第一人的李漁，其代表著作《閒情偶寄》中的戲劇理論，立論謹嚴，系統分明。其中〈詞曲部〉、〈演習部〉與〈聲容部〉影響甚廣，後人獨立摘出題作《李笠翁曲話》。〈詞曲部〉從結構、詞采、音律、賓白、科諢、格局等六方面論戲劇的創作，〈演習部〉從選劇、變調、授曲、教白、脫套等五方面論戲劇的敷演與編排，〈聲容部〉從選姿、修容、治服、習技等四方面談演員的揀選與訓練，全面關注戲劇的文學與表演藝術等相關問題。而吳梅在「論作劇法」中，僅取笠翁〈詞曲部〉之「結構」、「詞采」、「賓白」、「科諢」與〈演習部〉「選劇」中之「劑冷熱」等主要觀點，融鑄剪裁而成。其中標目多襲笠翁之舊，整個理論架構與論述觀點，固然難與笠翁之整飭完備相提並論，然其間尚有先生自出機杼之心得，玆辨析如後。

(一) 結構宜謹嚴

李漁《詞曲部・結構第一》下分七款：「戒諷刺」、「立主腦」、「脫窠臼」、「密針線」、「減頭緒」、「戒荒唐」與「審虛實」。吳梅幾完全承襲，只將「審虛實」改稱「酌事實」，並刪去「戒荒唐」，而增入「均勞逸」一項。

戲劇的「結構」，除了情節關目的安排布置之外，它與小說最大的不同，就是必須考慮敷演問題，因而它包括角色安排、音樂配搭、科介表演與穿關砌末等綜合藝術之運用，而這些重點，可統稱爲「排場」（見曾師永義〈說排場〉一文）。換言之，戲曲的「結構」實際上依存於「排場」，一般關目布置必須經由排場之處理，方足以顯示出戲曲藝術底特質。吳梅於《顧曲麈談》、《詞餘講義》中論「結構宜謹嚴」時，特別肯定「排場」之重要性，他說：

> 填詞者在引商刻羽之先，拈韻抽毫之始，須將全部綱領布置妥帖，何處可加饒折？何處可設節目？角色分配如何可以勻稱？排場冷熱如何可以調劑？通盤籌算，總以脈絡分明、事實離奇為要。

此段論排場觀念，雖受笠翁「劑冷熱」之說影響，實較笠翁明晰而進步。

是以觀吳梅論戲劇結構，由笠翁而來。而笠翁所列七款中「戒諷刺」一項，提及劇作者務存忠厚之心，不可借文以爲報讐洩怨之具，所牽涉的是戲劇主題思想問題；「戒荒唐」、「審虛實」二項，談戲劇題材虛實之取捨，這三項嚴格說來都與戲劇結構無關。倒是吳梅所增入的「均勞逸」一項，與排場關係密切，較笠翁進步，爲先生論戲劇結構之創見。今將先生所論略述於下：

1. 立主腦

笠翁以爲傳奇主腦在一人一事而已。如《琵琶記》之主腦在蔡伯喈「重婚牛府」，《西廂記》主腦在張生之「白馬解圍」。吳梅另舉《紅梨記》爲例，言其主腦在趙伯疇之「錦囊寄情」，並闡論文人創作，儘可追新逐異，巧設離奇變幻之情節，然須「線索清澈，脈絡分明」，正猶「六轡在手，一塵不驚」。如《桃花扇》「記明季時事，頭緒雖多，而繫年記月，通本無一折可删」，堪稱「曲中異軍」；至於《雙珠記》、《獅吼記》則徒設幻境，假託神怪鬼魅，致線索不清，無法凸顯主腦。故先生以爲劇作者若限於才力，「與其作傳奇而捉襟露肘，毋寧作雜劇而點筆成金」，所論較笠翁詳贍。

2. 脫窠臼

笠翁認爲戲劇創作較一般詩、賦、古文更需要創新，所謂「傳奇」，乃指非「奇」不「傳」，劇作者須去除模仿的惡習，才能「脫窠臼」，使人耳目一新。但如何脫窠臼？笠翁並未細言。

吳梅承其說，認爲竊取舊劇之排場，或通本無一獨創之格，皆屬「窠臼」，指出明人劇作常有婢女代嫁或生旦大團圓等厭套，劇作者若欲跳脫窠臼，不妨就現實生活中捕捉靈感，提煉創作素材，何必汲汲盜襲古人舊作，他說：

天下新奇之事日出不窮，今古風俗之異宜不知凡幾，從此著想，儘有妙文，何必彙集各劇，東割一段，西竊一段，成此千補百衲之敝衣乎！

所論較笠翁更爲積極。他讚賞湯顯祖《牡丹亭》中杜麗娘死後還魂，「頓使排場一新」，《桃花扇》破生旦團圓之成格，令生旦各修正果，使人猛然驚覺家國之思，確能新人耳目，且副末開場與末後〈餘韻〉一折之處理，皆頗具創意。此外，吳梅指出欲脫窠臼，另有一至簡至便之法，即運用布景道具，《顧曲麈談》云：

今日劇場布景日新月異，凡目不經見之事物，不妨設幻景以現之，但取歷史中事實，其有可驚可愕可感可泣者，譜成詞曲，而復襯以布景，俾閱者如置身其間，忽爾掩泣悲啼，忽爾歡容笑口。以今時之砌抹（劇中所用諸物，統名砌抹）演舊日之聲容，有不令人慷慨激昂、頓足起舞者，吾未之信也。

布景道具運用適切，則頗能吸引觀衆關注古典戲曲，對整個劇場效果將有畫龍點睛之妙，先生之說，可謂切合時潮。

3. 密針線

笠翁云：「編戲有如縫衣，其初則以完全者剪碎，其後又以剪碎者湊成。剪碎易，湊成難。湊成之工，全在針線緊密，一節偶疏，全篇之破綻出矣。」吳梅視爲至理名言，認爲劇作「於起伏照應之處須如草蛇灰線，令人無罅隙之可尋，無縫天衣，不著一針線痕迹，方是妙文。」沿襲李漁批評《琵琶記》之說：「子中狀元三載，而家人不知；身贅相府，享盡榮華，不能自遣一僕，而附家報於路人」，又舉出「陳留至洛陽，僅有數百里，而輒云萬里家山，此尤背謬之至者也。」並批評《西廂記》「不先將鄭恆安置妥帖，直至憤爭昏姻，觸階而死，殊於情理不合。」先生所論率襲笠翁舊說而略作發揮。

4. 減頭緒

此項觀點與「立主腦」之說相呼應。笠翁以「頭緒繁多」爲傳奇之大病，吳梅更站在觀劇者立場，說明「一日半日之間，而欲明此劇中情節，全在一線到底，無旁見側出之情，則孰主孰賓，一覽而知矣。若喜設關目，多添角色……線索既紊，將使觀場者茫然不知其事之始末。」且關目增加，配角人數隨著增多，將與主角相混，顯得頭緒不明。吳梅舉例加以說明：屠赤水《曇花記》之主角貪襲仙佛之語，吳炳《療妒羹》貪用小青本傳，乃有頭緒不清之弊；而石渠他作《綠牡丹》一種，通本關目只在綠牡丹一枝，自然顯得緊湊縝密，因其頭緒不繁，故能步步引人入勝。

5. 均勞逸

崑劇可唱脚色雖較元雜劇與南戲爲多，且分科亦細㉑，然吳梅指出「崑曲悠揚綿邈，每終一曲，其難比他曲不啻數倍，故角目雖分析至細，而其所負之責，曾不少輕焉。」以紓徐婉轉且講究口法之唱腔，配上「有聲皆歌、無動不舞」如此繁複的身段表演，從事戲曲創作者，實更應深切了解表演者之勞逸，對各折主脚作適當的變化。他說：

> 如上一折以生為主脚，則下一折再不可用生脚矣；上一折以旦為主脚，則下一折亦不可用旦脚矣，他脚亦然。此其故有二也，一則優伶更番執役，不致十分過勞，二則衣飾裙敘更換頗費時間。設使前後二折同是一脚色，衣飾服御無一更換，猶可勉强而行；倘若必須更換，則萬萬來不及者，前折之下場，與後折之上場，為時不過三五分，以極短促之時間，而更換此最難穿戴之服飾，雖十手猶不能為也。

這眞是一段經驗豐富的話，但往往爲一般劇作家所忽略，以致劇作無法搬上舞臺，體現它原來應該具有的生命。難怪吳梅會說：「文人塡詞，能歌者已少，能知此理者，非曾經串演不能，故尤少也。」而「均勞逸」一項是排場處理的要素，這也正是先生優於笠翁之處。

北外，「戒諷刺」與「酌事實」不屬戲劇結構之範圍已如前述，然吳梅襲笠翁之誤，併歸於此，今爲探討先生創作論之內涵，只得暫列於此而略作說明。

「戒諷刺」一項承笠翁作傳奇示勸懲之說，認爲劇作家下筆宜存忠厚之心，不可借文以報讐洩恨，並警戒戲曲創作者：「傳奇一事，最易賈怨，即使無所寄託，猶或爲之憑空臆造，況眞有所指乎！」其中舉證力斥《牡丹亭》刺曇陽子之說爲妄，頗有見地[22]。然謂康對山銜恨作《東郭先生誤救中山狼》雜劇，以報復李夢陽事，其風教意義雖佳，卻有疏於考證之弊[23]。

至於「酌事實」一項，乃隱括笠翁「戒荒唐」、「審虛實」之旨而成，承其「實則實到底，虛則虛到底」之說，主張「用故事則不可一事蹈虛，用臆造則一事不可徵實」。就實而言，則必實有其人其事，舉凡時代、朋舊、輿地、水火、盜賊、刀兵、衣服，甚至科諢等「皆鑿鑿可據，塙塙可徵」，並以《桃花扇》爲範例，稱它是「古今傳奇，用故事之最勝者」[24]；就虛而言，則可任劇作者憑空結撰，恣肆其文字，雖舉動自由，但爲免前後不接、時出挂漏之病，須隨時補湊，遠較徵實者難作，臆造之作，以《牡丹亭》爲最佳。二書一實一虛，各極其妙，故先生云：「余每讀其文，輒有季札觀止之歎！」若虛實相混，則爲劣作，如顧大典《青衫記》與汪廷訥《獅吼記》，主角白居易、陳季常皆實有其人，而顧、汪二人妄造子虛烏有之事端，歪曲主角形象，與原作（〈琵琶行〉、《方山子傳》）意趣大相逕庭，足以誤導後人，產生負面影響，因而先生對劇作中虛實牽混之情形，頗不以爲然。

其次，由於「酌事實」觀點的引發，吳梅也注意到戲曲情節多襲自小說之情形，《顧曲麈談》云：

明人院本，頗喜采唐人小說，如梅鼎祚之《章臺柳》（譜章臺柳本事）、《崑崙奴》（譜紅綃事），陸天池之《明珠記》（譜劉無雙事），梅孝己之《酒家傭》（譜李固之子李燮事），張鳳翼之《紅拂記》（譜虬髯客事），皆取唐人本傳而點綴之。證塙語妙，後之作者不能及也。

從戲曲創作取材虛實之不同中，他發現「用故事較臆造爲易，何也？故事已有古人成作在前，其篇幅結構不必自我用心，但就原文編次，自無前後不接、頭脚不稱之病。」因而在《霜崖曲話》中，他對元雜劇與明傳奇之繼承關係頗爲留心㉕。而此類分析，於今日主題學之研究甚有助益。

(二) 詞采宜超妙

笠翁《詞曲部・詞采第二》下分四款：「貴顯淺」、「重機趣」、「戒浮泛」、「忌填塞」。吳梅率承其說，唯將「戒浮泛」改爲「重貼切」，雖刪去「忌填塞」一項，而實將其旨趣融於「貴淺顯」中。玆將先生所論，略述於後：

1. 貴淺顯

詩、詞、曲各有其本色用語，曲的獨特風格在豪辣灝爛、疏朗自然。故吳梅認爲詩詞之典雅，尚有可通用之語，「曲則不然，有雅有俗，雅非若詩餘之雅也，書卷典故，無一不可運用，而無一可以堆垛。」說明曲之用語，須俗中帶雅，「在乎超脫，正不必以情韻含蓄勝人也。」並因戲曲是面對觀衆的舞臺藝術，過於尚雅的曲文，無法讓觀衆「耳聞卽詳」，如此一來，戲劇效果必然大打折扣。何況戲劇的表演特質在於「代言」，劇作者從事創作時，就應化身爲劇中人，設身處地揣摩其性情口吻，以便演員發揮，從而引起觀衆之共鳴。若是不諳劇曲性質，貪用死書，堆垛故實，雖自謂絕世佳文，仍與作曲之道南轅北轍。如許自昌《水滸記・活捉》

一折，閻婆惜唱〔梁州新郎〕，曲文如下：

馬嵬埋玉，珠樓墮粉，玉鏡鸞空塵影。莫愁斂恨，枉稱南國佳人，便做醫經獺髓，絃續鸞膠，怎濟得鄂被爐香冷？可憐那章臺人去也，一片塵。銅雀淒涼起暮雲，聽碧落，簫聲隱。色絲誰續懨懨命，花不醉，下泉人。

吳梅認爲除末句「花不醉下泉人」爲妙文之外，其餘皆堆垛故實，與閻氏不甚識字之口吻頗不相稱。又張文遠以一個衙門書吏，又飾以副淨，卻唱出「莫不是向坐懷柳下潛身，莫不是過南子戶外停輪，莫不是攜紅拂越府奔，莫不是仙從少室，訪孝廉封陟飛塵」㉖如此典麗華贍之曲，形象完全不符。此等曲文，如搬運類書，焉能動人？

至於出語粗鄙，如《西廂記》之遊殿鬧齋，《紅梨記》之皀隸請宴，又不登大雅之堂。故先生爲劇作者立一準的，以「雅則宜淺顯，俗則宜蘊藉」爲劇曲詞采之正宗。

2. 重機趣

吳梅規撫笠翁之說，以「機趣」爲傳奇之精神、風致。劇作者爲裨補風化，下筆難免有頭巾腐氣，而「欲免腐氣，全在機趣二字」，能知機趣，方是出色當行之作。先生並舉《桃花扇·沈江》一折爲例，說明史可法殉節時所唱〔普天樂〕與末尾〔餘文〕兩支曲牌之曲文：

撇下俺斷蓬船，丢下俺無家犬……看空江雪浪拍天，流不盡湘纍怨……累死英雄到此日，看江山換主，無可留戀。……山雲變，江岸遷，一霎時忠魂不見，寒食何人知墓田。

無一憔悴之語，而令人慷慨泣下，主要因爲有「機趣」存乎其間。並引元陳剛中論人品之語：「抑聖爲狂，寓哭於笑」，說明劇作者「須有跌宕風流之致，雖存扶持名教之旨，切不可爲迂腐可鄙之詞」，方足以動觀場者之心。

3. 重貼切

吳梅承笠翁「生旦有生旦之體，淨丑有淨丑之腔」等說法，主張各人有各人之情景，確爲此人此事所塡之詞曲賓白，便不能移置他人他事，此卽所謂貼切。非但同場大曲如此，卽使是「一小引或一過脈小曲，亦不可草草塡去」，如《牡丹亭》之老駝云：「俺橐駝風味，種園家世。雖不能展脚伸腰，也和你鞠躬盡瘁。」（〈訣謁〉折）句句是駝背口吻，移置他人口中便覺不妥。又蔣心餘之《空谷香》與《香祖樓》二劇之角色類型大抵相同，而在蔣氏筆下，卻能各具面目，主要在於劇作者能爲劇中人物「設身處地著想，故能親切不浮」。

總括「貴淺顯」、「重機趣」、「重貼切」三項，吳梅指出其最重要之原則在於「入情入理」，頗得曲中三昧。此外，尚有「拗句」問題務須留心，所謂「拗句」，乃指曲中偶有一、二語，讀之平仄拗戾，棘棘不能上口者，如〔集賢賓〕首句須用「平平去上平去平」，〔長拍〕之第六句須用四個上聲字。凡遇此等拗句，先生以爲除凜遵曲譜外，「更宜加倍烹鍊，而復出之以自然」，並舉己作「題西泠悲秋圖」之〔下山虎〕一曲爲例㉗，積極表示「愈難愈要做得好」。何以既須烹鍊，又云自然？吳梅云：「蓋烹鍊者筆意，自然者筆機，意機交美，斯爲妙句。」與明代王驥德認爲戲曲創作的理想境界——在淺深、濃淡、雅俗之間——遙相呼應㉘。

㈢ 賓白宜優美

吳梅承笠翁之說，認爲賓白在傳奇中之地位，遠比在雜劇中重要，並以切身演戲、觀劇之經驗，進一步分析其原因有三，《顧曲麈談》云：

1.若賓白不工，則唱時可聽，演時難看。且場面一冷，亦引不起曲情，此賓白不可不工者一也。

2.元詞用絃索，字多腔簡，一人司唱，雖曲文甚長，亦可一洩而盡。崑調悠揚，一字可數轉，雖數人分唱而仍苦其勞，故曲中賓白萬不可少，一則節唱者之勞，二則宣曲文之意，非若元劇止供和聲介曲之用也，此賓白之不可不工者二也。

3.元人各曲善用騰挪之法，每一套中，其開手數曲輒盡力裝點飽滿，而於本事上入手時不即擒題，須四五曲後方纔說到，是一套之曲不啻一篇文字，不必換一曲牌，更另換一意思，故視賓白爲無足輕重。南詞則一套之中，唱者既係多人，意境勢難合一……名爲一套，實則一曲一意，而於關捩轉折之際，能顯其優美之趣者，則全在乎賓白。設陽春白雪之詞，而下里巴人之語，不幾令人失笑乎！且曲中詞句，歌時絲竹嗷嘈，一時未必能領會，十分佳妙祇顯七分；賓白則一字一語，人人皆知……此賓白之不可不工者三也。

接著先生舉出《牡丹亭・驚夢》折爲例，說明賓白之不可不工。至於賓白如何求工？笠翁《詞曲部・賓白第四》下分八款：⑴聲務鏗鏘，⑵語求肖似，⑶詞別繁減，⑷字分南北，⑸文貴精潔，⑹意取尖新，⑺少用方言，⑻時防漏孔。其於賓白之處理，可謂思精慮詳。吳梅取其⑴⑵⑷⑺款，加上〈科諢第五〉之「戒淫褻」，而成「須協平仄」、「須要肖似」、「字音宜愼」、「方言宜少」、「科諢戒淫褻」等五項爲賓白求工之原則。玆述其大要如下：

1. 須協平仄

除承笠翁之說，主張句尾平仄宜間用以求律協聲調之外，吳梅更進一步提出不須協平仄之例外情形有二：一是傳奇情節錯雜，而限於事實不盡可繩以平仄者，則宜應變求權。二是「丑淨花面口吻，若諧平仄，反覺斯文，不稱其狀」因而主張「生旦之白宜諧，淨丑之白略寬」。

2. 須要肖似

笠翁云：「欲代此一人立言，先宜代此一人立心」，吳梅更進一步發揮：「作生旦之曲白，務求其雅；作淨丑之曲白，務求其俗」。並特別關注淨丑賓白，以爲文人規撫淨丑曲文，已倍難於生旦，而其賓白，則可謂難之又難[29]。《顧曲麈談》云：

因塡詞者係文人，祇能就風雅一方面著想，至於淨丑則齷齪瑣碎，頗難下筆，非惟書卷氣一些不能闌入筆端，卽如詩頭曲尾，市井猥談，下至籤訣、星曆、卜筮、千字文、百家姓、八股、尺牘等一切無謂之口頭語，無一不當熟悉。

淨丑曲白之創作雖戛乎其難，然先生除指出若干原則外，亦期勉劇作者：「不作則已，作則勿畏其難，務求其肖，余之所望於天下才人者如此也。」

3. 字音宜愼

吳梅完全承襲笠翁「字分南北」之說，主張全套南曲或全套北曲者，不論曲文或賓白，其字音皆應全用南音或全用北音。不可南北混雜（如此折爲北曲，而賓白卻用南音者），致遭「兩頭蠻」之譏。

4. 方言宜少

此項先生亦全襲笠翁「少用方言」之說，主張戲曲表演爲通行南北，照顧廣大觀衆，則劇作者不可「局故鄉之聞見，肆梓里之科諢」，以免聽者茫然不解，減低戲劇效果。況且曲文押韻既一本中州，「則賓白亦當以中州爲斷」。《中國戲曲概論》卷下亦提及沈起鳳之傳奇，雖事蹟奇，排場巧，布局佳，然「說白皆作吳諺，則大江以上皆不能通，此所以流傳不廣歟！」

其實，傳統戲曲中，唱唸字音往往配合脚色之身份地位與性情氣質。如地位卑下之淨丑，知識程度較低，保留鄉音自然較重，其賓白使用方言，原是入情入理。至於知書達禮如老生、冠生、正旦等主要脚色，其吐屬率爲官話以示大方㉚。若全然不用鄉音，則非但藉唱念以塑造脚色之鮮明度將降低，並且每一劇種唱念之字音，亦將漸趨混同而缺乏特色，甚至失去它原有的情味。

5. 科諢戒淫褻

科諢之道，吳梅以爲亦在雅俗之間，「雖不可雅，雅則令人難解；然亦不可俗，俗則令人作嘔。」由表演者自創科諢，好處在於能「即景生情，一新耳目」，如相聲、說唱等民間曲藝，機趣盎然，與觀衆打成一片。但若伶工程度差，往往會「點金成鐵」，因此孔尙任《桃花扇》之科諢，全出己作，「不許伶人增損一字，然通本殊少解頤語。」故吳梅認爲「科諢雖小道，而其難且過塡詞也」，並秉其「戲曲宜貞」之主張，承笠翁「科諢戒淫褻」之意，警戒劇作者宜留心戲曲之風教意義。

(四) 音律宜穩諧

吳梅於「論作劇法」中，雖僅提出結構、詞采與賓白三項加以條述，然傳統戲曲不涉音律，則無法敷演，劇作者不諳音律，則無法使作品奏之場上。故先生於《顧曲麈談・原曲》與《詞餘講義・作法下》中，曾歸納按譜尋聲之道以示後學，並析論南北曲作法之原則。玆述其要點如下：

1. 南曲作法

南曲自魏良輔創崑腔水磨調後，其作法大有變革。魏氏僅點《琵琶記》板，故吳梅以為「詞家宜恪守《琵琶》，惟東嘉用韻夾雜，不盡可依，取舍從違之際頗費裁酌，非老於詞學者，不無窒礙處。」至於《南音三籟》、《骷髏格》、《南九宮譜》、《九宮正始》諸譜論詞句格式雖詳，「然於填詞時按譜尋聲之道，尚未深論」，因而吳梅表示康熙呂士雄之《南詞定律》考訂最精，可為範本。此外，另有四項重點，劇作者不可不明。

甲、詞牌之體式宜別也

所謂「體式」，乃指每一曲牌一定不移之聲調、句法、押韻，以及曲牌本身所蘊含的曲情與性質。如《琵琶記·陳情》一折（俗名〈辭朝〉）黃鍾〔點絳脣〕曲文：「月淡星稀，建章宮裡千門曉。御爐烟裊，隱隱鳴梢杳。」是為正格，其中「建章宮裡」之「裡」字不押韻，顯非北曲之仙呂〔點絳脣〕，然今歌者度曲時，用「六凡工」譜「裡」字，顯然誤作北曲。又邱瓊山《綱常記》所用〔傾杯序〕，首句作「步躡雲霄。際聖朝，叨沐恩波浩。」正是元調體式，不知何人妄改作「步躡雲霄際聖朝。叨沐恩波浩。」句法與文理皆不合。至於曲牌之性質快慢不同，曲情則悲歡有別，宜視其劇情而酌用之。若不明此理，以致丑唱〔懶畫眉〕，生旦反用〔普賢歌〕，將貽笑大方。

《南北詞簡譜》中對曲牌本身之性質、所蘊含之聲情，以及所適合之唱角，皆特別註明，茲舉數例如下：

卷五正宮〔錦纏道〕下云：「音調至為悲壯，宜施諸老生正末之口。」

〔醉太平〕下云：「音韻至美，凡旦唱諸曲，宜用此牌。」

〔划鍬兒〕下云：「快板曲，不可施諸生旦之口。」

卷六仙呂〔涼草蟲〕下云：「宜施淨丑口吻，不必生旦唱也。」

〔番鼓兒〕下云：「此調專用淨丑口吻，係快板曲，萬不可用詞藻。」

卷七南呂〔梁州序〕下云：「聲極美婉，宜用在排場安靜處。」

〔念奴嬌序〕下云：「音調極高，傳奇中皆用作同場大曲。」

卷八大石〔插花三疊〕下云：「用在排場熱鬧時者。」

雙調〔武陵花〕下云：「宜施清唱，若入傳奇，終嫌板重。」

卷九商調〔二郎神〕下云：「以低腔做美，凡細膩言情之戲，皆宜倚此調，南詞中最耐唱耐聽者也。」

又《奢摩他室曲話》云：

傳奇例用四十折，而其中例用諸牌，雖有定式，然尚不如雜劇之嚴也。牌中如〔四邊靜〕、〔水底魚兒〕、〔字字雙〕等，宜施諸淨丑角，如〔金絡索〕、〔風雲會四朝元〕、〔梁經劉大香〕、〔楚江情〕、〔梁州新郎〕等類，宜施諸生旦角，如〔傾杯賞芙蓉〕、〔刷子序〕諸套，宜施諸生末角，而所用南北合套及北曲，則施諸淨角者為多，但曲牌之與角色本無一定，惟在運用者而已。

乙、曲音之卑亢宜調也

此項可與先生之「度曲論」相發明。吳梅發現四聲中上聲字的字音最高，但譜入曲調，反而最低。而去聲本是發調，譜來最爲動聽，因而在調曲音之卑亢時，他主張「就曲調之高低，以律字音之卑亢，調之低者宜用上聲字，調之高者宜用去聲字。」且「凡事自上而下較易，自下而上較難」，「所以去上之聲必優美於上去」，由於發聲自然，頗合音樂美學觀點。此外，「前曲與後曲聯綴之處，不獨與別宮曲聯絡有卑亢不相入之理，即同宮同調亦有高低不同者。」如同一商調，〔金梧桐〕高亢，而〔二郎神〕低抑，自來曲家從未將此二曲聯爲一套。先生謂嘗見一時賢作套新曲，首折第一支用〔桂枝香〕，係小工調，第二支用〔宜春令〕，爲六字調，一高一低，已顯得格不相入，第三支又用〔麻婆子〕，是支有板無腔的急曲，根本無法與前二支慢曲相聯。如此卑亢不調之套曲，非但吹者苦，唱者亦苦。

丙、曲中之板式宜檢也

板式代表曲牌之節奏。南曲曲牌率有定式，塡詞之先，宜細察此曲板式之疏密。若板式至簡，或上句之末一板與下句之第一板中間相隔多字者，則下句萬不可再加襯字，以免唱者因趕板不及而落腔出調；反之，板式緊密處可加入襯字，非但歌者全不費力，且反有疏密清逸之致。

湯顯祖作《牡丹亭》，即不明此理，妄添襯字，「令歌者無從句讀」，致難以敷演；凌初成、馮夢龍、臧晉叔等，不得已爲之改竄，「雖入歌場，而文字遂遜原本十倍。」直到清代鈕少雅撰《格正還魂》二卷及葉堂撰《四夢全譜》，才宛轉將其正曲改譜成集曲，使之協律而能奏於場上，並保留臨川天才般的詞采[31]。

丁、曲牌之套數宜酌也

對南曲曲牌之聯套，吳梅採保守觀點，認爲除了小齣之丑淨過脈戲外，大齣之全套曲牌各有定次。聯套應取法《琵琶》、《幽閨》、《浣紗》等佳劇，先辨析所填套曲中情節悲歡喜怒之異，再以《南詞定律》爲準，擇定用某宮某套，其先後不可倒置，「只須畫依樣葫蘆，不必別出心裁。」若欲自立新套，則尾聲應特別注重，先生並將不同宮調之尾聲附列文後，供作曲者採用。

2. 北曲作法

吳梅認爲北曲比南曲難作。音律方面，「北詞調促而辭繁，下詞至難穩愜，且襯字無定法，板式無定律」，初學幾無從入手；文詞方面，「不尚詞藻，專重白描，胡元方言尤須熟悉，句法、字法別有一種蹊徑，與南曲之溫柔典雅大相懸絕。……非寢饋於元曲者深，則不能純任自然也。」吳舒鳧謂元人本色在於「須令人無從濃圈密點」，北曲之難由此可知。因而先生舉出三項，以爲創作北曲之要。（按：先生論「襯字無定法」誠有待商榷，詳見第四章第二節）

甲、要識曲譜

北曲之譜較南曲難識，諸家所定，頗有出入。《嘯餘譜》與《吳騷合編》「往往不點板式，而以襯作正，以正誤襯」，令人無從遵守。清初《欽定曲譜》雖多所發明，然尚有疑誤處，《大成譜》幾乎全襲李玄玉《北詞廣正譜》，雖仍有須斟酌之處，然吳梅以爲率可採作範本。實際創作時，尤須熟悉腔格、分別正襯。正襯之分，《顧曲麈談》提一簡便之法：「凡襯字，歌者必速速帶去，俗謂之搶。此南北曲皆然，惟北曲中間有加一二板者。」板之疏密既可檢得，則襯字卽可自行去取。

唯吳梅於北曲譜之檢覈仍嫌簡略。而後之轉精者，如鄭騫先生積二十餘年之功，撰成《北曲新譜》，是書考訂舊說得失，誠如其〈自序〉所言：「明句式，辨三聲，定韻協，析正襯，確立準繩，分別正變。庶幾誦讀無棘喉澀舌之苦，寫作不致貽失格舛律之譏。」堪爲治曲、習曲者之楷式。

乙、要明務頭

務頭之說，解者紛紛，不知絞盡多少才人心血。先生尋繹再三，竭十餘年之功，而有如下之心得：

> 務頭者，曲中平上去三音聯串之處也。如七字句，則第三、第四、第五之三字，不可用

同一之音；大抵陽去與陰上相連，陰上與陽平相連，或陰去與陽上相連，陽上與陰平相連亦可，每一曲中，必須有三音相連之一二語或二音（或去上，或去平，或上平，看牌名以定之）相連之一二語，此卽為務頭處。……《嘯餘譜》謂要知某調某句某字是務頭者，蓋塡詞家宜知某調某句是務頭也。換言之，謂當先自定以某句為務頭，而為之定去上、析陰陽也。又譜中謂可施俊語於其上者，蓋務頭上須用俊語實之，不可拘牽四聲陰陽之故，遂至文理不順也。非謂務頭上可用俊語，以外可不必用俊語也。（《顧曲麈談・原曲》）

《南北詞簡譜》卷三北雙調〔快活年〕曲牌，先生特別指出末句「沈醉倒」「須平上去，爲是調緊要處。」又云〔離亭宴帶歇指煞〕之末句「漢司馬」，「三字必須去平上」，皆符合先生之所謂「務頭」。而《中原音韻》所列定格四十首中，第一首白仁甫〔寄生草〕曲文：

長醉後方何礙，不醒時有甚思，糟醃兩個功名字，醅渰千古朝廷事，麴埋萬丈虹霓志，不達時皆笑屈原非，但知音盡說陶潛是。

先生認爲「務頭之法，隨處可用，非僅限定末句。」[32]故「醒時」、「古朝」、「屈原」等字詞爲陰上與陽平相連，「有甚」二字爲陰上與陽去相連，「盡說陶」三字爲陽去、陰上、陽平相連，皆是務頭㉝。

弟子任中敏撰〈作詞十法疏證〉時，更發皇師說，文云：

學者倘一時不辨何處為務頭者。但看曲譜中，某調註明某某字必當去上、去平、上平、去上平等等，不可移易者，卽知是該調聲音美聽之處，塡詞時若嚴守之而文字又務求精警，務令聲文合美，則雖不悉中為務頭之處，要亦相去不遠矣。

童伯章《中樂尋源》對先生務頭之說亦頗讚賞，文云：

瞿安之說，可謂獨發其秘。顧吾謂務頭之必取平仄陰陽不同者，中實有故。文字而用於歌唱，其情趣大半在延長之餘音中，此延長之餘音，字頭已屬過去之跡，惟字腹現前，而字腹祇有韻與陰陽之分，兩字相聯，四聲陰陽不同，唱者聽者，皆極分明，於此而用俊語，可以顯出其俊。沈約四聲，自詡為入神之作，所以分四聲者，為如此則抑揚有節，文詞可誦也。瞿菴之論務頭，於四聲之中，又分陰陽，為如此而抗墜自然，文詞可歌也，其說較休文更進一步矣。

然先生之謂務頭，誠有值得商榷之處，容於下文（第四章第二節）再行辨析。

丙、要聯套數

北曲聯套規律較南曲謹嚴，吳梅深諳南套特色，《顧曲麈談・原曲》云：「南曲長套，其增減之處，苟在同宮，間可自行去取。」至於北曲，先生認爲必須依據元人成套。而元雜劇一人獨唱、無他角色分勞的特質，必然影響整個聯套規律，故先生指出「牌名之聯貫，總宜布置停勻，不致太多太少。否則少則謂之閃撒，多則謂之絮叨（閃撒、絮叨，元人方言）一則唱不彀，座客不及細聽而已畢曲矣；一則唱不動，所謂鐵喉鋼舌纔能蔵事是也。二者交譏，則套數要宜留意矣。」㉞

《南北詞簡譜》卷二北中呂宮〔快活三〕註文曾提及北曲聯套時，曲牌性質緊慢之運用：

> 此曲首二句用快板，第三句用散板，第四句用慢板，蓋緊接〔朝天子〕慢唱，正北詞中抑揚緩急之妙，為南曲所無。南曲始慢終急，遂一發不可收拾，北詞則始慢中急，急後復慢，而為之過渡者，在中呂則〔快活三〕也。

《顧曲麈談》雖於北曲每宮各列二套定式，一爲最多最長者，一爲至少至短者，以供學者參酌。然先生於北曲聯套規律，但守古人成作，而未嘗深究，故門弟子蔡瑩撰《元劇聯套述例》，先生特爲嘉許並作序云：

余往作《南北詞簡譜》，為詞家樹一正鵠，顧於套數，亦未詳論，振華此作，可彌吾缺矣。

觀蔡瑩之作，係首度將北曲聯套之規律明示於人，其篳路藍縷之功實不可沒。然時移勢易，此書已呈現收錄未全、不辨時代先後、不考使用對象，與解說欠詳明等缺點㉟。幸有鄭騫先生廣搜資料，詳加考訂，撰成《北曲套式彙錄詳解》一書，予治曲、習曲者良多貢獻。

至於吳梅特別提出的聯套與排場關係：「大抵排場之繁簡冷熱，悉依曲牌之多寡以爲差。」（見《顧曲麈談・原曲》）觀點頗佳，惜未深入探討聯套如何劑排場之冷熱，鄭氏之書雖考訂精詳，然於此亦闕而弗論。

二、作清曲法

所謂「清曲」，係與舞臺搬演之「劇曲」相對而言，除去科白，其作法與劇曲大同小異，唯格律較謹嚴而已。魏良輔《曲律》載明中葉以後之度曲者，往往僅歌其曲詞而去其科白，名曰清曲。當時清工系統盛行不輟，所唱者率爲南曲，至於元人套數則唯存遺音而已。吳梅總括清曲作法有三，茲錄之於後：

第一少借宮：傳奇中往往有本宮牌中不能聯絡一套，而向別宮別調摘取一二曲者，如南呂借商調，中呂借般涉之類是也，清曲則不能焉。

第二少重韻：傳奇中前曲與後曲所押之韻可以重用，名人諸作亦不避忌也，清曲則不能也。如馬東籬「秋思」詞、張小山「春游」詞，通套無一重韻，其嚴可知矣。

第三少襯字：傳奇中無論南北諸曲，其襯貼字頗多，如臨川「四夢」且以襯字之多，覺得愈險愈妙者，而清曲則不能也。

按清曲一套猶如作文一篇，須洋洋灑灑，一氣呵成，方能顯出其雄肆之格調，不像劇曲因劇情轉折起伏而須隨時變動聲情，故清曲當如吳梅所言，以少借宮、不重韻為宜。至於襯字具有轉折、聯續、形容、輔佐等功用，有助於曲中「豪辣灝爛」、「疏朗自然」之情致，原是曲中不可少者。而先生以「少襯字」為作清曲之原則，蓋恐襯字一多，將產生喧賓奪主、紊亂板式或令唱者趕板不及等弊病。何況南曲板式謹嚴，故以「襯不過三」為準則，作曲者自不宜恣意舛律，以傷聲樂之美。

除上述原則外，吳梅認為「作清曲儘可發抒性靈，不必定作兒女語」，尤不可作淫褻語以傷大雅。並言自來清曲名作散見各家總集，如張琦（騷隱）之《吳騷合編》、陳所聞之《南北宮詞紀》等不下數百家，《納書楹》所選亦多佳構，若多揣摩誦習，自能下筆自如。

叄、批評論

吳梅治傳統戲曲學養深厚，從創作、著書立說、編選斠勘到粉墨登場，可以看出他對傳統曲學的全面關注，除承繼傳統曲論的理論體系外，更具有製曲、度曲、譜曲、演曲等豐富的實踐經驗，因此先生對戲曲的批評理念，實與其「度曲論」、「創作論」密不可分。故其戲曲批評雖未脫傳統曲話式之批評，缺乏系統謹嚴之理論架構，然因所採觀點全面而深刻，間有一語中的，超軼前賢之處。

吳梅之戲曲批評，大抵散見其曲學重要著作中，其中《中國戲曲概論》與其戲曲序跋輯錄尤多。茲鉤稽若干重要論點，以探先生之批評標準、方法與態度。

一、批評標準

吳梅戲曲批評的角度廣泛，除本事溯源、劇作家生平考索與版本比勘等考證功夫之外，舉凡劇作之主題思想與詞采、音律、結構排場等寫作技巧，以及劇作所呈現的風格等靡不包括在內。甚至劇作家人品論評與劇作演出效果皆略有涉及。可以說，先生的戲曲批評雖欠系統，但的確對傳統戲曲的綜合藝術作了整體性的觀照，對後學頗有一番啟導作用。以下嘗試就主題思想與寫作技巧兩大方向，探討先生戲曲批評之標準。

(一) 就主題思想而言——戲曲宜真

吳梅肯定戲曲「切實不浮、感人心脾」之「眞」，足以爲一代之文。所謂「切實不浮」，應與先生「酌事實」的觀點配合來看，指的是題材之處理問題；而「感人心脾」則是强調劇作具有「規正風俗……就人心之所向，而爲無形之規導」之作用。因此劇作家從事創作時，首先應抱持「足以鑒古今風俗之變，深入於國風小雅之旨」的創作理念，酌用題材之虛實，方足以

「爲社會之警鐘」，使「觀場者亦眉飛色舞，不知心之何以若此之爲愈也。」（《顧曲麈談·製曲》）故先生所謂戲曲宜「眞」及其《長生殿·跋》所云「首論事實，次論文字，次論音律」之「事實」，實際上有兩層含義：一指題材處理之合於眞實，二指劇本之具備風教功能。其中第一項是達成第二項目的之手段，而這兩項也正是先生批評戲曲主題思想之重要標準。

戲曲題材之處理問題，明代中葉以降，曲論家對虛實之主張不一，且各有所偏，而人抵徘徊於藝術眞實與歷史眞實、生活眞實之間。如胡應麟、徐復祚、呂天成、徐渭等偏重在不顧史實、不求實人實事之「虛」；謝肇淛、王驥德、李調元主張「虛實相半」、「虛實相合」；湯顯祖强調主觀情思（藝術眞實）重於歷史與生活之眞實，洪昇亦主張「斷章取義」，以「寓意」爲本；李漁肯定「傳奇無實，大半寓言」，主張「實則實到底，虛則虛到底」；孔尙任雖偏重史實「確考其地」，但也表示人情須「稍有點染」。他如凌廷堪、焦循等人之主張，亦皆在虛實之間，只是虛實比例多寡不同而已㊱。

綜觀我國古典戲劇對創作題材虛實之處理，計有「以實作實」、「以實作虛」、「以虛作實」、「以虛作虛」四種㊲，其中「以實作虛」之手法佔絕大多數。吳梅《顧曲麈談》與《詞餘講義》論「結構宜謹嚴」時，承笠翁「實則實到底，虛則虛到底」之說，並舉孔尙任、湯顯祖一實一虛作爲代表，肯定其藝術造詣。而實際上，孔尙任本人並不主張「以實作實」的板滯手法，其《桃花扇》雖多徵實，然亦非全係實錄，仍有作者點染之處㊳。至於《牡丹亭》，吳梅雖認爲是蹈虛之作，然亦指出書中情節如「《虜諜》之立馬吳山，李全之鬧兵淮潁，則是確有其事」㊴。

吳梅既然承認《牡丹亭》並非「虛則虛到底」之作，爲何又將它視作蹈虛之範本？除了說明上述符實部分「爲本書之輔佐，故不能指爲全書之瑕疵」外，主要的衡量標準在於《牡丹亭》「無一不出乎人情之外，卻無一不合乎人情之中」。質言之，即在題材之選取能「入情入理」而已。《顧曲麈談》與《詞餘講義》二書論戲劇「結構」之理論基礎，實以笠翁《閒情偶寄·詞曲部》之「結構第一」爲藍本，雖略有闡發，但大抵規撫笠翁成說，且重在論創作手法，不足以凸顯先生戲曲批評之眞正精神與深度。在《奢摩他室曲叢》二集中，先生題材「入情入理」、思想移風化俗等「戲曲宜眞」之主張，才得到充分的發揮。如跋朱有燉《踏雪尋梅》云：

> 此譜孟襄陽、賈浪仙事，而以李白、羅隱為輔，未免荒唐。……末以孟浩然由太白舉薦，得入翰林，尤想入非非，與張志和西塞山封拜，杜子美輞川園授官（《張志和》劇見《吟風閣》，《杜子美》劇見王九思《碧山樂府》內），同一詭譎，同一雋妙。……昔人辨張、崔之訛，雪中郎之枉，嘵嘵不已，殊屬多事。作劇之道，在入情入理而已，必欲證時代之後先，考故實之真偽，即是笨伯矣。

跋《喬斷鬼》云：

> 鬼神報應之事，雖儒者所不談，而為下愚人說法，亦可為治道之助。傳奇布置事迹，務極奇詭，遇山窮水盡，輒假神鬼為轉圜餘地，但期不詭於理，固君子所許也。

說明「戲不夠，神仙湊」的處理手法，若能合乎情理，仍是可取的。至於《望江亭》一劇，先生認爲「譚記兒事，情理欠圓，豈有江亭一夕，幷符牌盜去之理！」他如馬致遠《岳陽樓》、宮天挺《范張鷄黍》、湯顯祖《南柯記》、《邯鄲記》與《紫釵記》皆屬虛構，而吳梅俱因「入情入理」予以肯定，足見先生旨在追求「情理之眞」。

戲曲題材之處理手法中，「以實作實」與「以虛作虛」皆難有出色的藝術造詣。因此笠翁所謂「實則實到底，虛則虛到底」之論點，呈現相當的局限性，反不若先生「入情入理」等戲曲宜眞之主張，顯得深入、靈活而具有開展性。

(二)就寫作技巧而言

戲曲藝術欲體現其眞正生命，其必要因素即在符合舞臺搬演之需要，舉凡文字本色、音律穩諧、結構排場合宜等創作技巧，歷來劇作家莫不究心於其間，冀其劇作得付諸氍毹，展現光和熱。而能達上述標準者，方足稱「當行」之作。故吳梅評曲，率據此以爲準繩。

1. 文字本色　音律穩諧

古典戲曲自宋元以迄明初，無論南戲北劇，文字皆質而不俚，天然本色，頗能契合舞臺演出需要。然自成化、弘治之後，文士大夫染指日多，餖飣堆砌之曲溢於案頭，雕繢靡麗之風充斥劇壇，遂令原本生氣盎然的戲曲遠離舞臺，失去吸引觀衆的魅力。嘉靖、萬曆間，諸多曲論家有鑑於此，乃標舉「本色」之說以矯斯弊。而「本色」之義，若只停留在通俗易懂、質木無文的理解層次，顯然是不夠的，並且矯枉過正的結果，反而會使戲曲淪爲鄙俚腐俗，失去雅俗共賞的韻致。因此呂天成强調「本色不在摹剿家常語言，此中別有機神情趣」（《曲品》），王驥德主張淺深、濃淡、雅俗各得其宜爲眞本色，清代李漁提出「貴顯淺」，使戲曲能「耳聞卽詳」，並「重機趣」以得傳奇之精神風致。

吳梅承諸前賢之說，提出他對「本色」的看法。《顧曲麈談・製曲》中「詞采宜超妙」下云：

> 雅則宜淺顯，俗則宜蘊藉。……至於趣之一事最難形容，無論花前月下密約幽歡之曲不可帶道學氣，卽如談忠說孝或摹寫節烈之事所作曲白，亦不可走入呆板一路，要使其人鬚眉如生而又風趣悠然，方是出色當行之作。

又云：

> 今之曲家，往往以支離拙澀之語施諸曲中，雖覺易動人目，究非此道之正宗，曲之盛場在本色。

先生評戲曲文字，率以「本色」爲標準，如評鄭德輝「清麗流便，全是本色」，朱有燉《繼母大賢》「通本皆用本色語，無餖飣習氣」，單本《蕉帕記》「詞頗精警，用本色處至多」，阮大鋮《燕子箋》「芬芳秀逸，字字本色」。

「至於雕績過甚者，先生皆疵議之。如評湯顯祖《紫簫記》「詞藻穠麗，幾乎字字嘔心鏤腎以出之，故頗多晦澀語及費解語」，屠隆《彩毫記》「塗金錯綵，通本無一疏俊語」、《曇花記》「其辭穠麗，多餖飣語」，又評蔣士銓《南陽樂》「其言極詭誕可喜，惟曲詞不能本色，一望而知為清人手筆」。

此外，為追步元人本色，卻不顧時代背景之差異，而逕襲蒙古語入曲，使觀衆莫明所以者，本色未彰，反遭晦澀之譏，亦為先生所不取。其《桃源景・跋》云：

> 臨川諸曲，喜以番語協律，實皆沾丐於憲藩也。……此實曲中壞處，後人不察，遞相祖述。如《邯鄲》之〈西諜〉，《長生殿》之〈合圍〉，以及西堂《弔琵琶》之楔子，作者紛紛，實非曲家之正宗。特無人為之拈出而已。

音律之是否穩諧，是戲曲能否播諸口齒、奏之場上的關鍵因素，此亦先生最擅長處。葉德均〈吳梅的霜崖曲跋〉一文指出先生每則跋文「多半以曲文合譜合律為主，幾乎三分之二以上是專注於此點」，如評阮大鋮《牟尼合・蘆渡》折「〔粉蝶兒〕一套，皆不合律。圓海南詞諧美可聽，至北詞每多鉤輈格磔，未識所據何譜？」嵇永仁《揚州夢》「於聲律之學，未能深造，舛律脫誤，往往有之。」至於曲牌句式、字格、聲情、聯套規則與曲譜等音律方面之考校分析，於先生戲曲序跋與日記中，更所在多有，茲不贅述。

文字與音律本難雙美，而吳梅一貫提倡文采曲律俱工，案頭場上兼擅，苟失其一，先生亦直言不諱。如臨川目爲詞壇飛將之徐渭，先生評其《四聲猿》「字字本色，直奪關、馬之席」，然音律方面，卻是「才氣凌厲，往往不就繩檢，正與玉茗同病」（《四聲猿·跋》）；《桃花扇》之文字，先生認爲已達「鬚眉如生」、「風趣悠然」之造詣，然「通本乏耐唱之曲」（《桃花扇·跋》）；《顧曲麈談》也提到陳厚甫《紅樓夢》「曲律乖方，未能搬演」；又馬佶人、劉晉充、薛旣揚、葉稚斐、朱良卿、邱嶼雪等人之劇作，「雖一時傳唱遍於旗亭，而律以文詞正面牆而立」。而較爲難得的是「馮夢龍之《雙雄》《萬事》、史叔考《夢磊》《合紗》、徐復祚之《紅梨》、《宵光》、沈孚中之《綰春》《息宰》協律修辭，並臻美善。」

2. 結構謹嚴　排場超妙

古典戲曲之「結構」依存於「排場」觀念已如前述（詳見本章吳梅之「創作論」）。吳梅承王驥德、李漁之說，認爲結構是否謹嚴、排場是否超妙關係整個劇作之優劣。其《玉簪記·跋》云：「編製傳奇，首重結構，詞藻其次也。」《牡丹園·跋》云：「作劇之難，全在結構」；《顧曲麈談·製曲》「脫窠臼」又云：「塡詞一道，文人下筆欲詞采富麗，恢恢乎游刃有餘，而欲排場嶄新，則難之又難。」是結構、排場允爲先生戲曲批評之重要標準。如評《才人福》「文心如剝蕉抽繭，愈轉愈奇」，評《報恩緣》「結構生動，如蟻穿九曲」，評《得騶虞》「排場結構，頗有可取」，評《畫中人》、《療妒羹》、《玉合記》等劇「結構謹嚴」，《小桃紅》「排場尤爲熱鬧」，《蟠桃會》「結構之冷熱，恰到好處」，又《牡丹亭》死後還魂之事「頓使排場一新」，沈起鳳傳奇四種「事蹟之奇，排場之巧，洵推傑作。」而梁廷枏之《小四夢》，先生則言其「排場太冷」，並於《畫中人·跋》中指出明季作家常因劇情冷淡，而借幻術以妝點熱鬧，如《牟尼合》之賽馬，《秣陵春》之廟市，《慎鸞交》之花榜等皆是。

在清初「南洪北孔」各擅勝場時，時人面對同寫家國興亡、同譜離合悲歡之《長生殿》與《桃花扇》，頗有難分軒輊之感。先生以其全面而又獨到的批評觀點，就文字、音律、排場三方面析其高下，《顧曲麈談》云：

僅以文字觀之，似孔威於洪，不知排場布景、宮調分配，則昉思遠出東塘之上。

又評《桃花扇》：

有佳詞而無佳調，深惜云亭不諳度聲，三百年來，詞場不祧，獨有稗畦而已。

綜觀古典戲曲中，能符合吳梅戲曲批評標準之完美劇本，即主題思想、文字、音律、結構排場均佳者，洵以《長生殿》爲最。其跋文云：

此依據白傳《長恨歌》，摭拾開天遺事，巨細不遺，而於史家所載楊妃穢事概削不書，深合風人之旨。後人以《冥追》、《神訴》、《慫合》諸折，謂鑿空附會，是未知傳奇結構之法，無足深辯。且文字之美，遠勝有明諸家。《彈詞》之〔貨郎兒〕，《冥魂》之〔混江龍〕，雖若士、海浮猶且斂手焉。至於音律，更無遺憾。平仄務頭，無一不合律，集曲犯調，無一不合格，此又非尋常科諢家所能企及者。

二、批評方法與態度

吳梅之戲曲批評，仍保留傳統曲話式之評點色彩，率爲卽興、雜論式，甚至印象式之批評。無一定規則可循，又乏謹嚴之系統論述，因此很難從其中抽繹出科學性很强的批評方法。倒是對劇作家風格流派的劃分這項批評特色，對後來戲曲研究者起了相當的影響作用。

明清以來，諸多曲話作者率將關（漢卿）、鄭（光祖）、馬（致遠）、白（樸）列爲元代戲曲四大家，對王實甫間有留意者，亦厥論不彰㊵。吳梅以其多年治曲心得，獨標王、關、馬三大家爲元代戲曲創作流派之代表，《中國戲曲概論・卷上》云：

自實甫繼解元（按：卽董解元）之後，創為研鍊豔冶之詞，而關漢卿以雄肆易其赤幟，……雄奇排奡，無搔首弄姿之態，東籬以清俊開宗，……自是三家鼎盛，矜式群英。……嘗謂元人劇詞，約分三類：憙豪放者學關卿，工鍛鍊者宗實甫，尚輕俊者號東籬。

文學作品之鑑賞，除時代風尚外，原本就含有相當的主觀成份，喜惡好尚，固因人而異。

吳梅這種分法可否成立？王衞民教授以為：就流傳下來的作品而言，鄭光祖與白樸雖是大家，然其作品「與王實甫《西廂記》相比，不能不相形見絀」；其次就對後世之影響而言，「《西廂記》開創了綺麗派的先河，仿效它的作品多不勝數」基於此二理由，將王實甫列為一流派之開宗，不但足以成立，而且非常正確。（見〈論吳梅先生在曲學研究上的貢獻〉一文）

明傳奇作家作品棼起蝟興，燦若繁花綴錦，吳梅刪繁就簡，首先標出吳江、臨川、崑山三家。其中吳江派以沈璟為首，特色是「以俚俗之語求合律，而打油釘餖者眾」；臨川派以湯顯祖《玉茗四夢》為主，特色在於「以北詞之法作南詞，而緬越規矩者多」；至於崑山一派，「不尚文字」，其創作旨在適應崑曲演唱需要，然其「衣鉢無傳，伯龍客游，家居絕少，吳中絕藝，僅在歌伶」，可知崑山派率為崑曲歌唱家。

明代中葉著名的「湯沈之爭」，令部分學者誤以為臨川、吳江兩派壁壘分明，不容逾越。然據吳梅研究，當時介乎兩派之間的作家實不在少數，如吳炳、孟稱舜即「以臨川之筆，協吳江之律」；而呂天成、卜大荒、王驥德、范文若則是「以寧庵之律，學若士之詞」（見《中國戲曲概論．卷中》與《霜崖曲話》卷一第四條）。兩派界限原不甚分明，吳梅這番創見，青木正兒、周貽白、錢南揚等論戲曲發展史或析分作家風格流派時，觀點與先生雖不盡相同，然亦頗受其影響[41]。

湯、沈二人從不同角度闡論戲曲創作必備的要素（文采、音律），並躬親實踐，啟導後學，經吳梅客觀而中肯的提示與分析，使得後來戲曲的批評角度與創作理念變得全面而豐富。可以說，吳梅的戲曲批評縱非不刊之論，然對後來的治曲者仍具一番啟導之功。

此外，值得一提的是吳梅的批評態度。我國傳統文學批評常有「以人品定文品」之說，如孟子之「以意逆志」、「知人論世」，批評者往往引以爲理論根據。吳梅自然也將它運用在戲曲批評上，如《顧曲麈談・談曲》引元、王博文《天籟集・序》云：

> （白仁甫）自幼經喪亂，倉皇失母，便有滿目山川之嘆。逮亡國後，恆鬱鬱不樂，以故放浪形骸，期於適意。中統初年，開府史公，將以所業薦之於朝，再三遜謝，棲遲衡門，視榮利蔑如也。

先生以白樸人品之高潔，論其劇作之不同於一般詞章者流，其文云：

> 據博文此序，則仁甫固忠孝完人焉，今人讀《梧桐雨》、《鴛鴦簡》諸劇，以仁甫為詞章之士，又何異矮人觀場乎？

「知人論世」的批評觀點，由於廣及作者時代背景、創作緣由等外緣資料，有時的確可以增加批評本身的深度與廣度，但就純文學的角度來看，如此批評恐或失之主觀、武斷。因此吳梅除採用「知人論世」之批評手法，使人批覽前人至文，能生景仰之心，以達風教功能之外，對於有才無德的文人作品，先生也能不摻雜個人好惡，秉持實事求是的態度，給予作品客觀而公允之評價。如《明史・奸臣傳》裡的阮大鋮，先後與魏忠賢、馬士英勾結營私，陷害忠良，其《石巢園四種曲》向遭人鄙棄、漠視。吳梅首將其人格與作品劃分開來，持平論其劇作之造詣：

△其人其品固不足論，然其所作諸曲直可追步元人，君子不以人廢言，亦不可置諸不論也。（《顧曲麈談．談曲》）

△自葉懷庭題「燕子箋」云：「以尖刻為能，自謂學玉茗堂，實未窺其毫髮，笠翁惡札，從此濫觴。」於是鄙其人並及其詞曲，此皆以耳為目者也。（《雙金榜．跋》）

△圓海諸作，自以《燕子箋》最為曲折，《牟尼合》最為藻麗。自葉懷庭譏其尖刻，世遂屏不與作者之林，實則圓海固深得玉茗之神也。四種中，《雙金榜》古艷，《牟尼合》穠艷，《燕子箋》新艷，《春燈謎》為悔過之書。……不以人廢言，可謂三百年一作手矣。（《石巢園四種曲．跋》）

至於李漁，吳梅同樣採取「不以人廢言」之原則，對其人其劇作一客觀論評：

△為人善逢迎，齷齪可笑，昔人謂其輕薄由於天性，信然。余見其上都門故人書，一意求丐，其人品可見。（《蠡言》卷一）

△科白之清脆，排場之變幻，人情世態，摹寫無遺，此則笠翁獨有千古耳。」（《笠翁十五種曲．跋》）

從吳梅的批評中，我們可以發現，「文如其人」是一般情況，批評者用「知人論世」的觀點來析評作品，確實可增加批評內涵；而當作品僅呈現作者才情而未反映其人格時，上述批評就會顯得板滯，甚至因主觀武斷而顯得扭曲。吳梅能從各種角度作批評，故能發人之所未發，如此科學的批評態度方可稱可取。

註釋

❶ 王玉章〈霜崖先生在曲學上之創見〉一文云：「先生不僅爲著曲家，不僅爲度曲家，不僅爲演劇家，更不僅爲藏曲家，而爲近代著、度、演、藏各色俱全之曲學大師。夫筆酣墨飽，選調著詞，或散套、或雜劇、或傳奇，流播海內，膾炙人口，此之謂著曲家；嫻習宮譜，嚴別陰陽，出口收音，不錯毫末，此之謂度曲家；或闥檐，或刀棒，身段臺步，妙合音呂，此之謂演劇家；巾箱木刊，精粗畢具，琅環一室，富比山海，此之謂藏曲家。今之世，有著曲家矣，有度曲家矣，有演劇家矣，有藏曲家矣，而欲覓一著、度、演、藏各色俱全之曲學大師者，戛戛乎難之。……」

❷ 度曲之「度」，徒落切，音操，有忖度唱念而使其合於法式、律度之意，舊時「度曲」一詞含作曲、譜曲或唱曲等含義。如《漢書·元帝紀贊》：「自度曲，被歌聲」，張衡〈西京賦〉：「度曲未終，雲起雪飛」，宋姜夔《白石道人歌曲》卷四〈惜紅衣·序〉：「丁未之夏，予游千岩數往來，紅香中度此曲」等皆是。今「度曲」蓋指如何達到「字正腔圓」之一切學問，包括識字正音、口法與歌唱旋律、節奏聲情之合乎標準。雖多屬唱念法度，實與作曲、譜曲密然相關。

❸ 所引絕句係凌氏《校禮堂詩文集》之〈論曲絕句三十二首〉第二首，見趙景深《讀曲小記·凌廷堪論曲絕句疏證》一文。

❹ 吳梅《顧曲麈談》第一章〈原曲〉云：「余十八九歲時，始喜讀曲，苦無良師以為教導，心輒怏怏。繼思欲明曲理，須先唱曲……乃從里老之善此技者詳細問業，往往瞠目不能答一語，或僅就曲中工尺旁譜，教以輕重疾徐之法。及進求其所以然，則曰：非余之所知也，且唱曲者可不必問此。余憤甚，遂取古今雜劇傳奇，博覽而詳覈之，積四五年，出與里老相問答，咸駭而卻走，雖笛師鼓員，亦謂余狂不可近，余乃獨行其是，置流俗毀譽於不顧，以迄今日。」

❺ 葉堂，號懷庭，字廣明，一字廣平，蘇州人，生卒年不詳。工音律，精研崑曲清唱，創葉派唱口，一時習曲者奉為圭臬。乾隆五十四年（一七八九），與馮起鳳合訂《吟香堂曲譜》，選錄《牡丹亭》、《長生殿》近百齣。又三年，更竭畢生精力整理校訂《納書楹曲譜》，除收錄《西廂記》全譜二卷，臨川《四夢》全譜八卷之外，另分正、續、外、補遺四集，凡十四卷，共收元明以來流傳之曲三五三套。此譜時人推崇備至，李斗《揚州畫舫錄》云：「近時以葉廣平唱口為最。著《納書楹曲譜》，為世所宗，其餘無足數也。」葉氏於《自序》中云：「文之舛淆者訂之，律之未諧者協之。而於四聲離合，清濁陰陽之芒杪，呼吸關通，自謂頗有所得。蓋自弱冠至今，靡他嗜好，露晨月夕，側耳搖唇，究心於此者垂五十年。」吳梅亦深服葉氏訂譜考校之精嚴，《顧曲麈談・度曲》云：「懷庭之譜，分別音律，至精至微……欲求度曲之妙，舍葉譜將何所從乎？」

❻ 俞粟廬即當代崑劇名家俞振飛先生之父，有關清曲系統之葉派傳人，可參陸萼庭《崑劇演出史稿》頁三二一—三二三敘述。

❼ 語見吳梅所撰〈俞粟廬先生傳〉。又一九二一年穆藕初洽上海百代公司為俞粟廬錄三張唱片，並由俞氏親筆書寫唱詞與曲譜，穆氏為之題耑曰「度曲一隅」，其中稱俞氏唱法：「其度曲也，出字重，轉腔婉，結響沈而不浮，運氣斂而不促。凡夫陰陽清濁，口訣口訣（法？），靡不妙造自然。……試細玩其停頓、起伏、抗墜、疾徐之處，自知葉派正宗，尚在人間也。」又包天笑《西堂度曲》稱讚俞氏「是唱旦的，年已六、七十，從隔牆聽之，宛如十六、七女郎……」（轉引自胡忌《崑劇發展史》頁六五〇）

❽ 楊蔭瀏〈怎樣研究戲曲音樂規律〉一文提及崑曲中包含：唐代大曲與法曲音樂，如〈六么序〉、〈六么遍〉、

〔花六么〕、〔實催〕、〔梁州序〕、〔梁州第七〕、〔甘州子〕、〔甘州歌〕、〔甘州曲〕、〔柘枝令〕、〔薄媚令〕等；亦含宋代唱賺音樂，如〔太平令〕、〔太平賺〕、〔鼓板賺〕等；又劉知遠諸宮調之曲牌，頗多見於崑劇《白兎記》中，至於元曲音樂，則可於崑曲中之北曲鉤稽而得。

⑨ 配合聲調而稱之「陰陽」，即今之所謂「清濁」，指發聲時聲帶顫動之有無，《詞餘講義》第五章「陰陽」即指此。至於陽聲韻、陰聲韻，乃就韻尾之有無而言，與此無關。

⑩ 魏良輔《曲律》第十條云：「五音以四聲爲主，但四聲不得其宜，五音廢矣。平、上、去、入務要端正，有上聲字扭入平聲，去聲字唱作入聲，皆做腔之故，宜速改之。」又第十五條云：「聽曲尤難，要肅然不可喧譁。聽其唾字、板眼、過腔得宜，方妙。不可因其喉音清亮，就可言好。」

⑪ 王守泰《崑曲格律》第二章「連音調値關係在南曲腔格中的體現」一節云：「連音調値關係不但體現在有關兩字的腔頭工尺音值上，還體現在前字腔尾和後字腔頭的樂調進行形式上。至於前字腔頭和腔尾，究竟何者具有較大的決定作用，又和詞素的字聲組合有關，並不是全體一致的。」

⑫ 李漁《閒情偶寄．音律第三》第七款「愼用上聲」云：「平上去入四聲，惟上聲一音最別。用之詞曲，較他音獨低，用之賓白，又較他音獨高。塡詞者每用此聲，最宜斟酌。」徐大椿《樂府傳聲．上聲唱法》云：「唱上聲極難」，劉禧延《中州切音譜贅論》亦云：「實則上聲極難穩順，特習焉不察耳。」

⑬ 魏良輔《曲律》第十九條所列「五難」，中有「出字難」一項。沈寵綏《度曲須知．字頭辨解》云：「予嘗刻算磨腔時候，尾音十居五六，腹音十有二三，若字頭之音，則十且不能及一。……凡夫出聲圓細，字頭爲之也。……」徐大椿《樂府傳聲．出音必純》云：「凡出字之後，必始終一字，則腔雖數轉，聽者仍知爲即此一字……」

⑭ 崑曲拍板名稱，每小節的第一拍，音樂與板同出的是「正板」或「實板」；板下後音再出的稱「險板」或「閃板」；在延長音中下板的稱「腰板」或「掣板」；聲盡才下板的稱「截板」或「絕板」。此類不同板式，代表唱腔節奏之不同。參武俊達《崑曲唱腔研究．板式》。

⑮ 詳見王守泰先生《崑曲格律·工尺譜》頁六四。

⑯ 葉堂《納書楹曲譜·凡例》云：「浪板，如〈活捉〉、〈思凡〉、〈羅夢〉等曲必不可少。其他遇欲加浪板處，必須斟酌，即如曲中有天地、爹娘、夫妻等字樣，亦要審度聲勢，不可濫用，恐其近乎對白耳。」〈思凡〉一齣〈風吹荷葉煞〉曲牌，描寫女尼色空寂寞難掩，趁師父師兄不在庵內之時，匆匆逃下山去，冀覓良緣。唱演這支曲牌時，因板式爲流水板，節奏較快，以襯托女尼倉皇情態，身段繁複，圓場又多，於是在「鈸」、「魔」、「何」、「去」等字的唱腔上加上「浪板」（俗稱「浪頭」），多出三拍，使演員能換氣自如，不致因趕板不及而破壞戲曲歌舞曼妙的美感。

⑰ 吳梅此處所論僅屬原則性之說明，而非定則。如其中提到第一、二、三支曲「必」用贈板，且「齣齣皆然」，顯然過於武斷。因《牡丹亭》之〈遊園〉與〈驚夢〉前二支過曲〈步步嬌〉、〈醉扶歸〉與〈山坡羊〉、〈山桃紅〉皆是贈板，但第三支曲牌〈皂羅袍〉與〈鮑老催〉等，就因劇情需要而改成正板。而《玉簪記·琴挑》一齣，前四支曲牌〈懶畫眉〉皆是贈板，由生、旦間隔唱來，頗能表現二人摹景玩情之閒雅逸致。像這類第三支曲牌不用贈板或第四支曲牌仍用贈板的情形，不在少數，故吳梅所論，僅能作製譜之參考，而不宜墨守。

⑱ 沈氏《度曲須知·四聲批窾》云：「去聲高唱，此在「翠」字、「再」字、「世」字等類，其聲屬陰者則可耳。……」

⑲ 見吳梅《曲選·序》與《奢摩他室曲叢·序》

⑳ 南北宋間張邦基《墨莊漫錄》卷七云：「凡樂語不必典雅，惟語時近俳乃妙」，「樂語中有俳諧之言一兩聯，則伶人於進趨誦咏之間，尤覺可觀而警絕。」元代胡祗遹《優伶趙文益詩·序》云：「醯鹽薑桂，巧者和之，味出於酸鹹辛甘之外，日新而不襲故常，故食之者不厭。滑稽詼諧亦猶是也，拙者踵陳習舊，不能變新，使觀聽者惡聞而厭見。」元末明初高明《琵琶記》副末開場〈水調歌頭〉云：「不關風化體，縱好也徒然。論傳奇，樂人易，動人難。」明代李開元〈改定元賢傳奇後序〉云：「今所選傳奇，取其辭意高古、音調協和，與人心風教有激勸感移之功……」何良俊《四友齋叢說》卷之十以阿丑諷喻式之表演，肯定「滑稽其可少哉！」清代

孔尚任〈桃花扇小引〉言戲曲藝術「不獨令觀者感慨涕零，亦可懲創人心，爲末世之一救」，黃周星《製曲枝語》云：「論曲之妙無他，不過三字盡之，曰：能感人而已。」又云：「製曲之訣，雖盡於「雅俗共賞」四字，仍可以一字括之，曰：趣。」劉熙載《藝概．詞曲概》云：「曲之無益風化，無關勸戒者，君子不爲也。」清末民初箸夫〈論開智普及之法首以改良戲本爲先〉云：「劇也者，於普通社會之良否，人心風俗之純漓，其影響爲甚大也。」陳獨秀〈論戲曲〉云：「戲園者，實普天下人之大學堂也；優伶者，實普天下人之大學教師也。」……

㉑ 王季烈《螾廬曲談》云：「崑曲角色，總稱之曰生旦淨丑，然生有老生、冠生、小生，旦有老旦、正旦、刺殺旦、作旦、閨門旦，貼旦，淨有正淨、白淨、副淨，惟丑則一耳。此外尚有外及末，總計有十五門角色。」又楊蔭瀏〈天韻雜談〉一文記先輩李靜軒對崑劇腳色之釐析，分「六生六旦四花面」等十六門。所謂「六生」，指老生三門，生、外、末，小生三門，官生、黑衣、巾生。「六旦」指老旦、正旦、作旦、四旦、五旦、六旦。「四花面」指紅大、白大、副角、丑角，文中並舉例說明，頗可資採。詳見《楊蔭瀏音樂論文選集》頁三～五

㉒ 《牡丹亭》之創作原委，歷來有譏刺陳繼儒、王曇陽、張居正、鄭洛等說法，然皆屬附會，未足採信。詳見楊振良《牡丹亭研究》第二章第一節「有關牡丹亭作於『諷刺』的幾個說法」。

㉓ 李夢陽素以氣節名世，且明代史乘筆記未見對山與夢陽交惡之記載，《對山集》亦無抱怨夢陽不施救援之辭，且夢陽之起用在對山落職之後，故《中山狼》雜劇縱有譏刺，也不可妄意牽合到夢陽身上。詳見曾師永義《明雜劇概論》頁二〇一～二〇三及日人八木澤元《明代劇作家研究》第三章「康海」。

㉔ 吳梅《桃花扇．跋》云：「觀其自述本末，及歷記考據各條，語語可作信史，自有傳奇以來，能細按年月，確考時地者，實自東塘爲始。」並肯定《桃花扇》爲「傳奇之尊」，可以「與詩詞同其聲價」。

㉕ 《霜崖曲話》談及明代薛近兗《繡襦記》、徐復祚《紅梨記》、湯顯祖《臨川四夢》等傳奇，在題材方面多襲自元劇。（詳見吳新雷〈吳梅遺稿《霜崖曲話》的發現及探究〉一文）足見徵實之劇，多有成作在前，故創作手法較臆造之作容易。

❷❻ 張文遠所唱〔漁燈兒〕曲牌，吳梅《顧曲麈談》與《詞餘講義》皆作「擕紅拂越府奔」，然今舞臺演出本如《集成曲譜》等率沿俗譜之誤，作「紅拂私擕在越府奔」。

❷❼ 〔下山虎〕曲牌之性質，與吳梅運用烹鍊自然法所作之曲文，詳見本書第二章第一節註釋❺。

❷❽ 王驥德《曲律．雜論》云：「於本色一家，亦惟是奉常一人，其才情在淺深、濃淡、雅俗之間，爲獨得三昧。餘則修綺而非垛則陳，尙質則非腐則俚矣。」

❷❾ 《南北詞簡譜》卷六云：「余嘗謂編輯傳奇，唯淨丑最難，而摹寫齷齪社會，尤爲棘手。蓋文人作詞止求妍雅，彼淨丑輩身不讀書，文人結習一些用不著矣。明清傳奇，汗牛充棟，淨丑佳劇，殊不多見，劇場惡諢，日盛一日，皆未體貼下流人心意也。」

❸⓿ 崑劇之唱念，按腳色不同，其字韻之主要元音亦略有異同，如皆來、寒山、桓歡、先天、尤侯等韻，閤口（淨和老生）用韻音，接近官話；生旦如巾生、貼旦等，則較接近蘇州音。詳見王守泰《崑曲格律》頁一九～二七。

❸❶ 見吳梅《中國戲曲概論》卷中頁三〇～三一與何爲〈湯顯祖．沈璟．葉堂──兼論音樂性與文學性〉一文，收於何氏所著《戲曲音樂散論》。

❸❷ 見《南北詞簡譜》卷二仙呂〔寄生草〕註文。

❸❸ 此處所編爲北曲之務頭。先生爲盧前《飲虹簃所刻曲》作序時，曾提及南曲亦有務頭，文云：「南曲亦有務頭乎？余曰：有之。沈寧庵《南九宮譜》所云：「去上妙」、「上去妙」者，皆是也。作〔集賢賓〕曲而不依「西風桂子香正幽」格，作〔皂羅袍〕曲而不依「驚心樓上噹噹曉鐘」格，則必不可歌。」

❸❹ 鄭騫先生歸納元代及明初雜劇六百餘套及散曲四百餘套之套式，並參訂比較，而得北曲聯套之規律，撰成《北曲套式彙錄詳解》，其結論之一云：「雜劇每套所用牌調數量總在七八支至十四五支之間，甚少太短或太長者；散套則短者只二三支，長者可至二三十支。因劇套須與劇情配合，太短不足以發揮，太長則須顧及演唱者之體力與聽衆之興趣；散套係清唱，有時且只供吟咏，較可自由支配。」（見該書〈序例〉）

❸❺ 見鄭騫先生《北曲套式彙錄詳解．序例》。

㊱ 明清諸曲家有關「虛實論」之主張，詳見葉長海《中國戲劇學史稿．緒論》

㊲ 「以實作實」乃指劇中人物性情、關目情節全據史傳雜說搬演；「以實作虛」指人物、情節大抵據史傳雜說，而略作渲染刻劃與剪裁；「以虛作實」則題材爲杜撰，而內容思想能表達人們的共同心靈與願望；「以虛作虛」是劇作者杜撰題材以表現個人的空中樓閣。詳見曾師永義《說戲曲．戲劇的虛與實》一文。

㊳ 孔尚任《桃花扇．凡例》云：「朝政得失，文人聚散，皆確考其地，全無假借。至於兒女鍾情，賓客解嘲，雖稍有點染，亦非烏有子虛之比。」其試一齣〈先聲〉借老贊禮之口云：「借離合之情，寫興亡之感，實事實人，有憑有據。」，書首更附〈考據〉一篇，明其題材之有據。然孔氏於所附〈本末〉中，亦指出「香姬面血濺扇，楊龍友以畫筆點之」等全書高潮所在，竟「不見諸別籍」，僅是龍友言於方訓（孔氏族兄）之片面之詞。且廿一齣〈孤吟〉又借老贊禮之語：「只怕世事含糊八九件，人情遮蓋兩三分」道出《桃花扇》在史實的基礎上，另事點染而具諷諫性質。

㊴ 《牡丹亭．虜諜》中，完顏亮立馬吳山雖符史實，然以下李全之形象，則與歷史頗有距離，如鬧兵淮潁乃抗金通蒙之後事，而臨川卻將之提早近百年；又李全被金人封爲溜金王及兵敗下海（第四十七齣）等大事，皆屬虛構。足見《牡丹亭》亦有虛實牽混之情形。詳見徐朔方、楊笑梅校注之《牡丹亭》第十五齣〈虜諜〉註一三。

㊵ 元明清三代曲籍論「元曲四大家」者，不下十餘種，而將王實甫列爲四大家之一者，僅王驥德《曲律》、徐復祚《花當閣叢談》與胡應麟《少室山房筆談》三種而已。詳見曾師永義〈所謂元曲四大家〉一文。

㊶ 如青木正兒《中國近世戲曲史》與周貽白《中國戲曲發展史》皆視吳炳爲臨川派，而錢南揚〈談吳江派〉則納吳炳爲吳江派。至於王驥德該劃歸哪派，亦衆說紛紜。詳見葉長海〈沈璟曲學辯爭錄〉一文。

第三章　近代曲學大家之二——王季烈

第一節　生平及重要著作

壹、生平

王季烈，字君九，別號螾廬，江蘇長洲人，父王資政，母謝氏。生於清同治十二年（一八七三），卒於民國四十一年（一九五二），是近代與吳梅齊名的重要曲家。然而，半個世紀以來，學界研究王季烈的資料付之闕如，究原因，乃因王氏嘗爲清遜帝溥儀奔走復辟，且於「僞滿」擔任重要職務致然。一九三二年，「僞滿」在日本關東軍的扶植下成立傀儡政府，三月六日，溥儀抵達長春，王季烈與佟濟煦、寶熙、鄭泉、林棨、金卓、金賢、胡嗣瑗諸人列名「內務大臣」名單❶，是年十二月，又授爲技正，與積極鼓吹溥儀復辟之羅振玉、鄭孝胥過往甚密。故王氏精湛的曲學成就，由於受到這層因素的影響，一般研究者多不願提及，而史料也就格外缺乏。

其實，王季烈與吳梅私交甚篤，也同樣心繫社稷、關心中國的前途。所不同的是兩人的政治立場。吳梅因屢黜於科名，自此鑽研度曲詞章，終成學者，他同情革命，並對日寇入侵憂憤不已；王季烈則因在前朝爲官，始終以遺老自居，對革命持相反態度，並目支持革命者爲人心敗壞。所謂「滄海橫流，文人喪行，寂寞投閣者流，惡直醜正。於狷潔自好之士，轉多所詆諆，然清濁邪正之間，後世自有公論。」（〈滂喜齋藏書記序〉）即是堅持他一貫效忠遜清的信念，以身在「僞滿」故撰述文章，亦一再强調「今上（溥儀）」、「匡復大計」、「以俟河清」、「自辛亥國變之後」等字眼。雖然如此，吳梅與他仍未因此廢交，每在王氏南下省親，與其擫笛度曲。推其原委，蓋因吳梅明瞭王氏爲篤於君臣之義的讀書人，且任職「僞滿」亦有不得已之苦衷，由《瞿安日記》之內每寄予同情❷，可窺見二人深厚的交誼情況。

若從這個角度來觀察王季烈，並推崇他在曲學上開創獨步的貢獻，則王氏精道曲律，所輯《集成曲譜》、《與衆曲譜》，撰述《螾廬曲談》、《度曲要旨》，校訂《孤本元明雜劇》，皆是戲曲史上不容抹煞的偉大成就，傳統曲學得賴傳緜，且以科學方法建立理論基礎，王氏之功誠不可沒。又王氏舊學根基扎實，考證精詳，除曲學之外，並可由其遺稿得見經史、譜牒、金石方面素養與靈源豐盛的文采。故其曲學成就至今仍是許多戲曲理論援引取則的圭臬，絕非偶然。不過，目前唯一可直接透析先生胸臆及爲學、從政的資料，只有《螾廬未定稿》及《螾廬未定稿續編》二書❸，收錄文體繁雜，檢索不易，茲由其中零碎片段，摭拾綴成系統，縷分數點述之：

一、清白家風　安貧守己

王氏嘗自撰其家訓有云：

余幼侍資政公側。資政公晨夕必以先世清芬相訓勉，每謂窮通得失，聽之於天，不宜强求。惟此清白家風，必須謹守，尤將儉能養廉一語，時時提撕。謂士而儉，則能安貧守己，無苟且卑汚之行；為官而儉，則能剛介不阿，進退去就之間，綽然有餘。五十年來，余服膺斯訓，不敢或忘。辛亥國變後，余得飄然遠引，不致同流合汚，以玷家風者，皆吾資政公遺訓之賜也。（〈誡子篇〉）

又云：

當此是非未定，邪正未分之際，處世最難，惟有隨時隨地勿忘良心，勿慕浮榮，堅我素行，以待雲開霧散之日斯可矣。（〈誡子篇〉）

此處得見王季烈承忠烈家風，所謂「辛亥國變後，余得飄然遠引，不致同流合汚。」，實有所指。家訓云：「余所最痛心者，爲近日流行之順應潮流一語，因此說，則人爲盜賊，我亦姑且入夥，人爲娼妓，我亦隨之賣淫，率天下之人良心喪盡以共入禽獸之途，皆此說爲之階也。」至於其本人亦因身居要津，深感壓力，王氏述清季革命黨人對其要脅情況，有一段至爲沉痛的回憶：

辛亥秋冬間，余方任資政院欽選議員，在議場力鬬改易國體之謬……於時院中旁聽席不少，革黨密探卽抵書余寓云：汝若再出席發言，卽以炸彈相餉，余一笑置之。旣而上海報紙將余言論登載，於是黨人大怒，戚好中有已入革命政府者，黨人令其告余曰：速來則授以官，且增其秩，否則將在蘇州掘我祖墳，族人聞之亦大恐，函勸余云：縱不願事新朝，亦宜速離故都。余答之曰：大清一日存在，余一日不出國門，余之主持正論，力鬬謬說者，正守祖宗之訓耳。不幸而余以身殉，祖宗以枯骨殉，亦可含笑相見於地下矣。

民國初肇，國事蜩螗，以王季烈遭遇之事，實不意外，政治主張不同，各事其主，原無可厚非，王氏能秉持讀書人氣節，嚴守分際，誠屬不易。又其後移居天津，家用至爲節儉，所謂「國變後，余移居津門，乃竭力撙節，以月用百元爲度，至今雖物價倍蓰於當時而每月用度仍不逾二百元。友人有譏余以『上食槁壤，下飲黃泉』確副螾廬之號者，余一笑置之。乃集殷虛文爲聯曰：『不受齊祿師仲子，爲避王塵學君公』以解客嘲，亦自言其志也。」因此，就王季烈的政治立場言，他是站在傳統知識分子的身份上，想爲國家盡力，隨溥儀入「僞滿」，亦是以君臣之義爲國效忠，奉公守法，絲毫不存干祿之私，更未嘗有任何禍國殃民的想法，換句話說，王季烈是一個嚴守傳統，卻又爲時代犧牲淹沒的知識分子，也是當時亂世交替中的一個悲劇！以下諸詩，確能體現他那種悲戚無奈又盼宇內肅淸的悵惘之情：

……誡子以忠孝，治家惟敦樸。嗤彼金滿籯，守我書盈簏。頻歲值亂離，避地居滬瀆。

參禪忘岑寂，吟詩寄感觸。每戒兒孫輩，知足斯不辱。守我舊家風，狂瀾毋相逐。名論足砭世，豈徒式一族？月缺且重圓，道往無不復。所貴有老成，亂世任先覺。獨醒醒衆醉，獨清清衆濁。勿謂世變深，河清可拭目。公壽屆期頤，宇宙應重肅。迨彼昇平日，再進華封祝。（壽族父聘華七十）

聖德日以進，潛龍甘屈蠖。在昔夏少康，一成滅寒浞。曾是老阿衡，不及見歸亳。嗟我生不辰，諸夏正無君。舉國皆狂醉，世變不忍論。……（哭番禺梁父忠公）

曜靈初稅駕，乃為浮雲蔽。會看達中天，廓清羣氛翳。（泰山道中口占）

所謂天下有大戒二，其一命也，其一義也（《莊子‧人間世》語），王季烈之入「僞滿」，其心境猶有不得已之苦衷，且「季烈生不逢辰，杞憂孔切，狂瀾既倒，非隻手所能迴。竊願我族諸祖父兄弟子孫，不騖浮名，不逐時趨，守我貞常，閱此泯棼，以俟剝極，則復之一日庶幾，先澤永存，無忝我祖。」（〈莫釐王氏家譜自序〉）、「土室埋身，草間苟活，早謝天下興亡之責，詎有晏安鴆毒之譏，而況寓哭於歌，破涕爲笑，此正窮途多感，秋士善悲，乃藉無聊之狂吟，以抒中藏之騷屑耳。」（〈景璟社記〉），諸多感慨均能令人明瞭其處境，及扭轉現實已成夢幻的無奈。因此，欲評價王季烈之人格特質，絕不能以曾仕「僞滿」作爲論斷，而抹煞其承自孔孟的人格操守。

二、通經致用　不廢西學

王季烈由於接觸西學，故有寬濶的知識視野。其識見尤能洞透時弊，《螾廬未定稿》卷二〈家訓・誡子篇〉云：「曩與友人談時事，謂今日中國之亂，非民智不開之爲害，乃民智半開之爲害。友詢其故，答之曰：民智不開則渾渾噩噩，耕鑿自安，無所謂亂也；民智果開，則人民具有眞知的見，一切行動胥循正軌，亦無所謂亂也；惟民智半開，售此似是而非之學，識以論議政治，妄事改革，遂釀成今日之大亂。」

因此，王氏復於家訓之內，一再强調教育之重要，及培養子弟一流眼光、加强外語能力等觀點：

> 子弟固以求學為要。然今日我國中之學校淫詖充斥，文衰道敝，子弟入之，近墨者黑，所得不償所失。爾等宜自教子弟，使具中學普通知識及外國語，然後遣其入外人所設之學校以求高等學問。次則略具中學知識之後，卽就農工商之一途，實習以資謀生，亦無不可。若必不得已而令子弟入國內學校，則家庭之間務須時時將聖賢之道及我家先世清芬，耳提面命，使不為習染所移……。

按王季烈哲嗣王守泰教授❹面告，其父研究光學，出於湖廣總督張之洞門下。曾編譯《通物電光》、《物理學》等科技書籍。而後以科學角度鑽研曲學，創「主腔」觀念。今就〈家訓〉所言，王季烈治學過程爲卅九歲之前努力治西學，辛亥革命之後則再度從事傳統學術之研究。此間過程爲：廿六歲（一八九八）編輯〈蒙學報〉，廿七歲（一八九九）入製造局翻譯官，廿八歲（一九〇〇）入漢陽鐵廠，隨之一九〇二年壬寅而立之年鄉試中舉人、一九〇四年甲辰卅二歲中進士❺，至一九一二年壬子，先生年四十歲，乃「國變後，移居津門」（均見載於《螾廬未定稿》卷二〈家訓〉）隱居近二十年方出。實則，王季烈舊學根基不弱，其自述一己求學經歷云：

> 余五歲，先資政公自課之，識字三千，讀千字文畢，卽讀毛詩鄭箋。纔六歲耳，自河廣以下，始將箋節讀，傳仍全誦。八歲，入塾讀四子書，兩年而畢。至十五，讀五經及周禮節訓畢，乃讀文選，兼學制藝、試帖。至十七，學駢文、讀史漢。（〈家訓〉）

又：「祖父遺產，傳之子孫者不可多，多則子孫有依賴之心，圖安樂而不思自振。然亦不可無，無則終日營營於衣食，存苟且之心，昧遠大之見。我之得以致力樸學，不爲帖括所役者，亦賴先人遺有薄產。」（〈莫釐王氏家譜自序〉），按其〈誦芬拾遺序〉云王氏一族，自宋南渡，始詳譜系，初爲武臣，至十七世祖伯英公，乃令子弟讀書，至明代王文恪而勳德文章大顯於世（《明史》有傳），季烈之父資政公爲庚辰（一八八〇）進士，於帖括外，益肆力詞章，嘗助修《蘇州府志》，受訓詁之學於潘邑候，與葉鞠裳同爲常熟瞿氏校定《鐵琴銅劍樓書目》，並撰《明史考證攟逸》四十二卷❻、《周禮義疏》（均見〈先考資政公事略〉）。故王季烈讀經旨在致用，不能不歸源於其家族歷朝爲官的傳統。所謂「吾王氏自伯英公及余凡十八代，忠孝傳家。光化公之陰功、文恪公之德業、承天公之剛直、道樹公之節操、資政公之品學，具載家乘。以外諸代先人，雖無赫赫之名，然皆仁讓忠厚。」（〈家訓〉）實對他日後之治學爲官有莫大影響，也養成他謙和自律的性格。

除此，王季烈更以後代子孫不使先人遺墨湮沒的態度，廣徵逸詩，訪求版本，肆力於家譜之撰寫、墓塋之尋覓，飲水思源⑦，這些，都足以使後人廓清對他仕滿、任僞職所帶來的成見，而重新給予他平實、公允的肯定。

三、拍曲海隅 風雨名山

王氏嘗於《螾廬曲談》一書〈自序〉言其習曲因緣：

> 余避地海濱，端居寡侶，始以讀曲為遣愁之計。繼而稍習度曲，得《欽定曲譜》、《北詞廣正譜》、《南詞定律》、《度曲須知》、《音韻輯要》、魏、王二氏《曲律》，及近人王忠慤之《曲原》、吳瞿安之《顧曲麈談》、許守白之《曲律易知》，讀之，乃恍然於作曲、譜曲、度曲之原理。更進而讀姜白石之《歌曲》、張玉田之《詞源》，始於詞曲變遷、宮調沿革及旋宮之理，略有所見……。

又《景璟社記》一文，自言當時這一段度曲所由：

> 僕自壬子之歲，避地津沽，斗室迴旋，端居蹙額，愁來橫集，憂能傷人，於是披關馬之遺編，覽伯龍之新曲，家居茂苑，耳熟吳歈，每當春鳥喧晨，秋蟲驚夕，遲日移晷，涼月窺窗，輒復矢口成音，舉袂按節，清謳數疊，長笛一聲，聊自解其煩冤，非有求乎同調。

唱曲自然不是一個人，與王季烈同樣避地津沽的有不少同里舊識，一有時間，同期按曲，更唱妙聲，並且共同研討崑曲之中審度腔格、咬字吐音的深奧學問，「景璟曲社」於焉成立，時為民國二年，同社者與之共取社名「景璟」，意取景仰明代著名曲家沈璟（詞隱）之意。王季烈工大面，嗓音宏亮，中氣十足，擅唱《單刀會．訓子、刀會》、《虎囊彈．山亭》等戲，並曾與全福崑班名老生沈錫卿同台串戲（王飾關羽，沈配演魯肅），又先後返蘇延請南崑笛師徐慶壽、高步雲赴天津為曲友擫笛授戲，時曲學大師吳梅受聘北京大學，也時常往返京津之間，與王氏共同拍曲❽。這時的王季烈創辦「華昌火柴公司」、「樂利農墾公司」等實業，公餘之暇，即依律訂譜，撰成《螾廬曲談》與《集成曲譜》等鉅著。〈景璟社記〉言：

> 而一時避秦之儔，不乏周郎之解，僉謂秦聲激越，豈足怡情？楚歌浮靡，亦覺聒耳，獨此水磨古調，猶是盛世之音。於是携友生、集朋好，茂陵擫笛、洛浦吹笙，吐清韻於丹唇，激妙聲於皓齒，更唱迭奏，各盡所長，刻羽引商。詎云寡和，暇輒相聚，聚必盡歡。

可說是延續崑曲命脈於海隅。民國十四年，他與劉富樑合作編撰的《集成曲譜》，由上海商務印書館石印出版❾，時年五十三歲。

民國十二年，王季烈繼與許雨香、袁寒雲等人在天津建立「咏霓社」（十四年，擴大改為「同咏社」），也經常組織曲友登台串戲，發揚崑曲不遺餘力。韓世昌、章遏雲等也曾參加演唱，盛極一時。後又在北京成立「正俗曲社」、「螾廬曲社」，民國廿七年，北京國劇學會崑曲研究會聘請先生爲顧問。廿九年，他交北京合笙曲社石印《與衆曲譜》，以便初學者習曲。民國卅一年先生返蘇定居，翌年，於蘇州成立「儉樂曲社」，抗戰勝利後，又與蘇州名曲家貝晉眉聯合組成「吳社曲社」，唱曲不輟，直至民國卅六年年底，他交上海錦章書局出版《正俗曲譜》⑬時已七十五歲，而「吳社曲社」的活動，也一直繼續到民國卅八年乃停止，後來王氏於一九五二年卒於蘇州，年八十。

綜觀王季烈一生，以恪守孔孟，秉持讀書人氣節，爲學採「中學爲體，西學爲用」，能開濶視野，容納新觀念、新知識，並投身於近代中國新興工礦農墾實業之經營，公餘並從事曲律研究、按拍度曲，自民國二年迄民國卅年在中國京、津一帶之崑曲活動，誠屬中國戲曲史上大事，若以曾事「僞滿」爲因，捨而不談，則此段歷史是不完整的。且王氏之入「僞滿」，乃深受羅振玉、鄭孝胥等溥儀近臣牽制⑪，由〈乞歸奏摺〉：「尸位素餐，屢思乞退」、「竊願退隱田里，遂臣初服」（載《未定稿》卷二）之語，發於「僞滿」成立甫兩年之時，更尤見其內心之苦楚。

古語云：「是非成之於己，毀譽聽之於人」。半個世紀以來，王季烈本人與後嗣均未對仕「僞滿」提出辯駁，誠爲斯語之寫照。上述〈誡子篇〉一段文字：「當此是非未定、邪正未分之際，處世最難，惟有隨時隨地勿忘良心，勿慕浮榮，堅我素行，以待雲開霧散之日斯可矣。」可說明王氏忍苦勵志之用心矣！

貳、重要著作

王季烈治學，可謂深心卓識，由於他的樸學根基、科學素養兩相結合，故於撰述體例及繩墨佈置均有可觀，論證亦有根據。再說他雖致力於仕宦，卻不為帖括所役，匡救時艱之心，尤能於其雜文詩作之中窺知，先生雜著、論曲、編選，茲可舖敘次第如列：

一、雜著

(一)《螾廬未定稿》

是書凡三卷，為民國甲戌（廿三年）先生向溥儀上〈乞歸奏摺〉之後出版，前有羅振玉之題耑，徐斯異、寶熙、許汝棻之題詩、題序，內容包羅詩、文、家譜、書序、跋、墓誌、哀誄、祭文、壽序、奏摺、家訓、講稿等，按其文類及寶熙序中所言，概為先生入仕之後所作⑫，今書見沈雲龍教授主編《近代中國史料叢刊》第四十輯內。以原著未載目錄，今試析其細目如下：

卷一〈明史考證攟逸補遺自序〉、〈八瓊室金石補正序〉、〈滂喜齋藏書記序〉、〈莫釐王氏家譜自序〉、〈忘庵遺詩輯存序〉、〈誦芬拾遺序〉、〈辛臼簃詩讔敘〉、〈奢摩他室曲叢序〉、〈螾廬曲談自敘〉、〈重刊震澤先生別集跋〉、〈跋舊抄先文恪公家書〉、〈跋先文恪手書洞庭兩山賦〉、〈跋吳江吳氏原藏五同會圖〉、〈題雷峯塔所出寶篋經〉、〈題孫母林太宜人化蜨歸來圖〉、〈題王忠慤遺墨為羅鄣齋〉、〈重修胥莊享堂記〉、〈胥江屏跡圖記〉、〈知我道樹兩公昆弟潛德記〉、〈楞伽山訪墓記〉、〈景璟社記〉、〈繼曾祖妣節孝鄒太夫人事略〉、〈先考資政公事略〉、〈族曾祖馨山公家傳〉、〈族祖穀卿廉訪傳〉、〈亡兒守鼎事略〉、〈永嘉徐星墀先生家傳〉、〈清故誥授奉政大夫五品銜候選布政司理問沈君夫婦合葬墓誌銘〉、〈清故誥授資政大夫二品銜湖北候補道程公夫婦合葬墓誌銘〉、〈謝貞女誄〉、〈祭誥授通議大夫翰林院侍講葉公鞠裳年丈文〉、〈祭誥授光祿大夫學部尚書沈公子培年丈文〉、〈祭誥授通議大夫刑部郎中潘公仲午表叔文〉、〈誥封恭人張母尤太淑人六旬壽序〉、〈誥封一品夫人陸師母吳夫人八秩壽序〉、〈誥封一品夫人陸師母吳夫人九秩賜壽敍〉、〈愛新覺羅母傳太夫人七十晉六壽序〉。

卷二 〈乞歸奏摺〉、〈誡女篇〉、〈誡子篇〉、〈孟子講義〉、〈孔子之道爲千古政教之準則〉。

卷三 詩作及曲作若干。（曲作有套曲一：〈題澗上草堂圖爲覺羅秋巖農部〉，小令凡五：〈爲厚齋將軍題其女弟子所書「題曲」曲譜〉、〈過津門即事有感〉、〈爲任琴甫題園林春色圖册〉、〈即席贈歌者〉與〈題翁克齋西山記游圖〉。

(二)《螾廬未定稿續編》

是書接續上編，爲葉爾愷題耑，民國丁丑（廿六年）孟春劉承幹題詩，不分卷。收文如次：〈萬壽頌謹序〉、〈寫禮顧遺詞跋〉、〈跋先資政公手臨段太令校本集均〉、〈題先大夫及葉鞠裳年丈遺墨〉、〈跋明楊君謙遺著未刻本〉、〈題吳文定贈先文恪詩卷〉、〈題文文肅遺墨爲徐善伯〉、〈題岳忠武遺硯拓本〉、〈題文信國遺硯拓本〉、〈題曹松喬太守書華嚴經〉、〈先妣謝夫人墓誌銘〉、〈處士孫奉之家傳〉、〈燕京記行序〉、〈守拙泉記〉、〈募重修寒山寺捐啟〉、〈羅雪堂先生七十賜壽序〉、〈曹叔彥先生七十賜壽序〉、〈熱河紀游〉、

〈致文化協會書〉、〈題劉公魯小像〉、（以下詩作）

二、論曲

㈠《螾廬曲談》

書凡四卷，原附於《集成曲譜》金、聲、玉、振各集卷首，爲一九二五年上海商務印書館石印。其後商務印書館欲廣流傳，於是再請王氏重爲修訂，卷首冠以「歲在强圉單閼陽月既望螾廬主人自序」一篇序文，按其年歲丁卯，卽一九二七年，次年，此編石印爲單行本。

王氏自序言「三百年來欲求審音知樂之人殆無有」，故於避地津沽之時，參考前人著作而成此編，而「習崑曲之徑，略具於此」。其卷一論度曲，卷二論作曲，卷三論譜曲，卷四餘論。細目爲：論度曲（緒論、論七音笛色及板眼、論識字正音、論口法、論賓白讀法）；論作曲（論作曲之要旨、論宮調及曲牌、論套數體式、論劇情與排場、論詞藻四聲及襯字）；論譜曲（論宮譜、論板式、論四聲陰陽與腔格之關係、論各宮調之主腔、論腔之聯絡及眼之布置）；餘論（論傳奇源流、傳奇家姓名事跡考略、七音十二律呂及旋宮之考證、詞曲掌故雜錄）。

㈡《度曲要旨》

此書附於《與衆曲譜》中各折末尾之餘幅。（按《與衆曲譜》有一九四〇年北京合笙曲社及一九四七年上海商務印書館石印本）。

王氏《螾廬曲談》論曲頗爲詳盡，後編《與衆曲譜》，乃專取論度曲之法，別成此卷。凡十二章：㈠、度曲先知音韵論，㈡、論形同義異之字音，㈢、論字形相似易誤之者，㈣、論入聲字之音，㈤、論抵顎鼻音閉口諸韵必須區別，㈥、論收噫嗚二音之諸字，㈦、論各韵中易混之字音，㈧、論字音須分頭腹尾，㈨、論唱法及習曲之門徑，㈩、論賓白，(十一)、崑曲之養生，(十二)、崑曲之證俗。斯編一出，於崑曲之辨音、發聲、收聲、賓白唸法，綜覈扼要，洵爲度曲之南針。

三、編選及提要

㈠《集成曲譜》

《集成曲譜》爲王季烈、劉富樑共同編纂。一九二五年上海商務印書館石印出版。計「金集」八卷、「聲集」八卷、「玉集」八卷、「振集」八卷，凡卅二卷、卅六册，共收元明清三代以來實際演出戲曲四百十六齣，爲目前對崑曲譜蒐羅數量最豐贍者。除上述《螾廬曲談》四卷冠於金、聲、玉、振各集之首外，再附有〈集成曲譜曲韵〉，分韵目爲廿一類，凡平、上、去聲皆列陰陽，入聲派入三聲。該譜四集卷首並分別請魏戫、俞粟廬、吳梅、嚴修等作序。

㈡《與衆曲譜》

王氏有鑑於《集成曲譜》因卷富價昂而不易流播，於是刪繁就簡，重新鈔校通行之曲，釐正其宮譜，輯成《與衆曲譜》凡八卷，而取《孟子》「與衆樂樂」之意，將玆譜命名爲「與衆」，冀其價廉而便於購者。該譜收崑劇八十九折，時劇六齣，散套三套，開場二齣，凡一百齣，其中賓白以不同符號註明四聲，以便初學，另輯《度曲要旨》一卷附於各折末尾。

(三)《正俗曲譜》

傳統崑曲（傳奇）劇本常爲四、五十齣，篇幅較長，搬演不易，王氏有鑑於此，將劇本縮編，並重新訂譜，《正俗曲譜》卽是先生較早進行崑劇改革的一種嘗試。該譜〈自序〉說明先生編輯斯譜之動機與內容：「思借優孟衣冠，代生公說法，取《龍舟會》、《瓊屑詞》、《桃花扇》、《芝堪記》、《續離騷》、《冬青樹》、《歸元鏡》、《萬里緣》等傳奇，選劇百折，塡就歌譜，凡皆忠孝節義之事，慈祥愷悌之言，冀以移風易俗，反樸還淳，或於救正世道人心有萬一之効歟！故名之曰《正俗曲譜》。」該譜原計劃按地支編號，分出十二册，然今僅見一九四七年上海錦章書局所印子輯劇本七折（包括《龍舟會》六折：〈憶遠〉、〈示夢〉、〈解謎〉、〈遇讐〉、〈殺賊〉、〈禪晤〉及《瓊屑詞‧採桑》一折）及丑輯《桃花扇》目錄九折：〈聽稗〉、〈眠香〉、〈卻奩〉、〈阻姦〉、〈撫兵〉、〈守樓〉、〈罵筵〉、〈誓師〉、〈沈江〉等。至於寅輯至亥輯之訂譜僅完成初稿，遺稿今佚，殊爲可惜。

(四)《孤本元明雜劇提要》

民國三十年上海商務印書館印行《孤本元明雜劇》，爲傳統戲曲的硏究增添新資料，擴大新領域，是當時學術出版界的大事之一（有關此書之來源與經過，詳見本書第一章第四節之二「由藏弆以存戲曲舊目」）。其中一百四十四種孤本⑬，不但使傳世的元人雜劇驟增三十餘種，並收錄不少明初（正德、嘉靖以前）雜劇，使人清楚窺見元明雜劇結構遞嬗之迹。書中內容又多可與小說參證比較，頗能豐厚主題學之研究資源，至於各劇之賓白與劇末所附之穿關，不僅蘊藏豐富的社會風俗史料，更是研究元明劇本體製與舞台演出情形不可或缺的重要資料，可以說，《孤本元明雜劇》的確是一部極具份量的戲劇寶庫，其價值絕不下於久已通行的《元曲選》、《六十種曲》與《盛明雜劇》諸書。（詳見鄭騫先生〈孤本元明雜劇讀後記〉一文）。

王季烈校訂此書，曾以本身精研曲律之素養，將伶工妄加之襯字加以改削，使之文從字順，便於閱讀，誠有裨於研究與欣賞。其中縱有臆改之處，先生亦逐條說明，未曾湮沒原文，使此書得以保留原有的學術價值。此外，先生對此書雅俗兼收、荃茅並采之優點，曾有扼要敘述，其文云：

> 臧氏選劇，務取名作；士禮居三十種及盋山圖書館二十七種，皆元明刻本，亦多佳劇。讀者於元明劇本，徒見文人學士稱賞之作，莫見草野俚俗嗜好之談。此書荃茅並采，其中拏妖捉怪拳棒跌打諸劇，取悅庸衆耳目，雖文字無足取，要可見當時流俗風尚。故此書出而元明兩代之雜劇，非特驟增一倍，且於雅俗兩途，可窺其全，為研究兩代草野風俗人情者所不可缺也。（按：士禮居三十種即《元刊雜劇三十種》，因此書原本曾爲黃丕烈收藏。盋山圖書館二十七種即通行影印本《元明雜劇》，因此書原本爲南京盋山精舍即江蘇國學圖書館所

藏）。

至於先生《提要》中所表現的戲曲批評觀點，留待下文再論。（詳見本章第二節之叁「批評論」）

四、劇　作

《人獸鑑》傳奇一卷，凡八折，原書未見，《中國古曲戲曲序跋彙編》卷十五載有唐文治《人獸鑑》弁言乙篇，敍述王季烈作此傳奇旨在規正風俗，勸民爲善，其文云：

> 居今之世，為善而已矣。為善當具實力，不易幾也，惟有勸善而已矣。人間世善機善因善果，隨在皆是。交臂而失之者，何可勝道。誠欲善行達諸萬事，必先斂之於一心。《孟子》言：「人之放其良心，牿之反復，違禽獸不遠。」《曲禮篇》曰：「今人而無禮，雖能言，不亦禽獸之心乎？」揚子《法言．脩身篇》云：「天下有三門：由於情欲，入自禽門；由於禮義，入自人門；由於獨智，入自聖門。」此三門者，所以警醒人心，昭示後學，最為深切。吳門王君九世兄，好善士也，嘗大聲疾呼，作〈原人〉一篇，譜諸法曲。……民生之歷刦運，迺靡有已時，慘乎痛乎，今君九兄《人獸鑑》之作，其挽回

刼運之苦心乎！……深願家置一編？庶幾出禽門而進人門，由人門而進聖門已夫。

顏惠慶《茹經勸善小說》、《人獸鑑》傳奇譜合刊序亦云：

吾友螾廬……具拯民水火之深心，精南北曲，著述甚富。以為聲音之道，感人最深，移風易俗，莫善於樂。擬選昔賢提倡忠孝節義之曲百折，譜以行世，名曰《正俗曲譜》，分為十二輯，月刊一輯，乃甫印兩册，因病中輟。……螾廬撰《人獸鑑》傳奇八折，載入譜中，為世人修身養心之助。其書闡孔老之微旨，參以佛耶之哲言，外似詭而內不失其正，所以為淺見寡聞者道也。……

又李廷燮爲此傳奇作跋時，亦言其具有「匡正人心，挽救時艱」之風教功效，至於此劇之藝術造詣，李氏則評之曰：「譜詞佳妙，不愧爲曲壇祭酒」，以螾廬之文章爾雅又復精通音律，李氏之評當非溢美之辭。

註釋

❶ 見中華書局《日本帝國主義侵華資料選編》第三部份〈拼湊僞滿洲國〉，頁三八九——四〇〇。當時日本關東軍於一九三二年三月一日成立「僞滿」，年號「大同」，並向中外宣布新國家組織大綱，以各省代表組成的「東北行政委員會」名義，擁護宣統廢帝溥儀出任元首，三月六日，溥儀率有關人員一行四十三人抵長春，三

月八日向新聞記者發表談話，三月九日於長春市政府舉行就職典禮，「僞滿」於焉成立。

❷ 按吳梅，《瞿安日記》卷十乙亥年（一九三五）三月初一日「下午王君九季烈至，談及「滿洲國」事，不無感喟。」、三月初四日：「昨君九示近作（太常引）……詞云：『圖中覓徧舊巢痕，滄海已揚塵。栩栩漆園身，問津處桃源笑人。 故宮離黍，容臺茂草，寒盡自生春，靜待八風均，且休恨生逢不辰。』此詞亦過得去，惟尙有遺老氣息耳。」又卷十五丙子年（一九三六）十二月十二日：「早赴逸鴻滬約，至車站，則君九已先在。又晤頡文、昂千，談笑頗適，到滬，逸公雇車等候。與君九同行中行別墅，度曲竟日，皆大歡喜，夜十二時始睡。」

❸ 此二書收錄於民國五十八年，文海出版社出版之《近代中國史料叢刊》第四十輯內，書由沈雲龍教授主編。

❹ 王守泰教授，號瞻巖，南京東南大學動力工程系教授。余於一九九〇年八月承業師姚繼焜、張繼青介紹，有緣識荆，並向其討教崑曲格律理論，此後通信十數封。一九九一年十月底，王教授因病逝世。

❺ 又按〈先考資政公事略〉，王季烈亦提及：「季烈長，庠生。壬寅科擧人，甲辰科進士，刑部主事，調學部補員外郎，升郎中任專門司司長，京察一等記名道府，兼充京師譯學館監督、資政院欽選議員。」應皆爲壬寅（一九〇二）迄辛亥（一九一一）之間所任之官職。

❻ 此書於丙辰（一九一六）爲劉翰怡刊入《嘉業堂叢書》（時王季烈爲四十四歲）。嗣後王季烈再依文津閣《四庫全書》本《明史》校訂，將其中有關考訂三十餘條，錄爲一卷，成《明史考證攟逸補遺》一卷，附於書末。見《螾廬未定稿》卷一〈明史考證攟逸補遺自序〉。

❼ 見其〈莫釐王氏家譜自序〉、〈誦芬拾遺序〉、〈重刊震澤先生別集跋〉、〈胥江屛跡圖記〉、〈楞伽山訪墓記〉等文。均收載於《螾廬未定稿》。

❽ 高步雲（一八九五——一九八四），曾於一九二〇——一九二一，在蘇州貝晉眉、張紫東、徐鏡清等人創辦的「崑劇傳習所」教崑曲，一九二四年迄一九五八年，應王季烈之邀，至京、津一帶授曲。有關資料，可參見胡忌《崑劇發展史》頁六五四、頁六七九。至於吳梅應聘到北大授曲，爲民國六年，相關資料見《南北詞簡譜》

盧冀野所撰之年譜。他與王氏共同拍曲之往事，參見王守泰〈髫齡承誨，老而彌感〉一文：「先嚴君九公（季烈），與（吳梅）先生曲學同好，又是舊邑長洲同里，因此我垂髫之年有過機會聽他們低吟度曲，高談論學……當時我九歲，先嚴正在津郊辦農墾公司，京寓之外，又賃屋天津，並創立曲社，由蘇聘請笛師徐慶壽來津拍曲，住在我家，我才開始向徐師學曲，開蒙是〈彈詞・二轉〉，正值瞿安先生受聘北京大學，初拂徵塵，就專程來津看望好友，暢敍鄉情……。」此文見於一九八四年十一月十二日、蘇州市戲曲研究室編印之《戲研信息》，資料由王衞民教授提供。又汪經昌先生以鄉世侄長侍瞿安先生，其〈吳梅〉一文嘗提及王、吳二氏共同鑽研曲學之情景：「王季烈氏《螾廬曲譚》關於曲牌有贈無贈之分，宮調今古之變，亦實由與吳氏討論而成，筆者執簡髫年，猶及目見兩老午夜相對，咿唔商量之情也。」

⑨ 按是書編纂於民國十一年。《與衆曲譜・序例》載：「歲壬戌，余與劉君鳳叔，共編《集成曲譜》，冀以矯正伶工腳本之失……。」

⑩ 見上海錦章書局出版之《正俗曲譜》子集序言，民國卅六年十二月。

⑪ 由《螾廬未定稿》來看，王氏與羅振玉關係至爲密切，二人相識於一八九八年戊戌，又識王國維。一九一七年正月，劉幼雲、陳詒重、童一山邀王氏至滬，策復辟之擧，王季烈曾謂「宜緩十年」，均可透露其無法擺脫溥儀舊臣之牽制。

⑫ 按書前寶熙序云：「今歲（一九三四）登極禮成，君忽上疏乞休，遄返大連……寄所編《螾廬未定稿》一冊，屬余點定，且索弁言。余與君爲莫逆交將三十年，凡稿中諸作，大半往時所曾奉讀。」又按先生甲辰（一九〇四）進士，與寶熙識於丁未（一九〇七），故可推斷文章寫成爲甲辰之後。

⑬ 《孤本元明雜劇》所錄當時未見流傳之孤本一四四種，其中《單刀會》、《遇上皇》、《博望燒屯》三種另有《元刊雜劇三十種》本，《靈芝慶壽》、《十長生》、《神仙會》、《賽嬌容》、《海棠仙》五種另有《誠齋樂府》本，《僧尼共犯》一種，另有《海浮山堂詞稿》本。因前三種元刻本沒有賓白而此本有之，後六種原本非常少見，商務校印時不知尙有原本，因而將此九種俱視作孤本一併印行，實則眞正孤本僅一三五種，詳見鄭騫

先生〈孤本元明雜劇讀後記〉一文。

第二節 曲學重要理論

王季烈秉家學淵源，於經史考證之學濡染甚深。益以歐風東漸，潛心鑽研光學等尖端科技，是當時較早接受西方科學知識的文人之一。先生治曲雖不甚早，然構思謹嚴，立論卓犖，且多有前人所未發之開創性見解，主要得力於西方科學精微縝密、條理井然之思想訓練。

清末傳統曲學不彰，先生有感於「國朝諸儒治經史詞章之學，皆能超越宋明，獨於音樂，則非特不及宋，且不逮明」（《螾廬曲談卷一・緒論》），如毛西河、凌廷堪、陳蘭甫等人研究傳統戲曲，大抵專力考證一途，且局限於古今樂律之析辨，並未眞正掌握傳統曲學的重心。王季烈認爲這種研究方向縱或「有功於考古」，卻「無補於習樂」，無法爲傳統戲曲開創生機，賦予它眞正的生命力。因此他根據豐富的度曲經驗，從實際的編劇、塡詞與譜曲中，體悟「曲律」是傳統戲曲藝術繼承與創新的一個關鍵性問題。然而傳統社會裡，戲曲藝術在文士與藝人之間常出現分工多而合作少的現象，諸多曲律著作雖是文人對藝人實踐經驗之記錄與總結，但藝人本身反倒不能善加利用，表演者往往瘁心力於技藝之錘鍊，而無暇鑽研精深的曲律內涵；編導者則大抵承襲師傳口授的心得，但求戲曲能奏之場上，呈現一定的舞臺效果便算了事，並未認眞將曲律視爲一門學科來研究。更由於缺乏科學性分析，以致原本用來指導度曲、譜曲與編劇之曲律遂鬱堙沈晦，令後人無法窺其奧窔，僅能對前人之經驗亦步亦趨，無力稍作突破。如此缺乏開展性之曲學，雖不云亡，而實已亡矣！

王季烈有鑑於此，乃將前人視爲不傳之秘或故神其說的曲律核心問題——曲牌聯套規律，運用科學性分析，正確指出聯套中各曲牌之間的板式關係與主腔關係，並列舉數種成套曲牌之組合實例，使人對傳統套數實質有一豁然開朗之認識。他如唱唸之字音、口法，宮調、笛色與排場等度曲、作曲、譜曲之重要理念，先生皆能有所闡發，間或對前代蕪說有一番廓清之功。至於戲曲之鑑賞，先生亦自有其獨特之批評角度。

綜觀王季烈曲學之重要理論，雖多出自科學性之分析，然下筆論述時，仍略含傳統曲話式之雜論性質。今爲闡釋方便起見，謹將其著作統合歸納，按其論曲架構，釐爲「度曲論」、「作曲論」、「譜曲論」與「批評論」四項，嘗試條述如次。

壹、度曲論

王季烈肯定中國歌曲中，其最爲古雅者，要非崑曲莫屬。除了傳統文人冀復雅樂以裨補風教[1]之外，主要在於崑曲本身即具有諸多優異特質，舉凡文詞、音調、字音與口訣皆極講究，皆非其他劇種所能望其項背。如此精緻之戲曲藝術，唯有薈萃多方面人才，分途程功，方足以極其致、盡其妙，眞正使傳統戲曲藝術發揚光大，誠如《螾廬曲談卷一．緒論》所云：

崑曲在今日，其優於他種歌曲者，一曰文詞之典雅，二曰音調之紆徐，三曰字音之正確，四曰口訣之細密。顧此四端，一人之精力，未必悉能精究，則不妨分途程功，長於文藻者，任製曲之事；精於音律者，任譜曲之事；耳聰口敏嗓亮者，任度曲之事。合此三種人才，精心研究，始得盡崑曲之能事也。

其次，先生以豐富的度曲、作曲、譜曲與編劇等經驗，分析崑曲構成與學習之次第正好相反，從而道出「度曲」之重要。文云：

論構成崑曲之次第，則先填詞，次製譜，而後度曲。然論習崑曲之次第，則須先習度曲，而後學填詞製譜。蓋不習度曲，則曲牌之選擇、襯字之安放、四聲之布置，決不能得宜，縱使文詞極佳，而不能被之管絃。

「度曲」之學本爲傳統曲學研究基礎，因爲聲樂之道原是傳統戲曲重心。從吳梅「欲明曲理，須先唱曲」與先生上述之析論中，可以發現不習度曲，則不足與言作曲、譜曲，故本文亦以「度曲論」爲先，探先生曲學理論之內蘊。而先生之度曲理論，除《螾廬曲談》卷一「論度曲」之外，大抵見於《度曲要旨》中，唯「論度曲」之第二章「論七音笛色及板眼」，係工尺譜、板眼、笛色等基本常識之介紹，既非先生所獨創，又非其論曲之特色，且坊間書肆，所在多有❷，今爲節篇幅，故不贅及。茲就識字正音、賓白讀法、度曲宜知曲情與習曲門徑等四要項釐述於後。

一、論識字正音

古人云「絲不如竹，竹不如肉」，「取來歌裡唱，勝向笛中吹」，主要在强調人聲能分析字面，較樂器可貴。《蟫廬曲談·論度曲》云：「樂器無論奏至如何圓滿，如何諧叶，聽者只能知其腔調，不能得其字面，人聲則不惟能使腔調之抑揚隨時變更，且能將曲中之字面一一唱出。……然使唱曲而不讀正其字，審正其音，則咿啞嗚吃，有音無字，聽者不知其所唱何字，靈妙之人口，等於無知之樂器，曷足貴歟？」《度曲要旨》第一章亦云：「自來操觚之士，不難下筆千言，難在字字讀正其音，……度曲之第一步，舍是末由也。否則所唱之曲，咿嗚傑格，有聲無字，等於禽鳴獸號，豈不可笑！故不得不先論之。」先生於是揭櫫習曲之步驟爲：

以識字為第一步，正音為第二步，而念其腔調，記其板眼為第三步焉。

然當時習曲者大都僅以伶工笛人爲師，因若輩識字無多，僅能教人腔調叶、板眼準，至於字音則頗多訛誤。爲免受誤導，王季烈建議習曲者宜參酌周德清《中原音韻》、范善溱《中州全韻》與王鵕《音韻輯要》等書，以釐正字音。但又恐諸書流播不廣，購求非易，特將曲中七千多個常用字，依曲韻二十一類，分錄於《蟫廬曲談》卷一中，並註明反切與釋意，供治曲者翻檢。

(一)二十一韻

王季烈所錄二十一韻，係以《中原音韻》之十九韻爲主，再參酌《音韻輯要》，將其第四類之「齊微韻」，析爲機微、歸回二韻，又將第五類之「魚模」韻，分作居魚、蘇模二韻，共得二十一韻❸。每韻平、上、去三聲各分陰陽，且將入聲派入三聲，各韻皆詳註重要音義。又因入聲韻於南曲中，除車遮一韻與三聲相協之外，他韻率皆專用而不參他聲，故明《洪武正韻》與清沈乘麐《韻學驪珠》等韻書，皆將入聲韻獨立。然《螾廬曲談》既將入聲派入三聲，就實際之習曲經驗而言，南人僅諳南音，欲辨此入聲派於何韻，頗非易易；北人則能知其隸於何韻，卻不知其爲入聲，因此入聲字，不論南人北人俱感棘手。先生有鑑於此，乃於《度曲要旨》第四章「論入聲字之音」中，將二十一韻之入聲字列一簡表，標明音義，以便讀者翻檢。

玆因先生文中有關聲韻用語，頗受時代限制，雖極力形容，而仍有駁雜含混之弊。筆者於是將先生之說條分縷析，並參酌戲場聲口，註以國際音標，以求論述之更爲具體而清晰。二十一韻目內容說明如次：

韻目	音標試擬	《螾廬曲談》與《度曲要旨》之說明
東同	uŋ yŋ	舌居正中，收鼻音，即吳字土音及英文之ng音。
江陽	aŋ iaŋ	將口廣張，收鼻音。
支時	ï	齒微啟，穿牙而出，不收音。
機微	i	收音入噫，嘻口出聲近支時。
歸回	ei uei	收音入噫，撮口出聲，近於居魚。
居魚	y	撮唇出音，收音入于。
蘇模	u	滿口呼，含而重，收音入烏。
皆來	ai	收音入噫，張口出聲近家麻。
眞文	ən in un yn	收抵顎音，收音用「你」字蘇州土音，即英文之n音，用八角形◯表示。
干寒	an	收抵顎音，張喉闊唱。
歡桓	uan	收抵顎音，喉張而口不甚開，近於蘇模之滿口。
天田	ian yan	收抵顎音，扯口不張喉，音在舌端。

蕭豪	au iau	音清而高，收音入烏。
歌羅	uo	口半開，舒而輕，似魚模，收音入烏。
家麻	a	張口出音，收捱字土音，卽哀巴切。
車蛇	iə yə	口略開，收遏音之平聲，卽哀奢切。
庚亭	əŋ iŋ	收入鼻音，收音用「吳」字蘇州土音，卽英文之ng音，用方形□表示。
鳩由	ou iou	喉音，收音入烏。
侵尋	im	音同眞文而收閉口，收音用「無」字蘇州土音，卽英文之m音，用圓形○表示。唯存於廣東方言。
監咸	am	音同干寒而收閉口。
纖廉	iam	音同天田而收閉口❹。

按上述二十一韻之韻音擬測，蓋僅標其梗概而已，舞臺實際之唱口，尤其南曲，其分類尤細。如皆來、干寒、歡桓、天田、蕭豪等韻，其韻母按脚色不同而略有差異，正如笠翁所謂「生旦有生旦之體，淨丑有淨丑之腔」，王守泰《崑曲格律·字音》曾提及上述韻目字音與脚色之配

合情形：

北曲音和韻音相同。南曲音則依角色的不同，韻母也有了差別，闊口—淨和老生—用韻音，生旦則更接近蘇州音，而接近的程度，則視角色的身分——冠生、雉尾生、巾生、正旦、貼旦等——，曲詞的情感，而有所不同。

此外，鴆由韻除北曲闊口外，一般曲音大抵依蘇州音讀法，轉化為oη與iη音。為使習曲者能更準確掌握字音，王季烈特於《度曲要旨》中，將形同義異、字形相似而易誤之字，按筆劃順序條列闡釋，又分三章：「論抵顎鼻音閉口諸韻必須區別」、「論收噫嗚二音之諸字」、「論各韻中易混之字音」，再次强調字音之務求正確。

(二) 論口法——五音、四呼、四聲唱法

王季烈認為習曲者於識字正音之後，即可練習口法，而「口法之要，首在審五音、准四呼」。然先生當時詮釋「五音」、「四呼」之用語，與現代聲韻學名詞仍有部分距離，玆將其所論臚列於後，並略作析評。

1. 五音四呼

《螾廬曲談卷一・論口法》云：

> 五音者，喉音、舌音、齒音、牙音、唇音是也。喉音最深，用力處在喉，影喻曉匣見溪舅群語疑所切字屬之；次為舌音，用力處在舌，老來耳而端透杜定乃泥所切字屬之；次為齒音，用力處在兩旁牡齒間，審禪繞日照穿朕牀所切字屬之；次為牙音，用力處在前牡齒間，心些已邪精清在從所切字屬之；最淺為唇音，用力處在唇，非峯武微邦滂花竝美明所切字屬之。

按先生所謂「喉音」，其實包括「喉音」（影曉匣喻）與「牙音」（見溪群疑）兩種❺；「齒音」亦包括「正齒音」❻（近於舌上之照穿神審禪，與近於齒頭之莊初牀疏）與「半齒音」（日）；唇音則包括「重唇音」（幫滂並明）與「輕唇音」（非敷奉微），只是先生所用之聲類多有重複，且非習見之三十六字母而已。至於先生所謂「牙音」，實際上應改為「齒頭音」，即精系字（精清從心邪，屬舌尖塞擦音與擦音），以免因名詞混同而益增殽亂。

所謂「四呼」，先生之論較吳梅略為科學，其文云：

> 四呼者，即開齊合撮是也。音自喉出之初，平舌舒唇，曰開口；舉舌對齒，聲在舌顎之間，曰齊齒；斂唇而蓄之，聲在頤輔之間，曰合口；蹙唇而成聲，曰撮口，如見母之在真文韻，則根巾昆君四字，即為開齊合撮四呼。……其他各母各韻，亦可以此推之，但或有音無字耳，如歸回缺開齊，蕭豪、鳩由缺合撮，車蛇缺開合是也。

按開齊合撮之分，主要在於介音（或主要元音）之不同而已，如開口呼無介音，齊、合、撮之介音（或主要元音）分別爲i、u、y。先生言歸回韻缺開齊，其實只缺撮口呼而已，因歸回韻中杯、美等字皆屬開口呼，而筆、丕、披等字卽屬齊齒呼。

五音四呼既明，則行腔吐字時宜注意各字頭、腹、尾分寸之掌握，尤須懂得收音，字字交代清楚，方能達到「字正」之要求。而唱曲之音與讀書之音迥乎不同，王季烈就此加以分析：

> 讀書一字一音，祇要出聲准，而讀書其字已准；若唱曲，則曼聲徐引，且一字數腔，故出聲雖准，而不得收音之訣，則其字之交代不清，仍不知其所唱為何字也。欲出聲收音無不准，須先將字之頭腹尾，細為辨別。

崑曲特有的「三部切音法」，講究字頭、字腹、字尾之出字、收聲與歸韻，自明以降，曲家論及此者甚夥，然多屬泛論，不及王季烈所論之具體而科學。《螾廬曲談卷一・論口法》云：

> 度曲者於字頭字尾，固應分晰清楚，然其最著力，而唱得飽滿之處，卻在字腹，使人動聽之處，亦在字腹。蓋字頭惟露於一字出口之初，瞬息卽過，字尾既出，則此字之音立卽完畢，不能再為延長。若將字頭之音侵入字腹，則刻劃太甚，反失真音；字尾吐露太早，則其音卽絕，而歌聲中斷，皆求工而反拙矣。故唱曲者，於字腹亦不可不注重。

《度曲要旨》第九章「論唱法及習曲之門徑」中，先生又强調唱字腹時，口形須保持一定狀態，運腔宜始終合笛，不可忽高忽低。而歌聲能否纍如貫珠、響遏行雲，主要在於氣之充足與否，故「善歌者須能蓄氣，遇長腔，尤須於轉腔之前有預備。至其腔初吐，先少用力，徐徐將其聲加强，至腔將盡而聲始稍弱，使聽者有餘音繞梁之感，俗謂之宕調。」此段度曲心得，頗能道出崑曲所以爲橄欖腔之本色。

2. 四聲唱法

王季烈論四聲之唱法，除承前賢舊說外，更因熟諳度曲，且留心南北曲之異同，而時有獨出機杼之處。玆撮其大要條述如次：

甲、四聲唱法之一般性原則

平聲：宜於平，雖腔屢轉而舒緩和靜，無上抗下墜之象。

上聲：須向上不落，故出字之初，略似平聲，迨字頭半吐，則向上一挑，挑後不復落下。

去聲：出口卽高唱，以遠送其音。惟在陽去聲，則初出不嫌稍平，轉腔乃始高唱。

入聲：出口卽須唱斷，毫無粘帶。

若進一步分析，王季烈指出：四聲中平入可以相通，而上去不宜相替。因入聲一經引長而歌，則與舒聲無異，故與平聲相近而可相通；至於上聲「出口當低唱，方能逐漸向上」，去聲「出口卽高唱，始能遠送」，二者高低迥異，故不能相替。

乙、四聲與唱腔之配合情形

王季烈雖未特別標明平聲應配何腔，但《度曲要旨》論唱法及習曲門徑中，曾舉掇、疊、擻、霍、豁、斷等六種唱腔，以爲「崑曲做腔之要」，下文明白指出霍、豁、斷三種，爲區別上、去、入三聲之主要唱腔。由此推知其餘三腔掇、疊、擻，皆可爲平聲字配腔。

所謂「掇腔」是指「一腔出口之後，略停而復續之，使一腔變爲高低相同之兩腔，如工則變爲工工，尺則變爲尺尺是也。」「疊腔」是指「重疊其音，使一腔變爲數腔，如工變爲工工工，尺則變爲尺尺尺是也。……凡作疊音，宜動下顎而不宜動喉舌，……若動舌而不動下顎，則舌之前後俱動，喉中之聲帶亦隨之忽鬆忽緊，而易走腔矣。」「擻腔」則「忽高忽低，搖曳其聲之謂也，其動作在喉舌」❼。

上去入所配三腔之特色，通常在該字之第一腔後顯現，如上聲配霍腔（頓音）之情形，《螾廬曲談．論口法》述之甚詳：

> 蓋上聲字固宜低起，然前一字如遇高腔及緊板時，曲情促急，不能過低，則初出稍高，轉腔落低，而後再向上，亦肖上聲字面。其轉腔所落低音，卽所謂頓音，欲其短不欲其長，與丢腔相做，一出卽須頓住，唱者於此將口一閉，卽合頓音之唱法矣。凡上聲字之譜，遇尺上工六與合工合四之類，其第二腔皆祇要閉口帶過，不可延長，卽所謂霍也。

先生具豐富之度曲經驗，其論上聲腔格條理井然，使明代曲家所謂「上有頓音，與丢腔相倣」等說法❽，變得明確而具體。又言去聲字則宜配豁腔，「豁者，即送足其音，向高一帶而即落下，如譜上爲工ノ尺上，則於工字腔唱足時，帶一六字腔，（原註：工字下所附，即豁之記號）然後落入尺字腔是也。」至於入聲，則應配斷腔，方能顯出「短促急收藏」之特色，故與上聲之頓音不同，「上聲之頓，在轉腔時，其出口近平聲，不即斷也；入聲則一出口即斷，極其短促，方肖入聲本音耳。」

丙、北曲之四聲唱法

此論爲王季烈之所創獲。北曲入聲字皆叶入平上去三聲中，故入聲字在北曲，但依所叶之聲唱之即可。而北曲三聲之唱法與南曲不盡相同，其主要原因在於「北音本無陽聲」，王季烈對此發見頗爲自得，並以葉堂之譜證成己說，《螾廬曲談卷一·論口法》云：

> 北音無陽聲之說，實自余發之，前人未經道及。……《納書楹曲譜·琵琶記·思鄉》折批云：「惆音抽，陽平作陰平唱，舊譜頗多，此係元人北曲相沿所致，今悉仍之。」可見葉氏亦以為北音無陽聲，可謂先得我心矣！

就戲曲發展史而言，崑曲之北曲沿自金元北曲，具有相當的可能性，故北曲字音必與北方語言有關。考諸北方戲曲語言，其聲母爲全濁者甚少❾，如京劇字音採中州韻湖廣音（見王守泰

《崑曲格律》頁一二），其聲母除常見之來、泥、日等屬次濁之外，並無全濁之聲母。王守泰《崑曲格律》第二章亦曾歸納北曲之譜曲規律，同樣發現北曲中陰陽之分不若南曲顯著，足見王季烈之說確有見地。先生據此析論北曲三聲之唱法與配腔情形頗爲精當，茲歸納其說如下：

平聲：不論陰陽，大都直唱。（南曲之陽平則須字端低出，而轉聲高唱）

上聲：不必盡低，往往於此出乙凡字，以生硬之調，叶上聲之音，而轉覺其警俏。（南曲從低高爲主）

去聲：雖亦有揭高者，而不必盡高，惟還其字面，十分透足而已。北曲去聲字，亦多有用乙凡者，但俱係六凡工或上一四，其調順利，不若上聲所用乙凡，多生硬之調。（南曲以揭高爲主）

二、論賓白讀法

研習傳統戲曲，每有「千斤說白四兩唱」、「一白二引三曲子」之諺，主要說明唱曲有音樂伴奏，唱者縱有瑕疵，亦容易遮掩，不若賓白全無鑼鼓幫襯，最易露出破綻。然自來文人學士，論曲之書甚多，卻鮮少提及賓白之念法⑩。王季烈認爲這種現象，並非前賢之疏漏，而是當時文士自幼習古詩律絕，誦駢體詞賦，至於舉業八股，尤尚音調，是以無人不知四聲平仄，其於戲曲賓白，自然妥協而不煩研究。然近代國文程度普遍低落，面對崑曲賓白，文人伶工同樣感到棘手。王季烈乃於《與衆曲譜》中，以不同記號標明賓白之四聲，更於《螾廬曲談》與《度曲要旨》中，皆別立一章專門討論賓白讀法，俾習曲者知所遵循。茲將其說歸納如次：

(一) 四聲念法之一般性原則

賓白雖無工尺、板眼，然念時除字音清晰外，尚須講究高低抑揚、緩急斷續等節奏，方能準確傳達語言本身所蘊含的旋律與聲情。而四聲念法，前賢鮮少述及，王季烈承李漁《閒情偶寄》論上聲之說：「入曲低而入白反高」（《詞曲部音律第三・愼用上聲》），提出上聲字唱念之特色爲「唱從低起，念白則反是」，即念上聲字時，音調以揭高爲宜。由於曲中上去二聲調形相反而不可相替，先生於是進一步提出去聲字之念法爲「不可揭高，祇要延長其音，末尾稍高」，便稱合度。至於平聲字，陰平宜高，陽平則稍低；入聲字在南曲中尤須快讀，連下一字出口，以體現其「短處急收藏」之調性。爲使其說更爲具體，先生於《螾廬曲談卷一・論賓白讀法》中，特舉例以明之：

> 如「小生決不相忘」，則「決不相」三字，須一口氣念出，至「相」字上，方可延長其聲。而「小生」二字，俱宜揭高，使陰上、陰平高低略同。

《度曲要旨・論賓白》又云：

> 陰平聲字與上聲字相連，卻宜高低相同。如妃子二字，宜讀如飛滋，而皆揭高，不可讀作肺滋，則妃字成去聲矣。

關於《長生殿·驚變》中「妃子」二字，俗伶常將將「妃」字讀如「肺」。王季烈提及往時與王欣甫、俞粟廬同度曲，王沿俗伶之誤，讀成「肺滋」，俞指其謬，而王不以爲忤，俞因謂伶工笛師之說白，往往十誤其九，而不足爲法。由是可知，賓白誠較唱曲爲難。

(二) 去上聲重疊之念法

賓白中去聲或上聲重疊使用時，若一概揭高或一味轉低，非但念起來拗口，且殊不入耳。故同一聲調之字疊用時，須將其中一、二字改讀，方能「高低妥貼，抑揚盡致」。《度曲要旨·論賓白》云：

> 遇兩上字相連，則上一字不可揭高；三上聲字相連，則中間一字不可揭高；四上聲字相連，則第一第三兩字不可揭高。兩去聲字相連，則上一字宜揭高；三去聲字相連，則中間一字宜揭高；四去聲字相連，則第一第三兩字宜揭高。

先生所言頗合舞臺念白之標準，如兩上聲字相連，《牡丹亭·遊園》一齣，春香念「小姐」與「明日再來耍子罷」之「耍子」，其第二字皆較第一字爲高。三上聲相連如「請小姐進去」，「你且講來」二句，其中「小」與「且」字皆不宜揭高。四上聲相連者，先生舉「豈有此理」句，說明揭高處在「有」、「理」二字。兩去聲字相連，如《孽海記·思凡》中，小尼自稱「趙氏」，揭高處在「趙」字；且一般脚色下場前所念「正是」二字，皆將「正」字揭高而念。

而三去聲相連者，如《長生殿‧驚變》唐明皇念「待朕按板」，中間「朕」字宜揭高；又《義妖記‧水鬥》青兒念「待我把船掉過去」，其中「過」字音略高於掉、去二字。四去聲相連之情形，如《義妖記‧斷橋》青兒念「此番見面斷斷不可饒恕他！」，其中「見」字與第一個「斷」字宜揭高。

至於同一字在不同句子裡，常因上下字聲調之不同而念法有別。王季烈舉徐渭《四聲猿‧罵曹》爲例，說明禰衡念「這鼓」二字時，各按本字之聲念之，即「這」字較低；而念「俺這罵」時，因這、罵二字同屬去聲，故同一「這」字，在此宜改作上聲，念時須揭高，方才順口。由是推知兩上或兩去相連時，「必須改其上一字之聲念之，下一字則照本字之聲念之」。

四聲念法之原則雖如上述，然戲曲賓白之特質，在於活脫而靈動地傳達劇中人物之情思，並交代整個劇情之發展。故有時因强調重點不一，致使賓白念法或與上述先生之說略有異同。如《義妖記‧斷橋》白娘娘念：「累我們受此苦楚」，其中「此、苦、楚」三上聲相連，「苦」字本不宜揭高，但此處白蛇强調爲許仙付出眞情所受之「苦」字當揭高而念，以符其心境。又如《牡丹亭‧尋夢》一齣，杜麗娘上場唱完首曲〔懶畫眉〕之後，念「一逕行來，但覺思情輾轉」，其中「輾轉」二上聲相連，「輾」字本不應揭高，但若將「轉」字揭高，則麗娘心境將顯得過於開朗；若將「輾轉」二字俱低念，則非但無法體現上聲字揭高而念之特色，且賓白將顯得不夠醒豁。因此唯有將「輾」字揭高，一則可符合上聲之字格，二則能凸顯麗娘千迴百轉底幽懷。

此外，戲曲中有關上場詩詞或四六對偶句之讀法，王季烈舉出「平聲字延長，仄聲字上決不可斷」之原則，並以五七言絕句爲例，說明吟誦時各音步停頓時間之久暫。如仄起七絕（首句爲仄仄平平仄仄平），其第一句之第四字、第二句第三句之第二及第六字、第四句之第四字，因皆屬平聲，又爲音步停頓處，故宜延長其音。若平起七絕，「則第一句之第二及第六字、第二句第三句之第四字、第四句之第二及第六字，均宜延長其音。」至於五絕與古詩，讀時宜稍快而少頓逗。

最後，王季烈提出「顧全文理」尤爲賓白讀法之主要原則。表演者若昧於文義，徒效高低相間、平仄抑揚等鏗鏘之致，無論其口法如何考究，終不免因學養不足而貽笑大方。《螾廬曲談卷一・論賓白讀法》云：

> 余在滬上聆曲，有人唱〈驚變〉，其唱法亦頗考究，乃念白至當年召翰林李白，草清平詞，於清字上頓逗，不禁失笑。蓋此君於清平詞三字，未知其作何解也，故念白以通其文義為第一要務。

三、論度曲宜知曲情

唱曲宜知曲情之說，自元以降，曲家論及此者良多，（參第二章第二節吳梅度曲論之二「宜唱出曲情」）王季烈之論度曲，再次强調非但唱曲宜「忠奸異其口吻，悲歡別其情狀，方能將曲中之意，形之於聲音之內」，且賓白「尤宜摹寫情狀，使之神理逼肖」。先生融鑄前賢「肖似口吻」之說，認爲如此度曲，不論聽者或是唱者本身，都將是一種超然物外的享受。《螾廬曲談・論度曲》末尾云：

> 唱《長生殿》之生，則必以唐明皇自居，使有雍容華貴之象；唱《邯鄲夢》之生，則必以呂純陽自居，而作瀟灑出塵之想。設身處地，忘其為我，則曲與白之神理俱出，不特使聽者擊節歎賞，在唱者自己，雖有滿腹牢愁，千層塵網，至此亦都捐棄，較之博之遣興，酒之掃愁，皆勝百倍，度曲至此，始臻樂境也。

四、論習曲門徑

自元芝庵《唱論》、明魏良輔、王驥德《曲律》以來，世之論度曲者甚夥，然大抵偏重唱念字音與口法之探討，對於習曲門徑之闡發，則殊少記載。王季烈於《度曲要旨》九、十兩章中，參酌前賢說法，並以豐富度曲經驗與切身之觀察體悟，分別從唱曲習慣與習曲步驟，明示後學以門徑。其中所論，或爲前賢習焉而不察，或已察而吝於度人金針，或基於其他主客觀因素而未見諸文字，故王季烈所論，於習曲、治曲者誠有莫大深義。先生首先論唱曲習慣，習曲者若能於此多加留心，當可收事半功倍之效，其文云：

> 凡歌時，宜正坐，身宜直，坐位宜高，頭宜稍仰，然後胸腹寬大，肺部容納之氣充足，

歌聲始能響亮，俗所謂用丹田氣也。飽食後不宜唱，亦以胸膈充實，容納空氣之部分少，則發音費力也。初習唱曲者，不能背誦，往往伏案低頭，看譜歌唱，則發聲決不能瞭亮，是宜多念多拍，少上笛，迨能背誦，始多上笛，以練口訣，則吹者唱者，皆不枉費氣力，而其進步亦速；反是而唱者自己毫無把握，徒傍笛趁腔，有習之終身而不得升堂入室者，不可不戒。

其次論習曲之步驟，除隱括魏良輔《曲律》之說外，先生另以切身聆曲、度曲之經驗，提供習曲者實際而正確之入門唱段，玆錄其說如下：

習唱之初，尤宜有恆專一，唱一段必須極熟，始習第二段；唱一折必須極熟，始習第二折。若貪多務得，見異思遷，則所能唱之曲雖多，而無一折一段能到家，足以欺庸俗之耳，不值知音者之一笑也。

習曲初步，宜先習南曲，尤宜先習引子，蓋南曲無乙凡，其便一也；曼聲徐度，易於趕板，其便二也；至引子則腔少無板，故更便也。

昔人言習曲之法，宜先專就一種曲牌學習，俟此種牌名之曲子，有多支俱熟習，而後再習他種之曲。如習「桂枝香」則專唱「桂枝香」，習「錦纏道」則專唱「錦纏道」是也，此言於習曲最得三昧。而今之教師，鮮有知此法者，學者更喜新厭故，一曲初能上口，卽思更習一曲，因之今人唱曲，其能唱得到家者甚少也。抑余尤有一見解，多唱不如多拍多念，多拍多念，尤不如多聽佳曲。佳曲雖不可多遇，然近來留聲機通行，誠能覓得俞粟廬父子所唱諸片子以研究生曲，袁蘿盦、項馨吾所唱諸片子以研究旦曲，必能入崑曲之正軌；此外朱傳茗、顧傳玠二伶所唱片子，亦皆不失矩矱，足供初學之效法。惟皮黃班伶工及高陽班所唱崑曲，殊鮮佳者，學之適入魔道，總以少聽為宜，否則雖有清泠之淵，不能洗淨其耳也。

先生此處所言，並非惡意鄙薄皮黃班或高陽班藝人習崑曲之不對「路頭」，而是對典雅精緻的崑劇有著一番深摯的護惜之心，因而對它要求特別高。先生言光緒年間，在京爲官如許鶴巢、吳愼生、徐子靜及其子姪輩等，皆工度曲，善擫笛，一時知音者甚衆，「故伶工雖兼習皮黃，而演崑劇時，決不敢自作聰明，稍越範圍。」如韓世昌雖出身高陽班，而所演《爛柯山·痴夢》諸折，「身段爲趙子敬所傳授，曲子經吳瞿安之指點，即能駕乎皮黃班諸伶所演崑劇之上，可見習崑劇者，祇要能自虛心，不限於出身之地也。」由此可知，先生對花部諸伶，心中並無任何偏見。他認爲要振興近代曲學，就必須對古典戲曲藝術的精華擇善固執，否則，習曲之士不能自求深造，又轉爲伶工所誤，則古雅之傳統戲曲焉得不日漸消亡，而終無復興之一日?!

近代曲壇，花部隆盛而雅部式微，吳梅、俞粟廬、王季烈等之所以力挽狂瀾，除振興近代曲學之一念外，對習曲者因門徑之殊而成就迥異之情形，知之甚深，故心中不無感慨，《度曲要旨·論賓白》云：

三四十年前，京都雖盛行皮黃，而自科班出身之名伶，大都曾習崑曲，譚鑫培之〈別母〉、〈亂箭〉，陳德霖之〈游園〉、〈驚夢〉，王楞仙之〈驚醜〉、〈後親〉，何桂山之〈火判〉、〈山亭〉，余猶屢見之，皆能謹守崑曲繩墨，不參以皮黃惡習，而諸伶所演之皮黃，亦皆名噪一時。蓋習崑曲後，俯就皮黃，譬之習篆隸者，復習楷書，自易成家，反之習皮黃後，始習崑曲，則須伐毛洗髓，始能成功，難易不可以道里計矣。

以習書爲譬說明習戲宜先崑曲而後皮黃。王氏此段所發，對花雅二部並無任何片面的意氣之爭，而是客觀、冷靜地就事實加以分析，很值得習曲者深思再三。

此外，先生又引明代理學名家呂叔簡「歌詠以養性情」之說，證以近代曲友如王欣甫、俞粟廬、孫澐卿等，皆年逾八十而身猶强健，闡示「度曲有益於養生」之理。其說頗堪玩味，玆錄之如下：

余按唱曲之宜於養生，非特怡情悅性而已，唱時肺部常作深呼吸，空氣流通，循環旺盛，一也。以此消遣，非如奕之費腦力，博之存得失心，皆足刺激神經，有傷身體，二也。傷食者胸膈先脹，傷風者喉嚨先啞，惟唱曲之人，發覺最早，預防較易，三也。故從來曲家多長壽。

貳、作曲論

古典戲曲之創作理論，自元以降，論者大抵就曲文、賓白、聲律諸方面加以探討；清代李漁雖拈出「結構」理論，俾劇作者有一整飭之矩矱可循，然於音樂配搭方面，僅能「凜遵曲譜」步趨於前賢舊作而無多新猷，故吳梅明白指出「昔王伯良《曲律》、李笠翁《閒情偶寄》，其於循腔按調，措詞布局，亦既言之詳矣。而南詞定式、劇場動作，尚多罅漏。」並承認其「舊作《顧曲麈談》粗陳梗概」，對於排場與音樂之實際配搭關係，「亦未遑條舉」而自感疏漏。（見《曲律易知．序》）事實上，戲曲創作與一般文學最大的不同就在於此，舉凡選宮擇調，安排套數，布置排場等一切學問，莫不與音樂息息相關，而這套實際的創作理論，歷來曲家皆鮮少觸及，即或有之，亦但粗言梗概而已。近代李宣倜對此情形不無感慨，其《曲律易知．序》云：

> 樂律之事，本自伶倫，往往能了於心，未必能宣諸筆。精斯道者，亦復移於習俗，僅以自喻，不求喻人，以是文人撰曲，冥行索塗，動乖音律。

近代曲家王季烈、劉鳳叔、許守白等有鑑於此，於是張皇幽渺，窮索奧窔，萃心力於傳統戲曲之聲樂理論，並著成專書，以啟曲場秘鑰，示後學明燈，許氏《曲律易知》與王氏《螾廬曲談》並時而出，二書律曲範疇相近，故可彼此相發明，唯王氏所論誠較許氏深入、詳贍而具開展性。

《螾廬曲談卷二·論作曲》共分五章：㈠論作曲之要旨，㈡論宮調及曲牌，㈢論套數體式，㈣論劇情與排場，㈤論詞藻四聲及襯字。首章粗陳作曲之大要，闡示曲與詩詞之異，非但曲牌聯套、選宮擇調等專門知識爲詩詞所無，且戲曲創作除代言體之特色外，尙須顧慮曲詞是否本色、音律是否穩協、排場是否妥貼等實際唱演問題，故遠較詩詞爲難，其餘四章，則大抵就此析論。然其中論戲曲題材之取捨，所謂「無中生有之作，須使事蹟不出情理之外；搬演實事之作，尤須主腦分明，線索貫串，有良史之才，而後始成名作」，與吳梅說略同。而論曲文宜有雅有俗，「雅則非一味典雅，而須出以超妙之筆；俗非一味俚俗，而須含有雋永之旨。故堆砌典故，毫無機趣，與夫出詞鄙俚，有傷大雅，皆非作曲所宜也。」亦與吳梅同承前賢成說。至於《正俗曲譜·序》引王陽明「戲本有益風俗」之說，揭櫫戲曲宜裨補風教之觀念⑪，更夥同舊說而無多新義。唯音樂配搭與排場佈置之關係創獲尤多，允爲先生論曲之精華。然先生此卷所論，略雜批評觀點，而未盡脫曲話性質，玆爲論述方便起見，謹將其說釐爲「論宮調與曲牌」、「論套數體式」、「論劇情與排場」與「論曲文格律」等四要項，以觀先生聲樂理論之特色。

在各項討論進行之前，王季烈認爲辨明曲譜優劣是研究戲曲聲樂最基礎的認識，如《九宮大成南北詞宮譜》最爲完備，然「過於繁複，初學讀之，轉無所適從。且依十二月分列宮調，自我作古，徒滋後人之惑。」其時吳梅《南北詞簡譜》（一九二〇—一九三一）尙未完成，故王季烈認爲現行曲譜中最精審者，「北曲爲李元玉之《北詞廣正譜》，南曲爲呂士雄等之《南詞定律》，然二書流傳甚少，購求不易。」爲購求便利而又適用，則退而求其次，可採《欽定曲譜》，因該譜全襲自明蔣孝《嘯餘譜》與沈璟《南曲譜》二古譜，其分宮之法率爲後人所遵用，且「每字旁注四聲，並點板式，正襯句讀押韻之處，一一註明」，爲作曲者不可不備之書。《欽定曲譜》雖有上述諸優點，然仍不無缺憾，先生爲免作曲者習焉而不察，特於第二章「論宮調及曲牌」末尾，舉例指出該譜之誤有數端：㈠北曲正襯混而不分，㈡脫字脫句甚多，㈢收別體而失載通行之格，㈣一曲之末誤聯他曲，㈤絕不相同之曲，因牌名相同而誤作一調。故先生建議習曲者儘量「就《北詞廣正譜》、《南詞定律》、《大成宮譜》諸書，參互校勘，則可詳知其是非得失矣！」

一、論宮調與曲牌

構成古典戲曲音樂之要素在於宮調、曲牌、板眼與聲腔，此四要項，無論度曲、作曲、譜曲或論曲者，莫不瘁心力而研究之。其中宮調與曲牌之體認與運用，允爲戲曲創作之首務，故王季烈於《螾廬曲談．論作曲》中特立一章專門論述。

自唐以降，歷代樂書、曲籍對宮調之記載與闡述不一，主要由於各代律呂制度更易、民間與外族音樂宮調俗名加入，以致標準音產生變化，宮調名稱亦隨之殽亂[12]。「宮調」一詞，簡言之，即代表調高與調式。我國古代民族音樂理論，首先根據三分損一與三分益一之原理，發現五聲——宮、商、角、徵、羽——構成五聲音階，再用同樣原理增加二變（變徵、變宮），擴充爲七聲大音階，相當於西樂之Do、Re、Mi、Fa、So、La、Si，（工尺譜作上、尺、工、凡、六、五、乙）。七音之派生關係，並未限定某一音之絕對音值。民族音樂中，絕對音值關係由管長加以限定，此一標準管歷代不一，而最基本的是「黃鐘」，按黃鐘管長三分損一，即成「林鐘」；林鐘三分益一，則成「太簇」。由此三分損益法可派生十二律呂⑬：黃鐘（1）、大呂（♯1）、太簇（2）、夾鐘（♯2）、姑洗（3）、仲呂（4）、蕤賓（♯4）、林鐘（5）、夷則（♯5）、南呂（6）、無射（♯6）、應鐘（7）。上述七音中，任何一音與十二律呂相配，皆可構成一種調式，唯獨以宮音爲主之調式稱爲「宮」，以其他各音爲主之調式，則統稱爲「調」。今以七音爲豎行，十二律呂爲橫列，十二律呂「旋相爲宮」的結果，卽行列相乘可得十二宮七十二調，簡稱八十四調。

傳統音樂樂理對此八十四調，爲論述方便起見，各予一名稱，（其名稱詳見童斐《中樂尋源》）如是龐雜之宮調，其中必有音值重複之音，歷代對宮調數目之取捨，雖因不同而益顯繁亂，然均未脫此十二律配七音之框架。而歷來對宮調數目遞減之現象，論者率以省略或失傳作解釋，唯王季烈哲嗣王守泰教授能廓清舊說臆測之誤，而以精緻細密之科學方法，計算八十四調振動頻率比值，而得十八個音值絕無重複之標準音，卽仙呂、南呂、黃鐘、中呂、正宮、道宮等六宮，與大石、小石、般涉、商角、高平、歇指、宮調（卽八十四調之「高宮」）、商調、角調、越調、雙調、高大石調等十二調。前六宮十一調卽《唱論》、《中原音韻》所列之十七宮調。（詳見王氏《崑曲格律》附錄十四「宮調原理及其與崑曲關係的考證」）

王季烈認爲「曲之宮調，不詳其所自始，蓋本之於詞」，因張炎《詞源》所列七宮十二調，與今日南北曲之宮調名稱相差無幾⑭，故先生云「則謂曲之宮調，胥本於詞之宮調，無不可也」。

上述宮調代表調高之意義，吳梅首先在理論上明確指出，《顧曲麈談．論宮調》云：「余以一言定之曰：宮調者，所以限定樂器管色之高低也。」歷代戲曲家之所以斤斤考訂宮調、制定律呂，除與音樂無關的政治因素外，主要的實質意義在於方便詞曲創作者在選宮擇調時，得有規則可循。尤其每一宮調下隸屬許多詞牌、曲牌，一般詞曲作者只要稍加檢視，在創作套曲時，就不會發生失宮舛調、各曲音域矛盾等現象。楊蔭瀏《中國古代音樂史稿・元曲音樂》一章中，對宮調具有分類曲調之作用，闡述頗爲詳盡，其文云：

> 現存南北曲舊譜中的燕樂宮調名稱，……只是依高低音域之不同，把許多適於在同一調中歌唱的曲調，作為一類，放在一起；其作用只在便於利用現成舊曲改創新曲者，可以從同一類中，揀取若干曲，把它們聯接起來，在用同一個調歌唱之時，不致在各曲音域的高低之間，產生矛盾而已。除此之外，別無奧妙可言。

而歷代曲調牌名孳乳繁多，何啻千百，作曲者若不諳分宮合套之法，其作品必致出宮犯調，曲文縱佳，亦難被入管絃，奏之場上。吳梅有感於近代傳統曲學式微，選宮擇調之道不彰，乃一秉「爲近日詞家立一準的」之精神，於《顧曲麈談・論宮調》中，註明各笛色所適合之宮調，並詳列南曲各宮調所屬引子與過曲之曲牌，俾作曲者有準繩可依。而王季烈《螾廬曲談卷二・論宮調及曲牌》承吳梅之研究成果，以《欽定曲譜》爲主，並參酌《南詞定律》、《北詞廣正譜》、《九宮大成南北詞宮譜》及若干雜劇傳奇劇本，詳加考訂增補，如南曲《十三調譜》[15]之「羽調」，自宋元以來即有，《顧曲麈談》闕而弗錄，《螾廬曲談》則據《南詞定律》予以補足。故先生所列南北曲常用之曲牌，實較《顧曲麈談》更爲完備而實用。此外，先生又將各宮調所用之笛色，詳細註明適唱之脚色，其南北曲笛色不同者，亦特別標示。此一總表，粲若列眉，誠較吳梅所列科學而切實，爲後來治曲者提供良好的研究基礎⑯，茲錄之如下：

仙呂宮　小工調或尺調。北曲亦有譜作正宮調者，但其高低，實與尺調相同。

南呂宮　凡調，北曲之爲濶口唱者，間用小工調或尺調，乃屬變通辦法，如《長生殿・彈詞》折之類。

黃鐘宮　六調或凡調。北曲間有用正宮調者，如《長生殿・絮閣》折。

中呂宮　小工調或尺調。北曲間有用六調者，但其高低實與上調相當，如〈訓子〉折。

正　宮　小工調或尺調。北曲之爲濶口唱者，間用上調，如〈訪普〉折。

道　宮　小工調或尺調。

羽　調　小工調，間有用凡調者。

大石調　小工調或尺調。

小石調　小工調或尺調。

般涉調　小工調或尺調。

高平調 小工調或尺調。

商　調 六調、凡調、小工調，視曲牌音節之高低定之，北曲又有用尺調者。

越　調 六調或凡調，南曲多有用小工調者。

雙　調 乙調或正宮調。

仙呂入雙調 與仙呂同。

由於「每一宮調之曲，有一定之笛色，每一曲牌之曲，有一定之板式與一定之音節」，不論北曲之「借宮」或南曲之「集曲」[17]，其使用之主要條件在於笛色必須相同。故先生此表洵為作曲之方便法門。值得一提的是，吳梅與許守白對於創作集曲皆採保守態度，《顧曲塵談·論宮調》云：

> 只須就本宮調聯絡成套，就古人所固有者排列之，則自無出宮犯調之病。惟文人好作狡獪，老於音律者，往往別出心裁，爭奇好勝，於是北曲有借宮之法，南曲有集曲之法。……余謂但求詞工，不在牌名之新舊。……余集曲不備載者，以無甚深意故也。

許守白雖然肯定集曲在聯套上有它存在的必要性與價值，但他仍不主張創作集曲，《曲律易知·

論犯調》云：

> 集曲只宜按照古人成式。……集曲之興，非必曲家故為狡獪也。蓋一部傳奇中，各折套數，例以不複用曲牌為當行（原註：同折用前腔則不拘），此牌前套已用之，後者既不便複用，而另選他調，或不若此調相宜，則改用集曲以稍變其面目，求合於不複用曲牌之例耳。若故為割裂，勉强湊合，及採用不常見之集曲，究所不取。

比起吳、許二氏，王季烈對創作集曲的態度，不但開明而且具有開展性。《螾廬曲談卷二·論宮調及曲牌》一章，闡示集曲較正曲靈活，具有「可隨意湊合，不拘成例」之妙用，並先列出各宮調中前人常用之集曲，以供初學使用。對於「能深明宮調音律之規例」者，則鼓勵其「不妨創作新集曲」。例如葉堂爲湯顯祖《四夢》製譜，李日華就《北西廂》原文而作《南西廂》，主要就是運用集曲的妙法。至於集曲當如何創作？先生進一步示人以明確之矩矱，其文云：

> 集曲雖不拘成例，而宮調必取其相合，或犯本宮，（原註：即就本宮中他曲牌之詞句，合成集曲。）或犯笛色相同之他宮調。（原註：如正宮與中呂，黃鐘與南呂之類。）若宮調之笛色高低迥別者，則決不可合成集曲。又凡集曲之首數句，亦必用正曲之首數句；集曲之末數句，亦必用正曲之末數句；集曲中間之句，亦必用正曲中間之句。若前後倒置，以及置首尾於中間，或以中間之句為首尾，皆集曲所不許。如能次序不紊，若「梁州新郎」之用「梁州序」

首至合，（原註：合謂合頭，凡南曲用數支，而其末數句支支相同者，即合頭也。）〔賀新郎〕合至末；〔顏子樂〕之用〔泣顏回〕首至四，〔刷子序〕至五七，〔普天樂〕八至末，尤為盡善也。

他如合十數曲而成之集曲，由於過長，「其詞句固不限於一宮調內，而首數句之曲牌屬於某宮調，則此集曲卽屬於某宮調。如仙呂〔十二紅〕之首用〔醉扶歸〕，卽屬於仙呂宮；商調〔十二紅〕之首用〔山坡羊〕，卽屬於商調是也。」

二、論套數體式

對於曲牌聯套觀念，一般曲家多採保守態度，如吳梅《顧曲麈談》論南北曲作法，卽主張南曲聯套應取法前賢佳劇之成套，「只須畫依樣葫蘆，不可別出心裁」，若在同宮間可自行去取；而北曲尤須謹嚴，但依元人成套而不可自出新意。其《南北詞簡譜》嘗歸納舊劇成套，而訂套數之「普通式」或「別體」，但並未說明曲牌聯套次序之原則。鄭騫先生撰《北曲套式彙錄詳解》所得「結論」亦云北曲聯套規律甚嚴，「不能遠離成規而以意爲之」，對於牌調組織搭配之原理亦未深究。相較之下，王季烈之論聯套，觀念顯然較爲靈活而科學，《螾廬曲談卷二·論套數體式》云：

聯合數曲以成套數，南北曲皆有一定之體式。在北曲雖有長套短套之別，而各宮調之套數，其首尾數曲殆為一定，不過中間之曲，可以增刪改易及前後倒置耳；在南曲則惟引子必用之於出場時，尾聲必用之於歸結處，至中間各曲，孰前孰後，頗難一定。然並非無定也，蓋南曲有慢曲急曲之別，慢曲必在前，急曲必在後，欲聯南曲成套數，先當辨別何者為慢曲，何者為急曲，何者為可慢可急之曲，而後體式可無誤也。

爲使作曲者於聯套時，能有規則可循，先生特地歸納各宮調中北曲與南北合套最常見之套數，詳細臚列，以便初學。至於北曲套數中間之曲，在何種情況下可以增刪改易及前後倒置？先生並未細言。其子王守泰教授撰《崑曲格律》，分析北曲傳統套數之套性雖強（即各曲牌主腔形式頗爲接近，再現次數多，結音規律又多相同），若夾入一支不屬於該套之曲牌，就會顯出樂調上的不調協，但在劇情轉變時，作曲者只要能掌握「主腔」和「結音」兩個重要因素，使樂調的進行保持調協狀態，則中間數曲卽可斟酌增減或改變次序。[18]

而南曲套數之體式較無一定，「大都以引子起，以尾聲終，而亦有不用引子或不用尾聲者」。其中間各曲（過曲），因套性較弱，主腔不夠明顯、強烈，因此孰前孰後，頗難一定，然無定之外，又有一重要定則，卽慢曲在前，急曲在後。至於慢曲、急曲當如何分辨？則完全視曲牌之體式、性質而定。

南曲有一特點爲北曲所無，卽多數曲牌與演唱角色有一定的配合關係。如慢曲卽細曲，皆有贈板而多疊用，宜於生、旦唱者居多；粗曲則多施於短折，不用贈板，宜於丑淨或同場所唱。而「短折俱不用引子；疊用一曲牌之劇，引子亦可有可無，又此等曲牌往往可不用尾聲。」[19]

有關引子之性質，《螾廬曲談》闡釋頗爲詳盡：

△引子為出場時所唱，或用笛和，或不用笛和，皆係散板。引子與過曲用同一宮調，固最合宜，亦可不拘宮調，傳奇中第一折正生上場，宜用稍長之引子，如〔戀芳春〕、〔滿庭芳〕、〔喜遷鶯〕、〔東風第一枝〕、〔齊天樂〕等，以下各折，則不宜用長引子。

△引子亦有集二種曲牌而成者，如〔破齊陣〕，乃於破陣子之中間插入〔齊天樂〕二句，〔女臨江〕，乃〔女冠子〕之頭，與〔臨江仙〕之尾也。且引子可衹用前半，或首數句，不似過曲之必須填全也。

△一人出場，只可用一引子，若有數人出場，則宜以一引子分派數人唱之。惟一人出場，已唱過曲之後，第二人始出場，則宜另用引子矣，但一折中所用引子，至多不可過三支。

△淨丑出場，均不用引子，而以短曲代之。如〔光光乍〕、〔大齋郎〕、〔五方鬼〕、〔梨花兒〕、〔水底魚兒〕、〔趙皮鞋〕、〔吳小四〕、〔雁兒舞〕、〔普賢歌〕、〔字字雙〕、〔倒拖船〕、〔柳穿魚〕、〔雙勸酒〕、〔禿廝兒〕之類是也。此等曲，大都乾唱或乾念，生旦所不可用也。

此外過曲之可作出場用者，如〔蠟梅花〕、〔望吾鄉〕、〔金錢花〕、〔窣地錦襠〕、〔哭岐婆〕、〔一江風〕、〔六么令〕、〔上馬踢〕、〔勝胡盧〕、〔秋夜月〕、〔憶多嬌」、「出隊子」、「縷縷金」，皆有引子性質也。

至於過曲之聯絡次序，王季烈亦明確云：「總須慢曲在前，中曲次之，急曲在後。慢曲即細曲，皆有贈板；中曲則無贈板，而一板用三眼；急曲則一板一眼或流水板。但同一曲牌疊用四支者，往往第一二支有贈板，第三支一板三眼，第四支一板一眼。」《螾廬曲談》卷二並詳列「有贈板之曲」、「贈板可有可無之曲」、「無贈板之曲」逾百支，註明宮調。又列舉各宮調頗具代表性之套數體式與短折、疊用之曲牌⑳，使作曲者在聯套時面對數以千計的曲牌，不致茫無所從。

三、論劇情與排場

作曲者對曲牌之性質與套數之體式，若能了然於胸中，則曲作音律調協，自可被諸管絃，付之歌喉。但音樂的配搭若不能配合劇情發展與排場需要，則劇作將無法演之氍毹，終究只能成爲案頭清唱而已。故王季烈《螾廬曲談卷二·論劇情與排場》云：

悲歡離合，謂之劇情；演劇者之上下動作，謂之排場。欲作傳奇，此二事最須留意。

劇情之發展與排場之佈置，皆與曲牌揀擇有極密切的關係。由於數逾千百的曲牌皆隸屬於各宮調之下，因而古來論戲曲聲樂者，常將宮調與曲牌聲情牽混而談。至於宮調有無聲情，歷來論者不一。主張宮調含聲情者，以燕南芝庵《唱論》爲最早，其說當時及後代曲籍徵引頗多（詳見本書第一章第一節），而主張宮調不含聲情者，現代學者頗多，茲不贅述。今欲解決宮調是否蘊含聲情諸問題，必先就《唱論》產生時代加以分析，否則治絲益棼，徒增煩亂。據孫玄齡《元散曲的音樂》考證，《唱論》蓋作於北宋至元初時期，而《唱論》本文所載皆爲詞牌而非元曲常用曲牌，且流行地區又不廣，當爲北宋末年至元初各類曲藝、歌唱之紀錄，而非元雜劇、散曲盛行時之作品。故其內容縱能呈現元代以前諸曲藝所用宮調之聲情面貌，卻往往無法概括元曲之音樂，更不足以範限元以後南戲北劇等戲曲聲樂。即同時代周德淸之《中原音韻》，雖錄《唱論》之說，然其「定格四十首」之內容、曲情，顯然與《唱論》所述十七宮調聲情，並無直接而必然之關聯。（見該書頁一五八～一六五）由孫氏之考辨得知，十七宮調所蘊含之聲情，確因時代關係而顯得過於狹隘、缺乏彈性，其以四字概括各宮調之聲情，尤其不足以範限明代以降之戲曲，無怪乎王驥德《曲律．雜論三十三》云：

> 若作仙呂宮曲與唱仙呂宮曲者，獨宜清新綿邈，而他宮調不必然？

雖然王季烈對元雜劇的音樂採宏觀角度，肯定元劇宮調之蘊含聲情，但也明確指出明代以降之戲曲，已非《唱論》十七宮調聲情說所能範限，其文云：

> 元人填北詞，殆無不守其規律，悲劇則用南呂商調，喜劇則用黃鐘仙呂，英雄豪傑則歌正宮，滑稽嘲笑則歌越調。惟今之傳奇，與古之雜劇有不同之處。

考宮調之實質，原本僅由標準音推而具有調高、調式之含義而已，並不含任何聲情意義。然而，在元代以前，我國傳統音樂中對宮調之運用，卽習慣上將它賦予聲情，以便戲曲創作者在選宮擇調時，得按劇情需要，選出適切之曲牌。雖然宮調本身只是對各種曲調加以概括性的分類，但在分類過程中，最初的作曲者或民族音樂學者必然帶有若干程度的主觀色彩，將同樣含有某種聲情的詞牌或曲牌劃歸一類，其分類亦簡單而明確。但後來由於劇作者多，寫作題材內容亦日趨廣袤，誠有宮調所「縛不住」者，作曲者於是將管色相同或相近的曲牌併作一類，而只求各曲牌之曲音協叶，不致高低過於突兀卽可。因此在同一宮調之曲牌中，我們不難發現聲情截然不同之曲牌，甚至同宮同調之曲牌，亦有因高低不同而無法聯爲一套者㉑，而各宮調之間由於管色相近，也常發生曲牌互有出入之情形㉒。足見宮調發展到後來，對曲牌之聲情已缺乏專一統轄與規範性之作用，一宮之內卽含數種不同之聲情，其意義顯得更加靈活、切實而具有彈性。如王驥德《曲律．論劇戲》云：

用宮調，須稱事之悲歡苦樂。如游賞則用仙呂、雙調等類，哀怨則用商調、越調等類，以調合情，容易感動得人。

東山釣史與鴛湖逸者同輯《九宮譜定》，卷首附〈九宮譜定總論〉一卷，其中〈用曲合情論〉一篇，承伯良之說而有出色的發揮：

> 凡聲情既以宮分，而一宮又有悲歡、文武、緩急等，各異其致，如燕飲陳訴、道路車馬、酸淒調笑，往往有專曲，約略分記第一過曲之下，然通徹曲義，勿以為拘也。

明確指出一宮之中含數種不同聲情，遠較《唱論》僅以四字形容詞概括更具彈性。文中亦透露曲牌較宮調更能規範聲情之端倪，即某一聲情往往有專曲，卻未必專隸屬於某宮。最後提出「曲義」作爲選擇宮調、曲牌的最高指導原則，觀念通達而切實，對近代曲家影響甚深。如吳梅《顧曲麈談·論南曲作法》之四「曲牌之套數宜酌也」下云：「先將所塡曲中情節悲歡喜怒之異辨析清楚，然後擇定用某宮某套」，惜未深入析論劇情與宮調、套數之配合情形。許守白《曲律易知·論排場》則以排場觀念將套數大別爲歡樂、悲哀、遊覽、行動、訴情、過場短劇、急遽短劇、文靜短劇與武裝短劇等九類。王季烈《螾廬曲談卷二·論劇情與排場》一章分析又更細密，將宜於歡樂、游覽、悲哀、幽怨、行動、訴情、普通、武劇、過場短劇、文靜短劇等不同類型之宮調、聯套備列而出，以供劇作者揀擇。並進一步析論各宮調套數適唱之腳色，如訴情一類，「皆屬細膩熨貼、情致纏綿之曲，且多係大套長曲，一部傳奇中主要之折，宜用此套數，宜於生（原註：謂小生）、旦所唱」；悲哀、幽怨二類，「多宜於旦唱，小生唱亦可用之」；歡樂、游覽及行動三類，多宜於同唱；過場短劇（俗稱過脈戲）宜用短曲急曲；闊口（即生、淨、外之總稱）遇悲劇宜唱北曲，因「南曲柔靡，少雄壯之音，故不適於生淨之口脗也」；此外，「粗曲如〔普賢歌〕、〔光光乍〕之類，則限於丑淨（原註：此淨謂二面、白面）所唱」。

上述由曲義決定宮調、曲牌之理念，非但正確而且具有開展性。因每個宮調下隸屬許多曲牌，劇作者根據劇情曲義需要，揀選前人常用之曲牌，如宮廷燕樂、行軍疾走、寫情訴怨等氣氛迥異，往往各有常用而衍成專用之曲牌，其間曲牌之聯套關係亦每有定式。但若在劇情驟變、排場更換的情況下，上述聯套之定式，就不再是定式，而變成一種機動性的組合關係。由此可知曲義對選宮擇調具有決定性的作用，而能通徹排場觀念，則宮調聲情說，將不致被鄙爲浮泛而遭漠視，或因過度墨守而無新猷。宮調之作用由是得以發揮，而聯套之眞義亦由是而益發顯揚。

「排場」一詞雖早見於元人雜劇，用指舞臺上演出時所表現的情況，然有明一代戲曲皆未見相關論述，清康熙間南洪北孔之論排場，蓋指關目情節與舞臺上所呈現之局面境界，至咸同間楊恩壽《詞餘叢話》與梁廷枏《藤花亭曲話》始以「排場」衡量劇作之優劣，然皆未脫洪孔範疇。近代曲家吳梅、許守白、王季烈等規撫李笠翁《閒情偶寄》中論「結構」與「劑冷熱」之觀點，再度拈出「排場」觀念，作更深一層的闡發。如吳梅考慮實際搬演問題，提出「均勞逸」一項，作爲脚色調配之準則；許守白《曲律易知》就劇情發展、聯套配搭與曲牌性質等方面，論「排場」於戲曲創作之重要性，此皆笠翁所未暇顧及者。（詳見曾師永義〈說「排場」〉一文）

王季烈之論排場，承吳、許二氏之優點，不但爲「劇情」與「排場」下一簡要定義（如上述），且提綱挈領地道出「排場」在戲曲創作中之重要地位，更進一步照顧到脚色與排場之關係，《螾廬曲談·論劇情與排場》云：

> 作傳奇者，情節奇矣，詞藻麗矣，不合宮調，則不能付之歌喉；宮調合矣，音節諧矣，不講排場，則不能演之氍毹。然自來文人，能度曲者已屬不多，至能知搬演之甘苦勞逸，及其動人觀聽之處何在，則更為罕遇，以故所撰傳奇，文詞雖美，而不風行於歌場，反不若伶工所編之劇，轉足以博人喝采也。……
>
> 歷來作傳奇者，大都以一生一旦為全部之主，其生或係冠生或係巾生，旦則大都用五旦（原註：即閨門旦）……此生旦為全部傳奇之主腦，必須於第二折及第三折出場，（原註：傳奇之第一折，皆是開宗，由副末說明大意，故其第二折實第一折，第三折實第二折也。）不特使觀者易於醒目，抑提綱絜領，行文之法固宜如此也。
>
> 傳奇中之主人，雖以一生一旦為多，而亦有不盡然者，如《邯鄲夢》則以老生（即盧生）為主，《鈞天樂》則以老生（即沈白）小生（即楊云）為主，作者苟能自出心裁，獨構奇境，正不必拘守古人之成法也。
>
> 一部傳奇中所派之角色，必須各門俱備，而又不宜重複者，一以均演者之勞逸，一以新觀者之耳目。

而劇情、曲情（包括宮調聲情）與脚色之搭配關係已如上述。除此之外，王季烈對傳奇排場之實際運用論評，見解尤較前賢深入。他歎賞《長生殿》宮調、曲牌、脚色與劇情等佈置，洵爲「歷來傳奇於此事（按：指排場）最爲考究者」，其文云：

《長生殿》全部傳奇共五十折，除第一折〈傳概〉為上場照例文章外，共計四十九折，不特曲牌通體不重複，而前一折之宮調與後一折之宮調，前一折之主要角色與後一折之主要角色決不重複，……其選擇宮調、分配角色、布置劇情，務使離合悲歡，錯縱參伍，搬演者無勞逸不均之慮，觀聽者覺層出不窮之妙。自來傳奇排場之勝，無過於此。其中之〈定情〉、〈密誓〉、〈埋玉〉等折，皆於一折之中，移宮換韻，此因排場變動，劇情改換，故改易宮調以適應之，非《琵琶．吃糠》折之無故換調可比。蓋〈定情〉折前半大石一套，為册妃宴飲歡劇，後半越調二曲，為深宮密語情形；〈密誓〉折越調諸曲，為牛女天上相會之事，商調諸曲，為宮中拜禱設盟之事；〈埋玉〉折中呂全套，為六軍逼妃情事，至末一曲「朝元令」，乃係護駕起行，與前事不相蒙。凡此等處，正以一折中移宮換韻，而益見切合劇情也。又〈覓魂〉一折，北仙呂全套，前半淨唱，後半末唱，雖與北曲全折一人唱之通例不合，然此種長套之曲，一人之力決不能唱畢，出神另易角色，究是通幽一人，故雖變通古人成法，而仍不背於古，非深明曲理者，不能有此創舉也。

先生之論，可謂深中肯綮，雖然《長生殿》之曲牌並非「通體不重複」，其運用情形亦略有可議之處㉓，然瑕不掩瑜，《長生殿》分場之平均，足以劑排場之冷熱㉔，聯套之穩協，脚色調配之勻當（見同㉔），皆可見其排場之妥貼。至於排場變動，劇情改換時，《長生殿》亦能「改易宮調以適應之」，足見其排場之佳妙，迥非不宜敷演之案頭劇所可企及。王季烈能以「排場」

之宏觀角度，彰顯《長生殿》如騄駬般獨步劇壇之藝術造詣，其眼光與見解皆頗獨到。

王季烈以「關目情節之輕重」、「脚色人物之運用」與「套數聲情之配搭」三項作標準，將《長生殿》全劇五十折列一總表，以觀其排場結構之巧妙。張清徽先生在王氏基礎上，另增「科介表演之繁簡」、「穿關砌末之運用」兩項標準，析論傳奇「排場」之類型；若以關目分量爲依據，則有大場、正場、短場、過場之分；若以表現形式爲基準，則有文場、武場、文武全場、鬧場、同場、群戲之別，而後者實依存於前者之中[25]。張氏所論固後出轉精而更能顯示「排場」類型之輕重與特點，然王氏明列宮調，點出聲情，細分前後場，又首度列表分析排場之科學方法，使全劇排場粲若列眉，於後學誠有一番啟導之功。今將張氏所分《長生殿》之排場，列於先生之下，以觀其間之因襲與創新。

折目		宮調	腳色	王氏排場觀	張氏排場觀
第一折	傳槩	南中呂慢詞	副末	開場劇	開場
第二折	定情	前半南大石 後半南越調	生旦及各門 生旦	同場歡劇 訴情細曲	群戲大場
第三折	賄權	南正宮仙呂	白淨及副淨	普通曲	粗口正場
第四折	春睡	南越調	旦老旦貼生	訴情細曲	文細正場

第五折	禊游	仙呂入雙調	各門角色	熱鬧過場劇	大過場
第六折	傍訝	南中呂	丑	文靜短劇	文靜短場
第七折	倖恩	南商調	貼老旦	訴情細曲	文細正場
第八折	獻髮	前半南仙呂 後半南中呂	副淨旦 旦	過場劇 幽怨細曲	文細半過場
第九折	復召	南南呂	生	訴情細曲	文細正場
第十折	疑讖	北商調	老生	雄壯北曲	北口正場
第十一折	聞樂	前半南南呂 後半南小石	老旦貼 貼及衆旦	過場劇 同場歡劇	群戲半過場
第十二折	製譜	南正宮	旦生	訴情細曲	文細正場
第十三折	權閧	仙呂入雙調	白淨副淨	過場劇	過場
第十四折	偸曲	南仙呂	各門角色	行動兼歡劇	群戲同場
第十五折	進果	南正宮	末外淨丑	匆遽過場劇	過場
第十六折	舞盤	南仙呂	生旦及衆旦	歡樂細曲	群戲同場
第十七折	合圍	北越調	白淨及雜	雄壯北曲	武場

第十八折	夜怨	南雙調	旦	幽怨細曲	文細正場
第十九折	絮閣	黃鐘合套	旦生	纏綿北曲	南北正場
第二十折	偵報	北雙調	小生	健捷北曲	北口正場
第廿一折	窺浴	南羽調	老旦貼	歡樂細曲	文靜諧場
第廿二折	密誓	南商調	生旦	訴情細曲	神怪文細正場
第廿三折	陷關	南越調	白淨及外雜	武劇	武場
第廿四折	驚變	中呂合套	生旦	先歡後悲劇	南北大場
第廿五折	埋玉	南中呂	生旦及衆	行動兼悲劇	文武正場
第廿六折	獻飯	南黃鐘	外生衆	訴情兼普通曲	文靜正場
第廿七折	冥追	仙呂雙角合套	旦及雜	悲傷北曲	南北神怪大場
第廿八折	罵賊	前半北商角 後半南中呂	外 白淨及雜	激昂北曲	南北粗口正場
第廿九折	聞鈴	南大石	生	悲傷細曲	文細正場
第三十折	情悔	南南呂越調	旦副淨	幽怨細曲	神怪文細正場

第卅一折	勦寇	南中呂	老生及衆	武劇	武場
第卅二折	哭像	北正宮	生	悲傷北曲	北口文細大場
第卅三折	神訴	北越調	副淨正旦	調笑北曲	神怪粗口北曲鬧場
第卅四折	刺逆	仙呂入雙調	丑	行動短劇	行動過場
第卅五折	收京	南仙呂商調	老生及衆	武劇	武場
第卅六折	看韈	南中呂	老旦及雜	過場短劇	過場
第卅七折	尸解	南正宮	旦	幽怨細曲	神怪文細正場
第卅八折	彈詞	北南呂	老生	感歎北曲	北口正場
第卅九折	私祭	南雙調	老旦貼	文靜短劇	文細短場
第四十折	仙憶	南仙呂	旦	訴情細曲	文細正場
第四一折	見月	南雙調	生	幽怨細曲	文細正場
第四二折	驛備	南越調	副淨及雜	過場諧劇	過場
第四三折	改葬	南商調	生及衆	悲哀劇	文細正場
第四四折	慫合	南南呂	小生貼	訴情細曲	神怪文場

第四五折	雨夢	南越調	生及雜	悲哀劇	文細正場
第四六折	覓魂	北仙呂	淨末	清麗北曲	北口正場
第四七折	補恨	南正宮	小生貼	訴情細曲	文細正場
第四八折	寄情	南南呂	末貼旦	文靜細曲	文靜短場
第四九折	得信	南仙呂	生淨丑	幽怨細曲	文細正場
第五十折	重圓	仙呂入雙調	生旦及各門	同場歡劇	群戲大場

又曾師永義以張氏未將套數曲情注入排場類型之命名，以致「排場」所具有之情調氣氛無法充分顯現，因融王、張二氏之說，將十六至二十齣之排場稱作「群戲歡樂同場」、「雄壯北口武場」、「幽怨文細正場」、「纏綿南北正場」、「健捷北口正場」，故較前說詳備。

《長生殿》之外，王季烈認爲傳統戲曲中，能騰挪關目而使排場佳妙者，則以躬親編導之李漁爲最出色。如《風箏誤》憑空結撰，掃除一切窠臼，由乾隆時期盛行迄今，是笠翁十種曲中最膾炙人口、流傳最廣最久之一種。敍演韓世勳、詹淑娟二人才貌雙全，由風箏而暗通款曲，也幾因風箏而誤了良緣，全劇由戚友先、詹愛娟一對粗醜絕配有意無意地從中穿揷，譜成一本絕妙喜劇。其關目排場奇幻而佳妙，故爲京劇《鳳還巢》所蹈襲，其中〈驚醜〉、〈詫美〉迄今猶盛演不輟。王季烈就此二折曁〈茶圓〉一折以論笠翁關目騰挪之妙，其文云：

笠翁於劇中關目尤善騰挪，如《風箏悞》之〈驚醜〉折，韓生與詹氏長女，先在暗裡相逢，故有一篇長白，盤詰詹女才學；待奶娘持燈上，始悉其貌之醜惡，於是詹女才貌，兩無足取，為韓生所詳悉矣！若韓生先見其貌，而後詰其才學，則於情理便不合。又〈詫美一折，詹氏次女以扇掩面，既合閨女新婚嬌羞身分，又使韓生不得覩其面，遂疑其為前次所見醜婦，而不肯與同牀；直至柳夫人令其再認一認，始疑團盡釋，歡然成婚；假令詹女不掩面，則韓生一入洞房，即知其非醜婦，而一套仙呂曲子，俱無從著筆矣。又〈茶圓〉一折，柳梅二氏及詹氏二女之爭論，全由驚醜舊事破露而起，若使戚生在場，何以為情？乃戚生云：「你看他娘兒兩個唧唧噥噥，指著我娘子，怕是看荷花之事發作了。」於是戚生自欲避去，而以後諸人之爭論，可無所顧忌矣。凡此皆善於騰挪之處，惟善於騰挪，而後情節離奇，意境超妙，排場亦因之妥貼也。

至於排場更動、劇情改換時，劇作者宜按搬演所需「改易宮調以適應之」，方能使排場妥貼。就套數聲情之配搭與腳色人物之運用而言，王季烈認爲明人傳奇中排場最善者，首推梁辰魚《浣紗記》，先生並就〈歌舞〉、〈寄子〉、〈打圍〉三折以析論之，文云：

> 明人傳奇排場最善者，推《浣紗記》，如〈歌舞〉折「好姐姐」二支之後，各繫以「二犯江兒水」北曲一支，蓋「風入松慢」與「好姐姐」各二支，自成南仙呂一套；而「二犯江兒水」則為演唱歌舞所唱之曲，故宜另用北詞以清界限，且「二犯江兒水」最宜於且

行且唱，故用之歌舞之際尤為適合。又〈寄子〉折，首用羽調〔勝如花〕二支，中用中呂〔泣顏回〕二支，末用大石〔催拍〕二支，正宮〔一撮棹〕一支。於一折之中用四種宮調，蓋〔勝如花〕為宜於行動之過場曲，〔泣顏回〕為訴情曲，而〔催拍〕帶〔一撮棹〕為宜於離別用之悲哀曲，適與此折之前後三段劇情相合也。又〈打圍〉折之正宮南北合套，為《浣紗》所創之格，用之衆人行動上下紛繁之劇最為相宜，自《浣紗》而後，若《鈞天樂》之〈水巡〉、《風箏誤》之〈堅壘〉，沿用者極多。

此外，先生以湯顯祖玉茗四夢之排場俱欠斟酌，《邯鄲》、《南柯》稍善，而《紫釵》排場最不妥洽，故今日唯〈折柳〉、〈陽關〉二折（本係一折）能演之氍毹，「其餘均無人唱演，蓋實不能演也」。由於臧懋循之改本「芟削太多，不無矯枉過正之嫌」，故先生於《紫釵》中選十四折，如〈議婚〉、〈就婚〉、〈邊愁〉、〈釵圓〉等，或就關目佈置與角色運用，或據套數曲情加以節改，以利搬演。

四、論曲文格律

王季烈論戲曲創作有關曲文部分，如詞藻雅俗之斟酌，四聲之押韻與字格，務頭之詮釋與襯字之運用等，大抵盡納於《螾廬曲談卷二·論詞藻四聲及襯字》一章中，今為使論述條理井然，以四目觀先生論曲文格律之梗概。

(一)曲文宜本色

王季烈主張古典戲曲之曲文修辭宜合乎「本色」，其所謂「本色」，須口吻相肖，文字在雅俗之間，正與吳梅之說略同，《螾廬曲談》云：

昔人謂塡詞之道，文旣不可，俗又不可，要自有一種妙處，在人妙悟領解，未可言傳。……余謂元人作曲最尙口吻相肖，《漢宮秋》乃元帝、昭君之口吻，故用姸麗之詞，《任風子》乃屠戶口吻，故絕不作才語，《陳摶高臥》乃隱士之口吻，故用超逸之語，然則不作才語處，固是本色，卽作才語處，仍是本色也。

本色之妙旣不可言傳，則作曲之法學者當從何處求之？或謂多讀古人名曲而已。王季烈認爲「古人之作浩如煙海，若者可以取法，若者不足仿效，在初學難以辨別」，於是不辭覼縷，特選北曲泰斗——關、白、馬、鄭四大家名劇與王實甫《西廂記》等合乎本色之佳詞妙句，以供作曲者欣賞品味，並將關漢卿《續西廂》「不用詞藻，專事白描，正是元人本色處」，與金聖歎在大肆譏評之餘，「使原本雋永之詞旨，變爲率直」之曲文羅列而出[26]，俾作曲者能指瑕辨瑜，知所取法。

他如王伯成《貶夜郎》、宮天挺《七里灘》、王子一《誤入桃源》、賈仲名《蕭淑蘭》等劇之佳句，先生亦詳予臚列，並探討當時元曲盛行之因在於「科舉之制未行，故文人心力萃之於曲，乃能有此傑作」，而不襲「元以詞曲取士」之舊說㉗，洵爲的論。

先生亦歎賞《琵琶記》曲文膾炙人口，允爲南曲鼻祖，至於明清傳奇佳構如梁辰魚《浣紗記》、湯顯祖之四夢、鄭若庸《玉玦記》、陸采《明珠記》、洪昇《長生殿》、尤西堂《鈞天樂》、楊潮觀《吟風閣》、吳炳《療妒羹》、蔣士銓《香祖樓》、《空谷香》、吳梅村《秣陵春》、《臨春閣》、《通天臺》等劇，先生間或評賞其中佳詞麗句，庶幾學者能於原著中涵泳芳華，則下筆自可得曲之本色。

(二)四聲之押韻與字格

四聲在曲文格律中牽涉押韻與字格等問題。押韻方面，與詩詞相較，有時甚寬，有時甚嚴。寬者如詩韻中東與冬，蕭與豪當分，詞韻中魂與元宜別，而曲韻則可混押，又江與陽，庚與亭曲文亦不分，且一曲之中平上去三韻間用與重韻等情形，向爲詩詞所無；嚴者如支時、機微與歸回，居魚與蘇模，寒山、歡桓與天田，監咸與纖廉，在詞韻中混押，而在曲韻中則必嚴加劃分，主要由於唱曲時講究吐字、收音與歸韻等口法之純細，「蓋不分晰，則發音不純，起調畢曲無所歸束矣。」（見吳梅《顧曲麈談·原曲》）

至於入聲韻，詞韻中有協入三聲者，吳梅認爲「入聲一調，斷不能缺，此塡曲家所以萬萬不可用詞韻也。」主張入聲宜獨立運用。王季烈之分析尤爲細密，《螾廬曲談》云：

北曲用韻，四聲可以通押；至南曲，則平上去三聲之字，可以通押，而入聲字不宜與平上去三聲字通押。古人於南曲之用入聲韻者，往往通體用入聲韻，如《尋親記》之〈遣役〉、《雙珠記》之〈與珠〉、《長生殿》之〈收京〉等折，用入聲韻者，不參用平上去一韻，最為合作，玉茗四夢，往往於平上去韻之間，參雜入聲韻一二字，則其入聲字必依北曲之歌法歌之，方可叶韻，殊不足以為法也。然入聲字亦有可與三聲通押者，卽家麻、車蛇二韻是也。蓋家麻、車蛇二韻，三聲之字急讀之皆成入聲，而無須轉音，故入聲字與三聲字通押，亦無不叶之慮也。

先生除簡明陳述北曲四聲通押、南曲入聲韻獨立之大原則外，更據度曲心得，以聲韻原理深入分析家麻、車蛇二韻急讀時，因毋須轉折而有如入聲，故可與入聲韻通押，頗具新意。

所謂字格，係指「一曲中必有一定字數，必有一定陰陽清濁，某句須用上聲韻，某句須用去聲韻，某字須陰，某字須陽，一毫不可通借」者。（見吳梅《顧曲麈談．原曲》）所以必須如此謹嚴者，乃因曲之本質與要素在於「合樂」，作曲者若不諳字格，率爾操觚，則難以被諸管絃，縱勉强湊成，在古典戲曲「腔隨字轉」的譜曲原則下，亦不免發生曲義乖舛之現象㉘。故王季烈除承吳梅之說，舉例說明南曲商調〔集賢賓〕首句必須用「平平去上平去平」，仙呂〔長拍〕第六句四字須全用上聲之外，另又舉例指出北曲〔正宮端正好〕末句須用「仄仄平平去」，〔醉太平〕末句必要「平平去上」，〔黑漆弩〕末句則必用「去仄仄平平上仄」，如此聲律方稱穩協，乃合定格。

(三)務頭之詮釋

曲中「務頭」之說，最早見於周德清《中原音韻》，然周氏措詞簡約，但言「要知某調、某句、某字是務頭，可施俊語於其上」，所列「定格四十首」中，又僅指出某字某句為務頭，對務頭之性質與運用均未細加說明。王驥德《曲律》之論務頭，修辭方面承周氏「施俊語」之說，另著眼於音樂旋律之美聽，認為「係是調中最緊要句字，凡曲遇揭起其音，而宛轉其調，如俗之所謂『做腔』處」，至於明代實際唱演之戲曲中，何者為務頭？伯良並未詳言，以致清代李漁慨嘆「務頭二字既然不得其解，只當以不解解之」，故其論務頭亦僅云凡一曲中最易動聽之處是為務頭，而所謂「棋中有眼」等喻語，對務頭實際內容之瞭解，並無多大助益。《桃花扇·傳歌》一折，對務頭另有新解，旦（李香君）練唱《牡丹亭·遊園》一齣〔皂羅袍〕曲牌「雨絲風片」時，淨（蘇崑生）云：「又不是了，『絲』字是務頭，要在嗓子內唱。」是「務頭」之義又牽涉發音部位，正乃治絲益棼，徒亂人心目。近代曲家吳梅殫精竭慮，明確指出務頭之實際內涵：「即平上去三音相聯，而陰陽不同之處」。王季烈細繹前賢諸說，而以科學性之分析，具體道出務頭之涵義在於「詞采音節，兼擅其長」，並批駁《桃花扇》對務頭之錯誤詮釋，頗能發前人所未發，茲將先生新見臚列如次：

△蓋務頭大都在調之末句，或其中間吃緊之處，於此必須用俊語，不可輕率，「可施」之「可」字，當作「宜」字解。

△至「雨絲風片」之「絲」字，隸支時韻，唱時聲宜從齒縫出，不可張口出聲，故云要在嗓子內唱，實與務頭無涉。孔氏不解務頭二字之義，而將「雨絲」為務頭，與「絲」字不可出聲唱，二事誤併作一事，遂使學者益滋疑惑。

△余謂《北詞廣正譜》所註上去不可移易之處，與《南曲譜》所註某某二字上去妙，某某二字去上妙，凡此皆宜用務頭之處，於此施以俊語，則詞采音節，兼擅其長，誦之是佳句，唱之亦是妙音，李氏所謂最易動聽者此也。

今歸納周德清定格四十首中，明言務頭在某某者二十七曲，不難發現務頭之位置在首者罕，在腹者衆，在末者更衆（參羅忼烈〈說務頭〉一文）。其〈作詞十法〉第九法「末句」云：「詩頭曲尾是也」，並列六十七支曲牌末句之定格，說明曲之末句較諸詩詞等尤重格律，正與先生之說相合。總括王季烈對務頭之詮釋為：某曲調音節固定處（蓋指一曲之字格、一調之主腔），又必為詞采最佳妙處，質言之，即曲中文律俱美之處。其說雖著墨不多，然明確指出務頭之「必」有定格，於樊然殽亂之舊說，誠有一番廓清之功！

(四) 襯字之運用

曲之所以有一股疏朗自然的「爽氣」流貫其間，除題材風格與一般文學體製不同外，襯字之巧妙運用是其重要因素，它往往能將詩詞原本含蓄而凝鍊的句意化開，使句子變得清邕自然，疏密有致。而曲文加襯亦有定法，先生云：

曲之有襯字，既使文義條暢，且令歌時有疏密清新之致，但必須加於板式繁密之處，且須加於句首，或句之中間。至句末三字之內，與板式疏落之處，決不可妄加襯字，又襯字每處至多不宜過三字，且宜用虛字，不宜用實字。

下文舉《長生殿·密誓》折以明之，先生又承王驥德《曲律·論襯字》之說，指出《荆釵記》、《紅拂記》等不明正襯，致有襯上加襯之誤。並站在度曲角度說明張鳳翼雖以襯誤正，但該曲（《紅拂記·靖渡》折〔錦纏道〕曲牌）「幸係贈板慢曲，猶可勉強歌之，否則使歌者趕板不及矣。」洵爲經驗之談。又高明《琵琶記·喫糠》一折，且（趙五娘）唱〔玉抱肚〕曲牌，其中第五句，清陸貽典鈔本作「相看到此不由人不淚珠流」，先生特別指出此句句法：

後人誤於「人」字下增一「不」字，而將「相看到此」四字誤作一句，《金雀》（按：即《覓花》折〔玉抱肚〕曲牌）亦沿其誤，作十一字句，遂使製譜者不得不遷就，而以「如今教我」四字作襯（按：《覓花》折〔玉抱肚〕第五句作「如今教我對花無語墮花鈿」），有乖襯不過三之制限，諸如此類皆作曲者於正襯未分明之過也。

余考諸明烏程閔氏朱墨套印本《琵琶記》㉙上有眉批云：

此調元只有此一體，此曲第五句用「不由人」三襯字，而後人不解「不由人」句法，于

> 「人」下襯一「不」字，遂謂另有一體，……況古曲中凡「不由人」下，並無又增「不」字者，不由人猶言由不得我也。

是知陸氏鈔本誤將「不由人不」四字當作襯字，有違「襯不過三」之通例。又吳梅《南北詞簡譜》卷八列《浣紗記》〔玉抱肚〕之第五句「感卿贈我一縑絲」，係不加襯字之正格，爲上四下三之七字句，並皆可證王季烈論南曲襯字之確當不易。

至於先生之論北曲襯字，蓋將北曲中之增字、增句、夾白、帶白等皆誤作襯字，故有所謂「北曲之板無一定，襯字多，儘可於襯字上加板，非若南曲不許點板於襯字也」，甚至主張北曲襯字「毫無限制」。此說與吳梅略同，皆有待商榷，詳見本書第四章第二節。

叁、譜曲論

古典戲曲之創作與敷演，其中關乎聲樂部分者，除存於當時唱演者唇吻之際外，往往有意無意間爲治曲者錄存而成曲譜；而在欠缺錄聲設備的古代，聲樂之美早因年湮代遠而無法再現，唯獨保存、記載宮調、板式、旋律、唱法等聲樂實際內涵之曲譜，能使後人研究有跡可循，不再茫然不知歸趨，足見曲譜洵爲研究傳統戲曲聲樂之重要文獻。

傳統戲曲之記譜方式，按其功用不同，可大別爲曲譜與宮譜兩種。曲譜分句讀、別正襯、附點板式，示創作以軌範；宮譜標注工尺板眼與腔格高低，爲度曲之津梁。曲譜之作由來已久，自《太和正音譜》以迄吳梅《南北詞簡譜》，代不乏可觀之作，然宮譜之刊行，則始於康乾之際。（詳見本書第一章第四節之四「由訂譜以樹戲曲格律」）何以宮譜遲至清中葉以降才大量出現？其主要原因在於近代傳統曲學式微，劇作者率不明音律，唱演者多不諳四聲，非有宮譜，則無法被之管絃，播諸口齒，宮譜遂由是而興。箇中原委，王季烈《螾廬曲談卷三・論宮譜》析之甚詳，其文云：

古時崑曲盛行，士大夫多明音律，而梨園中人亦能通曉文義，與文人相接近，其於製譜一事，士人正其音義，樂工協其宮商，二者交資，初不視為難事，是以新詞甫就，祇須點明板式，即可被之管絃，幾不必有宮譜。自崑曲衰微，作傳奇者不能自歌，遂多不合律之套數，而梨園子弟識字者日少，其於四聲陰陽之別，更無從知，於是非有宮譜，不能歌唱矣。

近代宮譜雖興，然製譜之法，歷來治曲者鮮少論述，縱或論述，亦未見詳備。如吳梅雖於《顧曲麈談・度曲》一章中提及「別正贈」、「分陰陽」等度曲製譜之基本常識，並附二支〔雙調鎖南枝〕曲牌，俾治曲者得從四聲、清濁、正襯等比較中，領悟譜曲之法，然於如何點板、認明主腔、聯絡工尺等專門問題，瞿安先生皆未嘗深論。王季烈表示宮譜製法所以未見諸文字記載，並非古人之秘而不宣，蓋前賢意欲後學「苟能將一種曲牌之曲數十支，唱之極熟，而又分出正襯，且逐字細別其四聲陰陽，則於此種曲牌製譜之法，已不待言而明」，「古人所以不言其法者，俟人自得之於度曲之際，猶之教人習書者，祇令人多臨古帖，不必與論用筆之法而亦能善書也。」然而先生認爲古人這種「待人多唱而自悟」的方法，終究是「暗中摸索，未免多走迂途」，實在不夠科學，於是他爲發皇傳統曲學，不吝度人金針，將製譜緊要之端，大別爲「點正板式」、「辨別四聲陰陽」、「認明主腔」與「聯絡工尺」四項，闡發製譜底奥蘊，玆嘗試釐述如次：

一、論點正板式

板式關係整首曲調節奏之快慢，故製譜之法首在點正板式。而板式之點定當以何譜爲據？王季烈表示諸曲譜中，「南曲以《南詞定律》爲最詳，北曲以《北詞廣正譜》爲最審」，治曲者據此二書以點南北各曲之板，自可無誤，唯二書不易得，則可就《九宮大成》、《欽定曲譜》求之，惜《欽定曲譜》北曲不點板，故可再從宮譜之舊曲中求之。先生指出「舊曲宮譜其板式正確者，惟《吟香堂》、《納書楹》及本書（按：即《集成曲譜》）而已，此外俗伶傳抄之宮譜，正贈不別，且多抽板以圖省事，斷不足據也。」先生於〈論板式〉一章，率先指出點板之基本常識：

> 板疏則工尺宜簡，板密則工尺宜繁，不先定板式，無從定腔格也。南曲惟引子、〔賺〕（原註：即〔不是路〕）、〔入破〕、〔出破〕、〔紅衲襖〕、〔青衲襖〕句中不點板，僅於每句之末下一截板，此外過曲則皆一句之中點有數板，北曲則每折之第一二支及煞尾，太都不點板，僅於句末下截板，中間各曲，亦係點板者居多。

足見南北曲板式最複雜者在於過曲，過曲中各曲牌之板式雖各有不同，然亦有一通例可以概括之，此通例何在？先生指出其關鍵就在「句法」。並於《螾廬曲談》中將南曲一字句至十字句，每種按其句法（或句式）之不同，標明第幾字應點頭板、腰板或截板，且舉若干常用曲牌實例以證之，俾譜曲者能按圖索驥，得一簡便定板之法。即欲譜某支曲牌時，除襯字應先辨出不計外，其餘本格正字，則按其句長、句法之不同而斟酌定板，其中一字句最爲簡單，皆點頭板，如〔梨花兒〕之第四句，〔駐雲飛〕之第五句即是；二字句則分第二字點頭板、第一第二字各點頭板、第二字點頭板與截板、第二字點頭板、腰板與截板等四種情形；至於常見之七字句，按「上三下四」與「上四下三」句法之異，就有二十餘種點板方式，茲以〔瑣窗寒〕（或作〔鎖寒窗〕）爲例，其第五句長（按：詞曲之句長蓋以韻腳爲單位）應作「上三下四」句法，如《荆釵記·送親》作「反教我掛腸懸膽」，《紫釵記·移參》作「還倚仗詞鋒八面」，《浣紗記·進美》作「獻佳人聊供灑掃」等皆爲上三下四句法。其板式之點定，《集成曲譜》俱採最常見之方式，於第二第四第六字點板，第七字點截板㉚，板式與句法相稱，故歌之穩諧順耳。

然而《桃花扇·傳歌》一折〔瑣窗寒〕曲牌之第五句長卻作「配他公子千金體」，句法顯爲「上四下三」，教人難以下板，故吳梅云：「今若依板法，則『子千金體』復成何語？余嘗謂《桃花扇》有佳詞而無佳調，蓋謂此等處也。」（見《詞餘講義·十知》之三「句法」）㉛

至於北曲之板式，不若南曲繁密緊嚴，往往會因增字、增句、減字、減句、夾白、帶白等諸多情形而有所增損移動。王季烈將北曲二字句至七字句之點板通例略述梗概，並取《北詞廣正譜》爲準，檢視同一曲牌如〔雁兒落〕、〔得勝令〕等在不同劇本中，其點板方式竟各自不同。

又如《長生殿・絮閣》一折〔北出隊子〕之末句「既不沙，怎得那一斛珍珠去慰寂寥」，在《九宮大成南北詞宮譜》、《納書楹曲譜》、《吟香堂曲譜》與一般通行俗譜中，其點板方式亦各各不同，按之曲律，以《吟香堂》最合正格，其他三種以上，先生均視爲變體，說明此類板位挪移之情形，「按之曲理，皆無不合」，「北曲中時有之，不得謂之乖謬也。」

此外，除雙調〔折桂令〕外，北曲板式非但增減移動並無一定，且其起板與否亦無一定。先生舉正宮〔滾繡球〕、仙呂〔混江龍〕、南呂〔梁州第七〕等曲牌，在甲劇本唱作散板，在乙劇本則有中途改成點板而唱之情形，足見北曲之起板蓋無定也。

最後先生提醒譜曲者點定板式時，應以曲理句法爲先，不可拘泥舊譜而乖句讀，致使文義不明，其文云：

點板一事，固宜遵守舊譜，而後人所填之曲，其句法或與舊譜有不符之處，則當顧全文理句法，而變通其板式，不可泥譜而讀破句，以貽笑柄也。

二、論四聲陰陽與腔格之關係

文辭與音樂之結合，我國自古早就存在著「倚聲塡詞」和「因詞製樂」兩種方式㉜。傳統戲曲中的雅樂——崑曲，經無數文人、樂工、伶家的不斷鍾鍊，累積數百年的智慧與心血，融鑄上述兩種方式，其文辭與音樂之結合程度，較他種戲曲尤爲密切，故崑曲之譜曲法又稱「製譜」，俗謂「打譜」，即譜曲者先將曲文內容與情境瞭然於胸中，再按曲詞之四聲陰陽酌配工尺，並顧及曲牌本身的主腔旋律（下文再論），多方調整加工的結果，使原曲牌之主要旋律與新曲詞緊密結合，唱演者只要按譜而歌，就能達到字正腔圓、表情達意的效果。因此在製譜過程中，曲詞的四聲與工尺之高低，有著嚴密的諧和性，此即所謂「腔格」，而「腔格」也正是「十曲十樣」的主要因素。王季烈《螾廬曲談卷三．論四聲陰陽與腔格之關係》云：

> 同一曲牌之曲，而宮譜彼此歧異，不能一致者，因其曲中各字之四聲陰陽，彼此不同故也，故分別四聲陰陽，為製譜者最要之事。

至於四聲腔格如何？王季烈於《螾廬曲談卷一．論口法》與《度曲要旨》中已詳加論述（詳見本節壹、「度曲論」之二「論識字正音」），此處再進一步闡論，如論上、去聲之腔格云：

> 四聲中惟上聲之腔格陰陽無甚辨別，故《韻學驪珠》於平去入三聲字字分別陰陽，獨上聲有不分陰陽之字，謂為可陰可陽。余竊以為不然，上聲字之陰陽亦確有分別，惟其唱法則不甚懸殊，猶之陽去聲，有時亦照陰去聲之唱法，而不得謂去聲無陰陽之別也。

明確指出上聲在聲韻學研究上雖必分陰陽（按：即清濁），但在譜曲時往往不分陰陽。今考諸舞臺盛演不輟之《牡丹亭．遊園》一齣〔皂羅袍〕曲牌，其中上聲字屬陰者有：紫、井、景、賞、捲、錦等字，除「錦」字略高外，其餘多譜低腔；而屬陽之上聲字有：與、美、雨等字，其中「美」字腔較高而「與」、「雨」字皆譜低腔，由此可見上聲字腔格之高低，實與陰陽無多大關係。

至於去聲字原本就分陰陽，先生於《螾廬曲談卷一·論口法》中所論較爲詳盡：「去聲則出口即高唱以遠送其音，惟在陽去聲，則初出不嫌稍平，轉腔乃始高唱」與去聲腔格頗爲吻合。故譜曲者大抵據此，如〈遊園〉一齣〔步步嬌〕與〔醉扶歸〕兩支曲牌之去聲字，其屬陰者，如「翠」、「處」、「怕」等字大都譜成高腔，且第一腔與第二腔音差不大；而屬陽者，如「步」、「便」、「豔」等字雖亦譜成豁腔，但初出稍平，待轉腔後始揭高，且第一腔與第二腔之音差較大。（其他「院」、「線」、「面」、「雁」等字蓋屬主腔位置，故不論陰陽）又如先生所編《正俗曲譜》卷一《瓊屑詞·採桑》一折，其〔步步嬌〕與〔醉扶歸〕兩支曲牌之去聲字，其譜曲原則亦準此通例，僅「駐」字屬陰聲，而譜成「上六工尺」有類陽去而已，故先生云陽去雖有時譜成陰去，亦不得謂去聲無陰陽之別也。

上述四聲陰陽與腔格之關係，蓋僅屬通則而已，實際譜曲時，尤須視曲牌體式之不同而酌予增損工尺，先生於此闡述甚詳，《螾廬曲談·論譜曲》云：

> 其在慢曲板密腔繁之處，則陽平之上尺，變為上尺工尺上，其合四，變為合四上四合；陰平之尺工尺，變為尺工尺上尺上四，其四上四，變為四上四合四合工；陰去之五六工尺，變為五六工尺上四，陽去之六仩五六變為六仩五六工尺上。……

在襯字及急曲中板疏之處，皆須唱之甚速，俗名曰搶，其宮譜務須單簡，每字只一腔或二腔，否則使歌者趕板不及，其陰陽四聲諸字，不能用前所舉之腔格，祇可就出聲之高低，以資區別。如陽平唱四字，則陰平唱上字，去聲唱工或尺字，此等處之去聲字，每不分陰陽，上聲照平聲而附一頓音，（原註：卽唱上字，則附一四字之霍腔，唱四字，則附一合字之霍腔。）或比平聲稍低亦可。

至於北曲之譜曲法，亦可與先生之論度曲相發明。（見本節「度曲論」中「北曲之四聲唱法」一項）由於北曲較諸南曲多出乙凡二音，且入派三聲，又無贈板，腔繁而音促，其譜曲法看似容易，實則較南曲尤難捉摸，故先生以楷、草之喻，示譜曲者以門徑，洵爲經驗之談，玆迻錄如下：

南曲與北曲腔格之區別，可比之楷書與草書用筆之不同，南曲腔格分明，板式一定，猶之楷書之用筆，一點一畫不容踰越常軌；北曲則腔格流轉，變動不居，板式亦可任意增減移動，猶之作草書者，隨筆揮灑，不拘拘於一定之筆畫，而於流走之中見機趣，學書者非先習楷書，不能習草書，學譜曲者亦非先譜南曲，不能譜北曲，知音者當不河漢余言。

三、論主腔

傳統曲牌音樂與文辭結合之格律有二：一是據曲詞四聲陰陽調値之高低而酌配工尺，此則所謂「四聲腔格」（上文簡稱「腔格」），係採「因詞製樂」之方式；另一是每支曲牌原本所蘊含之主要旋律，它具有確定曲牌聲情之作用，一般稱之爲「曲牌腔格」，王季烈首先將它定名爲「主腔」，譜曲時對於主腔旋律，大抵採用「倚聲塡詞」之方式。

有關曲牌主腔觀念之論述，明代徐渭《南詞敍錄》論曲牌聯套時，雖曾提到「須用聲相鄰以爲一套」，（見本書第一章第二節）但並未進一步指出「聲相鄰」的實際內容。近代曲家吳梅雖曾觸及此問題，卻未嘗加以深論，《顧曲麈談．度曲》云：

> 每一曲牌必有一定之腔格，而每曲所填詞曲，僅平仄相同而四聲清濁陰陽又萬萬不能一律，故製譜者審其詞曲中每字之陰陽，而後酌定工尺，又必依本牌之腔格而斟酌之，此所以十曲十樣而卒無一同焉者也。

其中所謂「每一曲牌必有一定之腔格」與「必依本牌之腔格而斟酌之」，卽就「主腔」而言，然吳梅稱之爲「曲牌腔格」，易與「四聲腔格」相混，故王季烈於《螾廬曲談》中，特將曲牌中的主旋律定名爲「主腔」，以彰顯曲牌旋律的主要風格與特色，因其涵義明確，故迄今仍沿用此一名稱作爲研究傳統曲牌音樂之主要依據。

《蠙廬曲談》中，王季烈對主腔之定義與辨析如下：

△為某種曲牌第幾句、第幾字所固有之腔，不以四聲陰陽之別而有所變更，卽所謂主腔是也。（〈論譜曲〉頁一七）

△凡某曲牌之某句某字，有某種一定之腔，是為某曲牌之主腔。（〈論譜曲〉頁一九）

△欲知各曲之宮譜某處為主腔，某處非主腔，宜取同曲牌之曲多支，將宮譜中之腔格逐字比較，其支支一律，毫無改變之腔格，卽是主腔也。其餘因四聲陰陽而改變之腔格，俱非主腔。（〈論譜曲〉頁二十）

從先生明確的析辨中，足以令人回想在許多唱曲、聆曲的經驗中，每支新曲一出，其中總有若干似曾相識的旋律反覆出現，而這些主旋律正是先生所謂的「主腔」。因此，如何找尋主腔以配製新譜？先生提供一科學而簡便之法，卽「將宮譜中之腔格逐字比較，其支支一律毫無改變之腔格，卽是主腔」。換言之，只要歸納多支同曲牌之曲，作一番精密的比對功夫，找出各曲之間相同的旋律，其主腔卽可鈎稽而得。於是先生不辭覼縷，將《集成曲譜》爲數甚多的曲牌，先按宮調加以類分，再將每支曲牌出現在不同劇本中的情形編成目次，以便製譜者檢索，並參酌各劇句法，譜定主腔。

《蠙廬曲談》中，先生曾以「懶畫眉」爲例，簡略指出其主腔所在，其文云：

〔懶畫眉〕第一句之末一字，陰平則用四上尺上、、四，陽平則用合四上尺上、、四，此「上尺上、、四」卽為〔懶畫眉〕之主腔。

今按先生所編目次檢索，可知〔懶畫眉〕曲牌出現在《集成曲譜》劇目中，至少有十三齣以上，玆爲免煩瑣，特舉習見之劇五：《琵琶記·賞荷》、《西樓記·樓會》、《牡丹亭·尋夢》、《玉簪記·琴挑》、《躍鯉記·蘆林》，先列其曲詞，以觀其主腔位置所在，次列諸劇之主腔旋律。至於非主腔之旋律，爲免讀者徒亂心目並節篇幅，概略而不錄。

(一) 各劇〔懶畫眉〕曲詞

〈賞荷〉：「强對南薰奏虞絃，只覺指下餘音不似前，那些個流水共高山，只見滿眼風波惡，似離別當年懷水仙。」

〈樓會〉：「慢整衣冠步平康，爲了花箋幾斷腸，藍橋何處問玄霜，輕輕試扣銅環響，忽聽鶯聲度短牆。」

〈尋夢〉：「最撩人春色是今年，少甚麽低就高來粉畫垣，原來春心無處不飛懸，睡荼蘼抓住裙袖線，恰便是花似人心好處牽。」

〈琴挑〉：「月明雲淡露華濃，欹枕愁聽四壁蛩，傷秋宋玉賦西風，落葉驚殘夢，閒步芳塵數落紅。」

〈蘆林〉：「蘆林驚起雁鴻飛，斷葦枯枝拾幾堆，舉頭忽見一男兒，冤家天遣來相會，只怕他對面無情淚暗垂。」

(二)各劇〈懶畫眉〉主腔表

(第一句)

〈賞荷〉 6 1 | 2・1 6 5 ⁝ 5 6 — — | 1 2 1 6 — ⁝ — —
虞 絃

〈樓會〉 6 1 | 2・1 6 5 ⁝ 6 — — — | 1 2 1 ⁓ 6 — ⁝ — —
平 康

〈尋夢〉 1 — | 2・1 6 5 ⁝ 5 6 — — | 1 2 1 ⁓ 6 — ⁝ — —
今 年

〈琴挑〉 1 — | 2・1 6 5 ⁝ 5 6 — — | 1 2 1 ⁓ 6 — ⁝ — —
華 濃

〈蘆林〉 6 1 | 2・1 6 5 ⁝ 6 — — — | 1 2 1 ⁓ 6 — ⁝ — —
鴻 飛

(第二句)

〈賞荷〉 2 5 3 2 1 | 6 — 5 3 | 3 5 6
似 前

〈樓會〉 2 5 3 2 1 | 6 — 5 3 | 3 6
斷 腸

〈尋夢〉 2 5 3 2 1 | 6 — 5 32 | 3 6
晝 垣

〈琴挑〉 2 1 | 6 — 5 3 | 3 6
壁 蛩

〈蘆林〉 5 3 5 | 6 — 5 3 | 6
幾 堆

（第三句）

〈賞荷〉1 一 | 2·1 6 5 ¦ 6
高　山

〈樓會〉6 1 | 2·1 6 5 ¦ 6
玄　霜

〈尋夢〉1 一 | 2·1 6 5 ¦ 5 6
飛　懸

〈琴挑〉1 一 | 2·1 6 5 ¦ 6
西　風

〈蘆林〉6 1 | 2·1 6 5 ¦ 5 6
男　兒

（第五句）

〈賞荷〉5 3 5 | 6 一 5 3 ¦ 6
水　仙

〈樓會〉3 3 5 | 6 一 5 3 ¦ 3 6
短　牆

〈尋夢〉3 2 1 | 6 一 5 3 ¦ 6
處　牽

〈琴挑〉3 5 | 6 一 5 3 ¦ 3 6
落　紅

〈蘆林〉3 2 1 | 6 一 5 3 ¦ 3 6
暗　垂

由上表可知〔懶畫眉〕之主腔大抵出現在押韻句尾之末二字上，且第一與第三句、第二與第四句之部分主腔有重複出現之情形，而四聲之腔格則往往體現於腔頭，如陰平腔頭常用單音，陽平則用二音，上聲用霍腔（頓音），去聲則用豁腔；其腔腹與腔尾則不論四聲陰陽，全都歸束於主腔旋律上。一般說來，北曲的主腔較爲鮮明㉝，南曲則較爲複雜，但有若干曲牌如先生所舉〔山坡羊〕與〔懶畫眉〕，主腔皆極鮮明，至於仙呂〔忒忒令〕與〔園林好〕、〔沈醉東風〕與商調〔二郎神〕、〔集賢賓〕等曲牌，其主腔大略相同，聽之不易分別，故先生表示「必考其句法，檢其板式，而後可斷定爲某曲。」

「主腔」理論之樹立，由王季烈開啟端緒，闡發奧蘊，爲傳統曲牌音樂之研究開創一片生機。大約十年前，先生哲嗣王守泰教授克紹箕裘，結合南京、揚州、蘇州、上海等地精研傳統曲樂之專家十餘位，萃心編撰《崑曲曲牌及套數範例集》㉞，其中第二集第一章對主腔理論之建立與辨析，均在先生研究基礎上，向前邁進一大步。《範例集》將上述《螾廬曲談》對主腔之定義稱作「線型論」（即指出先生對主腔的涵蓋面不夠廣，缺乏靈動性），並累積多年研究成果，將主腔改用「框架論」來詮釋，且以〔越調．祝英臺近〕爲例（見下表），從大量例句中找出一個最長最繁和一個最短最簡的主腔形式，分別稱作繁形與簡形，使其他同型主腔盡納於此框架內，譜曲者於繁簡之間自可斟酌選取，既自由又合律。至於主腔之實質內容，《範例集》曾以「犀角、蛇腰、蜻蜓尾」七字加以形象化，頗爲確當，其文云：

「犀角」是指主腔頭的幾個音，它要像犀牛角那樣尖長，前伸的堅硬物體，它包括一串音——少則兩、三個，多則可達五、六個。其中第一個音音值是一定不變的（有如犀牛角之尖銳），隨後幾個音也不能在太大範圍內變動（有如犀牛角之硬和後面漸漸變粗）。犀角祇能從曲詞單字行腔的聯絡腔部分開始，不能把行腔腔頭受腔格因素影響的部分包括進去（陰平聲有時是例外）。

「蜻蜓尾」是指同型主腔腔尾，祇要求保證最後一個音值相同，應像「蜻蜓點水」的意思。因為這個音與四聲腔格無關，反應腔格因素的是它前面幾個音，例如去聲常用21 6.，上聲常用3.5.6.，主腔的蜻蜓尾祇考慮6.一個音。前面是21或3.5.與主腔型號無關。蜻蜓尾一般也就是詞句行腔的結音。

「蛇腰」的意思是說祇要把主腔頭的幾個音和主腔尾的一個音規定下來，聯繫頭、尾的中間或長或短的一串音可以聽其自然，不加約束，由它像蛇行那樣擺來擺去。不必擔心蛇腰會變動幅度太大，祇要譜曲者對崑曲音樂有足夠的感性認識，譜出的腔有「崑味」，蛇腰就不會擺出框架以外。

用上面提出的〔祝英臺〕的主腔（按：見下表），說明犀角是653，蜻蜓尾則是2，這是看得清的。蛇腰則由於板則的不同，伸縮性大，但祇要保證了犀角和蜻蜓尾，並按崑曲聲律習慣譜曲，就能保證全部主腔的神似，於是主腔不但聽得清，也看得明了。

此外，《範例集》特別指出每支曲牌之主腔，皆具備下列特徵：㈠鮮明性，㈡多樣性，㈢重複性，㈣定位性（指主腔出現位置之是否具有規律）㈤派生性（某些非同型主腔相互之間有派生關係），創發良多，頗可取則。

〔越調·祝英臺近〕主腔分析表

折子	句碼	全譜
《規奴》一	⑤	6 — 6·2̇ 1̇ ⋮ 6·1̇ 6 553 ⋮ 2 35 3 — ⋮ 2·3 2 — ⋮ 2 —
		飛　盡　　紅　英，
	⑧	6 — 6 1̇ ⋮ 6 · 1̇ 6 5 ⋮ 3·5 3·2 ⋮ 1 2
		不　出　　閨　門，
《春睡》一	⑤	6·1̇ 5 3 5 ⋮ 6 · 1̇ 6 53 ⋮ 2 35 3 — ⋮ 2·3 2 — ⋮
		注　了　　紅　脂，
	⑧	3 6 5 3 5 ⋮ 6 · 1̇ 6 5 ⋮ 3·5 3 — ⋮ 2
		楊　柳　　鴛　鴦
《述嬌》一	⑤	60 1̇ ⋮ 6 · 1̇ 6 53 ⋮ 2 35 3 — ⋮ 2
		曲　　紅　綃，
	⑧	5 3 5 ⋮ 6 · 1̇ 6 5 ⋮ 3·5 3·2 ⋮ 1 2
		裏　　鴛　鸞，
	⑩	6 — ⋮ 6 — 5 3 ⋮ 2 — — 32 ⋮ 1 — 2 — ⋮
		這　　些　時，
《規奴》二	⓪①	6 — — — ⋮ 5 · 3 2 — ⋮ 2 —
		晝，
	①	16 53 2 3 ⋮ 2 —
		燕　雙　飛，
	⑤	5 3 5 ⋮ 6 · 1̇ 6 5 ⋮ 3·5 3 — ⋮ 2 —
		底　　雕　鞍，
	⑧	5 3 5 ⋮ 6 · 1̇ 6 53 ⋮ 2 35 3·2 ⋮ 1 2
		冷　　無　人，
	⑩	6 — ⋮ 6 — 5 3 ⋮ 2 — — 3 ⋮ 2
		這　　般　見，

《春睡》二　⑪　| 3 6 — — ¦ 5 · 3 2 — | 2 —

墮，

①　3 6 5 3 2 ¦ 1 2 3 2 — |

麝　蘭　香，

⑤　6 2̇ i̇ ¦ 6 · i̇ 6 5 | 3·5 3·2 ¦ 1 2

蕩　湘　裙，

⑧　5 3 5 ¦ 6 · i̇ 6 5 | 3·5 3·2 ¦ 1 2

種　嬌　嬈，

⑩　3 6 ¦ 6 — 5 3 | 2 — — 3 ¦ 2·3 2 — |

恁　懨　懨，

《規奴》三　⑫　| 6 5·3 6 5 | 3 · 2 1 2

不捲　珠　簾，

⑤　| 6 5 3 6 5 | 3 · 2 1 2

百種　春　愁，

⑧　| 6 6·i̇ 6 53 | 235 32 12

春色　年　年，

⑩　6 i̇ 3 2 | 1 2 3 2

這　文　君，

《春睡》三　⑫　| 6 6·i̇ 6 5 | 3 5 3 2

新得　嬌　娃，

⑤　| 3 53 6 53 | 2 3 2 1 2

龍腦　微　聞，

⑧　| 3 3 0 6 5 | 3 3 3 2 12

紅玉　一　團，

⑩　6 5 3 | 2 3 2 1 2

這　溫　存，

四、論腔之聯絡及眼之布置

能點定板式，辨別四聲腔格，認明主腔，雖已具備譜曲之基本常識，然僅此仍不足以製成合乎唱演需要之宮譜，因每支曲牌必有四聲相同之字，加上主腔須適時再現，若旋律重複過多，則聽久必厭；而上下字之工尺尤須聯絡停勻，以免歌時產生棘喉澀舌之弊。是知腔眼之聯絡與布置，允爲製譜最難之事，故先生特立一章以闡釋其重要性，其文云：

區別四聲陰陽，認定主腔，依傍舊譜之工尺，便可製成宮譜歟？曰：未也。一曲之宮譜，其音調必須貫串，而又不宜過於重複，一句之宮譜，上一字與下一字尤須聯絡，否則拗音疊出，歌者鯁於喉，聽者刺於耳矣。顧聯絡云者，非第以鄰近之音相聯，六之下必係以工或五，上之下必係以尺或四也，凡高低懸殊之音，有時亦可聯絡，而鄰接之音相聯，有時亦覺不諧，此非精於審音者，不能辨之，故此事於製譜上為最難之事，非可以言語形容。

此事雖難以言語形容，然先生爲示後學以譜曲門徑，乃鉤玄提要，擇數端以明之。今爲便於論述，謹將先生之說標以眉目，條述如次：

(一) 論四聲腔格之布置

凡平聲字相連之處，其宮譜不宜驟高驟低，蓋平聲字之音節，以和平為主，縱有陰陽之區別，其腔之高低，相差亦不過一級而止。若去聲字之腔，則不妨驟然揭高；上聲字之腔，則往往驟然落下，去聲驟高之處，如上與六或五，合與上或尺，其音雖隔數級，而連用之仍能諧協；若四與工，則連用之處絕少，而尺與五，尤少相連者。上聲驟低之處，如六與尺或上，尺與四或合，上與合或工，皆可連絡。凡歌者自高而低易，自低而高難，故去上相連之字，驟用低腔，為曲譜中常見之事；而上去相連之字，驟用高腔，則較為少見，然在發調之處，則非用高腔，音調不合，祇須連絡得宜，亦不骾於歌喉也。

此段提出按四聲腔格所常用之工尺聯絡法，其中據聲樂美學觀點指出「去上」相連時驟用低腔，不但符合曲理而且悅耳，若「上去」相連，除非正值發調之處，否則驟用高腔，唱者功力不夠，就容易產生走音現象，故宜少用。其次，先生論「一字中之各腔，亦有以不相近之音連接者」，其例有三：

一為去聲字，如陽去聲之六仩或上六，陰去聲之五工或六尺是也。

一為曲中主腔所在，如〔山坡羊〕第四句第五字中之上合，越調〔小桃紅〕第二句第六字中之尺四是也。

一為陽平聲或上聲字，在急曲中宮譜求其簡括，如宜用上尺工尺之處，變為上工，宜用四上尺之處，變為四尺是也。

此三種之例，其第二種關係曲牌依格填之，不煩斟酌，第一種殆為通例，亦易沿用，惟第三種則須審慎用之。蓋本為陽平或上聲字之宮譜，而節去一腔，便似陽去聲之譜，故非不得已時，不宜輕用也。

㈡譜曲宜顧全文理

譜曲時宜顧全文理，辨明句讀、句法，句意完成時宜略爲頓斷，不可紊亂板式、擅加工尺，使文義模糊。如《長生殿・彈詞》一齣〔貨郎兒〕第三轉，首二句爲「那娘娘生得來仙姿佚貌，說不盡幽閒窈窕」，其中「貌」字爲首句最末一字，王季烈指出宮譜宜作「尺工尺上」，而俗譜「上字下之截板改作腰板，且於頭眼之後附一四字，以與下句句首第一腔之合字相連」，這種違背文義的譜法「雖屬動聽，然按之曲理，實屬大謬」（按：《集成》仍從俗譜）。至於上述曲中發調之處，其腔雖可驟然揭高，「然亦必在文義可讀頓處」，即必須考慮曲牌本身的句法結構，如〔園林好〕之末句爲三三式之六字句，〔玉芙蓉〕之末句爲上四下三句法，故其末三字揭高，正與文義相合；若爲上三下四之七字句或上二下四之六字句，則譜曲時絕不可於末三字忽然揭高。

㈢ 論點板之法

譜曲時板式用以節字句，舊有定譜可翻檢而得，而用以節字與腔之「眼」，其佈置之法唯有仰賴譜曲者豐富之經驗，方足以「使腔格之長短停勻，唱者無過搶過頓之弊」。王季烈闡示點眼時須先定出中眼所在，然後再點頭眼與末眼，並於《螾廬曲談》中舉例以明之，今將其說列爲簡圖如下：（按：、代表板，。代表中眼）

四字句：○、○。○ ○、

五字句：○、○ ○。○ ○、

七字句：A ○。○ ○、○ ○、○ ○、

B ○ ○ ○。○ ○、○ ○、

㈣ 加襯字點眼之法

上述之例係就不加襯字之句言之，點眼之法較爲簡易。若句首加上襯字，則眼須隨之移動，其移動亦有定法，卽上句句末之眼，可移於下句之襯字上，而下句之板眼，則毋須移動，如：

（按：．在中眼之前爲頭眼，在中眼之後則爲末眼）

七字句之正格爲：○． ○ ○。○． ○、○ ○、

加三個襯字（△）後改作：△ △． △ ○。○ ○． ○ ○、○ ○、

若所加襯字過多，或於板疏之處復加襯字，則眼之布置不得不稍作變通，如《修簫譜．擁髻》一齣〔桂枝香〕第四支之末句原作「早被那　劫火　燒殘了　色界天」，依正格應於「劫」字、「天」字上點板，但此句襯字較多，頗令歌者搶板不及，於是先生《集成曲譜》乃將「劫」字之頭板移到「燒」字上，權變將「燒殘」作正字，「劫灰」改作襯字，而把上句句末「情田地」之「地」字上的中眼，移到「被」字上（如左圖所示），使節奏停匀，便於歌唱。

〔桂枝香〕末句：早被那　劫灰　燒殘了　色界天[35]

(五)　慢曲點板之法

慢曲旋律緩慢，其眼之布置較有餘裕慮及四聲腔格，故先生論慢曲點眼之法，旨在要求譜曲者應配合四聲腔格之變化以製曲，使歌者唱演時四聲能更加分明，達到字正腔圓的效果。其文云：

> 慢曲中眼之布置，又與腔格有關係，即宜速過之腔點眼疏，宜停頓之腔點眼密。凡陽平陽去聲字之第一腔，皆不宜長，故祇點一眼，陰平及上聲字之第一腔，大抵延長，可點二眼，或延長至一板三眼，陰去聲字之第一腔，則長短適中，點一眼或二眼。
>
> 又上一字之末一腔點眼與否，與下一字之四聲陰陽有關係，如下一字為陽平或去聲，則上一字之末一腔每不點眼，下一字為陰平或上聲，則上一字之末一腔，大都點眼，凡此皆所以使腔格停匀，宜於歌喉也。

此段旨在闡述譜曲，尤其譜慢曲時，其點眼之法較一般急曲更應重視四聲腔格之配合，如陰平與上聲之音長較長，其第一腔大抵延長，且上一字之末一腔，也大都點眼，用以加強其調性舒緩之特質；而陽平與陽去之音長較短，其點眼之法則與上述相反，故譜曲者宜針對四聲調性之不同，作適度的斟酌與調整，方能譜出腔格停勻、令歌者口吻調利之佳曲。

肆、批評論

王季烈於傳統戲曲濡染甚深，從拍曲、訂譜、編選斠勘、粉墨登場到以科學方法釐述譜曲門徑，張皇曲學幽渺等，在在可以看出他對傳統曲學的全面關注。也由於他與吳梅同以發揚傳統曲學爲職志，又是多年度曲老友，因此他對戲曲的批評手法與理念，大抵與吳梅略同。除本事溯源、劇作家生平考索、版本比勘等考證功夫之外，他與吳梅同樣重視劇作之主題思想與曲文詞采、音律、排場等創作技巧及演出效果，對傳統戲曲的綜合藝術皆有一番整體性之觀照。而王季烈的戲曲批評也同樣未脫傳統曲話式之雜論性質，缺乏系統謹嚴之架構，如有關「本色」之涵義，其前後界定即有不同。玆因先生之戲曲批評，多與其「度曲論」、「作曲論」密然相關，且其論點大抵散見《螾廬曲談》卷二「論作曲」、卷四「餘論」之若干篇章及《孤本元明雜劇提要》一書之中，今爲便於論述，謹將其中批評觀點摭拾而出，先按主題思想、賓白、音律、排場等方面加以釐述，再比較先生本色說涵義之遷變，以觀其戲曲批評之全豹。

一、就主題思想而言——宜裨風教

先生家風清正，素以忠孝自持。《螾廬曲談．自序》透露先生有感於世道人心之江河日下，冀復音節和平之雅樂（崑曲），「修訂章明之，使勿墜失」，以達「移風易俗」之效。民國十七年左右，先生爲吳梅《奢摩他室曲叢》作序時，曾指出近代「舊學陵夷，棄故訓若弁髦，束群經於高閣」，傳統安身立命的經史之學已漸失去導正人心的功效，唯獨「傳奇詞從淺顯，意在勸懲，其興趣既老嫗盡知，其感人勝生公說法」，非但可悅性陶情，更能裨補風教。民國三十六年，先生編《正俗曲譜》，所選劇本亦皆屬「忠孝節義之事，慈祥愷悌之言」，「冀以移風易俗，反樸還淳，或於救正世道人心，有萬一之効」，譜名「正俗」，即寓有深意。故先生論戲曲之主題思想，自然以有裨風教爲標準，若該劇有勸世之功，即或曲文未見佳妙，先生亦稱許之，下列數則批評，即可窺其旨趣。

△《幽閨記》……中間雖有一二佳曲，然無詞家大學問，一短也；既無風情又無裨風教，二短也；歌演終場，不能使人墮淚，三短也。（《螾廬曲談．餘論》）

△《破窰記》……此本題目既比《西廂》為正，而文筆亦毫無遜色，乃《西廂》盛行於世，而此本湮沒不彰者二三百年，《論語》云：『吾未見好德如好色者』，洵確論也」

△《薛苞認母》……曲文率直，無甚俊語，蓋此等題目不易見長，作者意在勸世，未可苛繩也。

△《貧富興衰》……事頗足以風世，曲文亦頗有俊語，洵為曲中之上乘文字。

△《蘇九淫奔》……文筆頗佳，音律亦合，無如題目淫濫，不堪訓俗，虛負此好筆墨，

深可惜也。

△《魚籃記》……蓋勸善之作也，曲文間有俊語，通體亦妥適。

——以上見《孤本元明雜劇提要》

二、就寫作技巧而言——音律宜穩諧、賓白宜典雅、排場宜妥貼

戲曲要達到文律俱美、案頭場上兼擅的境界，非但曲文格律須斟酌，並適時表現才情之外，音律之是否穩諧、賓白之是否醒豁與關目排場之是否妥貼超妙，都是關係劇作舞臺效果的重要因素。在諸多因素中，曲文之是否合乎本色，自然與劇作之演出效果有關，但由於牽涉先生本色說之界定，留待下文再論。至於賓白一項，先生所論不多，且以典雅爲主，與舞臺演出講究「肖似口吻」之要求，畢竟有些距離，或許王季烈認爲這方面理論，自王驥德、李漁以迄吳梅，已有詳贍之闡發，故不再贅述。玆將先生有關寫作技巧之綜合批評臚列如次，以見其批評角度之既廣且細。

△元人百種皆北曲之佳者，宮調無不合律，詞采無不超妙，然賓白失之率直，排場尤欠考究。

△《琵琶》曲文頗佳，且亦合律，然〈喫糠〉、〈剪髮〉等折，屢屢移宮換韻，未足為法。

按：〈喫糠〉一折前兩支〈山坡羊〉爲凡調，〈孝順兒〉四支轉乙調，〈雁過沙〉三支又轉爲小工調，此折劇情變動不大，屢屢移宮換調，誠有未當。〈剪髮〉一折，除首支引子〈金瓏璁〉爲雙調外，其餘曲牌皆屬南呂宮，唯押韻由眞文、干寒、家麻、皆來至歸回，換韻過多，故先生云：「不足爲法」。

△玉茗四夢，其文藻為有明傳奇之冠，而失宮犯調不一而足，賓白漏略，排場尤欠斟酌。

△玉茗四夢，往往於平上去韻之間，參雜入聲韻一、二字，則其入聲字必依北曲之歌法歌之，方可叶韻，殊不足以為法也。

△《浣紗》、《明珠》、《玉玦》、《紅梨》曲白並美，在明傳奇中最完善。

△《桃花扇》賓白最工整，曲詞亦佳，特平仄多失調，襯字欠妥貼，是其所短。

△全部傳奇中用〈賺〉者，以一折為宜，一折中用〈賺〉，亦不宜過二支，《紫釵》則全部用〈賺〉者四折，而〈托媒〉、〈議婚〉二折相連皆用〈賺〉，〈敘圓〉折用〈賺〉至四支之多，皆於曲律排場欠考究也。

按：《螾廬曲談》卷二「論劇情與排場」一章云：「〈賺〉者，各宮皆有之，亦名〈不是路〉，用之排場改變、移宮換羽之際最相宜。」是知〈賺〉之使用最宜斟酌，《紫釵》誠有濫用之病。

△曲文之樸茂本色，明人不如元人，國朝不逮明人；而排場之周匝、關目之細密，則後人實勝於前人，至 國朝康乾之際而為最善，賓白一道亦復如是也。

——以上見《螾廬曲談》卷二「論作曲」

△清容（按：卽蔣士銓）塡詞亦學玉茗，而能謹守曲律，不稍踰越，洵為近代曲家所難得，宜其享盛名也。

△譜釵黛事為傳奇者有數本，而以此本（按：卽清仲雲澗《紅樓夢》）及荆石山民之散套、陳厚甫之傳奇為最盛行，荆石、厚甫於曲律皆門外漢，其所作不能被之管絃，三種中合律者，惟此本而已。

——以上二則見《螾廬曲談》卷四「餘論」

△《東墻記》……楔子〔賞花時〕二支用模韻，不雜撮口一字，可見《中原音韻》雖魚模不分，而能手亦嚴為區別也。

△《趙元遇上皇》……第四折用監咸險韻，游刃有餘，尤見才思。

△《降桑椹》……雖多荒誕之詞，而意在勸世，排場熱鬧，亦足取也。……而賓白尤繁冗，容或伶工所增。

△《海棠仙》……想見砌末滿場，陸離光怪，洵足令觀者耳目一新也。

△《東平府》……第三折將知府同禽上梁山，而第四折宋江發落衆人獨缺知府，亦其排場疏忽處。

——以上見《孤本元明雜劇提要》

綜觀先生之戲曲批評率夥同於吳梅，故元明清三代戲曲中，能符合王季烈批評標準者，亦以《長生殿》爲最，《螾廬曲談·論作曲》云：「余謂古今傳奇，詞采、結構、排場並勝，而又宮調合律，賓白工整，衆美悉具，一無可議者，莫過於《長生殿》，故學作曲者，宜先讀《長生殿》……」又先生於卷四《餘論·詞曲掌故雜錄》嘗云：「王渼陂、康對山……二人並以附阿劉瑾，致遭廢棄，人不足取，詞則頗工」，足見其戲曲批評亦採「不以人廢言」、實事求是等客觀而公允之態度。

三、王季烈之本色說

王季烈於民國十一年作《螾廬曲談》時，主張古典戲曲之曲文宜尚「本色」，而他對「本色」的詮釋是：

> 昔人謂填詞之道，文既不可，俗又不可，要自有一種妙處，在人妙悟領解，未可言傳。
>
> ……
>
> 余謂元人作曲最尚口吻相肖，《漢宮秋》乃元帝、昭君之口吻，故用妍麗之詞，《任風子》乃屠戶口吻，故絕不作才語，《陳摶高臥》乃隱士之口吻，故用超逸之語，然則不作才語處，固是本色，卽作才語處，仍是本色也。

文中推崇關、白、馬、鄭爲「北曲之泰斗」，尤其對金聖歎譏評關漢卿之《續西廂》頗不以爲然，他極力讚賞關作「用詞藻，專事白描，正是元人本色處」，並批評金氏妄改關文，「使原本雋永之詞旨，變爲率直，實《西廂》之大厄也」。儘管他欣賞王實甫才華富贍，但對王氏《西廂》〈驚豔〉〔寄生草〕與〈寺警〉〔八聲甘州〕等「詞旨纏綿，風光旖旎，置之南曲中洵是妙詞」之作品，若「按之元劇尚本色語，卻非當行文字」，倒是〈驚豔〉〔元和令〕、〈借廂〉〔小梁州〕、〈賴婚〉〔江兒水〕與〈前候〉〔勝葫蘆〕等「白描詞句，轉爲元時出色當行之作」。又言明初王子一、谷子敬、賈仲名、楊文奎等人所作之曲，「類皆清麗芊綿，有元人遺風」，而對羅貫中《風雲會》、金志甫《東窗事犯》等「雄健樸茂」之曲文，亦歎賞爲「的是元人本色」，至於尤西堂之《鈞天樂》與楊笠湖之《吟風閣》，先生亦稱「其詞皆戛戛獨造，追踪元曲」。此外，先生於「論作曲要旨」一章中對曲文創作，主張有宜雅之處，亦有宜俗之處，「雅則非一味典雅，而須出以超妙之筆；俗非一味俚俗，而須含有雋永之旨」。足見王季烈此時對元曲雄健樸茂而又雋永之「本色」頗爲讚賞，至於王實甫等清麗芊綿之風格，先生雖不逕目之爲「本色」，然亦給予相當肯定。

民國十七年，王季烈爲吳梅《奢摩他室曲叢》作序時，曾言「南尚才華，間用文人之僻典，北矜本色，更雜胡地之方言」，此時先生將北之「本色」與南之「才華」相對，可窺其所謂「本色」已漸漸轉變爲不尚才語之樸茂曲文。至民國三十年，先生應上海商務印書館之請，校訂《孤本元明雜劇》並撰《提要》，在《提要》中「本色」一語觸目皆是（至少有二十餘種之多），其涵義已轉爲單指質樸白描之曲文，而與綺麗之俊語相對，此時先生之所謂「本色」，並不代表曲文之標準藝術形相，且已非褒賞之辭，甚至含有貶意。

由於對「本色」涵義之界定有所遷變，先生於是在《提要》中提出「眞本色」一辭以別於一般樸拙無文之「本色」，而這也牽涉先生對元曲作家鑑賞之移易，如《螾廬曲談》將關、白、馬、鄭列爲北曲泰斗，而在《提要》中則云：「今談曲者，咸以關漢卿爲巨擘，以此書證之，則寧推實夫仁甫，駕而上之。」主要因爲王實甫與白樸曲作符合先生「眞本色」之要求，而所謂「眞本色」之藝術標準，可從下列《提要》之數則評語得知：

△曲文極佳，通體多綺麗語而不失纖弱，用本色語而不失之粗率。……此等妙句皆堪一讀一擊節，在元人中惟王實夫、白仁甫乃能有此筆墨。（評《雲窗夢》）

△……皆絕妙俊語，有元人之古樸，而無元人粗野之弊；有明人之工麗，而無明人堆砌之病，雖關、白、馬、鄭，無以過焉。（評《卓文君》）

△曲文之古拙蒼勁，雋永有味……斷非明人所能為，其第一第四折張仲所唱，語語清新，字字典雅。第二折曳剌所唱則全用白描，此等白描文字，於古拙之中仍寓雋永之旨，方是真本色、真行家，彼摭拾一二胡語，填砌無數俚言，以自附於本色二字者，覩此可以知反矣。（評《村樂堂》）

△此本通體無一率直語，雖關、白、馬、鄭之作，無以過之矣。（評《三化邯鄲》）

由此可知先生所讚賞之「眞本色」在質樸與綺麗之間，是既古拙又雋永，既典雅又清新，關、白、馬、鄭之作此時因典麗不足，而被先生視爲非「眞本色」，至於王實甫曲文則因雅麗清新而被推爲上乘之作，先生此評顯非確當[36]，蓋與《太和正音譜》及王驥德之說有關[37]。曲文之鑑賞在此一標準下呈現若干偏差，只合乎「本色」而不含俊語之曲文，顯然已不足稱道，換言之，「本色」一辭已不再是規範曲文之標準藝術形相了，這可從《提要》一書之批語窺知。《提要》列元明雜劇凡一四四種，其中只稱「本色」而乏俊語者，如《打董達》、《十探子》、《病劉千》等，先生不是將它列為「中駟」，就是認為它「無甚意味」；若既合本色又饒俊語者，如《剪髮待賓》、《飛刀對箭》、《雲窗夢》、《流星馬》、《桃園結義》、《誤失金環》等劇，先生率抵譽之為佳作或上駟之作；至於不合本色卻饒淸詞麗句者，先生亦賞之為「上乘文字」，如《賽嬌容》、《龐掠四郎》等即是。

如此品評標準，自然也影響先生「貴文士典麗之作，賤伶工之筆墨」等鑑賞態度，《提要》中凡列為伶工筆墨者，有《怒斬關平》、《智降秦叔寶》、《鞭打單雄信》、《慶賞端陽》、《齊天大聖》……等二十餘種之多，先生率皆詆其曲文「平平」、「率直」、「平庸」、「絕少勝處」，且賓白亦有繁冗之病。而列為文士之筆墨者，如《曹彬下江南》、《洞玄昇仙》、《八仙過海》等劇，先生則讚賞其曲文整飭多俊語，而無俚俗之病，且賓白亦修潔可誦。

綜上所述，王季烈在《孤本元明雜劇提要》中，對元雜劇豪辣灝爛、疏朗樸茂之「本色」風格，並未站在客觀角度加以欣賞、給予肯定，且有卑視伶工筆墨等貴雅賤俗之偏失。先生之批評標準與態度之所以有此偏差，蓋與其生平際遇有關，從本章第一節生平之敍述中，可知先生於舊學原本胎息淵厚，自幼濡染經史子集等古籍，故其文章爾雅，斐然有致。辛亥革命後，先生避地津沽，「端居寡侶，始以讀曲為遣愁之計」（《螾廬曲談·自序》），「滿州國」的政治美夢落空，又使他除經營實業外，不得不終日涵泳於崑曲雅樂之中以求心靈之慰藉，而崑劇文辭最爲典雅流麗，腔調尤其紆徐宛轉，頗饒一倡三歎之情致，先生浸染甚深，習焉不察，轉而對元劇一派蒼蒼莽莽之氣與渾然天成之本色風格，感到有些距離而變得難以欣賞了。

縱然王季烈這方面的批評有若干偏差，但在批評伶工筆墨率直無文的同時，他也指出明代伶工傳習之抄本，常有伶人妄加襯字而與元刊本大相逕庭之情形，其批評頗有見地，玆迻錄如下：

> 伶工學習南曲，便於趕板，每將應有襯字，妄行删去。故其腳本如《綴白裘》之類，比傳奇原本襯字為少。今此書亦為明代伶工傳習之抄本，而多疊床架屋不可通之襯字，以與有刻本者（如《鎖魔鏡》及與《元曲選》重覆之各本）相較，則刻本固文從字順，其襯字遠比抄本為少。乃知抄本中不可通之襯字，皆係伶人妄增，以字代腔，使便記憶，非撰曲時所本有。

今將現存《元刊古今雜劇三十種》與明代諸刊本相較，可發現明刊本常有許多「疊床架屋不可通之襯字」，鄭騫先生認爲這是唱腔改變所致，並說明嘉靖、隆慶兩朝正值南北曲腔調轉變之關鍵，「在此之後，無論南曲北曲的腔調，都比以前婉轉繁複。但是腔調雖變，而詞句未改，於是詞句與腔調，繁簡多寡，不相符合，這才有了以字代腔使便記憶的情形。」（見〈孤本元明雜劇讀後記〉一文）曾師永義則考證元代雜劇之伴奏樂器爲鼓、笛、鑼、板，主奏爲管樂器——笛；明代北雜劇式微，改以絃索伴奏，唱字雖多，猶可搶帶得及（詳見〈有關元人雜劇搬演的四個問題〉之二）。由此可知，明代由於唱腔漸趨婉轉繁複，伴奏樂器隨之變爲靈活而豐富，伶人演唱乃增字代腔以便於記憶，又無趕板以致腔戾之顧慮，襯字遂由是而增多矣。

註釋

❶《蟫廬曲談・序》云：「夫古樂之亡已二千年，今樂又爲文人學士所不屑談，梨園子弟以外無習樂之人，遂使移風易俗之權，乃操諸優伶賤工之手，此世道人心所以江河日下也。孔子刪詩，不廢鄭衛，崑曲雖多言情之作，而表揚忠孝節義之篇實居大半。至其音節和平，非秦楚之聲可比，實於今樂中最爲近古，及今日而修訂章明之，使勿墜失，誰曰不宜？……」

❷工尺譜係民間流行之記譜方式，創於何時，已難查考，但知自宋以降即頗爲盛行。明魏良輔與王驥德之《曲律》，皆曾對板眼作簡明介紹，而王季烈所用板眼符號，大抵根據葉堂《納書楹曲譜》。至於笛色（調法）之說明，宋代已有，只是舊調名與通行調名不盡相符而已。詳見薛宗明《中國音樂史》（樂譜篇）「工尺譜」與張世彬《中國音樂史論述稿》第五篇第一章「記譜法的沿革」。

❸有關歷代韻書如元《中原音韻》（一三二四），明《洪武正韻》（一三七五）、《中州全韻》（一四八八—一四九八），清《音韻輯要》（一七八一）、《新訂中州全韻》（一七九一）、《韻學驪珠》（一七九二），民國《蟫廬曲談》（一九二八）等曲韻韻目之沿革與對照表，詳見王守泰《崑曲格律》頁一九～三四。

❹《蟫廬曲談卷一・論度曲》第三章「論識字正音」頁三四云：「纖廉即閉口之天田」，然頁三五云：「纖廉音同歡桓而收閉口」。考纖廉韻之例字，當以前說爲是。

❺林尹先生《中國聲韻學通論》第二章「聲」，曾提及錢玄同據章太炎之說，稱「喉音」爲深喉音，「牙音」爲淺喉音。而古時所稱「牙音」，即今之所謂「舌根音」。王季烈將喉音與牙音混爲一項，或與章黃學派之說有

關。

⑥ 古時所謂「正齒音」，即今之舌尖面混合或舌面之塞擦音與擦音。

⑦ 掇、疊、擻三腔之唱法，除《螾廬曲談卷一·論口法》亦嘗論及外，其詳細譜例可參《粟廬曲譜》卷首之〈習曲要解〉一文。

⑧ 明王驥德《曲律·論平仄》云：「詞隱謂：遇去聲當高唱，遇上聲當低唱。……或又謂：平有提音，上有頓音，去有送音。蓋大略平、去、入，啓口便是其字，而獨上聲字，須從平聲起音，漸揭而重以轉入，此自然之理。」沈寵綏《度曲須知·四聲批窾》又云：「頓音，則所落低腔，欲其短，不欲其長，與丢腔相倣，一出即頓住。夫上聲不皆頓音，而音之頓者，誠警俏也。」

⑨ 古全濁聲母在現代北方方言中，皆已清化而讀成清聲母。現代漢語方言中，唯吳方言、老湘語（大城市以外的湘方言）與少部分閩方言仍保留全濁聲母。詳見詹伯慧《現代漢語方言》第二章「漢語方言語音特點綜述」與第五章「北方方言」。

⑩ 李漁《閒情偶寄·演習部·教白第四》中，雖列「高低抑揚」與「緩急頓挫」二項以論賓白讀法，但大抵就文義立論，並未詳細就四聲加以辨析，而以「婦人之態，不可明言，賓白中之緩急頓挫，亦不可明言」一語作結，不若王季烈所論之科學而具體。

⑪ 王季烈《正俗曲譜·序》云：「王陽明曰：『今之戲本與古樂意思相近。……取今之戲本，刪去淫詞，只取忠孝故事，使愚俗無意中感發他良知起來，卻於風俗大爲有益。』旨哉言乎！……憶及陽明之言，思借優孟衣冠，代生公說法。……選劇百折，塡就歌譜，凡皆忠孝節義之事，慈祥愷悌之言，冀以移風易俗，反樸還淳，或於救正世道人心，有萬一之効歟！」

⑫ 孫玄齡《元散曲的音樂》頁一五四曾將《唱論》、《中原音韻》、《輟耕錄》、《元曲選·陶九成論曲》、《太和正音譜》、《北詞廣正譜》、《九宮大成南北詞宮譜》、凌氏《燕樂考原》等曲籍所列戲曲宮調名稱、次序

列一總表，表中各書宮調數目與所列順序竟無一相同。

⑬ 此十二音排列順序，奇數爲律，偶數爲呂，凡六律六呂，統稱十二律呂，簡稱十二律。

⑭ 張炎《詞源》載七宮十二調之目爲黃鐘宮、仙呂宮、正宮、高宮、南呂宮、中呂宮、道宮、大石調、小石調、般涉調、歇指調、越調、仙呂調、中呂調、正平調、高平調、雙調、黃鐘羽調、商調等。其中除正平調與大石調之振動頻率比值重複，同爲一·一二五〇，仙呂調與雙調之振動頻率比值重複，同爲一·三五一五之外，「黃鐘羽調」即「般涉調」之古名，「高宮」係《中原音韻》之「宮調」。故《詞源》所載宮調，與《中原音韻》所載北曲十七宮調相較，僅少商角調與角調而已。而歇（揭）指調，宮調，角調均有目無詞，道宮、小石、般涉、商角、高平則曲牌極少，在傳奇中均不能獨立成套，故今北曲通行套數實僅九宮（黃鐘、正宮、仙呂、南呂、中呂、大石、商調、越調、雙調）而已。南曲《十三調譜》雖收十五宮調，比九宮多商黃、高平、道宮、般涉、小石、羽調等六調。而商黃調乃取商調與黃鐘兩宮調之曲，或合成一曲，或合成一套；高平調與各宮調皆可出入，二者本身皆無獨具之曲牌，故實僅「十三調」。而十三調中，道宮、般涉、小石、羽調等四調曲牌甚少或不常用。《九宮正始》雖列仙呂入雙調一種，唯聯套時仍併入仙呂或雙調中，故今南曲通行套數亦僅九宮而已。詳見許守白《曲律易知》「論南、北宮調」與錢南揚《戲文概論》頁一七七～一八七。

⑮ 錢南揚考證南曲《十三調》係出自南宋人之手，而成書於元天曆（一三二八—一三三〇）年間，詳見《戲文概論》頁一七九。

⑯ 孫玄齡《元散曲的音樂》頁一七三—一七四所列「近代北曲各宮調所用調高表」中，舉凡揚蔭瀏《中國古代音樂史稿》、趙景深、俞振飛等之《崑曲曲詞》、謝也實、謝眞茀之《崑曲津梁》、錢南揚《戲文概論》等書所列宮調笛色，大抵不出王季烈《螾廬曲談》之範圍。

⑰ 許守白《曲律易知·論犯調》云：「犯調有二：一曰借宮，一曰集曲。何謂借宮？蓋傳奇每折所聯套數，有時於本宮曲牌之外，亦取別宮之曲牌聯接，是謂借宮。何謂集曲？取此曲牌與彼曲牌，各截數句，而別立一新名，是謂集曲，總謂之犯調云。」

⑱ 詳見王守泰《崑曲格律》第四章「套數」之第二節「聯套的套性」、第四節「北曲套數體式」與第十節「北曲套數中主腔聯結作用舉例」。

⑲ 許守白《曲律易知．論粗細曲》一章論曲牌之性質云：「一曰細曲，亦名套數曲，謂宜於長套所用，即前所謂纏綿文靜之類也；一曰粗曲，亦名非套數曲，謂宜於短劇過場等所用，即前所謂鄙俚噍殺之類也。……粗曲大半兼用之衝場，衝場者，謂上場時即唱此曲，不用賓白或詩句引起，而此曲又非引子之謂也。蓋此種唱時多可不和絃管，謂之乾唱，既不和絃管，即無拘乎宮調矣。若集曲則細曲居多，間有在可粗可細之列者，然亦不過三數調而已，若在粗曲之列，則絕無也。」

⑳ 許守白《曲律易知．論配搭》將各曲牌應聯套（必須與各曲相聯成為套數者）或專用（不能與別曲相聯者）或兼用（可與各曲聯套，亦可專用此曲數支便成一套者），或宜疊用（宜疊用前腔者）等性質，按宮調順序加以臚列。又許氏該書「論過曲節奏」與「論粗細曲」二章所論，皆可與王季烈之說相發明。

㉑ 吳梅《顧曲麈談．原曲》第三節「論南曲作法」之二「曲音之卑亢宜調也」云：「更有一事當注意者，前曲與後曲聯綴之處，不獨與別宮曲聯絡有卑亢不相入之理，即同宮同調亦有高低不同者。同一調也，〈金梧桐〉之高亢與〈二郎神〉之低抑，相去不可以道里計也，故自來曲家，未有以此二曲聯為一套者。」

㉒ 孫玄齡《元散曲的音樂》頁二〇九～二一五曾對各宮調曲牌出入之數目及各宮調之遠近關係，作成統計總表，並詳加分析。

㉓ 《長生殿》曲牌雖偶有重複，然所隸屬之宮調又多不同，曲情自無雷同之弊，如第六折〈傍訝〉丑唱中呂過曲〈縷縷金〉，廿五折〈埋玉〉生雖亦唱〈縷縷金〉，然宮調改為南呂過曲；十三折〈權鬨〉副淨所唱〈風入松〉屬「仙呂入雙調」，三十折〈偵報〉小生所唱則改為「雙調」；廿四折〈驚變〉生唱北中呂過曲〈鬥鵪鶉〉，三十三折〈神訴〉副淨所唱則改用越調；四十五折〈雨夢〉生唱越調過曲〈小桃紅〉，四十七折〈補恨〉旦所唱則改屬正宮過曲。唯獨廿四折〈驚變〉生旦唱南中呂〈撲燈蛾〉，表現魚陽鼙鼓動地來之時，明皇貴妃由宴樂歡洽急轉為驚變哀愁，廿八折〈罵賊〉外亦唱中呂過曲〈撲燈蛾〉，表現雷海青之憤怒與死事之烈。而〈撲

燈蛾」之曲牌性質，吳梅《南北詞簡譜》分析如下：

「此曲宜施淨丑口吻，而《幽閨》作生旦合唱，實非格也。……舊傳奇中，以此曲作乾板唱者，其無文情可知，作者勿施生旦可矣。」

而洪昇將之用於明皇貴妃之口，誠有違正格。其施於明皇，尚可解釋為排場需要，蓋漁陽鼙鼓，猝然喧鬧，其時明皇心境驟轉，故唱〔撲燈蛾〕原無可厚非。然貴妃醉態可掬，唱「態懨懨輕雲軟四肢，影濛濛空花亂雙眼，……步遲遲倩宮娥攙入繡幃間。」用〔撲燈蛾〕曲牌則甚為不稱，實無可飾非。又洪昇原作〈驚變〉一齣，旦唱南曲，生唱北曲，井然不紊，然末尾生卻唱南曲〔撲燈蛾〕，頗為不稱。今舞臺演出，旦唱〔撲燈蛾〕已覺不妥，又擅改作北曲，聲律更欠諧婉；而生唱〔撲燈蛾〕亦作北曲，則可視為適應排場需要所作之變格。

㉔ 曾師永義《長生殿研究》論「長生殿在戲曲文學上的成就」之四「排場妥貼」，分析《長生殿》全劇分場井然有秩，能劑冷熱而略有微疵：「對於長生殿的排場，假如我們硬要指出一點毛病的話，那麼其卅四、卅五、卅六連用三折過場，且卅三折又屬粗口北曲鬧場，於觀衆之聆賞未免間歇過久，倘能將〈收京〉與〈尸解〉二折置換，則似較為勻當。」

㉕ 詳見張清徽先生《明清傳奇導論．傳奇分場的研究》、〈南曲聯套述例〉與曾師永義〈說「排場」〉。

㉖ 關漢卿《續西廂．借廂》〔小梁州〕第二支云：「怎捨得你疊被鋪牀」，金聖歎改為「我不教你疊被鋪牀」，又〔耍孩兒〕〔三煞〕云：「你撇下半天風韻，我捨得萬種思量」，金本改作「你亦掉下半天風韻，我也颩去萬種思量」；〈酬韻〉折〔聖藥王〕云：「方信道惺惺的自古惜惺惺」，金本改為「便是惺惺惜惺惺」；〈請宴〉折〔醉春風〕云：「受用些寶鼎香濃」，金改為「你好寶鼎香濃」，又〔上小樓〕云：「請字兒不曾出聲，去字兒連忙答應」，金改作「我不曾出聲，他連忙答應」。王季烈認為金聖歎乃元曲之門外漢，其強作解事，更改原作本色處，「使原本雋永之詞旨，變為率直，實《西廂》之大厄也。」

㉗ 歷來探討元曲興盛之因，向有「元以詞曲取士」之說，如明沈德符《萬曆野獲編》、臧懋循《元曲選．序》即

有此主張。清王德暉・徐沅澂《顧誤錄》亦云：「自元以填詞制科，詞章既夥，演唱尤工，往代未之踰也。」姚燮《今樂考證・元以詞曲取士》一節，亦臚列沈德符、吳偉業（《北詞廣正譜・序》）、梁兆壬等人贊同此說之觀點。迨王國維撰《宋元戲曲考》乃詳加考證，力斥此說為妄誕不足道。

㉘ 中國傳統戲曲之歌唱與譜曲，皆重視曲音與曲義之密合關係，即講究「腔隨字轉」之原則，如「九一八」三字，大抵譜作5·11；若譜為512，則將令人誤以為是「揪尾巴」，此類因曲音而誤曲義之情形，戲劇效果必然驟減。

㉙ 明，烏程閔氏朱墨套印本《琵琶記》四卷四册，現藏台北國立中央圖書館。匡高二〇・四公分，寬一四・五公分，每半葉八行，每行十八字，科白小字雙行，每行亦十八字。本文墨印，眉批、圈點及批校語朱印。書前有西吳三珠生跋，其次即空觀主人撰凡例十則，再次圖二十幅，單面，署「吳門王文貞」繪。

㉚ 此種點板方式，按《螾廬曲談・論譜曲》考索，另有〔解三醒〕之第一句，〔掉角兒序〕之第一第二第三句，〔刷子序〕及〔泣顏回〕之第七句，〔錦纏道〕之第五句，〔朱奴兒〕之第一第二第四句等，其句法亦均為上三下四。

㉛ 此等板式與句法不合之情形，吳梅於《中國戲曲概論》卷下評清董榕《芝龕記》時亦指出：「記中每曲點板，但往往有板法與句法不合者，如上四下三句法而點以上三下四板式，不知當日奏演時何若也？（此病最壞，實則填詞時未明句讀）……」

㉜ 唐元稹《樂府古題・序》提及自《詩經》、《楚辭》之後，詩流為二十四品，其中「操、引、謠、謳、歌、曲、詞、調……八名，皆起於郊祭軍賓吉凶苦樂之際。在音聲者，因聲以度詞，審調以節唱，句度短長之數，聲韻平上之差，莫不由之准度。而又別其在琴瑟者為操引，采民甿者為謳謠，備由度者總得謂之歌、曲、詞、調，斯皆由樂以定詞，非選詞以配樂也。」又言：「詩、行、咏、吟、題、怨、嘆、章、篇……九名，皆屬事而作，雖題號不同，而悉謂之詩可也。後之審樂者，往往采取其詞，度為歌曲。蓋選詞以配樂，非由樂以定詞也。」

㉝ 北曲主腔鮮明度頗高，如《長生殿・絮閣》與《義妖記・水門》同用〔醉花陰〕、〔畫眉序〕、〔喜遷鶯〕、

〔出隊子〕、〔滴溜子〕、〔刮地風〕、〔滴滴金〕、〔四門子〕、〔鮑老催〕、〔水仙子〕、〔雙聲子〕這套南北合套之套曲，其套性頗強，主腔再現次數多，稍一聆聽卽能分辨出爲某支曲牌，足見其主腔旋律之明顯而強烈。

㉞《崑曲曲牌及套數範例集》（南套）凡八集，由王守泰教授擔任主編，副主編爲錢大賚、王正來，其餘編撰成員按年齡爲序有：朱堯文、貝祖武、徐沁君、謝也實、樊伯炎、郁念純、謝眞茀、貝渙智、陸兼之、龔之鈞、楊立祥、顧兆琳、朱復等十三位。（據聞目前已有四位辭世）該集限於經費，目前尚未出版，而僅油印少量作爲《中國戲曲音樂集成·江蘇卷》編輯部之研究資料。

㉟南曲板位原不可擅移，然此處襯字過多，爲免唱者搶板不及，王氏蓋依《納書楹曲譜·凡例》，而有「死腔活板」之權變。

㊱就創作之數量與內容而言，關漢卿之作品非但較他人爲多，內容亦較他人豐富，硬性軟性、悲劇喜劇都有，稱得上是諸體俱備，盡態極妍，故歷來論曲者咸推爲巨擘，久已成爲公論，王季烈之說誠有値得商榷之處。詳見鄭騫先生〈孤本元明雜劇讀後記〉一文。

㊲《太和正音譜》云：「王實甫之詞，如花間美人，鋪敘委婉，深得騷人之趣。極有佳句，若玉環之出浴華清，綠珠之采蓮洛浦。」又云：「關漢卿之詞，如瓊筵醉客。觀其詞語，乃可上可下之才，蓋所以取者，初爲雜劇之始，故卓以前列。」王驥德《校注西廂記》之〈自序〉云：「實甫以描寫，而漢卿以雕鏤，描寫者遠攝風神，而雕鏤者深次骨貌。」〈評語〉又云：「元人稱『關、鄭、白、馬』，要非定論，四人漢卿稍殺一等，第之，當曰『王、馬、鄭、白』，有幸有不幸耳。」

第四章　吳、王二家曲學平議

我國傳統戲曲從劇本寫作到舞臺敷演，至少得經過劇作家依律塡曲、音樂家按曲訂譜、表演家循聲習唱等三度創作❶，故傳統曲學理論率由創作與演出等實踐過程中提煉而出。回顧晚清曲壇，戲曲創作在時局丕變下，因肩負政治宣傳之重任以致失格舛律，終不免隨時代浪濤之消歇而漸次褪色；舞臺演出方面，不重戲曲格律之「花部」擅勝，直奪「雅部」正席，致使傳統曲學鬱堙沈晦，誠如吳梅所言「自文人不善謳歌，而詞之合律者漸少；俗工不諳譜法，而曲之見棄者遂多」。在此「歌者不知律，文人不知音，作家不知譜」傳統曲學面臨存亡危機之近代，吳梅與王季烈挺身力挽狂瀾於既倒，或著書立說，或奔波授曲，或編印曲籍，無一不在爲賡續曲運，發皇曲學作最後的堅持與努力。綜觀前三章所述，吳、王二大曲家非但集傳統曲學之大成，且爲近代曲學開創研究之風氣與生機，厥功非淺。然其間若干見解或有値得修訂與商榷之處，本章亦嘗試予以辨析，以期學術研究之日新又新。茲分「吳、王二家曲學之貢獻」與「吳、王二家曲學商榷處」兩節釐述如次。

第一節　吳、王二家曲學之貢獻

中國古典戲曲爲高度綜合之文學與藝術，自來研究者率抵限於才力，或精研考證，或投身創作，或循聲訂譜，……各執一隅，鮮能備善。這在傳統戲曲昌盛之時，猶可分途以競其功，締造曲學研究諸美並陳之高峯；但在曲學低迷之近代，往往會因研究者所涉未廣，不免蔽於一隅，又因力量分散，而無法盡窺戲曲藝術底堂奧，終使傳統曲學日漸消亡，甚至乏人問津。吳梅、王季烈有鑑於此，深知欲振興近代曲學，就得對傳統曲學作一番全面性的關注與研究，在觀念上，首先必須樹立傳統戲曲在一般人心目中之地位，而在具體實踐時，尤須掌握傳統曲學重心，結合度曲、作曲與譜曲之學，觀其會通，窺其奧窔，並適度吸收西方科學方法，使傳統曲學之研究能配合時潮，作有效的推進與開展，而這也正是吳、王二家對近代曲學貢獻之所在。此外，庋藏校印珍貴曲籍以賡續曲運，著書立說，辨章得失以奠定曲學研究根基等，尤其有功於近代曲學之普及與傳衍。

壹、樹立傳統戲曲之地位

傳統戲曲向被視爲小道末技，因其託體卑近，後世儒碩薄而不爲。戲曲作家縱以「振鬣長鳴，萬馬皆瘖」之風姿，領有元一代文壇風騷，《元史》猶不予著錄。明初戲曲遭受榜禁，一般文士爲求功名，攻習制藝，而以留心詞曲爲恥，中葉以降，戲曲蔚然成長，聲樂之學粲然大備，清乾隆年間，紀昀等奉勅纂修《四庫全書》，乃將詞曲列於集部之末，唯究屬附庸，曲文仍被視爲「厥品頗卑」而不予著錄。一般表演者，甚至劇作家對自己瘁心力之所在的藝術，竟亦視爲「賤業」，令人不無感慨！因此，要使傳統曲學的研究步入正軌，受到肯定，就必須先從樹立傳統戲曲之地位談起，而樹立之道若何？近代曲家吳梅、王季烈率從釐清觀念與具體實踐二方面著手，並取得相當成就。

一、觀念之釐清

重視戲曲小說等通俗文學（平民文學）之價值者，明清以來代不乏其人，如明代有徐渭、李卓吾、公安三袁、馮夢龍、凌濛初，清代則有金聖嘆、李漁等，但由於持此論者屈指可數，尚未蔚成時潮，一時之間仍然無扭轉人們根深柢固的觀念。直到近代王國維以學貫中西的學術長才，將傳統文學所「不齒」的戲曲帶入學術苑囿，才使傳統戲曲跨入學術研究的新紀元。他將元曲提昇到與楚騷、漢賦、六代駢語、唐詩、宋詞並稱「一代之文學」的地位，《曲錄・自序》云：

> 元雜劇自文章上言之，優足以當一代之文學；又以其自然故，故能寫當時政治及社會之性狀，足以供史家論世之資者不少。

唯王國維僅站在文學的角度評賞戲曲，並未接觸傳統聲樂之學，掌握傳統曲學之重心，他本人既不愛看戲，又未嘗創作戲曲，對戲曲藝術的認同畢竟只是片面而已，欠缺足夠的說服力，因此他雖開啓戲曲學術研究之風氣，但仍然無法普遍提高戲曲在一般人心目中的地位。

至於吳梅、王季烈對戲曲藝術的認同，乃在觀念上大抵承上述諸前賢之說，肯定戲曲具有反映人生、導正人心的價值與功能，其文云：

△雖績物情，模擬人理，極宇宙之變態，為文章之奇觀，又烏可以小技薄之哉？（吳梅《曲選．序》）❷

△曲雖小道，而模寫物志，雕繪人理，足以鑒古今風俗之變，深入于國風小雅之旨。（吳梅《奢摩他室曲叢．序》）

△余嘗謂天下文字，惟曲最真，以無利祿之見存於胸臆也。（吳梅《中國戲曲概論．卷上》）

△選劇百折，填就歌譜，凡皆忠孝節義之事，慈祥愷悌之言，冀以移風易俗，反樸還淳，或於救正世道人心，有萬一之効歟！（王季烈《正俗曲譜．序》）

吳、王二氏又充分掌握古典戲曲之聲樂部分，認爲可上契古樂之精神，值得重視與發揚。吳梅肯定元雜劇內容之眞、音樂之自然，足與周之詩騷、漢樂府、宋詞等並爲一代之文學與音樂。

一代之文，每與一代之樂相表裡。其制度雖定於瞽宗，而風尚實成於社會，天然之文，反勝於樂官之造作。……由斯以例列代樂府之真際，於周代則屬風騷，於漢則屬古詩，於晉唐則屬房中竹枝子夜邊調等，於兩宋則屬詩餘，於金元則屬雜劇，其作者每多不知誰何之人，而流傳特甚。（《中國戲曲概論．卷中》）

王季烈則讚賞崑劇內容多含教化之功，其音樂尤具繩繼古樂之價值，《螾廬曲談．序》云：

「孔子刪詩，不廢鄭衞，崑曲雖多言情之作，而表揚忠孝節義之篇實居其大半。至其音節和平，非秦楚之聲可比，實於今樂中最爲近古，及今日而修訂章明之，使勿墜失，誰曰不宜？」又稱崑曲「曼聲徐度，一字而腔數轉」，頗合古詩雅樂一倡三歎之情致。

此外，吳梅更別出機杼，以切身創作詩、詞、文等一般文學與戲曲之經驗，認眞作一番比較，闡釋戲曲之創作遠較一般文學複雜而艱難，讓人從理性而科學的分析比較中，清楚體悟戲曲創作的確是一門高難度的藝術，實不容以「託體卑近」而恣意誣之爲粗俗，鄙之爲下流，玆歸納其說大要如下：

㈠就創作之參考資料而言

歷代詩詞古文名作如林，觸目即是，易於購取，創作者只要有心，不難覓得佳妙範本供作取則。反觀戲曲之情形，則難與之相提並論，「曲則自元以還，關、馬、鄭、白之作，不可全見。吳興百種而外，所存者已不多。有明一代，其以此名世者，上自王子一，下至阮圓海，其間不過二、三十人，而其所作已在有無之間，清代更寥寥矣。」（見《蠡言》卷一）佳作已然不多，流傳又復不全，實令劇作者莫知所由。

至於有關創作技巧之論著，詩文方面，「指示極精，學者易於步趨焉」，而戲曲則「塡詞賓白之法，素乏專書，詞隱之《南九宮譜》，玄玉之《北詞譜》，不易購取，所恃爲依據者，僅《西廂》、《琵琶》數種而已。」（見同上）他如「安宮配調、位置角目、安頓排場」等專門知識，舊時「悉委諸伶工，而其道益以不彰」，論曲專著的普遍缺乏，使得劇作者無矩矱可循，創作時有如暗室無燈，其難可知。

(二) 就創作之格律而言

一般詩文之難在於氣韻風骨而不在格律，吳梅云：「詩古文辭，專在氣韻風骨，世之治此者，求其工穩，與漢、魏、唐、宋作家爭衡，固非易事。若論入手之始，僅在平仄妥協而已。況高論漢魏者，有時平仄亦可不拘，是其難在胎息，不在格律之間也。」（《顧曲麈談・原曲》）曲之格律則遠較詩文爲難，創作時，首先面對的是多至數百的曲牌，其中每支曲牌各有隸屬的宮調，劇作者必須「就劇中之離合憂樂而定諸一宮，然後再取一宮中曲牌聯爲一套，是入手之始，分宮配角已煞費苦心矣。」

套數既定，接下來要注意的是「字格」問題，所謂字格是指「一曲中必有一定字數，必有一定陰陽清濁，某句須用上聲韻，某句須用去聲韻，某字須陰，某字須陽，一毫不可通借。」即作曲除與一般詩文須注意分清平仄四聲之外，尤須斟酌清濁以謹守「字格」。且曲韻中，居魚與蘇模，寒山、歡桓與天田，監咸與纖廉，因牽涉口法之準確性，故須嚴加劃分，非若詞韻之有時可併也。諸般格律之外，作曲尤須出以「本色」，方是當行之作，足見作曲之難迥非一般詩文所能相比，故吳梅云：

> 調得平仄成文，又恐陰陽錯亂，配得宮調合律，更虞字格難諧，及諸般妥帖，而出語苟有晦澀，又非出色當行之作。黃九煙云：「三仄應須分上去，兩平還要辨陰陽。」豈知所論猶未盡乎？故論其難，幾令人無從下筆。（見同上）

既然戲曲遠承古詩雅樂而來，其社會功能較諸詩詞既廣且深，其創作難度又因參考資料少，格律紛繁而較詩詞古文爲高，則其地位與價值，如何能遠遜於一般文學？

二、具體之實踐

自古以來，學者與藝人之間總有若干隔閡，戲曲的理論與實踐亦隨之產生距離，因此吳梅與王季烈除了在觀念上廓清一般人對戲曲所產生的誤解及偏見之外，更有諸多具體之實踐，如創作戲曲、組織曲社、粉墨登場、上庠授曲等，皆足以使一般人對戲曲之態度，從漠視、卑視逐漸轉爲肯定與接受，而這也正是梁啓超、柳亞子、陳去病等戲曲改革派與王國維等考證派所難望其項背的。

在創作上，吳、王二氏皆有能被諸管絃、奏之場上的作品傳世，足以扭轉舊時「文士不爲」的偏差態度，尤其吳梅，不論散曲或劇曲，皆有出色當行之作。而在組織曲社方面，吳梅除了爲籌辦「崑劇傳習所」而奔走募款之外，也曾主動辦過「振聲曲社」，積極參加各地曲社之拍曲盛會，並給予指導，如蘇州之「道和」與南京之「紫霞」即是，其中「紫霞曲社」並曾共推吳梅爲社長。王季烈在北京、天津、蘇州等地也積極成立「景璟」(一九一三)、「咏霓」(一九二三)、「同咏」(一九二五)、「正俗」、「螾廬」、「儉樂」(一九四三)、「吳社」(一九四五)等曲社，並先後返蘇延請南崑笛師徐慶壽、高步雲等北上爲曲友擫笛授戲。吳、王二人甚至粉墨登場，與藝人同臺演出，吳梅擅演青衣、老旦，是當時的客串名家，王季烈則工大面，曾與全福班名老生沈錫卿合演《單刀會》等劇，吳梅又嘗爲梅蘭芳、韓世昌、白雲生等拍曲、譜曲。此外，瞿安先生更熱情地將擫笛、訂譜、唱曲這些道學家所輕視的「小道末技」帶入大學殿堂❸，而不顧當時某些新舊文人的譏嘲與抨擊。他以能譜、善唱、會演的標準培育學生，爲學生扎下研究曲學的深厚根基，在他春風桃李三十餘載的歲月裡，傳統曲學於焉薪傳不墜❹。

這一切，以今日視之，似乎極其平常，但在當時，表演者普遍受到卑視而被喚作「戲子」，鮮少被尊爲「藝術家」者，而吳梅乃任教多所大學，王季烈亦曾中進士，任顯宦，二人並爲知名學者，只爲振興傳統曲學之一念，而與藝人多方合作，風氣一開，不僅縮短了學者與藝人的隔閡，也使曲學的研究因理論與實踐相結合，而取得新的成就，更重要的是扭轉了人們卑視戲曲的舊觀念，同時也樹立了傳統戲曲在文學史上與藝術史上應有的地位。

貳、擴展曲學研究之範疇與方法

我國傳統曲學論著卷帙浩繁，然率抵爲劇作家、藝術家創作與鑑賞的經驗之談，且多出以雜感式之曲話形式，因而帶有濃厚的直觀性與經驗性，其間所論雖不乏靈光乍現、一語中的之語，但由於缺乏縝密的邏輯論證，這些短小精悍、細緻靈動的精彩論評，依然只是零金碎羽，而無法架構出系統謹嚴的理論體系。

迨夫近代，西學東漸，識者紛紛吸取西方科學之治學方法，用以爬梳材料、整理國故，風會所趨，戲曲研究者亦得豫其流、取其長，或研考證，或探曲史，或窮樂理，並開學術之區宇，示來者以軌則。其中最爲特出者，要以王國維、吳梅、王季烈爲最，唯靜安先生雖首開戲曲學術研究之風氣，終因缺乏創作與演出之實踐功夫，而無法眞正掌握傳統曲學重心，故其戲曲史觀出現了相當之片面性與局限性；吳梅與王季烈則能緊扣傳統曲學核心，並適度採用西方觀念與治學方法，爲傳統曲學的研究注入新血、樹立新的里程碑。

一、進化的戲曲史觀

我國曲史之研究，雖早在元代就已開啓端緒，如夏伯和《青樓集》與鍾嗣成《錄鬼簿》即載有不少有關戲曲演員演劇與作家生平等史料，明清兩代曲話對各類戲曲體製如元劇、南戲、傳奇等遞嬗之迹與劇作家作品之評賞，亦多所論述，然因陳述方式細碎而支離，故無法給人整飭完備的戲曲史觀。王國維《宋元戲曲考》可說是我國第一部採用科學方法而呈現系統論述的戲曲史專著，但因作者本身對戲曲的鑑賞只停留於文學層面上，因而有崇宋元、詆明清的偏頗態度，甚至武斷地表示「北劇南戲，皆至元而大成，其發達，亦至元代而止」❺、「元曲爲活文學，明清之曲爲死文學」❻，對明清戲曲一概採取否定態度！

靜安先生之所以有此偏見，主要因爲他不諳傳統戲曲聲樂，只將戲曲當作一門平面的學術來研究，而眞正的戲曲畢竟不只是溯源流、明正變、考得失的學問而已，它除了文學之外，更是歌唱性、舞臺性、實踐性很強的一種綜合藝術，它的淵源、發展與變化無不與舞臺演出密然相關，誠如王衞民教授所言：「缺乏創作實踐和演出實踐，雖可以研究曲史，卻有很大的片面性和局限性。」（見〈論吳梅先生在曲學研究上的貢獻〉一文）

吳梅對傳統曲學有著深厚的根柢，在西潮洶湧的時代裡，他適度吸收西方先進思想與科學方法，用以開創傳統曲學研究之生機。在戲曲史觀方面，他明顯採用達爾文「物競天擇，適者生存」之進化論，闡釋中國戲曲自元以降發展之變貌，肯定明清戲曲之價値與地位，並評論其優劣得失，不像王國維僅將戲曲研究之範疇限於元代而止，而他的《中國戲曲概論》正是我國第一部戲曲通史。茲鈎稽數則論評，以觀瞿安先生進化之戲曲史觀：

△參軍代面，大曲小令，弋調崑謳，隨時代遞變，而各呈偉觀。（青木正兒《中國近世戲曲史》序）

△有明承金元之餘波，而尋常文字，尤易觸忌諱。故有心之士，寓志於曲。則誠《琵琶》，曾見賞於太祖，亦足為風氣之先導。（《中國戲曲概論卷中．明總論》）

△作者就心中蘊結，發為詞華，初無藏山傳人之思，亦無科第利祿之見，稱心而出，遂為千古至文。（董授經校訂《曲海》敍）

吳梅指出各代戲曲有「隨時代遞變而各呈偉觀」的進化趨勢，並肯定明傳奇爲「千古至文」，又在《中國戲曲概論》中客觀評述元明清三代戲曲之優劣得失。首先就文字、排場論元明戲曲之演變：

就文字論，大氐元詞以拙樸勝，明則研麗矣。元劇排場至劣，明則有次第矣，然而蒼莽雄宕之氣，則明人遠不及元，此亦文學上自然之趨向也。（卷中「明人雜劇」）

其次就學術風氣、思想潮流、戲曲發展等方面，論清曲之遜於明曲，又從協律訂譜、劇場格式、取材、結構等方面，論清曲之超邁前代，其文云：

> 清人戲曲，遜於明代，推原其故，約有數端：開國之初，沿明季餘習，雅尚詞章，其時人士，皆用力於詩文，而曲非所習，一也。乾嘉以還，經術昌明，名物訓詁，研鑽深造，曲家末藝，等諸自鄶，一也。又自康雍後，家伶日少，臺閣鉅公，不憙聲樂，歌場奏藝，僅習舊詞，間及新著，輒謝不敏，文人操翰，寧復為此，一也。又光宣之季，黃岡俗謳，風靡天下，內廷法曲，棄若土苴，民間聲歌，亦尚亂彈，上下成風，如飲狂藥。才士按詞，幾成絕響，風會所趨，安論正始？此又其一也。……
>
> （清）詞家之盛，固不如前代，而協律訂譜，實遠出朱明之上，且劇場舊格，亦有更易進善者，此則不可沒也。明代傳奇，率以四十齣為度，少者亦三十齣，拖沓泛濫，頗多此病，卽玉茗《還魂》且多可議。又事實離奇，至山窮水盡處，輒假神仙鬼怪以為生旦團圓之地。清人則取裁說部，不事臆造，詳略繁簡，動合機宜，長劇無冗費之辭，短劇乏局促之弊。又如《拈花笑》、《浮西施》等，以一折盡一事，俾便觀場不生厭倦。……此較明人為優者一也。……（卷下「清總論」）

下文更詳論清代之曲譜、曲韻與論律之書，均較明代為佳。最後又從主題思想與詞采、音律、結構、排場等寫作技巧，評有清一代傳奇發展之態勢：

乾隆以上，有戲有曲；嘉道之際，有曲無戲；咸同以後，實無戲無曲矣。（卷下「清人傳奇」）

由上述客觀的析評中，可以發現吳梅進化的戲曲史觀不僅擴展曲學研究之範疇與方法，同時也透露吳梅對日趨委頓的傳統曲學感到憂心忡忡❼，他不甘心傳統曲學隨著精緻的崑曲藝術之沒落而漸次凌夷，於是與王季烈等苦心孤詣地著書立說、組織曲社、作曲演曲授曲與不厭其煩地訂譜斠律，而傳統曲學亦於是乎日益昌盛、薪傳不墜。

二、結合西學以發曲學奧蘊

西方科學之治學方法，使吳梅與王季烈在研治傳統曲學時，較諸前代能有清晰條貫的論述與整飭完備的架構，其辨章得失、明示條例，誠足以導後來之先路。尤其王季烈以精湛的科技學養，辨析傳統曲學中模糊而多義的音韻學概念，以及艱深殽亂的樂理問題，皆有不可多得之創獲，茲略述其梗概如后。

(一)所謂閉口音卽韻尾收m音

我國傳統曲論中討論度曲之口法時，常會提到閉口音，而所謂「閉口音」，歷來曲家因缺乏科學的音標符號，當時雖極力形容，而年代一經遷移，後人還能得其心、會其意者恐怕不多。由於時代的隔閡、臆測的累積，往往使原本單純的概念變得模糊而多義，有關閉口音之詮釋，即是其中一例。

明魏良輔《曲律》第十九條提及度曲五難之一爲「閉口難」，而未對閉口音加以詮釋。王驥德《曲律·論閉口字第八》對閉口音的解釋是：

> 古之製韻者，以侵、覃、鹽、咸，次諸韻之後，詩家謂之「啞韻」，言須閉口呼之，聲不得展也。……閉口者，非啓口卽閉；從開口收入本字，卻徐展其音於鼻中，則歌不費力，而其音自閉，所謂「鼻音」是也。詞隱於此，尤多喫緊，至每字加圈。蓋吳人無閉口字，每以侵為親，以監為奸，以廉為連，至十九韻中，遂缺其三。此弊相沿，牢不可破，為害非淺。……若平聲，則侵尋之與監咸、廉纖，自可轉闢其聲，以還本韻，惟歌者調停其音，似開而實閉，似閉而未嘗不開。此天地之元聲，自然之至理也，乃欲槩無分別，混以鄉音，俾五聲中無一閉口之字，不亦冤哉！

文中提及閉口音與鼻音有關，其口法有開有閉，且指出當時吳音中已無閉口音，而唱曲時又得唱出閉口音，歌者除非廣涉閩粵方言，否則只有強記侵尋、監咸、廉纖等三韻之閉口字，庶幾口法之正確無誤，由此可證成魏良輔「閉口難」之說。至於伯良所言「似開而實閉，似閉而未嘗不開」等說法，雖無甚錯誤，但畢竟瑣碎而抽象，後人未必能全然領會。

明代對聲韻學極有研究的度曲家——沈寵綏，於《絃索辨訛》中特以方形□標註於閉口字旁，並舉例字「男」、「堪」（按：皆屬覃韻），簡單說明二字爲「閉口兼閉口」，而在《度曲須知・出字總訣》中標明「尋侵、監咸、廉纖」三韻分別爲閉口之「眞文、寒山、先天」，下並註云：「此訣，出詞隱《正吳編》中，今略參較一二字。」又在〈鼻音抉隱〉一項中，以大篇幅介紹閉口字之發聲法，茲摘錄其大要於下：

余嘗按十九韻之音，不特東鐘兩韻應收於鼻，即閉口、舐腭，其音亦非與鼻無關，試於閉口舐腭時，忽按塞鼻孔，無有不氣閉而聲絕者，則雖謂廉纖、真文等七韻，總是音從鼻出，奚不可哉？但其中猶自有辨，蓋舐腭、閉口，唱者無心收鼻，而聲情原向口達，無柰脣閉舌舐，氣難直走，於是回轉其聲，徐從鼻孔而出，故音乃帶濁，婉肖無你兩字土音。（原註云：吳俗呼無字不作巫音，另有土音與閉口音相似。又有我儂、你儂之稱，其你字不作泥音，另有土音，與舐腭音相似。）……舐腭、閉口，槪派收鼻，語益不經。不知閉口之收鼻，非余創說，伯良王氏，已先言之。但口閉矣而無竅可通，不得不從鼻轉，此亦理所易曉者。……

由於收鼻音之韻除閉口三韻外，另有東鐘、江陽、眞文、先天……等，而各地方言常有混同現象，故沈氏言「緣夫吳俗衆訛旣久，庚青皆犯眞文，鼻音誤收舐腭，故譜旁乃有記認。」沈氏極力闡釋，對當時之唱演或有「急懲時弊」之效，但後人披覽其文，蓋亦知者嫌其辭費，而不知者仍舊不甚了然於心。

清代李漁《閒情偶寄・音律第三》第四款「廉監宜避」提到閉口韻中，「侵尋一韻，較之監咸、廉纖，獨覺稍異。每至收音處，侵尋閉口，而其音猶帶清亮。至監咸、廉纖二韻，則微有不同。」闡釋監咸與廉纖二韻由於字少，係險韻，作者才力不足者不可妄用，至於閉口三韻之發音方式則未嘗細言。徐大椿撰《樂府傳聲》對閉口音著墨亦多，其中「鼻音閉口音」一項，將聲韻學與天地之時序牽合而談，固屬無稽，然書中論閉口韻與他韻之異者，尚可參酌，其文云：

> 庚青二韻，乃正鼻音也；東鐘、江陽，乃半鼻音也；侵尋、監咸、廉纖，則閉口音也。正鼻音則全入鼻中；半鼻音則半入鼻中，即閉口之漸也；閉口之音，自侵尋至廉纖而盡矣。（「鼻音閉口音」）
>
> 閉口之舌音，其聲始終從舌著力，其口始終閉而不開。其餘字字皆然，斯已難矣，至收足之時尤難，勢必再換口訣，略一放鬆，而咿啞嗚叱之聲隨之，不知收入何宮矣。（「收聲」）

閉口音係昔時度曲重要口法之一，故歷來曲家皆頗重視，然因時代遷異，諸家所論或詳或略，於今視之，尚有糾葛而難釐清之處，且聲韻學家之闡釋，亦有所謂「撮唇」、「撮唇鼻音」之說，當時識者聞之不難理解，然後人研究則往往多方揣測而未必盡得其眞義。王季烈吸收西方科學之標音法，明確指出所謂「閉口音」，其實就是韻母後收m音，而此一古音，目前尚存於福建、廣東等地之方言語音中，使過去曲家長期爭論的問題能夠豁然貫通，得到正解。（見《中國大百科全書》「戲曲、曲藝類」頁四〇一）

(二) 定小工調為D調

傳統戲曲音樂中，有關宮調律呂之學，歷代典籍論者甚夥，棼然殽亂，且多涉陰陽五行之說。吳梅有鑑於諸說「文字愈多，而其理愈晦」，故其《顧曲麈談》之論宮調，僅談「曲中應用之理」，而不談隔八相生等律學問題，該書僅「就其所存者言之，不敢以艱深文淺陋也」，並坦承「余於律呂之道，從未問津」，吳梅這種篤實的治學態度頗為可取，但研治曲學而不深究律學，終不免有其局限性❽。其後他為童伯章《中樂尋源》作序時，對律學即持肯定態度，他說：

> 聲歌之道，律學、音樂、辭章三者而已。自旋宮之理不明於世，學者輒求諸陰陽五行之微，茫然不知所歸，而宮調遂凌亂不可稽。……

並對童氏廣徵博考以光大傳統聲律之學頗為讚賞。王季烈撰《螾廬曲談》，於卷四《餘論·七音十二律呂及旋宮之考證》一章中，更以精密的數學分析，對傳統音樂中的律呂之學作一番梳理。首先，他以物理學基礎，對十二律呂高低現象作簡明扼要的闡述：

> 十二律呂者，為古時所吹管之名稱。蓋管之短長不同，斯吹成之音，高低各異，今日物理學家謂音之高低，關於空氣振動數之多寡，而吹奏樂器之振動數，與管之長短為反比例，是古人以管之長短，較正音之高低，洵於音樂上為最正確。故三分損一、三分益一，與夫隔八相生之說，為研究古今樂律者所不可不探討焉。

接著他分析三分損益之法，並以西洋鋼琴七白鍵、五黑鍵演奏之理，說明中國古代律呂雖有十二，而用入樂中則僅有七音之現象，使僅習今樂之人能對古代律呂有一科學而鮮明之認識。最後，王季烈將十二律呂與西洋十二音階作比較，通過精密的數學處理，指出正宮調之所以名「正工」之緣由：

> 無論常笛曲笛，單用一笛，而其七音與古律相合者，惟有正工調。即常笛之正工調，與古之無射為宮，七音一一脗合；曲笛之正工調，與古之南呂為宮，七音亦一一脗合。……可見古今命名，頗有用意，所謂正工調者，謂其音正確，按之古律，不稍參差也，而他調之單用一笛，皆係勉強遷就，七音不能正確，不待言矣。

此外，藉由先生縝密的數學分析，揭露了傳統戲曲音樂中的若干實質，即傳統音樂中的小工調，正與西樂之D調相當（見《中國大百科全書》「戲曲・曲藝類」頁四〇一）。而此項證實與發現，使傳統曲牌音樂中的定調不再茫無歸趨，同時也為傳統戲曲聲樂之樂理研究，樹立了新的里程碑。

叁、編印曲籍賡續曲運

研究古典戲曲，舉凡曲史、曲論之探研，曲韻、曲律之辨析，曲譜、曲選之比勘，無一不仰賴豐贍精詳之曲籍，而得以求備竟功。換言之，曲籍之蒐羅、藏弆、校印與編訂，實與戲曲命脈之絕續密然相關。吳梅與王季烈在兵燹不絕、動盪不安的時代裡，猶心繫曲運之隆衰，不遺餘力蒐羅校印珍貴曲本，並考覈編訂詳贍曲譜，俾後學得有豐富之學術資源可作研究、發展與創新，於賡續曲運之功，誠不可沒，茲略述其大較如后。

一、蒐羅校印珍貴曲本

吳梅居家儉樸，不比一般賞鑑式之收藏家擁有豐厚財力，可專力藏弆而無後顧之憂，在「架上日豐，篋中日嗇，饔飧不繼，室人交謫」的窘況下，有時不得不望書興嘆⑨。先生雖無優渥之藏弆條件，然為鑽研曲學、賡續曲運，仍不遺餘力蒐求曲籍，其書齋「百嘉室」與「奢摩他室」藏書數萬卷，曲籍不下六百種，允為近代藏曲大家。而先生之於藏弆，旨在發揚傳統曲學，故所藏珍本，非但不欲自秘，且親為選校刊刻，以利流播。其中《奢摩他室曲叢》收錄不少珍貴曲本，最受世人矚目，惜泰半燬於兵燹，令人不勝痛惜。

王季烈應上海商務印書館之請，校印《孤本元明雜劇》，並撰寫《提要》，使傳統戲曲之研究得有豐富資源以擴展領域。王氏校訂此書，態度頗為嚴謹，曾將抄本與刻本多方比勘，而以深厚之曲律素養，將伶工所加疊床架屋不可通之襯字一一改削，使之文從字順，便於閱讀，頗有裨於研究與欣賞。其中縱有臆改之處，先生亦逐條說明而未嘗湮沒原文，使此書得以保有學術研究之價值，且先生於序中，對該書之特色與優點均有簡扼敍述，可為治曲者研究之資。

二、考覈編訂詳贍曲譜

曲譜與宮譜之良窳，關係傳統戲曲創作、唱演之優劣，故其編訂是否審慎正確，向為曲家所重視。而歷代曲譜紛然雜陳，或正襯互誤，或異宮混調，或板式參差，令人莫知所從。吳梅瘁心考覈，多方參酌，撰《南北詞簡譜》以為作曲之矩矱，是書歷十年而成，考訂精詳，簡扼實用，洵為戲曲創作不可或缺之工具書。唯其中價值頗高之板式釐定，係作曲格律之首務，然石印時竟為門弟子刪削，誠近代曲學之一大損失。

宮譜方面，近代《遏雲閣曲譜》、《六也曲譜》係以戲工抄本為藍本考訂而成，其中曲詞、樂譜仍有不少錯訛與不盡合律之處，王季烈所編《集成曲譜》則能免除斯弊，該譜不僅蒐羅最富，並對曲詞與樂譜審慎釐定，使之既接近戲工演唱本，又符合曲律，實具宮譜與曲譜雙重作用，洵足以矯伶工脚本之失。至於《與衆曲譜》，由於價廉易購而頗通行，又該譜賓白明註四聲以便初學，與《集成》並皆有功於傳統曲學之普及。而《正俗曲譜》將傳統篇幅冗長、不易搬演之折子戲，根據聯套規律、脚色運用等排場處理手法，予以縮編，非但增強戲劇張力，且有裨搬演，可使觀聽不厭，為目前傳統戲曲演出之改革，奠定良好的基礎。

綜觀吳梅與王季烈對傳統戲曲所作全面性之關注與研究，舉凡藏曲、校曲、作曲、唱曲、演曲、譜曲乃至授曲等，無一不在爲近代已呈衰弊之曲學下一針砭，其博徵舊籍、取則新知，以擴展曲學研究範疇，著書立說、明示條例，以發曲學奧蘊，皆足以爲傳統曲學奠定良好之研究根基。錢基博於《現代中國文學史》中，以「劬以畢生」、「集其大成」、「發其條例」、「析其聲律」盛讚吳梅曲學之貢獻❿，實則王季烈之有功於曲學，何嘗不若是？綜上所述，吳、王二氏並開曲學研究之區宇，立傳統曲學於不墜之地，厥功甚偉，洵足爲近代曲學之大師。

註釋

❶ 見周維培〈新曲學的崛起與舊曲學的終結——王國維與吳梅戲曲研究之比較〉一文，又吳梅《莊親王總纂九宮大成南北詞宮譜．序》云：「歌曲之道有三要也：文人作詞，國工製譜，伶家度聲。」

❷ 湯顯祖〈宜黃縣戲神清源師廟記〉曾言戲曲之特點及功能爲：「生天生地生鬼生神，極人物之萬途，攢古今之千變。」吳梅此說頗與之相似。

❸ 任中敏〈回憶瞿安夫子〉一文曾提及吳梅在北大授詞曲課的情景：「當時同學選修詞曲者，對詞與曲，或兼收並作，或分治求專。課外復游於藝，驗於器，以極其致，乃首先習唱崑曲，校內敦聘吳中老藝師趙逸叟先生任其事，一時同學樂受薰陶者，相率而拍曲、唱曲，擫笛擊節，初不以事同優伶爲忤，風氣之開，自此始矣！不久，京內戲劇之演員如梅蘭芳、韓世昌諸君，皆叩最高學府之門，向趙老鞠躬請益，瞿庵夫子則從旁一一指陳肯綮。」詳見南京師範學院編印《文教資料簡報》總第一四五期。

❹ 鄭振鐸〈記吳瞿安先生〉一文云：「他所教的東西乃是前人所不曾注意到的。他專心一致地教詞、教曲，而於曲，尤爲前無古人，後鮮來者。他的門生弟子滿天下，現在在各大學教詞曲的人，有許多都是受過他的薰陶。」

❺ 見《宋元戲曲考．餘論》。

❻ 青木正兒《中國近世戲曲史．自序》對王國維認爲明清之曲是死文學的看法表示質疑，其文云：「……（王國

維）先生冷然曰：『明以後無足取，元曲為活文學，明清之曲，死文學也。』余默然以對。噫！明清之曲為先生所唾棄，然談戲曲者，豈可缺之哉！現今歌場中，元曲既滅，明清之曲尚行，則元曲為死劇，而明清為活劇也。」

⑦ 吳梅於《南北詞簡譜》卷六〈金盞兒〉曲牌下註云：「余居京師，曾屬某伶，練習此折，固畏難而止，於是黃岡俗調，遍行全國，殊可惜也。」

⑧ 吳梅對律呂之學缺乏進一步深究之興致，因而論曲牌聯套時，未嘗掌握「主腔」與「結音」之關鍵，而僅因襲前人舊作，甚至武斷定出曲牌聯套之先後次序，顯然不夠科學，並缺乏開展性。詳見楊振良〈吳梅與晚清曲學〉一文。

⑨ 盧前編〈霜崖先生年譜〉云：「民國六年，……先生北游，聚書益富，〈遺囑〉云：余生寒儉，無意藏弆，而朋友中頗有嗜舊刊者，朝夕薰染，間亦儲存一二，始則乾嘉校訂諸本，繼及前代珍秘諸書，架上日豐，篋中日嗇，饔飧不繼，室人交謫，此境習以為常也。」又吳梅跋《青樓記》云：「富春刻傳奇，共有百種，分甲乙丙丁字樣，每集十種，藏家目錄，罕有書此者。余前家居，坊友江君，持富春殘劇五十種求售。有《牧羊》、《綈袍》等古曲，余杖頭乏錢，還之，至今猶耿耿也。」

⑩ 錢基博《現代中國文學史》云：「特是曲學之興，國維治之三年，未若吳梅之劬以畢生；國維限於元曲，未若吳梅之集其大成；國維詳其歷史，未若吳梅之發其條例；國維賞其文學，未若吳梅之析其聲律。而論曲學者，並世要推吳梅為大師云。」

第二節 吳、王二家曲學商榷處

吳梅與王季烈集傳統曲學大成，振興近代曲學，奠定曲學研究根基，於我國戲曲史上自有其不可磨滅之功績。

唯自來論吳梅考證之失者，以葉德均之批評爲最嚴厲，其論列舉吳梅《霜崖曲跋》有誤察體製、誤考作者、誤敍本事、誤註存佚等疏失，其說備見於《戲曲小說叢考》❶，而有關元雜劇之排場，吳、王二氏曾將毛奇齡《西河詞話》所言「連廂詞」之演出情形，誤作元雜劇之搬演形式，此一辨誤，曾師永義論之甚詳❷。至於吳、王二氏之論務頭與閉口韻可商榷處，杜穎陶、羅忼烈與趙景深皆嘗提及，然未有詳贍之系統論述，而吳、王二氏論北曲襯字無定法之誤，上述諸家則鮮論及，故本節於吳、王二家論務頭、北曲襯字與閉口韻之有待辨析者，厥有數端：

壹、務頭之詮釋

「務頭」原爲宋元行院之「調侃語」（今所謂「行話」），乃當時伎藝界用以代替「喝采」一詞之行話（見《墨娥小錄》）❸，故後世每將戲藝中最精彩處稱作「務頭」。如《水滸傳》白秀英說唱「豫章城雙漸趕蘇卿」話本，白氏唱到「務頭」之處，即停聲乞纏；而元曲之務頭，論者尤多，周德清《中原音韻·作詞十法》云：「近有〔折桂令〕，皆二字一韻，不分務頭，亦不能唱采（按：「唱」字恐爲「喝」字之誤）」；明代沈璟指出吳中有「唱了這高務」之語，又奮傳〔黃鶯兒〕第一七字句是務頭（見王驥德《曲律・論務頭》），是南曲亦有務頭。近代曹心泉先生於清初舊鈔曲譜中得知崑曲亦有「務頭」，即「氣字滑帶斷，輕重疾徐連，起收頓抗墊，情賣接攛扳」等二十字度曲心法，須口傳親授，乃可領略，然與昔日南北唱法均異，故其論務頭，證以舊說，未必盡合④。

話本、南北曲、崑曲既皆有「務頭」，故杜穎陶推論：「其餘如諸宮調、賺詞等，或許亦有『務頭』，惟以毫無證據，不敢妄斷。」（見〈說務頭〉一文）足見「務頭」之說，各類曲藝、戲曲皆有，係指曲調最爲動聽、劇情最爲精彩之處，是戲曲之眼，也是博得觀衆喝采之高潮所在。

「務頭」之說，解者紛芸，然「務頭」二字之義，則鮮有論及者，按杜穎陶〈說務頭〉一文，釋務頭之義甚詳，茲迻錄如下：

> 按歌場所用術語，頗多以「頭」字名，如唱法中之「搬頭」、「責頭」，鑼鼓中之「奪頭」、「抽頭」等，不勝枚舉，至於務頭，亦係術語之一。「頭」字用意不甚明顯，不過一慣用語字，「務」者，必也，故「務頭」者，曲中必然之關捩子也。

曾師永義亦以辭彙結構闡釋「務頭」之本義：「務者必也，頭者詞尾，務頭者，必作如此而不可更易者也。」指出「頭」字爲詞尾，無義，較杜氏之說尤爲明確，是知「務頭」乃指曲中「必」施俊語、「必」拘守四聲、「必」用美腔且「必」有一定位置者。

「務頭」二字本義既明，以此檢視歷代語焉不詳或棼然殽亂之舊說，當可渙然冰釋而知其優劣，如周德清《中原音韻．作詞十法》論元曲之務頭云：「要知某調、某字是務頭，可施俊語於其上，後註於定格各調內。」又云：「如衆星顯一月之孤明」，下列定格四十首，說明務頭之必有定格，且文律俱美。

明代最先釋「務頭」之義者，大抵為楊升庵。然以「務頭」為「部頭」之誤，誠有待商榷，故為王世貞、方以智所譏❺。王驥德《曲律．論務頭第九》云：「係是調中最緊要句字，凡曲遇揭起其音而宛轉其調，如俗之所謂『做腔』處，每調或一句、或二、三句，每句或一字、或二、三字，即是務頭。……古人凡遇務頭，輒施俊語或古人成語一句其上，否則詆為不分務頭，非曲所貴……」（論字法第十八）又云：「務頭須下響字，勿令提挈不起。」考北曲音韻，上聲與陽平較高而多變化，去聲為下落之腔，陰平則平抑而不適於作腔。檢視《中原音韻》所列務頭所在，上聲有七，陽平有四，而陰平與去聲各一（詳見羅忼烈〈說務頭〉一文），可知王伯良以「揭起其音」與「下響字」闡釋務頭，率得挺齋之意。至於「宛轉其調」則未必盡然，如周氏言商調〔梧葉兒〕第六句「這其間」三字為務頭，「歌至此，音促急，欲過聲以聽末句」，其腔則促急而非伯良所謂「宛轉其調」。

至於謝章鋌《賭棋山莊詞話》所言「務頭乃詞中頓歇之處」與「字頭即務頭」等說法，皆與周氏說法不符。而李漁以棋中之眼別解務頭，雖具創意，然謂「詩詞歌賦及舉子業，無一不有務頭」，則過於空泛，而使務頭之說漫無歸束，其後梁廷枏與楊恩壽率仍其誤而無多新創❻。

近代曲家吳梅對務頭之說頗為關注，自謂「竭十年之功，始有豁然之境」，其《顧曲塵談．

原曲》云：

> 務頭者，曲中平上去三音聯串之處也。如七字句，則第三第四第五之三字，不可用同一之音；大抵陽去與陰上相連，陰上與陽平相連，或陰去與陽上相連，陽上與陰平相連亦可。每一曲中，必須有三音相連之一二語，或二音相連之一二語，此卽為務頭處。……《嘯餘譜》謂「要知某調、某句、某字是務頭」者，蓋塡詞家宜知某調、某句、某字是務頭也。換言之，謂當先自定以某句、某字為務頭，而為之定去上，析陰陽也。又譜中謂「可施俊語於其上」者，蓋務頭上須用俊語實之，不可拘牽四聲陰陽之故，遂致文理不順也。

此說雖甚明晰，然與挺齋之說頗多不合，玆以吳梅所舉〔寄生草〕、〔醉中天〕、〔醉扶歸〕三曲之務頭與挺齋原註比較如后。(周氏所謂務頭以直線劃於左側，吳氏所舉則以圈號註於右側)

仙呂寄生草　白樸

長醉後妨何礙？不醒時有甚思？糟醃兩箇功名字，醅渰千古朝廷事，麯埋萬丈虹蜺志。不達時皆笑屈原非，但知音盡說陶潛是。

仙呂醉中天　白樸

疑是楊妃在，怎脫馬嵬災？曾與明皇捧硯來，美臉風流殺，叵奈揮毫李白，覷著嬌態，洒松烟點破桃腮。

仙呂醉扶歸　宮天挺

十指如枯筍，和袖捧金樽，搊殺銀箏字不眞，揉癢天生鈍，縱有相思淚痕，索把拳頭搵。

由上所列，讀者只須稍作比較，即可發現吳氏所謂「務頭」畢竟與周氏不同。王季烈《螾廬曲談卷二・論詞藻四聲及襯字》一章以「詞采音節，兩擅其長」釋「務頭」，並言周氏所謂「可施俊語」之「可」字，當作「宜」字解，頗得周氏之意。然文中錄吳梅務頭之說，卻未直指其非，誠不若杜、羅二氏所評之明晰詳盡。按杜穎陶〈論務頭〉一文辨析吳梅論務頭之誤有數項，其說頗爲精確，玆歸納如次：

一、吳氏務頭之說，以爲是平去上三音相連之處，則至少必須二字，而最多亦不過三四字，然周氏所舉，則多爲一字，及成句者，若以吳氏之說證之，豈能成爲務頭？

二、吳氏所舉務頭如「屈原」、「捧硯」等，周氏定格並未註明是務頭，而周氏所云如「虹蜺志」、「美臉風流殺」等，以吳氏之法繩之，又絕不能成立，是兩氏之法並不相通也。

三、務頭在一曲中，原有一定位置，而吳氏云「當先自定以某句某字爲務頭，而爲之定去上，析陰陽。」則吳氏所謂務頭乃由作者自定，是與周氏務頭有定格之說迴不相同。

四、《中原音韻》定格四十首所註務頭，最多者一調之中不過二個，而依吳氏之說尋之，往往一曲多至十餘，可知兩氏之說有異。

五、周氏所舉務頭，除一字者外，無不可獨立成一語句或名詞，而吳氏所舉如「古朝」、「與明」、「殺銀」等大抵不然。……既不成詞、語，更遑論「俊語」乎？

又羅忼烈〈說務頭〉一文，除一、三項與杜氏雷同之外，另舉兩項評吳梅論務頭之誤：

一、上去兩聲分陰陽，至明清乃有，吳氏以上去皆別陰陽，蓋非元曲《定格》之制。

二、吳氏謂「務頭上須用俊語實之，不可拘牽四聲陰陽之故，遂致文理不順也」，夫四聲陰陽失宜，則非務頭矣，又何有「須用俊語實之」之說？

總之，吳梅論北曲務頭，誠如杜氏所言「已通盤錯誤」，然其論南曲務頭，大抵吸收王季烈《螾廬曲談》之見解：「《南曲譜》所註某某二字上去妙，某某二字去上妙，凡此皆宜用務頭之處」，而於《飲虹簃所刻曲・序》中表示南曲亦有務頭，其言曰：

> 沈寧庵《南九宮譜》所云「去上妙」、「上去妙」者，皆是也。作〔集賢賓〕曲而不依「西風桂子香正幽」格，作〔皂羅袍〕曲而不依「驚心樓上噹噹曉鐘」格，則必不可歌。

此說雖不甚深入，但肯定南曲務頭必有定格，洵爲的論。

貳、北曲襯字無定法質疑

南曲板式謹嚴，緊慢有數，襯字太多，非但調中正字反不分明，有喧賓奪主之嫌，且歌者在固定之板式中，欲將突增襯字唱完，終不免發生搶帶不及之病，故南曲自王驥德《曲律》、凌濛初《南音三籟》以來，即有「[illegible]」之論⑦。至於北曲，周德清《中原音韻・作詞十法》於「用字」一項，主張「切不可用襯墊字」，文云：

> 套數中可摘為樂府者能幾？每調多則無十二三句，每句七字而止，卻用襯字加倍，則刺眼矣。

其後所附「定格」四十首中，對馬致遠雙調秋思〔夜行船〕套曲評贊道：

> 此方是樂府，不重韻，無襯字，韻險，語俊。諺云：「百中無一」，余曰：「萬中無一」。

周氏所言「樂府」，乃指散套而言。散套體製短小，一氣呵成，無論文字、音律皆較劇曲謹嚴，故以少用襯字為佳，若謂切不可用，則失之過嚴，因襯字具有轉折、聯續、形容、輔佐等功用，有助於體現曲中「豪辣灝爛」、「疏朗自然」之情致，故北曲中襯字觸目皆是。周氏之言，蓋深恐曲壇以襯亂正之情形日多，將使作曲者茫然不知所從，有違其審音守律之初衷。

王驥德論北曲襯字，有所謂「北曲配絃索，雖繁聲稍多，不妨引帶」之說，吳梅《顧曲塵談》承其說，於第一章「原曲」第四節「論北曲作法」云：

> 南詞重板眼，北詞重絃索，此世所通知者也。惟北詞調促而辭繁，下詞至難穩愜，且襯字無定法，板式無定律，初學填詞幾於無從入手。

許守白《曲律易知・論聲韻襯字》云：

> 北曲襯字，多少不拘，雖虛實字並用亦無妨，襯字不拘四聲；南曲襯字，總以勿過三字為妙。蓋南曲有一定之板，襯字上不能加板，襯字過多，則搶板不及，北曲無一定之板，襯字上亦可加板故也。

王季烈《螾廬曲談卷二・論詞藻四聲及襯字》末云：

> 上所言襯不過三，且襯字必加於板密之處，此就南曲言之，若北曲，則襯字毫無限制。蓋北曲之板無一定，襯字多，儘可於襯字上加板，非若南曲，不許點板於襯字也。

北曲襯字之所以被視爲毫無限制、無定法可循，除了元曲本身音樂旋律與語言旋律緊密結合的根本因素之外，主要由於北曲之格式變化多端，除本格正字與襯字外，尚有增字、減字、增句、減句、帶白、夾白等現象存乎其間，如仙呂〔混江龍〕之格式，從最短九句四十四字到最長七十七句一千三百五十八字，其間字句之增減變化，眞有神龍騰波之勢（詳見鄭騫先生《北曲新譜》與〈仙呂混江龍的本格及其變化〉），往往令人感到目眩神迷，難於掌握。北曲格式縱然變化繁多，然萬變之中必有一規則可循，否則大家胡謅可也，將何貴乎曲律？曾師永義承鄭騫先生之研究成果，於〈北曲格式變化的因素〉一文中，將影響北曲格式變化之諸多因素進行剖析，並詳加研判，發現其間存有連鎖展延之關係，其文云：

所謂「連鎖展延的關係」是曲中原來只有本格的「正字」，其後加「襯字」使曲意流利活潑，「襯字」原為虛字，寖假而易為實字，於是意義分量與「正字」相敵，其地位乃提升而為「增字」；「增字」起初不超出三字，後來也有逐漸累積的情形，因而成句，卽所謂「增句」。「夾白」是夾於曲中的賓白，有些與普通賓白不殊，一望卽知；有些地位和襯字相近，只是襯字和正字的關係更為密切，用作正字的形容和輔佐，而這一類夾白則用作下文的提端和呼喚，其附有語氣辭的，卽所謂「帶白」。也因為這一類夾白的地位和襯字相近，所以往往被誤作襯字，認為是襯字的累增。至於「減字」和「減句」，都是就本格正字和句數稍加損易，雖然也是促成北曲格式變化的因素，但其例不多，影響甚少。

然而一般治曲者不明究裡，往往將曲中增字、增句、夾白、帶白部分，盡歸諸「襯字」，如此一來，襯字果眞變得毫無限制了。其實，若能對北曲格式變化諸因素了然於胸中，則不難發現北曲中的襯字依然謹守「襯不過三」與「襯字不下板」等規則，而加襯的位置與南曲同樣在句首或句中音步停頓處，且如王季烈《螾廬曲談》所言：「句末三字，不可妄加襯字」。鄭騫先生曾列舉有關襯字之原則十二條，其第四條云：

襯字只能加於句首及句中。句首襯字，冠於全句之首，如水桶之提樑；句中襯字須加於句子分段之處，如庖丁解牛，在關節縫隙處下刀。前引《蠙盧曲談》云：「句末三字之內不可妄加襯字。」卽因此三字為一整段，不能分開。❽

今爲使北曲格式變化之勢有跡可循，並凸顯襯字在北曲中之運用情形，特舉元王和卿〔百字知秋令〕小令一首爲例，以《北詞廣正譜》爲據，標出正字，再依曾師對此曲正、襯、增字及增句、夾白之考訂，另參酌《九宮大成南北詞宮譜》之工尺，以見北曲之襯字並非漫無限制，而誠有定法可循。茲因《北詞廣正譜》與《大成譜》所列正襯互有異同，筆者以爲前者較後者可據❾，故本文所論〔百字知秋令〕之格律，雖暫取《大成譜》之工尺，但有關正襯、增字、增句諸問題，悉以《北詞廣正譜》、《北曲新譜》與曾師所訂爲據，至於增句板式之挪移，則以吳梅、王季烈「襯字不可下板」之說爲準；尋又慮及增字增句過多，則板式必隨之增加，以免唱者搶帶不及之通則，而斟酌將實板移於增字、增句之中，庶幾歌者無棘喉澀舌之苦。茲將北曲〔百字知秋令〕格式分析與其板式簡譜迻錄如次，以見北曲亦有「襯不過三」與「襯字不下板」之通則，並非毫無定法可循。

一、〔百字知秋令〕格式之分析

「絳蠟殘、半明不滅。」（寒灰）看時看節落。「沈烟燼、細里末里。」微分間卽里漸里消。。碧（紗窗外）風弄雨（昔留昔零）打芭蕉。。「惱碎芳心。」近（砌下）（啾啾唧唧）寒蛩鬧，「驚回幽夢。」（丁丁當當）（簷間）鐵馬敲。。「半欹單枕。」（乞留乞良）捱徹今宵。。（只被這一弄兒淒涼）斷送的、愁人登時間病了。。

按：右列曲文，凡不加括弧而獨佔一行者爲正字，字體小而偏右書寫者爲襯字，加括弧而獨佔一行者爲增字，加中括弧而字體略小偏右書寫者爲夾白，引號內之句卽爲增句。

二、〔百字知秋令〕之板式與簡譜

商　調　　　　　　百字知秋令　　　　　　　　王和卿
（散板）

```
3 2 3 6 5 6 5 3 2 —  |  4/4  5 4 3 5 3 2 3 1 7 6 5 6 |
絳蠟殘半明　不滅　　　　　　寒　灰看時　看　　節

5 3　6 2 3 5　5·3 |  176 3 5 6 543 6535 | 6 2 3 2 3 6 5 4 3 |
落　沈烟燼細　里　末里微分間即里漸里　消碧紗窗外風弄

2 3 62 176 54　3 | 2·3 5 4 4 6 3 2 |  3　13 17　61 |
雨　昔留昔零　打　芭　　蕉　惱碎芳　心近

5 4 3　33　23 | 6　5 4　3　2 | 176 535 6 176 |
砌下　啾啾　唧唧寒　蛩　　鬧　驚回　幽夢

556 543 3656 | 2·3 176　5 4 3 5 | 6 2 1 2 1 7　65 |
叮叮　噹噹簷間　鐵　馬　　敲半敲　單枕

61　62　3 23 | 5 4　3　2 — | 2 2 353 5 6　543 |
乞留　乞良捱徹　今　宵　　　只被這一弄兒

36　5　6·5 | 6 5 4 3 | 11 2 17 6 |
淒涼斷　送　　的　愁人登時間

1　6 616 53 | 5　6
病　了
```

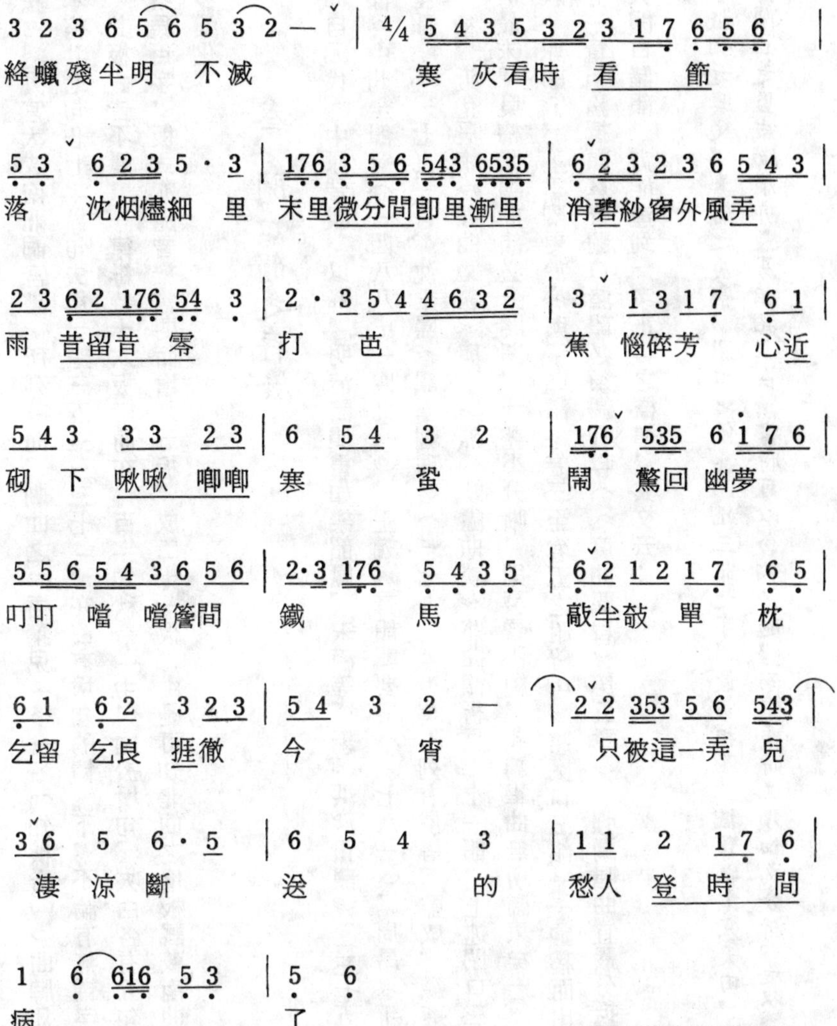

註：襯字下劃黑線

按：《九宮大成南北詞宮譜》所列散曲、劇曲之〔梧葉兒〕（一名〔知秋令〕）曲牌凡八支，本格共七句廿七字，句法為「三三五三三三七」，在沒有增句的情況下，不論有無襯字或增字，其板式皆不變，一律維持十六板，而在〔百字知秋令〕中，由於增句、夾白各有五句，字數增為百字，板式亦隨音樂需要而增加五板，成二十一板，由是可知北曲之增板誠較南曲靈活而多變化。

叁、閉口韻之存廢

曲自元代《中原音韻》以降，明清諸韻書如樂韶鳳、宋濂等所編《洪武正韻》（一三七五）、范善溱《中州全韻》（一四八八～一四九八）、王鵕《音韻輯要》（一七八一）、周昂《新訂中州全韻》（一七九一）、沈乘麐《韻學驪珠》（一七九二）等莫不列有侵尋、監咸、纖廉閉口韻三種，近代吳梅《顧曲塵談》與王季烈《螾廬曲談》將曲韻析為二十一韻，上述閉口三韻即置於最末。吳梅強調曲韻必分開閉，「蓋不分晰，則發音不純，起調畢曲無所歸束矣」（《顧曲塵談・原曲》），王季烈更於《與衆曲譜》卷三至卷五之附錄中，將閉口三韻一一鈎稽而出，並別立一章「論抵顎鼻音閉口諸韻必須區別」（《度曲要旨》第五章），強調唱曲宜嚴分抵顎、鼻音與閉口諸韻，方能達到「字正」之標準，其文云：

抵顎之真文，鼻音之庚亭，閉口之侵尋，此三韻之字，最易相混。抵顎之干寒天田，與閉口之監咸纖廉亦最易相混，在讀書時可以含糊念過，而唱曲時必須細為分析。是以《南詞定律》於侵尋、監咸、纖廉三韻之字，外加方匡，即□；於庚亭鼻音字，外加八角匡即○，以與同音之抵顎字相區別。

王季烈於《螾廬曲談卷一・論識字正音》一章中，藉英文標音n、ng、m說明抵顎、鼻音、閉口等韻之不同，並於曲譜中以八角形、方形與圓形等不同記號予以區分，使習曲者於收音時能更爲留心。

由於抵顎音與鼻音目前在我國大多數地區語言中，依舊劃然兩分，因此唱曲時自然得嚴加區別，以免字音殽亂，影響曲義。至於閉口韻，則由於時代之遷變，自明以降大都消失，而僅存於閩粵等小部分方言之中，且唱曲者率非生於該地，尤其自明嘉靖以迄清乾隆，數百年來領曲壇風騷之崑曲，其字音根據爲中州韻姑蘇音⑩，故唱曲者呼吸口語之間，率不受閉口韻之限制。然而歷來曲家論曲音時，往往泥守古韻，要求戲曲之創作與演唱宜遷就古音韻學，保留閉口韻之存在，因而魏良輔《曲律》有「閉口難」之說，其後論曲堅持主張唱曲宜講究閉口音者，有沈璟、沈德符、王驥德、沈寵綏、徐大椿等，其說如下：

△沈德符《顧曲雜言》云：「沈寧庵吏部恪守詞家三尺，如庚清、眞文、桓歡、寒山、先天諸韻最易互用者，斤斤力持不少假借，可稱度曲申韓。」

△王驥德《曲律・論閉口字第八》云：「閉口者……詞隱於此，尤多喫緊，至每字加圈。蓋吳人無閉口字，每以侵爲親，以監爲奸，以廉爲連，至十九韻中，遂缺其三，此弊相沿，牢不可破，爲害非淺。……乃欲槩無分別，混以鄉音，俾五聲中無一閉口之字，不亦寃哉！」

△沈寵綏《度曲須知・音同收異考》云：「昔詞隱謂廉纖卽閉口先天，監咸卽閉口寒山，若非聲場鼻祖，焉能道此透闢之言乎？」又〈收音問答〉云：「卽如閉口字面，設非記認譜旁，則廉纖必犯先天，監咸必犯寒山，尋侵必犯眞文，訛謬糾牽，將無底止，夫安得不記？」

△徐大椿《樂府傳聲・鼻音閉口音》云：「能知鼻音閉口音法，則曲中之開合呼翕，皆與造化相通，然後清而不噍，放而不濫，有深厚和粹之妙，故鼻音閉口音之法，不可不深講也。

雖然上述曲家極力提倡閉口韻，但因此類古韻久已不復存於人們脣吻之際，因而不但戲曲創作者無法嚴守此種乖乎自然之押韻定則，甚至曲律研究者也不免分類錯誤而將閉口韻誤置於他韻中。如王驥德自序《題紅記》曾言：「廉纖之於先天，間借一二字偶用」（見徐復祚《三家村老委談》），說明自己創作時對閉口韻也無法全然遵守。又高濂《玉簪記・茶敍》一折〔出隊子〕二支曲牌之韻腳，除「音、陰、臨、深」四字屬閉口韻，其餘「恨、庭、聲、進、茗、鳴」等字皆非閉口音。而〈琴挑〉一折，吳梅於《顧曲麈談・原曲》第二節「論音韻」中，特別分析〔朝元歌〕曲牌之犯韻情形：「清、聽」二字屬庚亭韻，「心」字屬侵尋韻，「恨、悶、褪、痕、門、焚、塵、寸、論」等九字屬眞文韻。此外，據趙景深《讀曲小記・論崑曲的閉口音》一文研究，《雁翎甲・盜甲》一折「好頭顱撞得血淋」之「淋」字，「進疏林」之「林」字，「喜城門出入無禁」之「禁」字，雖皆屬閉口韻，然全曲韻腳又大半不屬閉口韻；《孽海記・下山》一折〔菩提〕曲牌中重複四次之四句曲文：「男有心來女有心，那怕山高水又深。約定在夕陽西下會，有心人對有心人。」韻腳「心、深」二字屬侵尋韻，「人」字則屬眞文韻，足見古典劇作中，閉口韻能獨立押韻的實在不多。而論曲韻之專著中，特意標舉閉口韻者，亦或有標錯之處，如《九宮正始》即是，趙氏另指出吳梅《顧曲麈談》中監咸韻所列「志」字當爲「忐」之誤，纖廉韻中「鉆」字應作「玷」；王季烈《與衆曲譜》卷五頁四五亦將纖廉閉口韻之「諂、閃、陜」三字誤置於天田抵顎韻中。

就實際唱演效果而言，趙景深認爲「閉口音唱起來也不見得怎樣好聽，有時反而特別難聽」，可能由於一般語言早已不用閉口音，因此歌者唱來不甚自然，聽者亦不習慣，加上韻尾收m音，拖腔時不易處理，因而難以產生美聽效果，故王驥德《曲律・論字法第十八》云：「閉口字少用，恐唱時費力。」足見强調閉口韻的唯一優點是將字彙縮小，使聽衆較易從字音中分別字形，即增强字音之辨義作用而已。

王守泰教授於〈崑劇的理論研究與高等教育〉一文，更站在戲曲發展的立場，表示「戲曲語言既是美化了的語言，戲曲字音應當受音韻學的指導。當語言發展到與音韻學距離太大的時候，我們就必須對音韻學進行檢查修訂，使之適應戲曲的要求，而不是要求戲曲遷就古音韻學。」並以《中原音韻》爲例，說明周德清不泥守古韻，而爲唱曲與作曲者審音辨字之便作此韻書，開創「今韻學派」，是值得稱許的正確行動，而今日音韻學中的閉口韻，既不存於中州韻與姑蘇音裡，則戲曲之實踐，應當不必受其約束。

綜觀吳梅與王季烈承前代曲家之說，而特意倡導之閉口韻，無論就唱演效果或戲曲發展而言，皆無保存之必要，何況今日曲壇淸唱與舞臺表演中，已無人斤斤講究閉口字音，若必欲强天下人返古唱此閉口古韻，不但昧於戲曲進化之時潮，而且失去振興曲學之立場與意義。

註釋

❶ 詳見葉德均《戲曲小說叢考・吳梅的霜厓曲跋》一文。

❷《西河詞話》云:「金作清樂,仿遼時大樂之製,有所謂『連廂詞』者,則帶唱帶演,以司唱一人,琵琶一人,笙一人,笛一人,列坐唱詞,而復以男名末泥,女名旦兒者,并雜色人等,入勾欄扮演,隨唱詞作擧止,如『參了菩薩』,則末泥祗揖;『只將花笑撚』,則旦兒撚花類。北人至今謂之『連廂』,曰『打連廂』、『唱連廂』,又曰『連廂搬演』,大抵連四廂舞人而演其曲,故云。」明白指出此處所述係「連廂詞」之演出情形,然而吳梅《顧曲塵談》與王季烈《螾廬曲談卷二・論劇情與排場》一章,卻將它誤作元雜劇之搬演形式,並據此誤評元劇排場之呆板拙率。詳見曾師永義〈說「排場」〉一文。

❸ 明無名氏《墨娥小錄》卷十五〈行院聲嗽〉滙載當時行院所用之隱語、切口,文中列有「喝采——務頭」乙條,意指「務頭」爲當時之行話,用以代替「喝采」。轉引自陳多・葉長海注《王驥德曲律》一書。

❹ 詳見《劇學月刊》第二卷第一期「崑曲專號」中,曹心泉講、杜穎陶述之〈崑曲務頭廿訣〉一文。

❺ 部頭乃伶官之稱,務頭則就聲律而言,二者實不相涉,故王世貞《曲藻》云:「楊用修乃謂務頭是部頭,可發一笑。」王驥德《曲律》云:「弇州嗤楊用修謂務頭爲部頭,蓋其時已絕此法。」方以智《通雅》亦云:「教坊有部頭,有色長。升庵曰:『周德清誤呼部頭爲務頭』,可笑也。」

❻ 梁廷枏《藤花亭曲話》云:「李笠翁謂(務頭)二字旣不得其解,當以不解解之,……此說良當。」又楊恩壽《續詞餘叢話》亦云:「笠翁謂曲中務頭,猶棋中有眼,此論最確。」

❼ 王驥德《曲律》卷二〈論襯字第十九〉云:「古詩餘無襯字,有之,自南北二曲始。北曲配絃索,雖繁聲稍多,不妨引帶。南曲取按拍板,板眼緊慢有數,襯字太多,搶帶不及,則調中正字,反不分明。大凡對口曲,不能不用襯字;各大曲及散套,只是不用爲佳。細調板緩,多用二三字,尙不妨;緊調板急,若用多字,便躱閃不

迭」又凌濛初《南音三籟・凡例》云：「曲每誤於襯字。蓋曲限於調而文義有不屬不暢者，不得不用一二字襯之，然大抵虛字耳。如「這、那、怎、著、的、個」之類。不知者以爲句當如此，遂有用實字者，唱者不能搶過而腔戾矣。又有認襯字爲實字，而襯外加襯者，唱者又不能搶多字而腔戾矣。固由度曲者懵於律，亦從來刻曲無分別者，遂使後學誤認，徒按舊曲句之長短、字之多寡而倣以塡詞；意謂可以不差，而不知虛實音節之實非也。相沿之誤，反見有本調正格，疑其不合者。其弊難以悉數。」

❽ 上述加襯之位置，蓋指一般襯字而言，若襯字爲疊字或詞尾，則因其停頓時間極其短暫，絕對不會影響板式，故不在此限。

❾ 李玉爲明末清初傑出之戲曲作家，除膾炙人口之《千忠戮》（又名《千鍾祿》）外，另有《一捧雪》、《人獸關》、《永團圓》、《占花魁》（合稱「一人永占」）等傳奇四十餘種。其《北詞廣正譜》係作於古典戲曲聲樂之學已臻化境之時代，當時諸才士之作，宮調穩諧，文采爛然，誠如李氏所言「寫景描情，鏤風刻月，借宮商爲雲錦，諧音節於珠璣」（《南音三籟・序》）。李玉以豐富之創作經驗，博採元人散曲雜劇及明初北劇名作，又取徐于室《九宮正始》詳加考覈（見吳偉業序），所撰《北詞廣正譜》，允爲研究北曲曲律之要籍。反觀乾隆年間之《九宮大成南北詞宮譜》，雖卷帙浩繁，卻有正襯失於考訂、南北互誤、異宮混調與增體羅列而徒亂體裁之弊（見汪經昌〈吳梅〉一文），鄭騫先生亦評此譜「成於樂工之手，拘守樂章，不通文理，強爲句讀，亂分正襯」（《北曲新譜・凡例》）。今《大成譜》商調正曲〈梧葉兒〉下既註明：「一名〈知秋令〉」，其後又將此首〈百字知秋令〉歸諸「商角調隻曲」下，足見該譜誠有混宮訛調之失。

❿ 詳見王守泰《崑曲格律・字音》一章。

結　論

中國古典戲曲秉娛樂與教化之功能，藉歌、舞、樂融合無間的表演形式，於悠悠歲月，以滄海納百川之態勢吸取各種戲樂芳華，滙成高度綜合之文學藝術。綜觀我國傳統戲曲研究，自元以降，莫不以聲樂理論爲依歸，換言之，不涉曲學，則無法盡窺古典戲劇底堂奧。

近代曲家吳梅、王季烈有感於「自文人不善謳歌，而詞之合律者漸少，俗工不諳譜法，而曲之見棄者遂多」，慨然以振興近代曲學爲職志，其於曲學，無論理論之闡發或具體之實踐，皆有不可磨滅之貢獻。爲導正一般人卑視戲曲的偏差觀念，吳、王二氏除著書立說以肯定戲曲價値外，並由創作、授曲、籌組曲社乃至粉墨登場等具體實踐，提振傳統戲曲地位。就學術研究言，吳、王二氏闡釋曲理能博綜兼覽，不爲一派一家所囿，其盇萃前賢之言，又能棄瑕錄瑜，明示條例，更有補其闕遺、析其疑晦之功，足示後學軌則。是以歸納吳、王二家曲學獨特之創獲，茲可敍之數端：

一、擴展曲學研究之範疇與方法

吳、王二氏除承繼傳統曲話之理論體系，對戲曲作家作品作一番考述、疏證等功夫外，更適度採用西方先進思想及治學方法，爲傳統曲學研究注入新血、開創生機。如吳梅吸收達爾文進化論觀體，一改王國維崇宋元、詆明清之偏頗態度，全面關注我國傳統戲曲，並從時代風尚、主題思想與文采、聲律、排場等曲文格律，客觀地評述歷代戲曲之優劣得失，又啓導以風格流派析評作家作品之風氣，不但豐富戲曲批評的角度與內涵，並開展總攬全局之曲史研究。

王季烈則以精密的數理科學根基，闡釋向被視爲畏途的宮調律呂之學，並明白指出傳統戲曲中的小工調正與西樂D調相當，使現代人對艱深神秘的古代律呂有一番科學而鮮明體認，亦使戲曲研究者對傳統曲牌音樂中的定調不再茫無涯涘。至若傳統曲論中的閉口韻，歷來論者連篇累牘猶令後人莫明所以，王季烈以「韻尾收m音」一語直指其音，對前代蕪纇之說具有一番廓清之功。

二、循聲訂譜以樹戲曲格律

晚清劇壇新秀花部，以及文才有餘而劇才不足之文人創作、寓有政治宣傳之改良革命劇本，並皆不諳傳統戲曲格律。曲壇聲樂之學乏人問津，乖宮訛調、腔亂韻雜之劇層出不窮，傳統曲學正面臨空前未有之大變局。吳梅與王季烈有鑑於此，於是充分掌握傳統曲學重心，力挽狂瀾於既倒，且感於從來論曲之書概無詳晰者❶，遂以親身經驗清晰條貫地闡述度曲、作曲與譜曲之道，並建立一套公允而客觀之批評理論。度曲方面，吳、王二氏結合實際唱曲經驗，以實例分析四聲腔格與口法、工尺相配合之情形，頗可資採，而王季烈之論賓白讀法與習曲門徑，尤爲不可多得之創獲；作曲方面，有關宮調曲牌、套數體式與排場觀念之闡釋，亦較前賢明晰而深入，至於譜曲一途，王季烈於《螾廬曲談》中提出緊要之端凡四：一、點正板式，二、辨別四聲陰陽，三、認明主腔，四、聯絡工尺，藉以闡發譜曲奧蘊，其中「主腔」觀念之抉發，除了使戲曲音樂的旋律與形象變得更爲鮮明而易於掌握之外，更對整個曲學研究寫下嶄新的一頁。因爲曲牌聯套爲傳統曲律之核心，而套數之組合程式，除隨劇情發展以決定板式之疾除外，曲牌樂調之騰挪變化，又須具備前呼後應之連續性，以滿足傳統折子戲自成故事單元之特點。明清以來論曲專著雖強調套數之重要，然論及套數實質時，率抵因襲成說而鮮有創發，王季烈通過科學分析，使套數中各曲牌之板式關係與主腔關係粲然若揭，其所創立之「主腔」觀念，正是傳統曲牌刪汰詞句、增添襯字與組織集曲之重要關鍵❷。

又具體訂譜方面，吳、王二家殫精竭慮，將傳統曲譜與宮譜作審愼縝密之考覈釐定，確爲傳統戲曲之創作與唱演建立優良格律，俾後學得有榘矱可循，如吳梅《南北詞簡譜》與王季烈《集成曲譜》，不獨樹歌場之典範，亦立示文苑以楷則，厥功洵非淺鮮❸。而王季烈之《正俗曲譜》，根據聯套規律與脚色運用等排場處理手法，將傳統篇幅宂長、不易搬演之折子戲予以縮編，爲目前傳統戲曲之改革，奠定良好基礎。此外，吳、王二氏蒐羅校印珍貴曲籍，如《奢摩他室曲叢》與《孤本元明雜劇》之刊刻，並皆有功於傳統曲學之傳衍。

綜觀吳梅與王季烈於藏曲、校曲、作曲、唱曲、演曲、譜曲乃至授曲等各方面所作的關注與研究，無一不在爲振興近代曲學，賡續傳統曲運而努力，其說雖有若干商榷處，如吳梅之論務頭，王季烈之論本色，與二人之論閉口韻、北曲襯字、元劇搬演及考證等，然瑕不掩瑜，吳、王二家於我國戲曲史上並有其不可磨滅之地位，故錢基博讚之曰：

吳中曲學，啓筆路自俞宗海；而金聲玉振以吳梅及季烈；歌場壇坫，大江以南，莫與京也！

最後，值得一提的是吳梅的戲曲教學方式，他不僅首度將曲學研究帶入大學殿堂，提昇戲曲之地位，更以嚴肅而認眞之態度，樹立戲曲教學典範。除充分準備教材外，其訓練學生作曲，度曲與譜曲能力，更以演曲吸引學生體悟戲曲此項高度綜合的藝術之美，爲學生扎下深厚之曲學根基，故弟子凡得其一長，即足以名家，如南盧北任之於曲，唐圭璋之於詞，錢南揚之於南戲，並皆卓然自立以名於當世，他如俞平伯、趙景深、王季思、汪經昌等亦論著甚富，成就斐然❹。足見吳梅洞悉曲學重心，所創戲曲教學方式洵爲傳統曲學開闢一片海潤天高氣象，使戲曲研究得有汩汩不絕之生機，值得今日戲曲教學者深思再三。

註釋

❶ 近代曲學不振，許守白《曲律易知．概論》有云：「從來論曲之書，概無詳晰者：或高談律呂，溯源古樂，滿紙林鍾太簇，令人墮五里霧中；或則但詳掌故，取資贍洽，而始終未搔著癢處，故舊曲名作如林，而其間錯誤乖舛者，輒指不勝屈。」

❷ 詳見王守泰教授〈關於崑劇的曲律問題〉一文。

❸《南北詞簡譜》爲吳梅竭十年之功梳爬搜剔所成，堪稱戲曲創作不可或缺之工具書；而王季烈《集成曲譜》之價值，錢基博於《現代中國文學史．曲》中析之甚詳：「選戲劇，則採曲律詞章之兼善；訂宮譜，則求古律俗耳之並宜，曲文曲牌，皆悉心訂正，小眼賓白，一一詳載，鑼段笛色，無不註明；斯足集曲譜之大成，示學者

以指南。」

❹盧前之重要著作有：《南北曲溯流》、《明清戲曲史》、《中國戲曲概論》、《詞曲研究》、《讀曲小識》、《飲虹五種》等十餘種，任訥則編有《新曲苑》、《散曲叢刊》、《唐戲弄》等書，而錢南揚、唐圭璋、王季思之著作目錄可參閱《中國當代社會科學家》第一輯（一九八二）、《文獻》八輯（一九八一）、《文獻》十二輯（一九八二）。汪經昌亦著有《曲學例釋》、《南北曲小令譜》、《曲韻五書》等。

附錄一：《霜崖曲話》兩種手稿書影

㈠吳梅親筆手稿原本書影（現藏臺北中央圖書館）

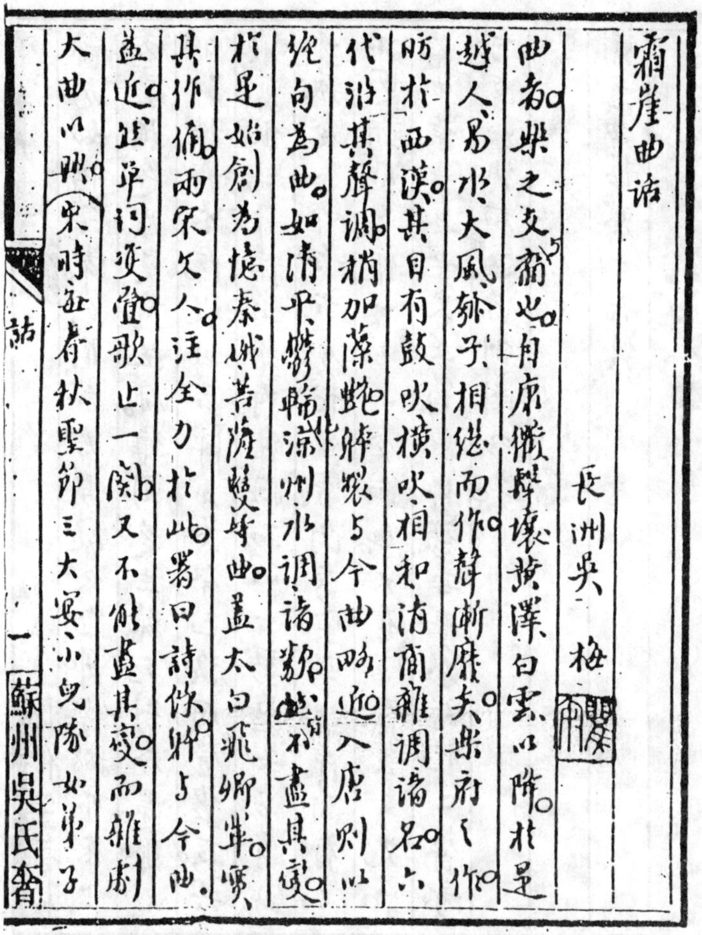

霜崖曲話

長洲吳梅

曲者，樂之支裔也。自康衢擊壤，黃澤白雲以降，於是越人、易水、大風、孺子，相繼而作，聲漸靡矣。樂府之作昉於西漢，其目有鼓吹、橫吹、相和、清商、雜調諸名，六代沿其聲調，稍加藻豔，與今曲略近。入唐則以絕句為曲，如清平、鬱輪、涼州、水調諸類，然不盡其變。於是始創為憶秦娥、菩薩蠻等曲，蓋太白、飛卿輩實其作俑，而宋文人注全力於此，署曰詩餘，於今曲益近。然單詞隻調，歌止一闋，又不能盡其變，而雜劇大曲以興。宋時每春秋聖節三大宴，小兒隊、女弟子

話　一

蘇州吳氏[illegible]

離別。始悟無常。煞尾云為嗔癡久忘身。纔撇下木上方。喜相逢原是前生樣。雖則是生離死別今還聚。石爛江枯義未降。從此去渾無恙。今已護同登碧落。共渡慈航。綜計諸折、雖有純疵、而以一弱齡女子、肯此才執令人咋舌。古今詞曲家、閨秀實罕覯、即間有之不過嘲弄風月、作一二小令而已。大套富麗未之見也。清中葉長安女史王筠曾作繁華夢全福記二傳奇、可與小紈相並、餘則闕如矣。

霜崖曲話卷十六終

摩他室手校

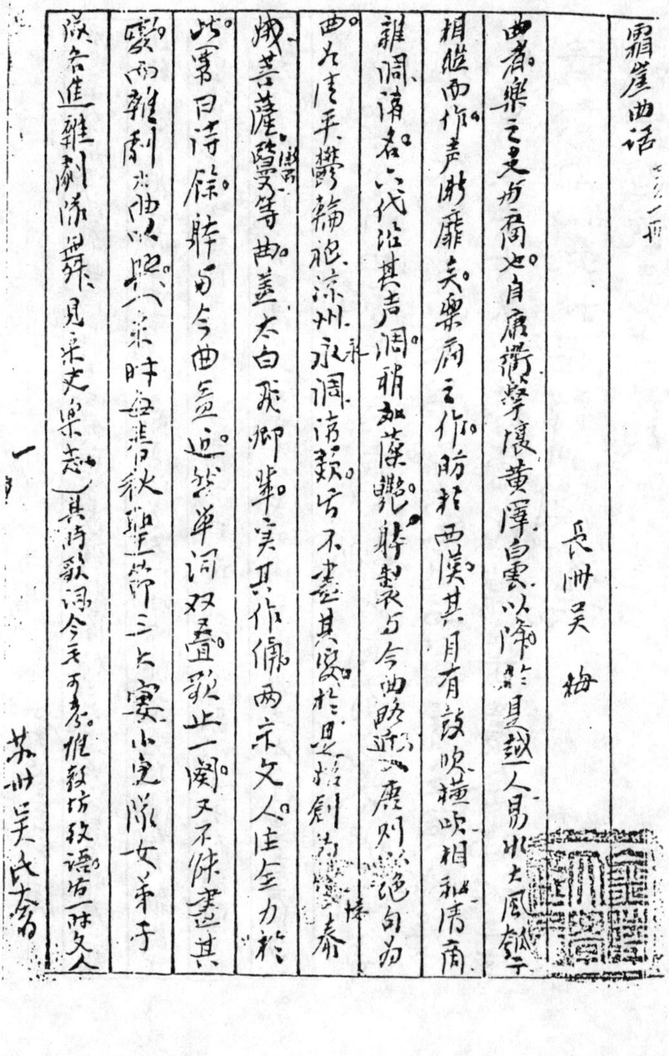

霜崖曲話　卷之一冊

長洲吳梅

曲者，樂之支也。自康衢擊壤、黃澤白雲以降，於是越人易水、大風鴻鵠，
相繼而作，聲亦靡矣。樂府之作，昉於西漢，其時有鼓吹、橫吹、相和、清商、
雜調諸名。六代沿其聲調，稍加藻艷，於今曲略近。入唐則以絕句為
曲，若清平、鬱輪袍、涼州、水調諸歌，古不甚甚其盛，於是搊彈[illegible]泰
成菩薩蠻等曲，蓋太白、飛卿輩實其作俑。兩宋文人，注全力於
此，第曰詩餘，於今曲尚遠。然單詞雙疊，歌止一闋，又不能盡其
變，而雜劇、大曲以興（宋時每春秋聖節三大宴，小兒隊、女弟子
隊，各進雜劇隊舞，見宋史樂志）。其時歌詞今無可考，惟教坊致語，尚一時文人

一

蘇州吳氏奢

（二）三十年代金陵大學據吳梅手稿傳抄之副本書影（現藏南京大學圖書館）

庚辰立三午校

序云宋人集中頗有樂語一種，大氐鋪演皇猷、鋪揚藻飾之詞（其文節目頗繁，一教坊致語，二口號，三勾合曲，四勾小兒隊，五隊名，六問小兒隊，七小兒致語，九勾雜劇，十放小兒隊，十一勾女童隊，十二隊名，十三問女童隊，十四女童致語，十五勾雜劇，十六放女童隊，皆用四六吉語）此王子大宴宴時用之，民間宴會伎樂至為簡略。

略知古今詞曲家。寓意實寥甚。即間有之，不過嘲弄風月，作一二小令而已。大套富麗，未之見也。清中葉長安女史王筠，曾作繁華夢、全福記二傳，亦一可與紈相並，餘則闃如矣。

霜厓曲話卷十六終

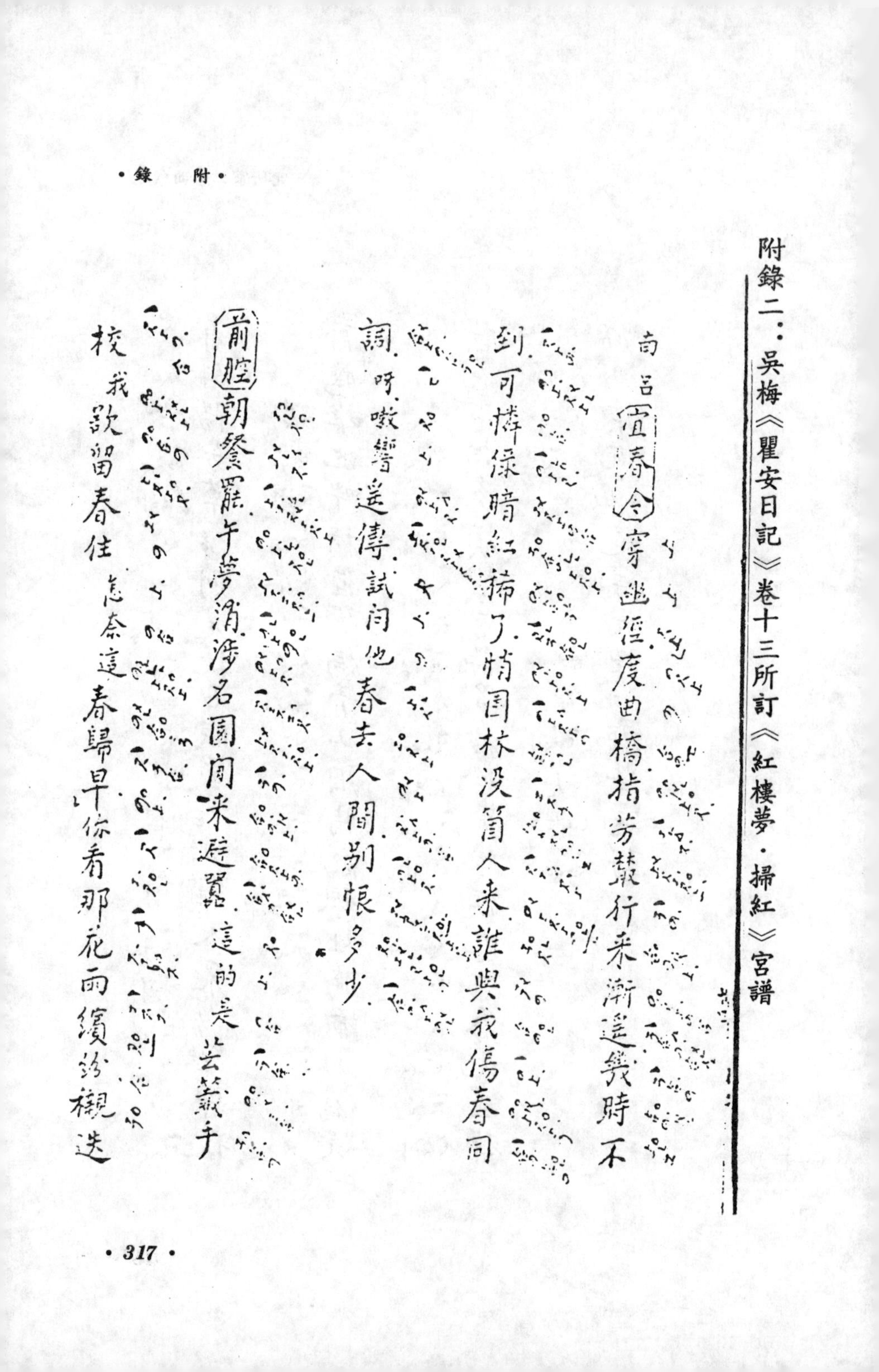

附錄二：吳梅《瞿安日記》卷十三所訂《紅樓夢・掃紅》宮譜

南呂【宜春令】穿幽徑，度曲橋，指芳叢行來漸遠。幾時不到，可憐綠暗紅稀了。悄園林沒箇人來，誰與我傷春同調。呀，嗽響遙傳，試問他春去人間別恨多少。

【前腔】朝餐罷，午夢消，涉名園閒來避囂。這的是芸叢手校。我欲留春住，怎奈這春歸早。你看那花雨繽紛襯送着斜陽芳草，多則是枕石眠雲，占的箇人來有些評駁。

【前腔】堆池畔，積徑砌，徧青山胭脂亂飄，杜鵑啼了。偏是

惜花心性多煩惱，有許多粉冷香殘，便九十春光虛掉。

香塚深沉，似這等長埋，比那些還好

【前腔】紅箋授，綠綺挑，遇書生良緣怎拋，別離恨早夢澆，

飛度長安道，須与他收拾殘妝，抵薄命紅顏枯槁，誰說

與花魂有幾箇收場，不枉了憑弔。

【尾聲】記三月三修禊曾來到，倏忽又三春盡了，算一段

春光容易催人老。

此曲有尾但說
有一支亦不必刪
此末句平仄不合

附錄三：怡庵主人《六也曲譜・紅樓夢・掃紅》宮譜

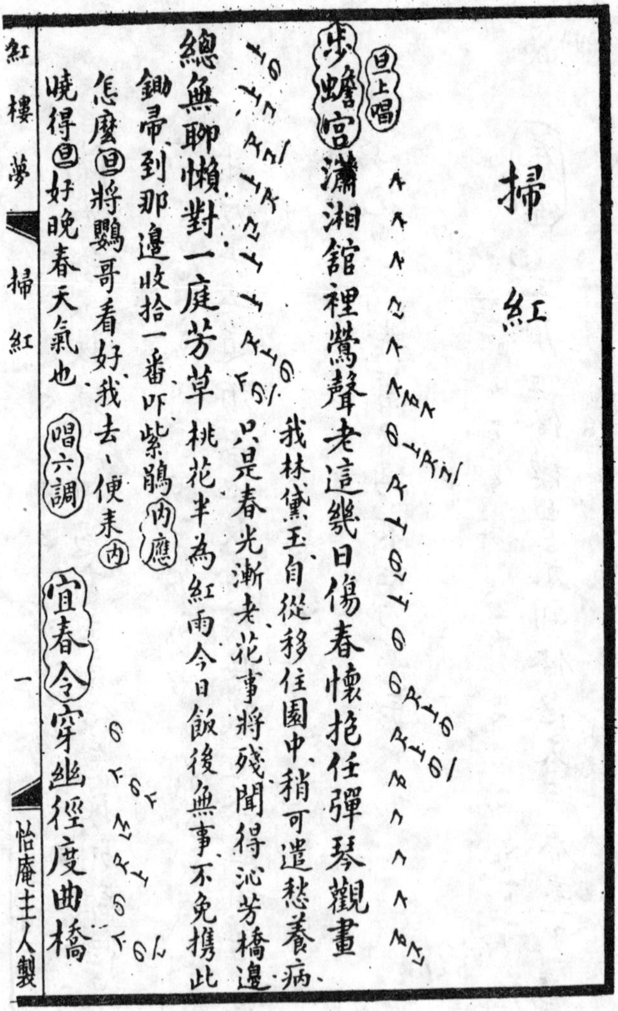

掃紅
旦上唱
步蟾宮
瀟湘館裡鶯聲老這幾日傷春懷抱任彈琴觀畫
我林黛玉自從移住園中稍可遣愁養病
只是春光漸老花事將殘聞得沁芳橋邊
總無聊懶對一庭芳草
桃花半為紅雨今日飯後無事不免攜此
鋤帚到那邊收拾一番吓紫鵑
內應
怎麼
旦
將鸚哥看好我去便來
內
曉得
旦
好晚春天氣也
唱六調
宜春令
穿幽徑度曲橋
紅樓夢 掃紅 一 怡庵主人製

果然花都謝了。無人在此。（連白）旦喜

措芳叢行來漸遙（唱）幾時不到可憐綠暗紅稀了（唱）

這是

二哥

悄園林沒箇人來誰與我傷春同調（小生內嗽介旦連唱）呀嗽響遙傳的聲音待我轉過山坡看（旦下小生上接唱）

他做什麼試問他春去人間別恨多少（前腔）朝餐罷午梦

小生在怡紅院中悶坐無聊、攜得會真記一套、尋個幽僻所在展玩一番、來此已是沁芳閘桃

消步名園閒尋避囂 花底下、不免坐在石上、看書則個（唱）

纔看得幾行

恰早落紅成

這的是芸籤手校陣哩。(唱)我欲留春住怎奈這春歸早

(旦上)吓、二哥在此。(小生)賢妹何來、為何持此鋤帚。(旦)特為落花而來。(小生)是吓、我獨坐片時、滿身都是花瓣。你看那花雨繽紛襯迭着

(旦介)二哥在此做什麼

斜陽芳草(小生連唱)多則是枕石眠雲正盼個人來有此

待我將此花瓣拋棄池中、然後助你收拾如何。(旦)但恐流出園外、依舊被人遭塌、那邊有一花塚、是我所築、只消將紗囊盛好埋評較在塚中、日久隨土化了、方為干淨。(小生)只是地下許多花片。(旦)待

紅樓夢　掃紅　二　怡庵主人製

榮氏二樂堂

我掃來（唱小生介）
這池邊徑外又（小生介）聽杜
堆積許多了（前腔）堆池畔積徑坳遍青山胭脂亂飄鵑啼
得好（小生介）賢（小生介）那邊
苦也　妹好惜花　太湖石畔也
（旦連唱）杜鵑啼了心性（旦連）偏是惜花心性多煩惱不少哩（旦連）
有許多粉冷香殘便九十春光虛掉也（旦連）香塚深沈似
吓好花塚（小生介）妙
（占介上）踹破鐵鞋無覓處得來全不費工
夫我各處找尋原來在這裡吓林姑娘
這等掩埋比那些還好也在此（旦）便是（小生）你來則甚（占）那邊大老

爺、身子不好、老太、吽你前去問候、快回家換衣服罷(小生)賢妹我
且暫別(旦)二哥請便(小生)邀來知已三分話、偷得浮生半日閒(全下)
(旦)看他匆匆而去、遺書石上、待我取來一看、這是會真記、好奇書
也、我想　那草橋一
雙文呵　夢好不痴
(唱)(前腔)紅牋授緑綺挑遇書生良緣怎肯拋也(唱)
想雙文美貌如花、這花就是
雙文的小影、我如今掃而埋之
別離恁早夢魂飛度長安道之也算為雙文盡心了(唱)須
與他收拾殘妝抵薄命紅顏枯槁試説與花魂有幾個下

紅樓夢　掃紅　三　怡庵主人製

天色漸晚不

免回到瀟湘

場不枉了憑弔館去者(唱)

(尾聲)記三月三修禊曾來到

倏忽又三春盡了算一段春光容易催人老(下)

葉氏二樂堂

參考書目

壹、專著

㈠

吳梅戲曲論文集　王衛民編　北京中國戲劇出版社
顧曲麈談　吳梅　上海商務印書館
詞餘講義　吳梅　上海商務印書館
霜崖曲話　吳梅　手稿（國立中央圖書館藏）
古今名劇選　吳梅　北京大學出版部
中國戲曲概論　吳梅　香港太平書局
元劇研究ABC　吳梅　上海世界書局
南北詞簡譜　吳梅　四川石印本
霜崖曲錄　吳梅撰·盧前輯　上海商務印書館

曲選　吳梅　上海商務印書館
奢摩他室曲叢　吳梅　上海商務印書館
瞿安日記　吳梅　手稿（北京圖書館藏）
霜崖三劇及其歌譜　吳梅　鼎文書局
遼金元文學史　吳梅　上海商務印書館
螾廬未定稿　王季烈　文海出版社
螾廬未定稿續編　王季烈　文海出版社
螾廬曲談　王季烈　上海商務印書館
集成曲譜　王季烈・劉富樑　古亭書屋
與衆曲譜　王季烈　商務印書館
度曲要旨　王季烈　上海商務印書館
孤本元明雜劇提要　王季烈　上海商務印書館
正俗曲譜　王季烈　上海錦章書局

(二)

敎坊記　唐・崔令欽　中國戲劇出版社
樂府雜錄　唐・段安節　中國戲劇出版社

碧雞漫志　宋・王　灼　中國戲劇出版社
唱論　元・燕南芝庵　中國戲劇出版社
中原音韻　元・周德清　中國戲劇出版社
青樓集　元・夏庭芝　中國戲劇出版社
錄鬼簿　元・鍾嗣成　中國戲劇出版社
錄鬼簿續編　明・無名氏　中國戲劇出版社
太和正音譜　明・朱　權　中國戲劇出版社
詞謔　明・李開先　中國戲劇出版社
曲律　明・魏良輔　中國戲劇出版社
曲論　明・何良俊　中國戲劇出版社
曲藻　明・王世貞　中國戲劇出版社
南詞敍錄　明・徐　渭　中國戲劇出版社
曲論　明・徐復祚　中國戲劇出版社
顧曲雜言　明・沈德符　中國戲劇出版社
曲品　明・呂天成　中國戲劇出版社
曲律　明・王驥德　中國戲劇出版社
遠山堂曲品　明・祁彪佳　中國戲劇出版社
譚曲雜劄　明・凌濛初　中國戲劇出版社

衡曲麈譚　明・張　琦　中國戲劇出版社
絃索辨訛　明・沈寵綏　中國戲劇出版社
度曲須知　明・沈寵綏　中國戲劇出版社
閒情偶寄　清・李　漁　中國戲劇出版社
南曲入聲客問　清・毛先舒　中國戲劇出版社
看山閣集閒筆　清・黃圖珌　中國戲劇出版社
樂府傳聲　清・徐大椿　中國戲劇出版社
雨村曲話　清・李調元　中國戲劇出版社
劇話　清・李調元　中國戲劇出版社
劇說　清・焦　循　中國戲劇出版社
花部農譚　清・焦　循　中國戲劇出版社
曲話　清・梁廷枬　中國戲劇出版社
梨園原　清・黃旛綽　中國戲劇出版社
顧誤錄　清・王德暉、徐沅澂　中國戲劇出版社
藝概　清・劉熙載　中國戲劇出版社
小棲霞說稗　清・平步青　中國戲劇出版社
詞餘叢話　清・楊恩壽　中國戲劇出版社
今樂考證　清・姚　燮　中國戲劇出版社

舊編南九宮譜　明・蔣孝編　明嘉靖己酉三徑草堂刻本
增訂南九宮曲譜　明・沈璟編　明末永新龍驤刻本
南詞新譜　清・沈自晉編　清順治乙未刊本
九宮正始　徐子室輯　鈕少雅訂　清順治辛卯精鈔本
南音三籟　明・凌濛初輯　明末原刊本配補清康熙增訂本
北詞廣正譜　明・李　玉撰　清康熙文靖書院刊本
吟香堂曲譜　馮起鳳　乾隆五十四年刊本
納書楹曲譜　葉　堂　清乾隆五十七年刊本
九宮大成南北詞宮譜　周祥鈺・鄒金生　古書流通處本
遏雲閣曲譜　王錫純輯　文光圖書公司
崑曲大全　張　芬　世界書局
粟廬曲譜　俞粟廬　手稿石印本

(三)

北曲套式彙錄詳解　鄭　騫　藝文印書館
北曲新譜　鄭　騫　藝文印書館
元散曲的音樂　孫玄齡　北京文化藝術出版社
崑曲曲牌及套數範例集（南套）　王守泰等　《中國戲曲音樂集成・江蘇卷》編輯部油印本

崑曲格律　王守泰　江蘇人民出版社

曲律易知　許守白　郁氏印獎會

曲學　盧元駿　黎明文化事業公司

南詞敍錄　李復波．熊澄宇注釋　中國戲劇出版社

潘之恆曲話　汪效倚輯注　中國戲劇出版社

曲品校註　呂書蔭校註　北京中華書局

王驥德曲律　陳　多．葉長海注釋　湖南人民出版社

曲論探勝　齊森華　華東師範大學出版社

古典戲曲聲樂論著叢編　傅惜華　北京音樂出版社

新曲苑　任中敏　中華書局

中國古典戲曲序跋彙編　蔡　毅　山東齊魯書社

詞曲論稿　羅忼烈　香港中華書局

讀曲小記　趙景深　北京中華書局

江蘇戲曲論文集　梁　冰等著　中國戲劇家協會江蘇分會

中國劇詩美學風格　蘇國榮　上海文藝出版社

崑曲唱腔研究　武俊達　北京人民音樂出版社

元代雜劇藝術　徐扶明　上海文藝出版社

(四)

朝野新聲太平樂府　元·楊朝英編選　盧　前校　世界書局
飲虹簃所刻曲　盧　前　世界書局
全明雜劇　楊家駱主編　鼎文書局
琵琶記　元·高　明　明烏程閔氏朱墨套印本　國立中央圖書館藏
琵琶記　元·高　明　清陸貽典鈔本　國立中央圖書館藏
牡丹亭　湯顯祖著　徐朔方、楊笑梅校注　香港中華書局
長生殿　洪　昇　華正書局
雷峯塔傳奇　方成培　北京大學民俗叢書
白蛇傳集　傅惜華　明文書局
白蛇傳故事研究　潘江東　學生書局
中國近世戲曲史　青木正兒著　王吉盧譯　商務印書館
中國戲劇發展史　周貽白　偪勉出版社
中國戲曲通史　張　庚、郭漢城　丹青圖書有限公司
中國戲劇史　徐慕雲　河洛圖書出版社
元明清劇曲史　陳萬鼐　鼎文書局
中國戲曲史　孟　瑤　傳記文學出版社

崑劇發展史　胡忌・劉致中　中國戲劇出版社
崑劇演出史稿　陸萼庭　上海文藝出版社
中國戲劇學史稿　葉長海　上海文藝出版社
中國戲劇文化史述　余秋雨　駱駝出版社
現代中國文學史　錢基博　文馨出版社
中國文學研究新編　鄭振鐸　作家出版社
論詩詞曲雜著　俞平伯　上海古籍出版社
漢上宧文存　錢南揚　上海文藝出版社
戲文概論　錢南揚　木鐸出版社
明清傳奇導論　張敬　華正書局
景午叢編　鄭騫　中華書局
明雜劇概論　曾師永義　學海出版社
詩歌與戲曲　曾師永義　聯經出版事業公司
中國古典戲劇論集　曾師永義　聯經出版事業公司
說戲曲　曾師永義　聯經出版事業公司
長生殿研究　曾師永義　商務印書館
說俗文學　曾師永義　聯經出版事業公司
元人雜劇序說　青木正兒著　隋樹森譯　香港建文書局

明代劇作家研究　八木澤元　中新書局有限公司
李漁研究　黃師麗貞　純文學出版社
牡丹亭研究　楊振良　學生書局
安徽明清曲論選　趙山林　黃山書社
中國戲曲總目彙編　羅錦堂　香港萬有圖書公司
善本劇曲經眼錄　張棣華　文史哲出版社
元明清三代禁毀小說戲曲史料　王曉傳輯　北京作家出版社
中國大百科全書（戲曲・曲藝）　中國大百科全書總編輯委員會編　北京中華大百科全書
出版部
近代藏書三十家　蘇　精　傳記文學出版社
藕初文錄　穆湘玥著　張玉法・張瑞德主編　龍文出版社
也是園古今雜劇考　孫楷第　上海上雜出版社
戲曲小說叢考　葉德均　麒麟書店
中國音樂史論述稿　張世彬　香港友聯出版社
中國音樂史（樂譜篇）　薛宗明　商務印書館
勝國元聲——中國的音樂　楊振良・李國俊合著　幼獅文化事業公司
現代吳語的研究　趙元任　北京清華學校研究院
漢語音韻學　董同龢　文史哲出版社

現代漢語方言　詹伯慧　湖北人民出版社
中國聲韻學通論　林尹　世界書局
王國維評傳　蕭艾　駱駝出版社
同光風雲錄　邵鏡人　香港自由出版社
日本帝國主義侵華檔案資料選編　中央檔案館・吉林社科院合編　北京中華書局

貳、期刊論文

讀曲雜志　隋樹森　文史雜誌　第四卷第十一、十二期
曲譜考評　錢南揚　文史雜誌　第十一、十二期
一條極珍貴資料發現——「戲曲」和「永嘉戲曲」的首見　胡忌・洛地　一九八九年
作者抽印本（內部發行）
元雜劇體製規律的淵源與形成　曾師永義　臺大中文學報第三期
所謂「元曲四大家」　曾師永義　河北師院學報　一九九〇年第二期
怎樣研究戲曲音樂規律　楊蔭瀏　戲曲研究　一九五七年四月
崑劇的理論研究與高等教育　王守泰　蘇州大學學報　一九八二年第一期
關於崑劇的曲律問題　王守泰　南京大學學報　一九七九年第四期
穆藕初與崑曲　邵芑　大成　第一〇七期

我的青少年時期　俞振飛　大成　第一七八期
江湖上的奇妙船隊——憶崑曲「全福班」　張允和　大成　第一〇七期
曲學功臣王國維　黃師麗貞　師大中輔會（詩詞曲教學論文集）
民國以來的曲學　賴師橋本　幼獅文化事業公司
吳梅　王衞民　南京師大學報　一九八〇年第三期
繼往開來　獨樹一枝——論吳梅先生在曲學研究上的貢獻　王衞民　戲曲研究　一九九〇年七月
吳梅《奢摩他室曲叢》及其全目　王衞民　文獻第七期　一九八〇年十一月
新曲學的崛起與舊曲學的終結——王國維與吳梅戲曲研究之比較　周維培　南京大學學報　一九八八年第四期
吳梅遺稿《霜崖曲話》的發現及探究　吳新雷　南京大學學報　一九九〇年第四期
吳梅的戲曲批評　鄧喬彬　求是學刊　一九八四年第五期
長洲吳梅與近代曲學之流衍　盧元駿　中華文化復興月刊　第九卷第十一期
吳梅與晚清曲學　楊振良　人文學報第十四期　一九九〇年十二月
髫齡承誨　老而彌感　王守泰　戲研消息　一九八四年第二期
霜崖先生在曲學上之創見　王玉章　戲曲月輯　第一卷第五輯　一九四二年五月一日
記吳瞿安先生　鄭振鐸　國文月刊　第四十二期
悼吳瞿安先生　浦江清　戲曲月輯　第一卷第三輯　一九四二年三月十七日

吳梅　汪經昌　張其昀主編《中國文學史論集》(四)　中央文物供應社
記吳瞿安先生數事　金　慮　暢流　十八卷十二期
王季思自傳　王季思　文獻　十二輯　一九八二年五月
唐圭璋自傳　唐圭璋　文獻　八輯　一九八一年六月
錢南揚傳略　錢南揚　中國當代社會科學家　第一輯　一九八二年
論務頭　杜穎陶　劇學月刊　第一卷第二期
崑曲務頭廿訣釋　曹心泉講．杜穎陶述　劇學月刊　第二卷第一期
論本色　龔鵬程　古典文學第八集　學生書局
孤本元明雜劇讀後記　鄭　騫　中國古典文學論文精選叢刊——戲劇類　幼獅文化事業公司　一九八〇年六月
沈璟曲學辯爭論　葉長海　文學遺產　一九八一年第三期
論崑曲藝術中的俞派唱法　吳新雷　南京大學學報　一九七九年第三期
表演藝術九美說新解　葉　濤　戲劇藝術　一九八七年卅九期
王驥德曲論研究　李惠綿　臺大中研所　七十七年碩論
吳瞿安先生之曲學及其劇作研究　黃立玉　師大國研所七十八年碩論

國立中央圖書館出版品預行編目資料

近代曲學二家研究：吳梅、王季烈／蔡孟珍著.--初版.
--臺北市：臺灣學生,民81
面；　公分
參考書目：面
ISBN 957-15-0431-9（精裝）.--ISBN 957-15-0432-7（平裝）

1.吳梅—學識—中國戲曲　2.王季烈—學識—中國戲曲　3.中國戲曲—歷史與批評—現代（1900-　）

824.88　　81004650

近代曲學二家研究（全一册）
——吳梅、王季烈

著作者：蔡孟珍
出版者：臺灣學生書局
發行人：丁文治
發行所：臺灣學生書局
臺北市和平東路一段一九八號
郵政劃撥帳號〇〇〇二四六六八號
電話：三六三四一五六
FAX：三六三六三三四
本書局登記證字號：行政院新聞局局版臺業字第一一〇〇號
印刷所：淵明印刷廠
地址：永和市成功路一段43巷五號
電話：九二八七一四五
香港總經銷：藝文圖書公司
地址：九龍偉業街九十九號連順大厦五字樓及七字樓
電話：七九五九五九五
定價　精裝新臺幣二九〇元　平裝新臺幣二三〇元
中華民國八十一年九月初版

82403

ISBN 957-15-0431-9（精裝）
ISBN 957-15-0432-7（平裝）

史學叢刊

①李鴻章傳　李守孔著
②民國初期的復辟派　胡平生著
③史學通論　甲凱著
④清世宗與賦役制度的改革　莊吉發著
⑤北宋茶之生產與經營　朱重聖著
⑥泉州與我國中古的海上交通　李東華著
⑦明代軍戶世襲制度　于志嘉著
⑧唐代京兆尹研究　張榮芳著
⑨清代學術史研究　胡楚生著
⑩歐戰時期的美國對華政策　王綱領著
⑪清乾嘉時代之史學與史家　杜維運著
⑫宋代佛教社會經濟史論集　黃敏枝著
⑬民國時期的寧夏省（一九二九～一九四九）　胡平生著
⑭漢代的流民問題　羅彤華著
⑮中古史學觀念史　雷家驥著
⑯嵇康研究及年譜　莊萬壽著
⑰民初直魯豫盜匪之研究（一九一二～一九二八）　吳蕙芳著
⑱明代的儒學教官　吳智和著
⑲明清政治社會史論　陳文石著
⑳元代的士人與政治　王明蓀著
㉑清史拾遺　莊吉發著
㉒六朝的城市與社會　劉淑芬著